義母温泉
【禁忌】

神瀬 知巳

フランス書院文庫X

義母温泉【禁忌】

もくじ

義母温泉

第一章　無防備な義母【女ざかり】　12
第二章　熟女別館【おもてなし】　50
第三章　年上ぐるい【濃厚フェロモン】　112
第四章　いちゃいちゃ温泉【泡天国】　170
第五章　甘艶母【あまえんぼ】　252
第六章　禁忌ざんまい【官能風呂】　295
エピローグ　362

義母と温泉旅行【ふたりきり】

369

第一章　淫らな新居でハーレムは続く　370
第二章　妻公認で「妻の妹」と……　432
第三章　義母とふたりきりの温泉旅行へ　489
第四章　「新婚気分」で混浴づくし　546
第五章　後ろの穴まで捧げて……　597
ロングエピソード　三人の「妻」　645

フランス書院文庫Ｘ

義母温泉
【禁忌】

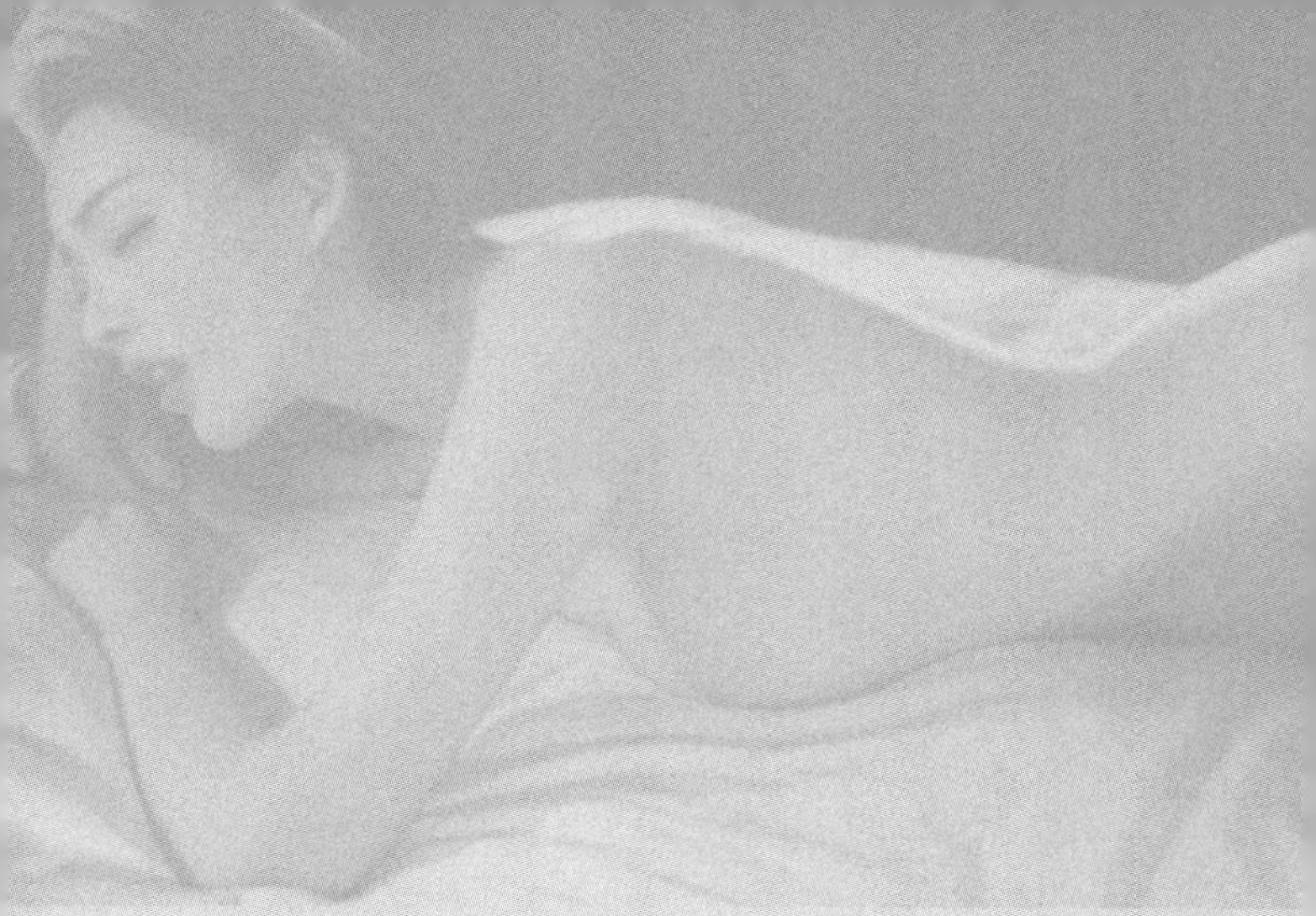

義母温泉

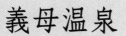

第一章　無防備な義母【女ざかり】

1

榎本秋生は、大浴場のひのき風呂に浸かっていた。他に客の姿はなく、吐水口から流れ落ちる水音のみが響いていた。秋生は視線を外へ向けた。

（このきれいな景色を、のんびりと眺められたら良かったのに）

浴場の大きな窓越しに、ライトアップされたシダレザクラやエドヒガンの木々が見えた。春の夜を艶やかに彩るピンク色が、風にゆらされてはらはらと舞い散っていく。値の張る温泉宿とあって、周囲の景色や閑静な雰囲気、温泉の心地は申し分なかった。

（部屋に戻りたくないな。ずっとこのまま、こうしていたい）

宿の離れの部屋では、母貴和子が息子の帰りを待っていることだろう。

秋生の父が突然の交通事故で亡くなって一年が経つ。残された三十二歳の母と息子にとって、初めての二人だけの旅行だった。

（入学祝いだって言って、ママは温泉に連れてきてくれたけど……）

地域でも指折りの名門校に、この春秋生は無事合格した。四月からは、新生活が待っている。

（変だよ。ママとお風呂に入ることなんか今まで一回も無かったのに。急に一緒に入浴しようって言ってくるなんて）

豪華な夕食をとった後だった。貴和子が離れ専用の家族風呂に入ろうと、秋生を誘ってきた。

貴和子は三年前に父と籍を入れた後妻で、秋生と血の繋がりはなかった。再婚当時秋生は、新しく現れた母にうまく馴染めなかった。当然、入浴を共にした経験など一度もない。

（大きなお風呂がいいって断ったけど……きっと家族風呂のなかで、ママは僕に切り出すつもりだったんだ）

伴侶を喪った若く美しい母に、再婚の話が幾つも来ていることを、秋生も知っていた。

『お義母さんのしあわせを、考えてあげなさい』

縁談話の一つを持ち込んできた伯父は、貴和子のいない場所で秋生にそう告げた。

（確かに自分が生んでもいない子供を、ママがこの先もずっと育てていくのは変だよね。学生の息子なんていたら、再婚の邪魔にもなるだろうし）

父親が亡くなった時、貴和子はじきに家を出て行くものだと秋生は覚悟した。書道師範の免状を持つ母は、週に四回、実家に通って弟子や子どもたちに書を指導している。実家に戻った方が暮らしやすいのは明らかだった。しかし母はこの一年、義理の息子の側にいる。

（僕が一人ぼっちになるのを、不憫に思ってのことだったのかな。受験が終わるまで、面倒を見ようと思ってただけなのかも）

秋生ははかない風情の夜桜から目を背けて、はあっと溜息を漏らした。母が乗り気になるような交際相手が見つかったのかもしれないと考えると、憂鬱は深くなる一方だった。秋生は湯船の縁に頭を預けて、目蓋を落とした。

（この先もずっとママと暮らしていけるのかなって、思ってたのに）

目を閉じると、自然と母の姿が思い浮かんだ。形の良い細眉、睫毛の長い切れ長の瞳、芯の強さを感じさせる薄い唇――。

（ママを見た友だちはみんな、美人なことと着物姿に驚いてたっけ）

書を嗜んでいるだけあって、貴和子は常にきっちりと和服に身を包み、髪をきれいに結い上げていた。人目を惹く細面に和装はよく似合った。気品と優美を兼ね備えた母は、秋生にとっても秘かな自慢だった。

（僕が合格した時、ママはにっこり笑って祝ってくれた。もうあの笑顔を見られなくなるなんてこと、嫌だな）

受験前の半年間、母は毎晩秋生の隣に座って、勉強を見てくれた。凡庸な成績だった秋生が、難関校に入ることが出来たのは、貴和子のおかげだった。

『よくできたわね』

難しい問題が解けた時、貴和子は凛とした色白の相を崩して、秋生の頑張りを褒めてくれた。

（厳しかったけれど、ママの家庭教師の時間、とっても楽しかった）

問題の解き方を教えてもらう時には、耳元に貴和子の吐息を感じた。身体からは、甘い体臭とかすかに墨の匂いがした。側にいるだけで、秋生の胸はドキドキと昂揚しっ放しだった。

（卒業式の案内のプリントを、捨てちゃったのが悪かったのかな）

ちょうど一週間前のことだった。父母用の案内プリントを、秋生は誤って屑入れに捨ててしまった。翌日、くしゃくしゃになったプリントは皺を丁寧に引きのばされて、リビングのテーブルの上に置いてあった。

（他の必要でないプリントと一緒になってたから、間違えちゃったんだって必死に説明したけど、ママはどこかしょげた様子だった）

卒業式の晴れの舞台に来て欲しくない、まだ母親として認めていない——貴和子はそう受け取ったのかも知れない。

（あー、失敗したなあ。決してママのこと、嫌いな訳じゃないのに。むしろ僕はママのことが……）

生みの母は物心がつく前に亡くなっていた。母親の記憶がなかった秋生にとって、貴和子との三年間は、父と母のいる家族の時間を得られた貴重な日々だった。義理の母と別れたくないと、少年は思う。

不意に賑やかな話し声が浴場内に響いた。秋生は目を開けた。浴室のなかに入ってきたのは、中年男性二人組だった。

「──さん、ホントにあのお堅い奥さまとやったのかい？」

「おうよ。見た目とは大違いで、布団のなかではしっとりいい女だったねえ。最後にはヒイヒイ泣いてしがみついてきたよ」

「うへえ、想像つかないなあ。あのツンツンした奥さまが」

「じっくり時間を掛けて、前戯で愉しませてやればどんな堅い女でも落ちるもんだよ。唾液まみれのディープキスから始まって、足の指や腋の下までぺろぺろ舐めて、許してくれって頼んで来ても構わず続けてやりゃあ、その段階で欲求不満の人妻はメロメロになるよ」

「お股は特に念入りにでしょ？　向こうから突っ込んでくれって言い出すようになるまで」

「くく、そうそう。こう脚をグッと摑んで、容赦なく舐めまくるんだよ。人妻にはキクよ」

男たちが笑い声を上げる。

（なんて会話）

秋生は顔をしかめて、洗い場に並んで座った二人をちらちらと見た。酔っているらしく、どちらも顔が真っ赤だった。聞き耳を立てている訳ではないが、大きな声で交わされる下品な内容はどうしても耳に入ってしまう。

（酔ってるんじゃしようがないか。一般のお客さんが来る大浴場に来た僕も悪いし）

　気が強い方ではない。大人に向かって注意をするような度胸は秋生にはなかった。

「ハハ、まー女遊びもたいがいにね」

「可愛い愛妻を、放っておく旦那だって悪いだろうよ。あの奥さん、すっかりご無沙汰だって漏らしてたよ」

「男は風俗で手軽に発散できるけど、女はね。三十、四十はやりたい盛りだろうし」

（やりたい盛り？　そうなんだ。ママも同じなのかな）

　三十二歳の母も、そういった欲望を秘めているのだろうかと秋生はつい考えてしまう。

「あの奥さん、あー見えて、こっそりオナニー三昧だったたってさ」

「あちゃあ、そりゃ可哀想だ」

（オナニーか。ママはそんな真似しないはず）

秋生は否定の言葉を胸でつぶやく。女性でも自慰を行うという知識はあった。しかし高貴な雰囲気を持つ貴和子と、そういった行為は結びつかない。

「ツンツンした雰囲気で、清廉潔白でございって顔をした女の方が、普段抑え込んでいる分、激しくなるもんよ」

「あー、確かにそれはあるかもねえ」

母のことを言い当てられた気がして、秋生はドキッとした。

(そうだよな。ママだって性欲がゼロって訳じゃないだろうし……。僕が勝手に思い込んでいるだけなのかも)

少年の頭のなかに、薄暗がりの寝室と着物を脱いで横たわる長襦袢の肢体が、ぼんやりとイメージされた。女はほっそりとした手を太ももの間に差し入れて、股間を秘めやかにまさぐっていた。母が自慰を行っている場面だった。

(ママのオナニーなんて、想像したらいけないのに)

共に暮らす母に性的なイメージを重ね合わせることは、少年の罪の意識を掻き立て、同時に情欲を喚起した。湯のなかで陰茎が充血し、むくりとそそり立つ。

秋生は湯のなかで股間を押さえた。

(こんな場所で勃起するなんて……)

秋生は己の肉柱を握った。脳裡に浮かんだ母は、長襦袢の裾をはだけて、脚の間にもぐらせた手を控え目に動かし続ける。

「俺は見て見ぬ振りは出来ない性分だからさあ。寂しい人妻は、誰かがケアしてやらないとさあ」

「人助けだって言うのかい？　ハハ、それはどうかなあ」

再び男たちの下卑た笑いが木霊した。

（もし僕が、ママの寂しさやつらさを慰めてあげられたら、離れずに済むのかな）

布団に横たわった母に、人影が近づく。それは秋生自身だった。音を立てぬよう忍び寄り、母の足首に手を巻き付け、横に開きにかかる。貴和子が顔を上げ、秋生を見た。都合の良い妄想の世界、相手が息子とわかっても貴和子は汗の浮かんだ色白の顔を横に伏せるだけで、嫌がりはしない。秋生は生白い脚をグイと拡げた。黒髪が白いシーツの上で恥ずかしそうにゆれ、肢体が震えた。

「あ、あきお……」

母の呼び声が聞こえた気がした。辺りに漂う温泉とひのきの香を押し退け、突然爽やかな母の肌の匂いが、秋生の鼻腔にふわっと甦った。

「ママ……」

秋生は太ももの間に頭を突っ込んだ。付け根に唇を押し付ける――。

（な、なにを考えてるんだよ）

口愛撫を施す直前で、秋生は我に返った。なまの女性器を見たこともない少年には、その先の妄想は不可能だった。湯で顔をザバザバと洗った。

（僕がママを慰めるなんて……ママは絶対に拒否するに決まってる。下らないこと考えていないで、落ち着かないと）

膨れ上がった勃起が痛かった。男性たちの猥談を聞かぬようにして、秋生は深呼吸を繰り返した。

（いい加減、上がろう。のぼせそうだ）

陰茎の充血が幾分収まるのを待って、秋生は湯船から出た。さりげなくタオルで股間を隠して、足早に脱衣室へと向かった。

「でもなあ、三十路の熟れた肉体はこってりしてていい味だから、やめられんわ」

「若い女とは違った良さがあるものねえ」

浴場のドアを閉める秋生の耳に、露骨な会話が届く。秋生は手早く身体を拭き、浴衣を着て大浴場を後にした。

（湯あたりしたかな。なんかふらふらする）

キスさえ経験のない童貞の少年には、過ぎた刺激だった。秋生は部屋へと戻りながら、肌身離さず持ち歩いている携帯電話を開いた。こっそり撮った貴和子の写真が、メモリーされていた。

（いつ見てもかっこいいなママ）

背筋を伸ばして正座し、書をしたためている姿だった。小さな画像だというのに、張り詰めた空気が伝わってくる。筆を運ぶ時の、貴和子の集中した横顔は凜々しく、また気品があった。

（ママが欲求不満な訳がないし、オナニーなんかしないよ。変な目でママを見るようなことだけは、しちゃダメだ）

血の繋がりがないとはいえ、貴和子は秋生に残された唯一の家族だった。母の品位を損なうような想像はしてはならないと少年は思う。

（……あれ？）

秋生は脚を止めた。周囲を見回す。見慣れぬ廊下だった。母子の泊まっている離れの個室は、他の泊まり客と出会わずに済むよう温泉宿の奥まった位置にあった。長い通路をどうやってきたか、記憶はおぼろげだった。

(もしかして迷ったとか。えっと確かこっちだったような)

秋生は携帯電話を畳んで、入り組んだ造りの廊下を勘に任せて幾つか曲がった。

(あーよかった。こんな感じの襖の模様だった気がする)

じきに見覚えのある部屋の入り口へと無事に辿り着き、秋生はほっと胸をなで下ろした。襖を開けて、室内へと入る。和室のテーブルに向かい合って座る二人の女性が、秋生の目に飛び込んだ。

(え、誰?)

一人はサーモンピンクのスーツ姿で、もう一人は浴衣を纏っていた。どちらも母の貴和子ではない。テーブルには料理や酒が並べられていた。疑問符が秋生の頭のなかに浮かんだ。室内を見回した。部屋の広さが違う気がした。掛け軸や床の間に生けられた花の色も異なっていた。

(いけない。部屋を間違えた?)

「ようこそ。時間通りね」

慌てる秋生に、スーツの女性が声を掛ける。手に持っていた盃を置いて立ち上がると、秋生に近づいてきた。

（ようこそって、ママのお友だちとか？）

二人とも貴和子と同じ位の年齢に見えた。

「うん、いいじゃない。子供っぽい雰囲気がいいわね。見た目は合格だわ。祐司くん、なかなかの子を見繕ってくれたわね」

女性は値踏みするように秋生の全身を眺める。くっきりとした目鼻立ちの美人だった。髪は短く、きっちり施されたメイクと膝上丈のタイトスカートから、活動的なビジネスウーマンの印象を受けた。

「え、あのっ、ん――」

ふんわりとやわらかな弾力が横から当たってきた。浴衣姿の女性だった。頬のラインがふっくらとしていて、柔和な面立ちだった。立ち尽くす秋生の腕に両腕でギュッと抱きついてくる。

「あん、信じられないわあ。こんな幼くて可愛い子が春をひさぐのー？」

女性が秋生を見つめて、小首を傾げた。

（おっぱいが……おまけにいい匂いがする）

ボリュームのある胸元の感触が、秋生の二の腕に擦り付いていた。湯上がりらしく、ウェーブのかかった髪からはかぐわしい匂いがした。

「この子はこう見えても大学生よ。名前はアキラくん……だったわよね？」

「あ、あの、いえ。アキオです」

二人の会話の意味が理解できないまま、秋生は小さな声で訂正した。

「よろしくねー秋生くん。わたしは里恵で、こっちのスーツ姿の凜々しいお姉さんは弘美よー」

里恵と名乗った浴衣の女性が、微笑んだ。酒が大分入っているらしく、襟元から覗く首筋や胸元の肌がピンク色に染まっていた。息から酔いを知らせる熟柿の匂いもした。

「秋生くんの身体、ぽかぽかしてるわねー」

「お、温泉に、浸かってきたばかりなので」

秋生はつっかえながら答えた。女性との会話は苦手だった。かぐわしい香水と化粧品の匂い、そして密着する女体の弾力が少年の緊張をより誘った。

「早くに来て待機してたのねえ。えらいぞー」

里恵がおっとりとした口調で秋生を褒め、やさしい眼差しを向けたかと思うと、伸びをした。紅い唇が秋生の口元に近づいた。

（えっ？　えっ？）

秋生は目を丸くして、里恵を見た。

「はーい、御褒美」

里恵が囁くと唇を重ねてきた。

(キス……だよね？　ファーストキスが──)

薄く目を開けた里恵は、口をふれあわせたまま秋生を見つめて目尻を下げる。すぐに口は離れた。

「うふふ、味見しちゃったあ」

里恵が笑みを作り、自分の唇をチロッと舐めた。

「里恵、飲み過ぎじゃないの？　夫のいる身の癖に」

「だってえ、こんなかわいい子、ほっとけないじゃないのう」

「ごめんなさい秋生くん。挨拶も済んでいない内にいきなり」

弘美が気遣うように秋生の頬を撫でた。ファーストキスを失ったショックで、秋生は言葉が出ない。

(キスしちゃった。里恵さんの唇、もの凄くやわらかだった)

「この宿のお料理もお酒も、とっても美味しいんだもの。うふふ、身体がガチガチね。秋生くん緊張してるのかなー？」

秋生の肩や二の腕を、里恵がやわやわと揉みほぐしてくる。

「仕方がないわよ。秋生くんは童貞だもの」

「ええっ、うっそうー。弘美ってば初めての子を頼んだのー?」

「使い古しの男なんて暎子に悪いでしょう。いつも行くホストの男の子にわざわざ頼んで、未使用品を用意してもらったの。奨学金だけじゃ学費を払えなくて、いっぱいアルバイトして、それでも足りなくて時々ホストクラブでアルバイトしているんですって」

「へえ、秋生くんは苦学生なんだあ。女性を抱いた経験、ゼロなのー?」

里恵が下から秋生の顔を覗き込む。浴衣の胸元が秋生の目に入った。豊満なバストの膨らみ具合と、深い谷間が目に飛び込み、少年はドキリとした。

(里恵さんのおっぱい、大きい)

秋生は狼狽して、視線を落とした。その仕種が首肯したように見え、女たち二人がクスッと笑った。俯いた秋生の目に、弘美の膝上のタイトスカートから伸びた脚線美が見える。光沢の黒ストッキングが照明を反射して、ツヤツヤとかがやき、きれいだった。

(胸と脚と……どうしよう。僕、誰かと間違われているんだよね。早くここから

出ていかないと)

秋生は見知らぬ女性二人を恐々と眺める。ムンムンとした色気にあてられ、満足に声も出せなかった。

「じゃあ今夜、童貞を失うってことなのねえ。大丈夫かしらー」

「でも、こう見えてキスやペッティングは得意なのよね。お得意様の有閑マダムによく指名されてるって」

「へー、女遊びが皆無って訳じゃないんだあ。こんな幼い顔をしてるのに、それなりに経験は積んでいるのねえ」

「奥さま相手の、指と口を使ったご奉仕専用の男の子って感じかしら?」

(僕は大学生でもないし、ホストでもないのに)

春を売るような仕事とは無縁の少年で、帰る部屋を間違えただけだった。

「うふふ、おどおどした目をして。平気よ。怖いことなんかなにもないんだからあ」

里恵が秋生の肩に手を置き、耳に息を吹き込んだ。秋生は身体を震わせた。

「おばさんと、もう一度キスしてみるう?」

「味見は一回で充分でしょ」

弘美が秋生の顎を指で摘んだ。クイッと顔の向きを変え、弘美の紅い唇が秋生の口に被さってきた。ふれ合う唇から、冷たい液体が秋生の口に流れ込んでくる。

「んうっ」

(なにこれ。ふわっとする。……お酒だ)

弘美が口移しで呑ませてきたのは、アルコールだった。口元を塞がれていては吐き出すことも出来ない。秋生は口内に溜まった液体を嚥下した。酒は胃に流れ落ちると、ぽうっと熱を発した。弘美がわずかに紅唇を引いた。

「どう？　飲み口がやさしくて、後味もすっきりまろやかでしょう。この宿はオーナーがお料理の研究家だから、お酒も肴も最高なのよ」

小声で告げると、弘美は秋生の口中に舌を差し入れてきた。ヌルヌルと絡む舌の感触は、秋生の経験したことがない妖しい感覚だった。

(ベロを絡めてる)

唾液にまみれたディープキスのとろける心地に、少年の肉体は戸惑う。

「ン、秋生くんも」

弘美が口腔をまさぐりながら、くぐもった声で秋生を促した。右手は弘美に、左手は里恵に摑まれていた。為す術がなかった。やがて弘美の舌遣いにリードされ、秋生は恐々と舌を動かした。口のなかの温もりと唾液のヌメリが快かった。

(頭が痺れて……身体から力が抜けるよう)

温泉で温まった肉体に、アルコールが急速に巡る。心臓の鼓動がバクバクと速かった。左右から挟みつける女体を押し返すことも出来ずに、秋生は弘美との濃厚キスに耽った。

2

「うふふ、ピチャピチャ音を立ててエッチな口づけしちゃってー」

里恵が秋生の耳元で愉しそうにこぼすと、腰の辺りに手を回してきた。

「大事な暎子ちゃんへの贈り物ですもの。財閥出身のお嬢さまに、みすぼらしいモノを差し上げられませんからねー」

手は股間へと移動し、浴衣の上から男性器を撫でた。

「んくっ」

少年の腰はビクッとする。ディープキスの興奮は隠せない。陰茎は既に充血していた。

「あーん、かったーい」

里恵がうれしそうに告げ、屹立を指で包み込む。

(こんなのまずいよ。部屋を間違えたんだって早く言わないと)

里恵の指刺激を受けて、少年のペニスはますますあからさまな形へと変貌した。勃起を女性にさわられるなど初体験だった。秋生は摑まれた腕を動かし、里恵の手を払いのけようとした。だが手の甲をパチンと叩かれ、浴衣の前を開かれる。

(脱がされちゃうっ)

秋生は首を振り立てた。弘美が唇を解放した。秋生はすかさず叫んだ。

「あ、あの、待って下さいっ」

「わあっ、すごいーっ、なにこれ」

秋生の声を掻き消して、里恵の嬌声が上がった。下着がおろされ、秋生の肉茎が外に飛び出していた。それを見て、里恵が目を丸くしていた。勃起は、へそに擦り付く角度で、派手に反り返っていた。

「秋生くん、立派ねー。わたしこんなの初めてよう」

「あら、ほんとう。こんなサイズ、わたしも見たことがないかも」

弘美も逸物を見下ろして、瞬きを繰り返していた。マニキュアの塗られた指を伸ばして、棹の裏をツンと押した。秋生は呻き、硬直した肉柱の切っ先は戦慄く。

「秋生くん、ギンギンの元気っ子ねー」

里恵が秋生の顔をジッと見つめた。大粒の瞳が潤んでいた。

「ち、違うんです。ぼ、僕はこの部屋じゃなくて別の部屋に行こうと……あなた方の人違いなんです」

秋生はようやく事情を説明した。弘美と里恵が不思議そうな表情を作る。

「急にどうしたのう。初めてだから怖くなったぁ？」

里恵が手を伸ばして、テーブルから盃を取った。口に盃の中身を含むと、秋生にキスをした。また酒が送り込まれる。秋生は肩を大きくゆすって呻きをもらした。

（こんなに呑まされたら、酔っちゃう）

里恵は口移しで酒を与えながら、勃起に指を絡めてやさしく撫でてくる。秋生は喉を鳴らした。先程より強い酒なのか、食道までカアッと熱くなった。

「これで緊張がとけたかなぁ？　それとももう一杯呑む？」

唇をずらして里恵が訊く。

「あ、あの、そうじゃなくて……信じて下さい。僕、部屋を間違ったんです」

里恵はペニスをさする指を止めた。弘美と顔を見合わせた。

「ねー弘美、人違いだってー」

「おかしな話よね。だったら秋生くんはここの泊まり客だとでも言うのかしら」

少年はその通りだと、二人に向かってコクコクとうなずいた。その仕種を見て、弘美は肩をすくめた。

「だったら秋生くんは、なぜビジター用のカードキーを所持しているのかしら」

「え？」

んでいた秋生の右手を、弘美が持ち上げた。畳んだ携帯電話と一緒に、銀色のカードを秋生は手に持っていた。

「新館からこっちに来る時、途中に何カ所も自動ドアがあったでしょう。カードキーを持っていない一般のお客さんは、本館へは入り込めない仕組みなのよぅ」

里恵の説明に合わせて、弘美がスーツの懐から緑色のカードを取り出した。

「あなたの持っているのはシルバーで、面会や訪問のお客さん用。本館に泊まるお客さんはこっちのグリーンのカードキーを持つのよ。知らない訳はないわよね」

（そうなんだ。僕、仲居さんの説明を聞き流しちゃったから……。そういえばテ

ーブルには緑色のカードもあった気がする）

部屋を出る時、テーブルの上に置いてあったカードキーを適当に摑んで、大浴場に向かったことを秋生は思い出した。

「あ、あの、カードを間違ったんです」

「人違いの次は、カードキーの取り違え？　だったら秋生くんの泊まっているお部屋の名前は？」

「あ、えっと、花の名前だったと思います」

「お部屋はどこも花の名前よ。桔梗に撫子、百合に牡丹。下手な言い訳はその位にしなさいね。あなたはわたしが事前に渡したその訪問客用の銀色のカードキーで、ここまで入ってきたんでしょう」

弘美が険しい目を向ける。と、秋生の手から携帯電話を素早く奪い取った。

「あ、なにを。返して下さい」

弘美が携帯電話を開いて操作する。秋生は取り返そうとするが、里恵がしがみつくように身体を預けて、阻んだ。

「いけない子ねー。ここまで来てごねるなんて」

「前金だって充分に渡したでしょう。〝榎本秋生〟くん。源氏名じゃなくって本名を使ってたのか」

弘美が携帯画面を見ながら、フルネームを口にした。

「なんて不用心な子なの。トラブルの元よ。注意なさい」

叱るように言うと、携帯電話のレンズを秋生に向けた。カシャッと音が鳴った。

「あっ」

里恵に抱きつかれた姿が撮影された。下半身では剝き出しの勃起が、依然衝き上がっている。

「記念写真ねー。はーい、秋生くん、にっこり笑ってぇ」

里恵の指が充血したペニスに絡み付き、クイクイと扱き立てた。秋生は顎を持ち上げて呻いた。

「あ、よして」

秋生は里恵を押し返そうとする。だが振り払えなかった。

(力が入らない。視界もぐらぐらするよう)

全身にアルコールが回っていることに、秋生は気づいた。

「この携帯電話にメモリーされている電話番号に、カチカチ勃起を擦られている写真が送られたりしたら、まずいことにならないかしら?」

弘美が脅すように告げる。その間も撮影音が連続で響いていた。

「そうよう。田舎のご両親は、真面目に大学に通っていると思っているのじゃないのぅ？」

里恵が秋生の唇を愛しげにペロリと舐める。その恋人同士のような睦み合いも撮影された。

（ママの携帯に、こんな写真が送信されたら嫌われる）

秋生の焦燥が募る。なにより避けたいのは母に見られ、別離が決定的になることだった。

「黙り込んじゃって。まさか突き飛ばして逃げようなんて考えてる？　女性に暴力を振るわないわよね」

秋生は弱々しくかぶりを振った。争い事は苦手だった。友人とケンカをすることもない。

（携帯を力尽くで奪って、その上この部屋から素早く抜け出すなんて……僕には無理だ）

「そうよぅ。逆らっちゃあダメ。ねえ、わたしにも秋生くんの舌を味わわせて」

里恵が囁き、舌をするりともぐり込ませてきた。

（初対面の人とディープキスを何度も……）

口のなかで、里恵の舌が積極的に這いずり回っていた。

（里恵さんのおくちって、あったかくてトロトロだ。お酒の香もする）

口元に漂うアルコールの甘い匂いが、少年の酔いを深めた。里恵は「んふん」と甘ったるく喉声を漏らして秋生の舌を絡め取り、つばを流し込んできた。しばらく躊躇った後、秋生は口腔に溜まった液をコクッと呑んだ。里恵の唾液は糖蜜のような喉ごしと味だった。

「舌遣い、なかなかうまいぞー。秋生くんがキス上手なのは、ほんとうみたいねぇ」

里恵が舌を引き抜いて、微笑む。秋生の浴衣の襟元に手を伸ばして、前をはだけてきた。

「脱ぎましょうね。裸になっちゃえば度胸がつくと思うのぅ」

「そうね。男娼に服なんて必要ないんだし」

弘美も近づき、女二人で秋生の浴衣を脱がしにかかった。帯がほどかれる。

「あ、やめて」

秋生は抗うが二対一では敵わない。袖が抜かれ、肩から浴衣が落ちた。下着も足元まで下げられ、少年は裸に剝かれた。

「いい身体ね。贅肉がなくて、均整が取れてて」

「そうよねー。若い子は、すらっとしてなくちゃあ」

二人の手が秋生の胸や脇腹を撫でる。

「さ、さわらないで」

裸にされた恥ずかしさと心細さで、秋生は顔を赤くして訴えた。

「ここまできて、まだ踏ん切りがつかないの？　報酬が不満なの」

弘美が耳元で尋ねた。耳たぶを噛んでくる。

「報酬って……僕は宿泊客なんです。じゃないのに。僕の携帯を返して下さい」

「返すわよ。あなたが約束通り、自分のお仕事をやり遂げたらね。でもこれ以上ごねるなら、すぐにこの破廉恥写真を一斉送信するわよ」

携帯電話のボタンに指を置いて、弘美が二重の瞳を細めた。

「ああ、しないでっ。なんでも言うこと聞きます」

秋生は声を裏返して叫んだ。

(充血しきった勃起を扱かれている場面なんか、ママには見せられない)

「あーん、慌てちゃってー。よしよし、いい子ね。生まれて初めてだもの。怖かったのよねぇ」

里恵がぎゅっと秋生の頭を抱き、髪をやさしく撫でつけた。

「ふふ、そうかしら。こっちは少しも脅えていないみたいだけれど」

弘美の指が、堂々と隆起したペニスを扱いた。追い詰められた状況だというのに、男性器はしっかりと充血を保っていた。

「あんっ、だめ、弄くらないで」

「イイ声ねえ。おばさん、敏感な子、大好きよう」

里恵が胸元に秋生の顔を押しつけた。やわらかな膨らみが、秋生の顔に擦り付く。左手で後頭部を撫でながら、右手を秋生の股間に伸ばして、里恵も陰茎の愛撫に加わった。

「里恵さん、弘美さん、待って、ん、しないで」

二人の手が長棹に絡み付き、表面を擦っていた。カウパー氏腺液が引き伸ばされて、ヌルヌルとすべった。腰の浮つく性感が走り、少年は背筋を震わせた。

「粘ついたのがたくさん溢れてるのねえ。あん、若いってすごいわぁ」

「こんなにエラがせり出しちゃって。皮も被ってないし、いい形ね。若いエネルギーがみっちり詰まっている感じがする」

大きさや長さ、張り詰め具合を確かめるように、二人の指が肉胴に巻き付き、しなやかに上下していた。

（まずいよ。こんなの）

秋生は呼吸を止めて身を強張らせた。トラブルに巻き込まれたというのに、少年の肉体は刺激に反応して、情けなくピクつく。湧き上がる官能が抑えられなかった。

里恵が胸元にかかえていた秋生の頭を放した。悶える秋生の表情を覗き込む。

「秋生くんの顔、赤くなってるー。酔ったのかなー。それとも暑いのかなー」

里恵は握った屹立の先端部分を手の平で包み込み、くるくると回し込んだ。摩擦の愉悦が衝き上がり、秋生の腰が引ける。

「あ、あの、指を放して」

秋生は上ずった声で懇願した。

「そんな困った表情しないで。おばさんたちが、あなたをいじめているみたいじゃないのう」

里恵がスッと足元にひざまずいた。秋生の目は里恵を追いかける。美貌の前に秋生の男性器があった。

「うふふ、暎子ちゃんに渡す前に、こっちも味見しないといけませんねー」

「里恵、人妻の貞節は？」

「酔っぱらって忘れちゃったかなぁ」

弘美が溜息をつき、肉茎に絡ませていた指をほどいた。

「秋生くん、よかったわね。里恵がいいことをしてあげるって」

秋生の耳元で告げる。

（いいことって？）

少年の心臓が早打った。ぽってりとした唇と勃起の距離が近い。邪な期待が高まる。里恵は秋生の顔を仰ぎ見ながら、細指で屹立をなめらかに擦り立てていた。尿道から絞り出されたカウパー氏腺液が、先端で玉を作った。

「怖くないからねぇ。とっても気持ちいいのよう。うふふ、ガマン汁ぅ、もうこーんなに垂れちゃってるう」

里恵は甘ったるい声で囁き、紅い唇を開いた。ピンク色の舌が伸び出て、先走り汁の滴をチロッと舐め上げた。

（ああっ、舐めてる）

少年にとって、衝撃の光景だった。母と同じ年頃の女性が、排泄器官に口をつけていた。

「あーん、おいしい。やっぱり、若い子ねー、カウパーのお汁も濃いわあ」

里恵は尿道口から漏れた透明液を、躊躇いなく舐め取った。温かで湿った感触が繰り返し棹裏に当たった。秋生の下半身が震えた。

「もっとよくしてあげるわねえ」

そう言うと里恵は口を丸く広げた。相貌がゆっくりと前に進む。勃起の先端が唇の内に隠れた。

「んふ、おくちにいただくの、ひはひぶり」

「あ、あっ、ああっ」

秋生の息は乱れた。弘美の手が腋の下に添えられ、ふらつく少年の身体を支えた。

(しゃぶってもらってる。こんなの生まれて初めて……)

秋生のファーストキスを奪った唇が、ペニスをやわらかに含んでいた。しっとりとした粘膜が少年を包み込む。生じるのは想像以上の快感だった。

(すごい、ぬるっとしててあたたかで)

「人妻のおくちはどう?」

弘美の耳元での問いに、秋生は返事が出来なかった。亀頭を咥えた里恵の唇が、充血した肉棹の表面を擦って、奥へとすべっていく。

「ところで、この一番最初にメモリーされている電話番号の榎本貴和子さんは、家族かしら」

「あ、はい。母です」

秋生はかすれ声で、ようやく返事をした。弘美は「そう」といたずらっぽく微笑み、携帯電話のレンズを下へ向けた。シャッター音が鳴り、友人の紅唇が少年の陰茎を呑み込んだ様子が撮影された。

「里恵ったら、おくちすぼめておいしそうに食べちゃって。秋生くん、お母さまにこんな光景を見せたくないでしょう」

液晶画面を秋生に見せながら、弘美が囁く。

(里恵さんが、僕のを……頬張っている画像)

接写で撮影された画を見て、秋生の呼吸が止まる。口紅の赤が、体液で濡れて照り光っていた。間延びした口元のせいで、美しい顔立ちが崩れている。それが何とも言えず卑猥だった。秋生は首を横に倒して、直接里恵の口唇愛撫の様子を見つめた。

（おしっこする汚い場所なのに、里恵さんすっぽり咥えてる。こんなのママに見せられたら困る）

肉厚の唇が膨張した男性器を深く呑んでいた。紅唇で根元を絞り込み、内部では舌が棹裏にねっとりと巻き付いていた。

「とろんとした目になって、フェラも初めてなの？　セックスもまだだから、あなたは男娼見習いって感じね。快感に浸って仕事を忘れてはだめよ」

弘美が妖しい笑みをたたえて秋生の口にキスをした。ちゅうっと音を立てて秋生の唇を吸い、次に舌を伸ばして秋生の口元を舐めた。

（男娼じゃないのに。ああ、キスしながら、フェラチオされてるよう……）

秋生は弘美の肩に手を掛け、しがみついた。下では口唇摩擦のとろける快感が、途切れなく続いていた。意識が甘く薄れた。

（フェラチオって、こんなに気持ちいいんだ）

ふっくらとした唇が、ペニスを締め付けながら前後にすべっていた。付け根部分をキュッと絞られると、自然と内ももと腰に力が入った。筋肉の収縮に合わせて、カウパー氏腺液が尿道を通った。漏れた液を里恵がコクッコクッと嚥下する音が聞こえた。

（いっぱい溢れているのに……里恵さん、呑んでくれてる）

うれしい感情が湧くのは否めない。童貞の少年ならば誰しも夢に描くような世界が、今まさに自分の身に起こっていた。

「里恵ばっかり愉しんで、狡いわね。自分が愉しむためにあなたを呼んだ訳じゃないのに。ねえ、秋生くんも、そう思うでしょ」

弘美が囁き、ミニスカートの腰つきを秋生の身体の横に押し付けてくる。唾液を呑ませてというように、紅唇を開けた。秋生は口内の粘液を送り込んだ。弘美は秋生の目を見つめて喉を鳴らす。

（弘美さん、僕のつばを……）

「あの、し、仕事ってなんですか？」

弘美が唇を引くと、秋生は問い掛けた。

「女性と遊んで満足させるの。そういう契約だったでしょ」

弘美はいったん言葉を切って、視線を横に流した。

「あっちのお部屋に、わたしたちのお友だちの奥さまが休んでいるから、その人を秋生くんに慰めてもらいたい訳。愛する旦那さまを失った未亡人なのよ。可哀想でしょう？」

「未亡人……」

母と同じ境遇に、恍惚に薄れた秋生の意識は反応した。

（ママと一緒なんだ）

「旦那さまが病気で亡くなってずいぶん経つのに、ずっと独り身を貫いているから。非の打ち所のない美人なのに、新しい男を紹介してあげても見向きもしない。それって不健全だと思わない？　まだ三十四歳なのよ。若いのに、亡くなった人にいつまでも縛られてちゃいけないわ。あら、顎を震わせて。秋生くん、でちゃいそうなの？」

「は、はい」

秋生はこみ上げる射精感を認めた。陰嚢の裏がむずむずとし、今にも精が飛び出しそうだった。弘美がパチンと指を鳴らした。里恵が瞳を上に向けると、ゆっくりと秋生のペニスを吐き出した。唾液で濡れた勃起が、照明を浴びてテラテラと光っていた。

「あーん、もっとペロペロしたかったのにぃ」

里恵は名残惜しそうな手つきで、肉棹を擦り立てる。

「我慢なさい。本命の前に絞り取っちゃったら意味がないでしょう。ね、秋生くん」

「少し位平気よねえ。若いんだもの」

里恵が立ち上がった。秋生の頬にキスをする。

「顎が外れそうだったわ。秋生くん、逞しいんだものー。このガチガチな感じだと、けっこう溜め込んでいるでしょう。五日位？　それとも一週間かなあ？」

「い、一ヶ月です」

秋生は顔を赤くして正直に答えた。

「えー、一ヶ月も？」

二人が声を揃えて驚く。受験の追い込みの期間、禁欲を貫いて勉学に励んだ。一月以上、手淫を行っていない。

「それなら大丈夫そうね。立派に務めを果たしなさい。さ、お隣に行きましょうね」

弘美が秋生の背を押した。襖を開けて、部屋を出る。

「あ、僕の浴衣」

「あとでちゃんと返してあげるわ。携帯電話と一緒にね」

（服がないんじゃ、逃げ出す訳にもいかない）

裸の少年は諦めの溜息をつく。二人の女が左右から腕を取った。そのまま廊下を進んで、別の部屋の入り口へと辿り着く。

「彼女、疲れてぐっすり寝ちゃってると思うけど構わず始めて。あなたの持ってるテクニックを駆使して、天国気分を味わわせてあげてね。やさしく舐め舐めするのが得意なんでしょう」

弘美が妖艶な笑みを浮かべて告げる。

「はーい、これ。暎子ちゃんが抵抗したら、これで拘束しちゃって構わないからねぇ。その代わり、ちゃんとヒイヒイ泣かせてあげるのよう」

いつの間に用意したのか、里恵が革製の道具を秋生に手渡した。リング状になった革バンドが二つあり、その中央が紐で結ばれている。

（これって革の手錠？）

革手錠を持った秋生は、不安の眼差しを女二人に向けた。

「暎子さんは何も知らずに寝ているってことですか？」

「そうよう。秋生くんは誕生日のサプライズプレゼントですもの」

「わかってると思うけど、あなたはわたしたちに買われたの。従うしかないのよ」

秋生の携帯電話を使って、弘美がペニスをクッと跳ね上げた。写真という弱みがある。秋生は渋々と首を縦にした。

「無事に水揚げが済んだら、おばさんにも硬いの恵んでね」

里恵が明るい声で言い、襖を開けた。薄暗い部屋に廊下の照明が差し込み、奥の方に白い布団がぼんやりと見えた。

「わたしたちはお部屋で待ってるから。あなたたちはめくるめく夢の世界へ……」

弘美が携帯電話をスーツのポケットにしまい、秋生の肉棹の裏側を指で撫でさする。腰の奥がきゅっと切なく疼いた。

(せっかくの旅行なのになんでこんなことに……)

口唇愛撫を受けた勃起は、萎えることなく脈打っていた。垂れそうになっていたカウパー氏腺液を、弘美の指がやさしく拭い取った。

「あとでわたしも可愛がってね。じゃあ童貞卒業、頑張って」

弘美が、里恵に聞こえぬようこっそりと囁いた。トンと肩が押された。革の手錠を手に、裸の少年は広い寝室のなかへ入った。

第二章　熟女別館【おもてなし】

1

暖房の効いた室内は、畳の匂いに混じって、かぐわしい香がした。秋生は背後を振り返った。と同時に襖が静かに閉まって、弘美と里恵の姿が消えた。

（僕、この先どうしたら？）

取り残された秋生は、己の裸身を抱き締めた。室内は完全な闇にはなっていない。

（布団が三つ敷かれてる）

並べられた三組の布団の真ん中に、自然と秋生の視線は向かった。枕元に、小さなオレンジ色の照明が灯っていた。

（突っ立っててもしょうがない。なんとかしなきゃ）

無事に携帯電話を返してもらわなければならない。言われた通りにするしかなかった。秋生は足音を立てぬようにして、中央の布団へと近づいていった。

（着物だ）

壁際に衣桁が置かれ、脱いだ着物が広げて掛けてあった。絹の重厚な素材感が伝わり、一見して高価なものとわかった。その下には眠りに落ちた女性の相貌が見えた。秋生は伸びをして覗き込んだ。

（確か暎子さんって名前だった。三十四歳で未亡人だって）

すっきりとした目元、通った鼻筋、やさしげな口元、ほっそりとした輪郭、目蓋の落ちた状態でも、美しい女性なのがはっきりとわかる。ほのかな橙色の光を浴びて、枕元に広がった黒髪が艶やかにかがやいていた。

（映画に出てくる女優さんみたい。こんなきれいな女性の相手を僕が……）

秋生はしばらく暎子の寝顔に見入った。

（まずは、なにをしたらいいんだろう）

性経験のまったくない秋生には、手順がよくわからない。考え込む秋生の頭に、大浴場で喋っていた男たちの会話が思い浮かんだ。

（そうだ。あの人たちは足を摑んで舐めまくるんだって言ってた。足の指や、腋の下、それに女の人のアソコを、許してくれって言っても無視して舐め続けるんだって）

窮した状況の少年にとっては、中年男性の猥談が唯一の道しるべだった。秋生は布団の足元で膝をつき、畳の上に革手錠を置く。両手でそろりと布団を持ち上げた。白い足先が見えた。

（こんな痴漢みたいな真似、いつもなら絶対に無理なのに）

緊張で胸がヒリヒリとした。だが不思議と恐怖心はなかった。異常な事態に巻き込まれた混乱に酒の酔いが合わさって、平素の臆病さを遠ざけていた。

秋生は頭を布団のなかにもぐり込ませた。指先に足指が当たる。

（高級そうな大人っぽい匂いがする。それにすべすべの肌）

布団のなかは、当然真っ暗でなにも見えない。その代わり視覚以外の感覚は鋭敏になる。布団の内は女性特有の甘い体臭と、気品のあるフレグランスの匂いが漂っていた。嗅ぐと身体が熱くなり、股間の陰茎は充血を取り戻した。

（起きる気配はないみたい）

深い眠りに落ちているらしく、反応はない。秋生は恐る恐る指を進ませた。なめらかな肌が、指にしっとりと吸いつく。女性は浴衣のような寝間着を纏っていた。秋生は裾をたくして、足首をそっと摘んだ。左右にそろりと開いて、脚の間に自分の入れるスペースを作った。

(寝ている人に、裸で襲い掛かってるよ。ほんとうに許してもらえるのかな)

己の心臓の音が聞こえた。肌からは汗も噴きだす。秋生はツバをゴクッと呑んだ。脛、膝、太ももと、指先でさわって確認しながら女性の腰の方向に向かって、身体を這い進めた。秋生の腕や肘に押されて、女性の脚はあられもない角度に開く。意識を取り戻したのか、「んんっ」と声をこぼすのが聞こえた。秋生の全身がひやりとして、強張る。

(暎子さんの目が覚めたら、絶対に怒られるよね。夜這いを掛けてるのと一緒だもの。……うう、迷ってもしょうがない。ここまで来ちゃったんだもの。言い付け通りに満足させなきゃ。押さえつけて、舐めるんだ)

動揺と焦りが少年の判断力を損なわせる。秋生は太ももの付け根辺りの位置から、思い切って前に顔を突っ込んだ。ふさりとした毛の感触が、鼻先をかすめた。

(え？　ええ？　こ、これって……も、もしかしてパンティ、穿いてないの？)

少年の胸の拍動が速くなる。秋生は手を暎子の腰の横に這い寄らせた。探っても下着の生地は指に当たらなかった。額や首筋にはじっとりとした汗が流れた。

(そ、そうか、暎子さんは着物だった。人によっては、和装の時は下着をつけないことがあるってママが言ってた気がする)

恐らく暎子も、下穿きの類をつけない習慣なのだろう。闇の向こう、数センチ先に大人の女の秘部が晒されていると思うと、少年の身体は熱くなった。

(今、僕の目の前には女性の剝き出しの股間があるんだ)

秋生は息を止めて、顔を近づけた。繊毛が頰や鼻にふれ、快い香がふわっと匂った。

(ここが女性の)

そのまま顔を押しつけた。こんもりとした丘は、頰ずりしたいようなふんわりとした弾力だった。

(あったかくて、それに甘酸っぱい香もする)

秋生は太ももの横に手を置いて、顔を上下に動かした。少年の鼻や唇と、女性の恥丘が擦れる。肌はなめらかで温かかった。

(あ、こっちは毛が生えてない)

女丘の丸みの下側は、感触が異なっていた。生まれて初めて接する女性器だった。息が勝手に速くなる。

(ここがおま×こ、だよね。舐めなきゃ。そのために来たんだから)

秋生は己に言い聞かせる。口を遣いやすいように、暎子の脚を広げた。唇を寄せ、舌を伸ばして舐めた。

(塩味だ。汗だけじゃない色んな味がする……)

最も強く感じたのは塩気だが、酸味、苦み、甘みが混じった複雑な味がした。

秋生はもう一度舌を擦りつけた。女の腰がキュッと引きつるのを、押さえつける手に感じた。上からは「あんっ」とか細い声が漏れるのが聞こえた。

(可愛い声。僕、女の人のアソコを舐めてるんだ)

女性の一番秘すべき箇所に口をつけているのだと思うと、言い得ぬ情欲が湧き上がる。勃起からは先走りの粘液が垂れて、太ももやシーツを濡らした。興奮が童貞の少年を積極的にする。秋生の舌遣いは大胆になった。

(真ん中に割れ目があるみたい。内側はすごくあったかい。女の人のアソコってこんな形なんだ)

何度も舐める内に、湿った粘膜が縦の亀裂を形作っていることに秋生は気づいた。

「ん、あっ……ん」

中央の潤みを舌先でなぞると、艶めいた声は先程よりも大きくなり、開いた脚も閉じようと動く。

(嫌がってるのかな? あっ、なんか硬く尖ってる)

舌先に、ポチッとした丸い粒のようなものが引っ掛かるのに気づいた。舌腹で圧してみる。すると小さな蕾はますます硬くなり、膨らんだ。

(これがクリトリス? この下の方に、女性の穴があるって習った)

保健体育の教科書で見た、身体の仕組みの絵図を思い浮かべながら、秋生は頭を沈めて、口を深くもぐらせた。

(ヌルッとしたのが溢れてる。これが愛液?)

舌先でヒダ状の粘膜の内を探ると、どこまでも沈んでいく箇所があった。

「な、なに……だ、誰……あ、あん」

意識が戻ったのか誰何の喘ぎが漏れた。その声には答えずに、秋生は舌を蠢かして蜜穴をほじった。舌先がヌプッと狭穴の内にすべり込む。

(あ、入った。あったかい。ここが女の人の……)

「やっ、そないされたら……ああんっ」

女性の声が艶を帯び、愛液もトロッと分泌された。秋生は顔を回し込み、舌を出来るだけ差し入れた。内奥の粘膜は灼けつくように熱く、牝っぽさを感じる生々しい匂いがこぼれる。

「んふっ、んっ」

何かを耐えるような、くぐもった吐息を発して、暎子の腰がよじれた。寝間着の裾が乱れ、下肢は大きく開いた。

(声が変わってきた)

布団のなかのやさしいぬくもりと、脚のやわらかな肌触りが心地よかった。少年はクンニリングスに夢中になる。

「いったい、どないなって……あんっ、ん……あんっ」

部屋に響くのは、劣情を誘う可愛らしい声だった。秋生は舌を戻して、唇をぴっちりと女穴に被せた。ジュルッと音を立てて、溢れる愛液を吸った。むっちりとした太ももが秋生の肩を締め付けてくる。

「だ、誰……あんたなん?」

喘ぎ声が、尋ねる。

(僕を旦那さまだと思ってるのかな。ごめんなさい)

申し訳なさが、少年の口唇奉仕を激しくさせた。秋生はヌルリヌルリと秘処全体を舐め上げた。秘裂を形成する花びら状の左右のヒダが、だんだんと厚みを増していくのを感じた。秋生は肉びらを唇に含んだ。唾液と愛液をまぶして、しゃぶり立てる。

「そないしたら……あ、あんっ」

暎子の手が伸び、秋生の髪の毛を摑んだ。両脚を強張らせ、腰を反らすように浮かせて、秋生の髪を引き絞る。

(暎子さん、感じてくれてるっ)

切羽詰まった肉体の反応がうれしかった。布団にくるまれた闇のなか、秋生は暎子の足を押さえ込み、しつこく舐め吸った。上縁を舐め上げたとき、一際大きく唸りを上げて、ゆたかな腰つきがせり上がった。

「んあ、そこ、あかんっ」

(あかん？　関西弁だ)

暎子が発するのは、聞き慣れた標準語ではないことに秋生は気づいた。関西弁の知り合いはいない。方言の色めいた声は新鮮だった。秋生は唾液を潤沢に滴らせ、同じ箇所に舌腹を何度も擦り付けた。

「あんっ、やん……おかしゅうなるっ」

芽ぐんだ肉芽に舌が当たる度、暎子は喘ぎを放って、秋生の髪をきつく引っ張った。

(女の人はここが気持ちいいんだ)

秋生はクリトリスを舌先で捏ね回した。肉芽は屹立し、芳醇な香もムンと匂い立つ。暎子の肉体の興奮が、酸味の感じられる匂いと感覚器の充血に表れていた。

(ああ、僕までイっちゃいそうだ。ペニスを擦ってもいないのに)

生々しい情欲は、少年にも伝播する。尿意に似た切迫感が尿道の奥の方にこみ上げ、膨張した陰茎が太ももの間で震えた。気を紛らわせるためにも、秋生は口を押し付けて陰核を盛大に吸い立てた。

「そないしたら、あかん、あかんようっ……ああっ、んんうっ」

暎子が息を詰まらせる。肢体はピンと引きつった。次の刹那豊腰が戦慄き、秋生の上体に脚が絡み付いて、内に絞り込む。

(暎子さんの身体、痙攣してる。イッた？　イッたのかな)

急激な女体の変化は、オルガスムスを迎えたためのように思えた。だが経験の無い秋生には正確な判断がつかない。

（匂いがさっきより濃くなってる）

鼻腔が嗅ぎ取るのは、本能を撃ち抜くような牝っぽい臭気だった。脚が脱力し、髪を摑んでいた暎子の細指が、するりとほどけた。秋生も口を離して、息を整えた。間際まで迫っていた射精感を耐える。

（そうだ。休んじゃだめなんだったっけ。もっと続けなきゃ。女の人が許してって言うまで）

中年男性たちのセリフを思い出して、秋生は再び女の脚を押さえつけた。唇を這わせ、舌を左右にすべらせて陰唇を掻き分けた。舌先を尖らせて膣口に差し込んだ瞬間、蠕動する粘膜が秋生の舌に擦り付いた。

（さっきよりうねうねして、締め付けてくる）

「いやっ、休ませ……あくっ、なんで」

暎子は啜り泣くような声を発した。舌を蠢かして蜜洞をまさぐると、女の下肢がきゅっと強張った。膝を立てて開脚の角度が広がる。

（もっと奥までって言ってるみたい）

過敏な反応が愛撫の正しさを少年に教え、勇気づける。秋生は夢中になって舌を遣い、ヌプヌプと音を立てて女奥を探った。

「いや、あかん言うてるのにっ……またうちっ、あ、あああンっ」

声が艶っぽく崩れた。女肉が秋生の舌を締め上げて、ヒクつく。同時に潤みの奥から温かな愛液が盛んに溢れ出た。秋生は口愛撫をゆるやかにした。女体はしばらく跳ねるように震えていた。

(もういいよね)

秋生は静かに口を引いた。さすがにこれ以上続けるのは気が引けた。代わりに秋生は、内ももや鼠蹊部を舌でやさしく舐めた。シーツと掛け布団、そして暎子の寝間着が汗を吸って、じっとりと湿っていた。二人の汗の香と、甘酸っぱい性臭が布団のなかに立ちこめていた。

(この匂い……どうしよう興奮が収まらないよ)

今にも爆ぜそうに、勃起が震えを起こしていた。

「あ、ん……いい加減に——」

パッと布団が剝がされた。女の股間に顔を被せた少年を、オレンジの光がまぶしく照らし出した。

「あ、あんた誰やの？　なんで子供が、うちの寝室に入り込んでるん？」

足を摑む秋生を、涙で濡れた瞳が見る。秋生は面を上げた。

(ど、どうしよう。なんて言えば)

秋生の頭のなかはパニックに陥る。

夜具の上に重なり合った男女は、しばらく見つめ合った。

暎子の身につけていたのは浴衣ではなく、薄紅色の長襦袢だった。双乳の膨らみと、やわらかな身体のラインが艶っぽく浮き出ていた。呼吸の度に、ゆたかな胸元が盛り上がる。

(色っぽいな。下半身は、僕のせいで大きくはだけてるし)

裾は腰までめくれかえり、白い下肢は剝き出しになっていた。唾液で濡れた生々しい秘奥がのぞき見え、その上には黒い翳りが生えている。下から見上げる暎子の姿態は、たまらなくエロティックだった。

「いやわ。見知らぬ子に、あないな恥ずかしい真似されて」

我に返ったのか、暎子が羞恥の声を漏らし、パッと腰を引いた。秋生も手を放す。暎子は足を閉じて裾を直すと、膝を揃えた。

「あ、榎本秋生と言います」

秋生は名乗り、身を起こして布団の上に正座をした。依然勃ったままの勃起は、両手で覆った。

「酔っ払った弘美や里恵が、えげつないイタズラしよって思うたら。あなた……、秋生くんはいくつなん。高校生？」

秋生は首を横にした。

「ほな中学三年生？」

秋生はうなずく。暎子が吐息をついた。

「ほんまに幼い子供やないか」

相手が未成年とわかったためか、暎子の表情から険しさがふっと薄れた。暎子は枕元にあった衣装盆に手を伸ばした。畳んであった浴衣を摑んで広げると、秋生の肩に羽織らせた。秋生は前を掻き合わせて、肌と男性器を隠した。

「男の子が、素っ裸で人の寝所に忍び込んで……ふつうやないやろ。説明してや」

詰問の口調は穏やかだった。

「僕、温泉から戻る時に部屋を間違えたんです――」

秋生は最初から順に話した。曲がりくねった廊下に、方向感覚を失ったこと。弘美と里恵にホストクラブで働く大学生と間違われ、そのまま成り行きで男娼の任を強いられたこと。二人に連れられて、この部屋へ押し込まれた場面まで話したところで、黙って聞いていた暎子が黒髪を搔き上げて頭を振った。

「あの人らは無茶ばっかりして。独り身のうちを勇気づけようって気持ちには感謝するんやけど、こういうやさしさにはついていけんわ。おまけにこない子供をけしかけるなんて。なんで少年を大学生と間違えるんやろうね。こんなん一目見て、わかるやろうに。二人ともお酒をしこたま呑んでたん？」

「弘美さんも里恵さんも、顔は赤かったです。……あの、謝って済むことじゃないかも知れませんけれど、ごめんなさい」

秋生は深々と頭を下げた。白い手が、秋生の頰にあてがわれた。秋生は面を上げる。

「わかるやろ。女の寝込みを襲うんは犯罪なんやで」

心配げに眉尻を下げ、暎子が切々と説く。秋生は肩を小さくしてうなだれた。

(僕が最初にはっきりと主張しないから、こんなことに)

安易に流されてしまう己の気弱さが恨めしかった。頰に添えられていた暎子の手が、頭に移動する。くしゃっと髪をかき混ぜるようにして撫でた。

「ちゃんと反省してるんなら、ええよ。若い子を、警察に突き出す訳にはいかんしね。それに段取りしたんは、うちのお友だちやもの。うちは三十四歳なんよ。

こないなおばさんの身体を舐めさせられて、難儀やったなぁ」

「いえ……初めてだったけれど、暎子さんのアソコ、おいしかったです」

言い終えると同時に、秋生の額がパチンと軽く叩かれた。前を見ると、暎子の美貌が真っ赤に紅潮していた。

「秋生くんも、酔っとるんやな」

「僕、お酒は少し呑みましたけど……あのほんとうです。僕、暎子さんのおま×こ、おいしいって思いました」

嘘ではないと信じてもらうために、秋生は必死に繰り返した。

「な、なにを言うとんの、この子は」

　暎子が狼狽え声を発して、横を向いた。暎子の首筋や耳までが、鮮やかな朱に色づいているのが、秋生の目に丸わかりだった。さほど乱れていない襟元を直して居住まいを正すと、暎子はコホンと咳払いをした。そこでようやく秋生は、自分が不適切な表現をしていたことに感づいた。

(あっ、おま×こがおいしいなんて、口にしちゃダメじゃないか。なに卑猥な単語を連呼してんだか)

「あ、あの、別に、僕はイヤじゃなかったってことが、言いたくて」

秋生はしどろもどろに言い訳した。暎子は長襦袢の袖で、火照った顔を押さえてから、秋生の方へと視線を戻した。

「そ、そう。少年なんやし、もうお酒なんか呑んだらあかんで。おまけにえろうぶっそうなもんまで持ち込んで。これでうちを縛ろうとしたん？　いけん子やな」

暎子が畳の上の革手錠に気づき、手に取った。興味深そうに眺める。

「それは里恵さんに渡されて」

「里恵が手錠を使えって言うたの？　こない風に」

暎子が秋生の右手首に、ベルトの一端を押し付けた。すると、いきなり革のベルトがくるんと回転して、手首に巻き付いた。秋生と暎子は揃って驚きの声を上げた。

「今、自動で閉じたね。バネでも、入っとるんやろうか？」

暎子はもう一つの革ベルトも、秋生の左手首にそろりと近づけた。肌にベルトがふれた瞬間、弾けるように丸まってリングを作った。

「えらい仕組みやねー。どないなっとんのやろ」

暎子が感心したように漏らす。秋生は手首を左右に引っ張った。革のベルト同士を繋ぐ細紐がビンと伸びるだけで、びくともしなかった。

「外れへんな。秋生くん、鍵は？」

「もらってません」

「え、そんならこれどうやって取るん？」

暎子が身を屈めて、手元を覗き込んだ。

「わかりません。どうしたらいいんだろう」

首をひねった秋生の目に、暎子の胸元が映った。長襦袢がゆるんで、胸の谷間が丸見えだった。

(暎子さんのおっぱい、おっきい)

下を向いた二つの白いふくらみは、長襦袢の生地を重そうに突っ張らせていた。こぼれ落ちそうなボリュームは、牡の本能を刺激する。

(もう少しで乳首が見えそう)

丸みの先端では、生地がぽつんと浮き上がっているのが見えた。暎子がブラジャーをつけていないのは一目瞭然だった。

「試してみるんやなかったなあ。ごめんな秋生くん……あっ」

暎子が声を上げて固まる。羽織った浴衣の隙間から、秋生の勃起が衝き上がっていた。秋生は慌てて、手錠の掛かった手で猛った肉塊を包み隠した。

「す、すいません」

「いい加減、ちいそうなさい。なんでまだこないになっとんの」

「あ、あの……」

ふくよかな暎子の胸元を視姦していて、欲情がぶり返したとは言いづらい。秋生は口ごもった。

「どないしたん。さっき反省してるん言うたの、演技やないの？」

暎子の眼差しが厳しかった。

（どうしよう……ああ、正直に言うしか）

「暎子さんがきれいで、色っぽくて……いい匂いもするから、収まらないんです」

叱責を覚悟して、秋生は告げた。

「いい匂いって……そ、そんな訳ないやろ。昼間忙しゅうて疲れてたから、温泉にも入らんと休んだんやで。汗臭うなっとるの自分でもわかろうもん」

暎子が困惑したように言う。

（入浴してないんだ。じゃあ僕は、暎子さんの洗ってないアソコを舐めたんだ）

恥部の匂い、味の記憶が甦った。目の前の美しい女性の太ももを掴み、あられもない開脚姿勢を強いて、秘園に口をつけていたのだと思うと、秋生の頭はぼうと上気した。股間ではペニスがいきり立つ。

「ぎょうさんお汁垂らしはって……太ももの方まで濡れてるやないの。ほうっといたら風邪引くんとちゃう」

暎子が枕元のタオルを取った。秋生の両手を股間からよけると、カウパー氏腺液で濡れ光る勃起に、タオルを押し付ける。

「あ、あの、自分で拭きます」

「ええよ。秋生くんは手が使えんのやさかい」

生地が表面を擦った。秋生の腰に電気が走る。

「あ、痛かったやろか？」

歪んだ秋生の表情を見て、暎子が手を止めて尋ねる。

「いえ、その、でちゃいそうで」

「そ、そうなん。加減せなあかんね」

暎子が羞恥を滲ませてつぶやく。陰茎を拭き上げる手から力が抜けた。さわさわとした触感に変わって、タオルがペニスの表面をくすぐった。

（いいのかな。こんなことしてもらって。……暎子さんて、怒った顔も困った顔も、恥ずかしそうな顔も魅力的だな）

快感のなか少年は思う。手の動きが急に止まった。

「後から後から粘っこい汁が溢れてきて、きりないわ。秋生くん、どうにかならへんの？」

「どうにかって……」

（一回だしちゃえば、止まるだろうけど）

射精しない限り、透明な興奮汁は滲み出続けるだろう。しかしそう説明することは、この場で絞り出して欲しいと願い出るようなものだった。

「溜まってるもん、ださんとあかんかな？」

「えっ」

想いを見透かしたような暎子の言葉に、秋生は驚愕の表情を作る。

「じょ、冗談やで。例え指でも、こんなおばちゃん相手にだしたりしたら、笑いもんになりよるよ」

暎子が慌てたように言い、俯いて表情を隠した。美貌は耳の先まで紅潮していた。

「暎子さん」

秋生の呼びかけに、黒髪をゆらして、暎子が上目遣いを向ける。

「な、なんやの？」

照れと恥ずかしさの同居した相貌は艶っぽく、また可愛らしかった。

「暎子さんは、とっても魅力的です」

秋生は告げる。暎子の紅唇から溜息が漏れ、大粒の瞳が潤んだ。

「おじょうず、言うたらあかんよ」

会話が途切れる。やがて勃起を包み込んでいたタオルが落ちた。暎子の指が、直接少年のペニスにふれた。巻き付き、やわらかに握り込む。

「指が届かんわ。最近の子は、みんなこないに発育ええの。それとも秋生くんが特別なん？」

細指がしなやかに陰茎を擦り立て始めた。強弱を加えた、絞り取ろうとする指遣いだった。肉茎は震え、精の溜まった陰嚢はきゅっと収縮した。摩擦の快楽と、切迫感が少年を襲った。

「僕の……へ、変ですか？」

上ずり声で問う。暎子が秋生を見た。距離が近かった。

「ちっともおかしなこと、あらへんよ。きれいに皮も剝けとる」

瑛子は瞬きを繰り返して、秋生に微笑みかけた。指に力がこもる。秋生は快感の上昇に喘ぎ、身を倒し込んだ。瑛子もスッと顎を差し出す。互いの口がふれ合う寸前だった。瑛子の紅唇がかすかに開いた。

「おいで」

瑛子の囁きが聞こえた気がした。秋生は首を伸ばした。男女の口はぴたりとふれ合った。

(瑛子さんとキスしてる)

里恵、弘美に続いて、今夜三人目のキスだった。ふっくらとした唇を味わうように、ゆっくりと口づけを交わす。股間では手が肉茎の表面をしなやかにすべっていた。反り返った勃起は快美を悦び、ビクビクと息づく。カウパー氏腺液が潤沢に噴き出して、女の指をべっとりと濡らしていた。

(気持ちいい。イッちゃいそう)

秋生はこみ上げる射精感と必死に戦った。眉間に皺を寄せて、喉元で唸りをこぼす。唇がゆっくりと離れた。

「少年と、キスしてもうたわ」

長い睫毛を震わせて、暎子が色っぽく嘆息する。胸元が波打っていた。

「秋生くんが、あないにしつこう舐めるさかい、うちもおかしゅうなっとるよ」

暎子は尻の辺りをもじもじと動かし、濡れた双眸で少年を見た。空いている左手の人差し指で己の紅唇をぬぐい、次いで秋生の下唇に垂れた唾液も同じ指で拭いた。優雅な所作だった。

「あ、あの」

「わかっとるよ。指に震えとるのが伝わってくるもん。初体験を済ませな、携帯電話を返してもらえんのやったね」

(初体験……暎子さんが、二人に取りなしてくれるんだとばっかり)

手違いで部屋に彷徨い込んだのだと、説明をした。もう交わりは必要ないと思っていただけに、暎子のセリフは不穏な期待感を一気に掻き立てた。

「秋生くんにはうちの汚れた身体を、拭いてもろうたんやし、仕方ないいんやろなあ」

暎子が秋生の肩から浴衣を外した。腰を浮かせて膝立ちになり、脚を開いた。

「秋生くん、覚悟はできとる？」

少年の目を覗き込み、暎子が囁いた。声が出なかった。秋生は、ゆれる眼差しを向けるのが精一杯だった。

「うち、四条暎子っていうんよ。今から抱く相手の名前、ちゃんと知っておきたいやろ」

中腰になった暎子が、座り込む少年の腰に跨ってくる。手錠のかかった腕が邪魔にならぬよう、秋生は胸の位置に両手を持ち上げた。

「四条、暎子さん……」

「そうや」

暎子が拘束された手を掴み、身を重ねてくる。紅い唇が近づく。やわらかな感触が、秋生の口元にふわっと被さった。口を開けた。暎子の舌がもぐり込んでくる。舌を擦り合わせた。手にはたぷんとした双乳が押し当たっていた。

(大人の女性の唇って、なんでこんなに甘いんだろ)

蜂蜜のような唾液を味わい、秋生は思う。

年の離れた男女は視線を絡ませながら、口を吸い合った。

2

四条暎子は、少年の背に手を回した。

(相手は子供やのに、舌を絡み合わせて)

積極的に舌を遣っているのは暎子の方だった。二度目のキスとあって、抵抗感は大分薄れていた。唾液を混ぜ込むようにして、少年の口腔をまさぐった。

(おまけに初体験なんて……うち、なにを言うてんの。弘美や里恵のことなら、どうとでもなろうに)

少年相手の筆おろしを自ら申し出たことになる。破廉恥さに相貌は火照り、口元から漏れる息遣いの音は、勝手に荒くなる。混乱する心は、口づけの熱っぽさに繋がった。湿った音を口元から響かせ、舌を巻き付け合った。

(弘美は会社を助けてもらった恩を少しでも返そうと思って、こんな贈り物を思いついたんやろうけど)

弘美と里恵は、二人とも古くからの友人で、何でも相談し合う仲だった。弘美の経営する会社が、資金繰りで困ったときには、暎子が援助の手を差し伸べた。里恵が今、夫婦間のセックスレスで悩んでいることも知っている。

（せっかく温泉宿にやってきたっちゅうのに……湯に浸かる元気もなく先に寝たら、なんでこないなことになっとるんやろ）

四条家の持つ教育財団には、来年度の奨学金の申し込みが多数来ている。その面接審査が昼間あった。その後、四条家の寄付金で造った共同生活ホームの落成式があり、当主の暎子はそこにも顔を出さねばならなかった。古い屋敷の改築も春から始まる。責任者として、書面には一通り目を通しておかなくてはならなかった。地位と財産を有した名家には、繁雑な仕事が呆れ返るほどあった。

（ほんま、一日の汚れがこびりついた身体やったのに）

暎子は長襦袢のなかで、もじもじと太ももを擦り合わせた。秋生の口愛撫で、夢見心地のまま絶頂へと達した。少年の前で気を遣った恥ずかしさは胸に残り、快楽の余韻は温かな淫蜜の分泌となって、股の付け根をジクジクと濡らし続けていた。

（あない熱心に舐めるさかい、すっかりゆるんでもうて。クンニなんて、久しぶりやったから……）

太ももや尻に硬いモノがコツコツと当たってくる。暎子はたまらず右手を下方に差し伸ばして押さえた。

「え、えいこさん……」

宥めるように偉容を指で撫でつけると、秋生は眉間に皺を作って、舌を絡ませた状態でくぐもった声を漏らす。

（こないに立派な持ち物なんやもの。大学生に間違われるのも当然やわ）

絞り込む指の動きに合わせて、秋生が顎を引いた。暎子は唇を外すまいと追い掛けた。肩をすくめた秋生の頭の位置が低くなる。暎子の紅唇から溢れた唾液が、自然と秋生の口のなかへと流れ込んだ。

「んう、んふっ」

少女のような可愛らしい声を漏らして、秋生が流れ込んだツバを嚥下した。他人に自分の体液を与え、呑み啜らせる倒錯感は暎子をより昂らせた。

（もっと呑ませたら嫌がるやろうか。……ああ、この子、キスが上手やわ。逆らおうとせんから、とっても心地いい）

秋生は裸身を脱力させて、従順に暎子の唾液を受け止め、舌遣いも巧みに合わせてくる。擦れ合うヌチャヌチャという卑猥な音が、淫欲を煽った。暎子は汗に濡れた少年の裸の胸を、左手で撫で回した。かっちりとした胸板に、心がときめく。

（やっぱり男やなあ。厚みがあって固いわ）

牡を感じて花芯はジュンと潤んだ。温かな蜜が内ももへと垂れていく。

（……ちゃうよ、相手は少年やもん。欲しいなんて思ってない。そんな訳……）

暎子は懸命に、己の欲望を否定しようとする。しかし熟れた肉体に火が点いてしまっていることは、自分が一番よくわかっていた。夫は三年前に亡くなった。右手に感じる逞しい手応えが、三十路の未亡人をゆさぶる。

（うち、おかしゅうなってもうとる。あかん、止められへん）

暎子は唇を離した。糸を引いて二人の口が離れる。年上の女は切なく吐息をついた。昂揚に包まれた身体に、濃厚なキスが染みた。

（気弱そうな子なのに、こっちはえろうふてぶてしいわ……入るんやろうか）

暎子は視線を落とした。ヌラヌラと光る逸物を握り込んでいる。膨れ上がった牡の象徴を間近で見れば、さらに情欲は掻き立てられる。指の輪をきつくすると、透明な玉を浮かばせて少年は息を弾ませた。

「道に迷ったんがこんなんなるとは、秋生くんも災難やったね。怒っとる？」

「いえ」

快楽に歪んだ顔が、かぶりを振る。

「あの二人は、きつう叱っておくから……悪気はないんよ。むしろうちのことを一番心配してくれとる人たちなんやけど」

暎子は腰の中心を、反り返ったペニスの真上に持って行った。

（脚をこないに開いて、自分から……三年ぶりやもの、おまけにこない逞しいモノ）

刻一刻と、満たされぬ肉体の疼きが強くなる。腰を沈めた。秘裂の粘膜に切っ先が擦れる。暎子は「あんっ」と声を漏らした。

「暎子さん、いいんですか？」

「それはこっちのセリフやわ。なあ、ほんまにええの？」

最後の確認をする。秋生が首肯するのを見て、暎子は太ももの力を抜いた。尖った肉柱が、陰唇を割って突き刺さってくる。

（うちかて携帯電話のことなんか持ち出して……こんなんせんでも取り返してあげられるのに。結局うちもこの子の弱みにかこつけてんやから、最低やわ。……ああっ、ぶっといのが衝き上がってくる）

膣口を押し広げられ、肉塊がジリジリとせり上がってくる。

（先っぽ、パンパンになっとる）

引き攣る感覚で、亀頭の野太さがわかった。愛液ですべり、先端をツルッと呑んだ。括れに引っかかって、挿入が一旦止まる。暎子は溜息をついた。

「秋生くん、どないや？」

「はい。あったかいです。イッちゃいそう」

少年が感動の声を漏らす。涎を垂らした口元が、恍惚を訴えていた。愛おしいと思う。暎子は紅唇の端を持ち上げ、微笑んだ。

「あかんよ。もう少し我慢しいや。ゆっくりやさしゅう入れたるさかい」

暎子は秋生の肩に両手をついた。強い刺激を与えぬよう、時間を掛けて剛柱を呑み込んでいく。

「ああっ、この感じ、三年ぶりや……」

思わず声が漏れた。じわじわと咥え込んでいくだけで、痺れるような至福が女体を駆け抜けた。

（すごいわあ。こんな奥まで届いとるよ）

挿入感がどこまでも続く。切っ先が膣底に当たり、ググッと押し上げられた。頭のなかに火花が散る。と同時に、暎子の双臀が少年の腰の上にぶつかった。

「うう、ようやく……全部入ったで」

暎子は唸り、秋生の身体に抱きついた。全身が震える。対面の座位で深く繋がっていた。余裕のない充塞が媚肉を歓喜させる。

(こんなん頭んなか、ピンク色になってまうよ)

雄々しい肉塊が縦に突き刺さっていた。女肉は緊張と弛緩を繰り返し、夫に続いて生涯二人目の男性の味を噛み締める。

(亡くなった夫と比べるなんかしたらあかんのに。でも桁違いやもの)

男の子だというのに、長さも太さも遙かに逞しかった。そしてなにより硬い。

暎子はぼうっとした瞳で前を見た。少年の相貌が汗で光り、赤く色づいていた。

「うちの身体、気持ちええかな?」

暎子は尻をゆすり、余裕のない結合感を確かめた。

「あっ、ああ、暎子さん」

狭穴に肉茎を扱かれ、少年が首筋を引き攣らせて、上ずった声を発した。すがりつく眼差しが女心をくすぐった。

(この子、きれいやなあ)

吐精感を必死に耐え、ハアハアと細身を喘がせる少年は美しかった。

「このあなを、秋生くんが舐めて拡げたんよ。おかげで秋生くんの太いのでもなんとか入ったわ。ゆっくり大事に動いたるな」

　暎子は秋生が身悶える様を眺めながら、ゆるやかに腰を遣った。生刺しのペニスが、媚肉をダイレクトに擦る。

（キクわあ……避妊もせんと、直に咥え込んどるんやもの）

　せり出した亀頭の反りに、膣ヒダが削られる。女の細首はゆれ、艶やかな黒髪をざわめかせて悶えた。紅唇からも、情感のこもった呻きが漏れ出た。

（うちも一緒や。きっと秋生くんと同じようなだらしない顔しとる）

　長襦袢の紐はゆるみ、胸元は大胆に開いていた。乳房がこぼれ落ちそうになっているというのに、それを直す余裕もない。

「暎子さん、待って。僕、でちゃいそう」

「待たんよ。ああ、どうしたらええの。うち、とっても気持ちようてかなわん」

　少年の訴えに対して、暎子は粘っこい腰遣いで応えた。肉の歓喜で、暎子の肌も汗を噴き出し、長襦袢はしっとりと濡れる。

（秋生くんに、欲求不満の浅ましい未亡人て思われとる）

　恥辱の情が、恍惚一辺倒だった交わりの味を変化させる。手錠で腕を動かせない秋生の代わりに、暎子はぎゅっと両手で抱きつき、密着を深めた。

「こうしたら、もっとええやろ」

「はい。暎子さんの身体、すべすべであったかいです。セックスってすごいんですね」

秋生の手が乳房にさわってくる。手錠で拘束されているため、指遣いは自由にならない。丸みを撫で、持ち上げ、乳首の辺りを指で擦ってくる。長襦袢越しの稚拙な動きが、三十四歳の情欲を切なく盛り上げた。

（直接、弄って欲しいわ。うう、自分から胸をさらけ出したら変やろな）

乳頭がジンジンとした。直に指で摑まれ、しこった胸肉を乱暴に揉みしだかれたらどんなに気持ちよいだろうと思う。暎子の呼気は乱れた。

「暎子さんって、美人ですね」

未亡人は、少年の声に動揺を誘われる。

「んっ、この子はいきなり真顔で、なに言うとんの」

前を見た。秋生が暎子の顔をマジマジと見つめていた。三十四歳の女の相は、恥じらいの朱に染まった。

（いかがわしいこと考えてた最中やのに。うち今、どんな呆けた表情してたんやろ）

瑛子は秋生の肩に顎をのせて、含羞の顔を見せぬようにした。汗ばんだ肌と肌が擦り付く。

「寝顔を見た時から、そう思ったんです。それに感じてる今の表情、すごく色っぽくてステキです」

(大人の男なら、照れてよう言わんことを……男の子やわ)

褒め言葉が女の胸を掻き乱す。膣奥からは愛液がドッと溢れた。

「ああ、ヌルヌルしたのに締め付けられてる」

秋生が歓喜の声を漏らす。瑛子は肉感的なボディーをうねらせた。

(あんたが、こっ恥ずかしいセリフをストレートにぶつけてくるからやで)

乳房を押し付け、腰を卑猥に前後させた。接合部から淫汁が飛び散り、互いの内ももを濡らす。

(秋生くんも、トロトロのんいっぱい噴き出しとる。これが我慢の汁やなんて……信じられへん量やわ)

膣奥に噴き当たるカウパー氏腺液を感じるなど、初めての経験だった。秋生が極まった時に吐き出される精液の量を瑛子は想像して、身震いした。

(どんだけ溜まってるんやろう。きっともの凄いはずやわ)

「うちの身体、秋生くんの硬いのが、気に入ったって言っとるんよ」

「僕も暎子さんのオマ×コ、好きです」

少年が叫んで、腰を浮かせた。手錠の掛かった手で暎子の長襦袢をはだけた。乳房を摑んで、まさぐってくる。

「あ、ああっ、なに言うとんの」

女は艶めく声を放ち、肢体を仰け反らせた。豊乳が少年の指のなかで変形させられていた。鮮烈な快感が女体に響き渡る。

「舐めた時、汗でしょっぱかったけど、穴のなかに舌を入れると絡み付いてきて、奥から牝っぽい汁が滲み出てきました。とってもエッチな味でした」

少年は女体を上下から責め立てながら、クンニリングスの感想を述べる。羞恥と快感が混じり合い、暎子の呻きは大きくなった。

「牝っぽいなんて……恥ずかしい物言いせんといて。聞いてもおらんのに、そんな説明要らんよ」

暎子は秋生の口をキスで塞いだ。秋生は下肢をゆすって反動をつけ、肉茎を衝き上げる。息が続かなかった。暎子はぷぱっと音を立てて口を外して、空気を吸った。

（あかん、先に気を遣ってしまいそうや）

少年の口が暎子の首筋を舐める。耳たぶを噛んだ。胸元では乳首を摘み、双乳を激しくゆすり立てた。重層の快楽に、女の意識が薄れる。底の方から立ち昇った至福の波が、四肢を痺れさせた。

「いいですか、もう我慢できない」

少年が暎子の耳元で、限界を告げた。勃起が間断なく戦慄き、膣穴のなかで暴れていた。暎子は少年の背を撫でた。

「ええよ。よう辛抱したなあ」

「あのじゃあ、抜いて」

「初体験のお祝いや……このままなかにだしてええよ」

暎子は秋生の背に爪を立てながら、告げた。

「い、いいんですかっ」

少年の目が驚きで丸くなる。暎子も己の発した言葉に驚いた。

（うち、なにを言うとんのや。自分から、中出しさせたげるってゆうなんて）

暎子が困惑する間にも、秋生の相がみるみる感激の表情へと変わっていく。

「大きな声だしてごめんなさい。なかにだすの、許してもらえるなんて思ってもみなかったから」

（ああ、秋生くん、うれしそうやなあ。おめめが、キラキラになってもうとるやないの）

暎子は目を細めた。今更、撤回するとは言い出せなかった。果たして今日が安全な日だったたか、暎子は陶酔に侵食された頭を懸命に巡らせた。

（この前生理のあった日が——あ、ダメや、ちょっと危険かもしれへん）

「ええよ。思いっ切りうちのなかに流し込み」

肉体が理性を裏切る。許可を与えるセリフが勝手に喉を通った。

「暎子さん……ああっ」

少年が喜びの声を上げる。腰を左右にゆらして、膣道により肉茎が擦り付くようにした。

「あっ、あっ、あっ……横に当たる、硬い、硬いわっ」

（この子の精液が欲しいんと、ちゃうよ。初めてやもの。外に出させるやなんて可哀想やから）

暎子は誰に向けてのものかもわからない言い訳を唱え、腰を激しく振り立てた。じきに煩悶は快楽に呑まれ、意識はピンク色の波にとけて薄れる。秋生が双乳をゆすり立て、絞った。男と女の生々しい喘ぎ声が、室内にこもった。

「うああ、暎子さん、でる……イクっ」

少年が相を崩して、呻きを発した。肉茎がグンと内奥に突き立てられる。暎子は秋生に抱きつき、キスをした。よがり声を吐息に変えて、秋生の口のなかに吹き込む。

(恥ずかしい声、聞かれとうない)

秋生は唸り、女体を突き上げた。

(イク、うち……ああっ、イクうッ)

先に絶頂を迎えたのは年上の女の方だった。肢体が震えて、ぎゅっと強張った。鮮烈な朱色に脳内が灼かれる。

「う、うぐうっ、んぐぐっ」

暎子はよがり声を喉元から発した。つま先でシーツを引っ掻いた。爛れた赤色が目の前に広がる。膣肉が収縮して、肉塊を締めあげる。わずかに遅れて少年が達した。剛柱が痙攣し、精が噴き上がった。

「ひううっ」

生殖液を浴びた瞬間、女の呻きが高音を帯びた。

（でとるっ……秋生くんのミルクがうちのお腹んなかに撒き散らされとるっ）

三年ぶりの膣内射精の感覚は、女の五感を一気に刈り取った。暎子の顎が跳ね上がった。

「あかん、うち……どうかなってまうっ、ああ、すごい……また、イクうっ」

「暎子さんのなかが締まってる。あん、気持ちいいっ」

さらけ出された暎子の喉に、秋生が恍惚の息を吐きかける。昇り詰めた未亡人は、少年の裸身に抱きついた。濃い粘液が、連続で膣粘膜を打つ。脚を閉じて、少年の腰をきゅっと挟み込んだ。秋生は垂れ下がった乳房を握り締める。

（まだでとる。孕まされてまうかもしれん）

少年の精で、受精する場面を描いた未亡人は、言いようのない倒錯感に包まれた。

「んっ、秋生くん、容赦してや」

背徳に脳を焦がされながら、女体は歓喜の震えが止まらない。

「暎子さん」

秋生が汗の垂れる顎を甘嚙みし、頬を舐める。暎子は唇を差し出した。男女はキスを交わした。下腹に溜まっていく熱が、三十四歳の肉体に膣内放出の至福を呼び込んだ。暎子は紅唇を開いて、呑ませてと請う。秋生が求めを察知して、唾液を与えてくれた。未亡人は喉を鳴らして、少年のツバを呑み啜った。

3

長い時間を掛けて、肉茎の律動が止む。女壺に精液が満ちているのを暎子は感じた。

(ぎょうさん注ぎ込んでもろうて。……どないしたらええんやろ。とってもようてたまらんかった。三十四歳の女が、少年と……こんなん犯罪やのに)

暎子は唇を引き、ほうっと陶酔の息を吐いた。下唇から垂れる涎を拭き取る余力もない。十代との性愛に熱中し、汗だくになった女体は、対面座位で繋がる少年の胸にもたれかかった。

「弘美や里恵のこと責められんわ。うちかて学生と交わっとるんやもの……大人失格やなあ」

暎子はかすれ声でつぶやいた。アクメの波が弱まれば、当然、自責の想いが顔を覗かせる。未亡人は憂いの瞳で、目の前の少年を見上げた。

「僕、あと二週間で大人の学生ですから」

年上の女を庇うように秋生が言う。少年のやさしさを感じて、暎子の頬はゆるんだ。

「そうなんや。大人なんやね……大人やったら、あの二人のことも大目に見て許してやってなあ。弘美は一人で会社を起ちあげて、頑張ってきたんよ。責任感とストレスで、毎日大変みたいやから」

暎子の懇願に、少年は素直にうなずいた。

「里恵さんも？」

「あの子は主婦なんやけど、夫婦仲がうまくいってへんみたいやの。秋生くん、セックスレスって知っとる？」

「こういうことをしないってことですよね」

秋生が下半身をゆすり、下から膣肉を小突いてきた。暎子は身をよじった。

「そ、そうやっ、ん、ああっ」

（ミルクの溜まったなかを、出入りしとる。こんなん初めて）

暎子の知る性交では、余韻もそこそこに抜き取って後始末をするのが常だった。

（うう、また欲しゅうなってしまうやないの）

瑛子は太ももで秋生の腰を押さえ込み、律動を止めさせた。深く息をつき、額を秋生の首筋に押し付けた。

（いつまでも抱き合うてるのんがあかんのやわ。秋生くんも無事に射精を遂げたんやもの。はよ終わりにせんと）

瑛子は腰を持ち上げて、結合をとこうとした。その刹那、秋生のペニスにクッと力感が漲り、精がびゅっと放たれるのを感じた。

「あんっ、まだでとんよ。止まらへんの？」

喘ぎをこぼして、瑛子は尋ねた。

「まだ完全にでてないみたいです。刺激されると、奥の方から漏れて来ちゃって」

「そうなんや」

瑛子は紅唇を噛んだ。熱い精が火照った膣肉にジンと染み渡り、腰から力が抜けていく。噛み締めた口元はゆるみ、隙間から切なく溜息が漏れた。

「ならどうにもならんなあ。しばらくこんままでおろうか」

「はい、瑛子さん」

秋生はうれしそうに白い歯をこぼした。瑛子の胸が温かくなる。少年の身体を抱き、ぴたりと肌をふれ合わせた。

「ずっと禁欲しとったの？」

「一ヶ月ちょっとです。だから、すごくよかったです。ありがとうございました」

少年が快活な声で筆おろしの感謝を述べる。真っ直ぐな眼差しを避けるように、暎子は俯いた。

「そんなん言わんといて。ことが終わった後にお礼なんか……初めて言われたわあ」

恥ずかしさと照れがこみ上げる。エクスタシーの余韻で赤く染まった美貌は、ますます色を深めた。

（一ヶ月……濃いの当たり前やわ。まずいんちゃう。トロントロンの精やもの。ややこ、こさえてもうたかも）

十代の活発な精子、きっと生殖能力も抜きんでているに違いない。暎子は己の下腹に手をあてがった。放精後、やわらかくなるはずの陰茎は、膣洞のなかで雄渾にそそり立っていた。そして、いつまでも精液を漏らす。

（ちっとも萎えていかんもん。うちを孕ませる気、満々やないの……あ、ほら、

また動いた）

肉棹が震えを起こして、粘液を吐き出す。ヌルリとした感触と共に、奥の方を陰茎で引っ掻かれると、甘い性感が背筋を走った。たまらず女体は引き攣り、膣肉もうれしげに蠢いた。

（勝手に締まってまうよ。……ああ、わかった。秋生くんのコレ、うちの好みの形なんや。どないかなってしまいそう）

著しい硬さ、ぴっちりと埋め尽くす太さはもちろんのこと、感じる箇所に当たる肉刀の反り、そして内部の蜜ヒダを擦るエラの張り出しも、絶妙だった。挿入を受けているだけで、浅い波のオルガスムスが延々と続いているようだった。

（相性ってあるんやな。女にとってコレがどれだけ重要か、知ってもうた気がする）

離れたくないと思う。意識の消し飛びそうな深い性的絶頂を、これまで迎えたことはなかった。暎子は濡れた瞳を少年に向けた。

（なかにミルクを出されると、こんなに気持ちええんやなんて知らんかった。量が多いせいやろうなあ）

「なあ、こない年の離れたおばさんやのに、初めての相手でよかったん？」

「はい。こんなきれいな方に、僕の最初の人になってもらってうれしいです」

秋生は摑んだままの乳房を、にぎにぎと指で揉んできた。

(ほんまに子供っぽい返事やなあ。それに仕種も)

暎子は苦笑を漏らし、少年の首に抱きついた。秋生の心臓の鼓動が聞こえた。少年の頰に己の頰をすりつかせた。

(こうして抱き合うのも久しぶりやわ)

安らぎに似た温かな気持ちが湧く。可能ならば、ずっとこうしていたいと暎子は意識の片隅で思う。

「やけど秋生くん、その年なら好きな子、おるんやろ。もうすぐ大人の学生やもんなあ」

「え、いませんけど」

「年頃の男の子が、そんな訳ないやろ。目、つぶりや」

暎子は少年の横顔を見つめて命じた。秋生は言われた通りに、目蓋を落とした。ぎゅっと目をつむった顔が可愛らしい。暎子の相に笑みがこぼれた。

「秋生くんだって、自分で処理する時あるやろ」

秋生の後頭部を手でポンポンと叩きながら、暎子は尋ねた。

「はい」

「そん時、女の子の顔、思い浮かべるやろ。こんな風に気持ちようなった時のこと、ちゃんと思い出してみい」

暎子は腰を控え目にゆすった。クチュクチュと卑猥な交合の音が漏れる。

(溜まったミルクがなかで攪拌されとる。たまらんわあ)

粘ついた体液が、摩擦の心地をねっとりと彩る。十代の子種をたっぷり注がれたことを教えるドロドロの吸着感は、何とも言えない罪深い愉悦だった。

「あ、あん……い、いません」

「ほんまに？　イク時も、誰のことも思い出さんの？」

秋生はなおも考え込む。暎子が腰に力を込め、女肉の絞りを強めると頬や口元をピクピクとさせた。

(ああ、うちのお腹のなかで元気に跳ねとる。困るわ、童貞の癖にこんなエライもん持っとるんやもの。……あっ、硬うなってきた。どないしよう)

射精で衰えていた硬度がみるみる戻ってくる。子宮口に切っ先がつっかえ、膣道全体がきゅっと引き攣った。暎子は艶っぽく声を漏らした。

(なんでこない早う、復活するのん……困るわ)

押し留められない。未亡人の熟れた双臀は円を描いた。膣奥と先端が擦れるのが、たまらなかった。

「ああっ、一人います」

思案していた秋生が、喜悦混じりの声をあげた。

「だ、誰やの？」

暎子は少年の耳元で、喘ぎつつ尋ねた。

「ママ……僕の母親です」

予想外の答えだった。暎子は腰遣いを止めた。

「ど、どういうことなんやろ。よかったら詳しゅう聞かせて」

暎子は声を抑えて訊く。動揺が表に出ないよう努めた。

「どういうことか、僕にもよくわかりません。でもオナニーする時、ママの顔がよくちらついて……あの、うちの母も、暎子さんと同じ未亡人なんです」

秋生が目を閉じたまま、家庭環境を説明する。生みの母は幼くして亡くなり、父と二人暮らしだったこと。後妻となる新しい母がやってきたこと。そして一年前に父が事故で亡くなったことを淡々と話した。

（血の繋がりのあるお父さまもお母さまも早うに亡くして。秋生くん、えらい不

幸な子やないの）

境遇を知り、暎子の胸が詰まった。秋生は口を止めずに喋り続けた。義理の母はこの機に、自分の元から離れていくと決めた気がする。それを切り出すために、母は今回自分をこの温泉に連れてきたのではないか——。

（堰を切ったように喋って。誰かに心細い気持ちを知ってもらいたかったんやろなあ。友だちにもよう相談でけへん内容やもの）

話しぶりから、少年が一人悩み苦しんできたことがわかった。暎子は秋生の髪を撫でつけ、同情の瞳で見つめた。

「僕この前、間違って卒業案内のプリントを捨てちゃって。それも原因だと思うんですけど」

「そんなん気にせんでも……。お母さまはちゃんとわかっとると思うよ」

「そ、そうですか？　ママを傷つけたんじゃないかってずっと後悔してたんです」

慰めの言葉に反応して、秋生が目蓋を開けた。憂いの宿った眼差しが、暎子の心を疼かせた。母を慕う息子の想いが、三十四歳の女の母性本能を刺激する。

（ほんまに義理のお母さまのことが好きなんやなあ……恋か、母親への愛情か、

本人もまだ判断がついてへんようやけど)

「大丈夫や。秋生くんの気持ちは、きっとお母さまにも届いとるよ」

「は、はい」

秋生は笑みを浮かべる。しかし暎子の言葉を完全には信じていないのだろう、笑顔の裏には不安感が透けて見えた。

(一人ぼっちは寂しゅうてたまらんもんなあ。うちが子供を欲しがっていたから、弘美はこんな子を選んだんやろうね。守ってあげとうなる子やもの)

暎子は少年を強く抱き締めた。手錠の掛けられた指が、暎子の双乳を握り返す。しがみつくような手つきだと暎子は思った。

(なんやったら、うちの子に――)

一時の感情に任せた申し出が喉まで出かかった。暎子はかぶりを振り、無責任な考えを振り払った。

「暎子さんの旦那さま、亡くなったの三年前なんですか」

少年が尋ねる。

「そうや。夫と別れて三年になるんよ」

答えてから、暎子は不思議そうに秋生を見た。

「でもなんで秋生くんがそのこと知っとんの」

「さっき暎子さん、僕としてた時に、三年ぶりって仰ってたから」

「あっ、つい、そんなん言うてもうたかもしれんね」

暎子は頬を染めて、恥じらう。

「急に変な質問してごめんなさい」

「ええよ。夫は身体が丈夫やなかったから。秋生くんみたいにハンサムやなかったけど……受け身でおどおどした感じが、似とうね。でも、うちはあの人のこと大好きやった。結婚を申し込んだんも、うちの方からなんよ」

「寂しい気持ちは、今でも？」

「そ、そうやね」

暎子は曖昧にうなずいた。

（頻繁に入院して……だから覚悟は出来ていたつもりやったのに）

それでもぽっかりとした欠落感は、三年経っても消えはしない。新たな出会いを求める気にもなれなかったのは、悲しみが癒えていない証拠なのだろうと暎子自身思う。

「亡くなった人のことばかり考えてちゃダメです。もっと自分の人生を楽しんで下さい」

「急になんやの？」

暎子は苦笑を浮かべた。秋生が真っ直ぐな瞳で暎子を見ていた。暎子は右手を秋生の頬に添えた。

(弘美と同じようなセリフを口にして。弘美になんか言われたんやろな)

「そうやね。気遣ってくれて、ありがとうな……あ、あんっ」

少年が身を屈めて、暎子の首筋に口を這わせてきた。暎子の肢体はゆれ、結合部では肉柱が擦れる。

「んっ、んうっ、待ってや」

「悲しい気持ちをずっとかかえて生きていくなんて、つらいと思うから」

秋生が囁き、顎下から首筋へと口愛撫を移動させた。くすぐったさで暎子は仰け反った。バランスを失う。やわらかな布団の上に、女体はパタンと倒れた。秋生が追い掛けるように覆い被さってきた。

(今度は、正常位や)

依然、繋がったままだった。開いた脚の中心に突き刺さった肉茎の角度が変わり、粘膜が圧される。

「秋生くん、こんな風に押さえつけんと。酔って女を手込めにしようとするんは、褒められん行為やで」

少年の顔を見上げて、暎子は告げる。まだアルコールが残っているのだろう、秋生の目元はほんのりと赤かった。

「忍び込んだことのお詫びです。僕の口で暎子さんの身体をきれいにします」

長襦袢が大きくはだけていた。未亡人の鎖骨の辺りから胸の谷間へと、秋生の舌が這っていた。舐め愛撫の快感に、ボリュームのある白い双乳を波打たせて、暎子は悶える。

(汗で汚れとるのに……まあ、おっぱい位やったら吸わせてやっても)

少年の口が、乳房へと向かっていく。その程度の愛撫なら許してあげてもよいだろうと、暎子は身体から力を抜いた。突然、秋生の口が横へすすっと移動した。

「あ、どこへ……そっちはあかんよ」

腋の下に秋生が鼻先を突っ込んでいた。同時に右手が摑まれて、頭の上に持ち上げられた。

「あっ、ちょっと待ち。そこはあかんよ。いやや、舐めんといて」

未亡人は慌てふためく。無防備な腋窩に、生温かな感触が這った。

（そこは匂いが）

空気にふれて、体臭が空気中に広がる。鼻をつく独特の腋臭を、暎子もほのかに嗅ぎ取った。洗っていない恥部に口をつけられ、匂いを知られることは、女として最も忌避すべき事柄だった。羞恥は一気に極まった。

「わ、腋の下なんかあかんよ。うう、よしてや」

暎子は困惑の相で嗚咽を放ち、肢体を左右によじった。上を向いた豊乳がたぷたぷと跳ねゆれた。秋生は返事をしない。ぱっくりと開いた腋窩に、熱心に舐め愛撫を施してきた。

（秋生くん、興奮しとる）

媚肉を押し広げる男性器の膨張を、女体は敏感に感じ取った。秋生は口での清拭を行いながら、腰を遣って媚肉を突き上げてきた。

（うち、犯されとるみたいや……あかん、昂ってまう）

男が上からのし掛かる体位の上、片手を押さえつけられて身体は自由にならない。その姿勢で肉茎を打ち込まれると、凌辱されているような錯覚がした。

実際は少年が相手で、酷い乱暴をされる危険はない。だからこそ、被虐悦の幻想に安心して女は浸ることができた。

「いやっ、後戯の愛撫なんか、要らんよ」

瑛子は小声で哀願しながら、空いている左手を秋生の頭に巻き付けた。髪に指を絡ませ、脚は膝を立てて、秋生が腰を使いやすいようにした。少年が力強くねじ入れてくる。

(横になった姿勢やと、秋生くんの出し入れが速うなって、ようけ擦れる。ああ、うちまた——)

「なんでっ、もう、こない逞しゅうなって……ついさっきだしたばかりやのに」

対面座位よりも、肉柱の抽送は躍動を増した。女体に流れる官能の波が、高くうねった。瑛子はシーツの上で黒髪を乱して、頭を打ち振った。

「こんなことじゃ、瑛子さんの寂しさは消えないかも知れないけど」

秋生が顔を上げてつぶやいた。口元はヌラヌラと光りかがやいていた。腋窩にべっとりと唾液がなすりつけられているのを感じた。

「そやな。こんなんで簡単に夫を忘れられる訳……そもそもなんで消さなあかんの。遠く離れてしもうたけど、思い出は胸に残っとる。それじゃあかんの?」

わずかに間があった。秋生がおずおずと口を開いた。

「思い出をかかえて生きるのと、思い出に縛られるのは違うと思います。悲しみに暮れる生活なんて、旦那さんは望んでないと……思うから」

（それは秋生くんが、義理のお母さまに言いたい言葉ちゃうの）

少年の思い詰めた表情を見て、暎子はピンと来る。秋生は暎子を見下ろしたまま、抜き差しを行ってきた。愛液と精液の満ちたなかを、ペニスがなめらかにすべっていた。少年の肉茎を捉えようと、女の蜜壺は勝手に収縮し、蠕動した。膣ヒダが亀頭の反りに引っ掛かると、染み入るような官能が走った。

「あ、ああっ、ミルク溜まったままやのに」

「はい。さっきと違って、ヌルヌルがすごくて気持ちいいです」

快活な声で、秋生が告げる。暎子は、秋生の肩にしがみついた。

（秋生くんは、夫を喪った義理のお母さまに、新たな生活を切り拓いて欲しいって伝えたいんやろ。お母さまの負担になりとうないって思ってんのや）

引き締まった表情、そして雄々しい肉茎が、少年の秘めた決意を暎子に教える。

（本心では、一緒にいて欲しいって思うとる癖に）

母性本能が刺激され、暎子は両手を背にやり、華奢な裸身を抱いた。脚は腰に絡ませた。いきり立つ少年を包み込むように、膣穴は吸いつきを上昇させる。

「ああ、締まってます」

「秋生くんは、未亡人になったお母さんと、うちを混同してんのやろ」

暎子のセリフが少年に火をつけた。秋生は膣底にぶつけるようにして、腰を振ってきた。暎子の眉間にきゅっと皺が作られ、紅唇は忙しなく喘いだ。

「あっ、ああっ、激しい」

「混同なんてしてません。僕は暎子さんを抱いていています」

否定の強さが、暎子の指摘の正しさを教える。

(自分でわかってへんだけ。秋生くんは、うちの向こうにしっかり義理のお母さまを見とる)

「暎子さんのオマ×コ、絡み付いてきます。暎子さん、ああ、暎子さんっ」

名を連呼する。哀感のこもった声音で名を口にされると、愛の言葉を囁かれているようだった。

「そんなん繰り返し人の名を口にしたら、あかんよ」

「暎子さん、僕、暎子さんのことが好きです」

(初対面のうちにでなく、お母さまにちゃんと好きって告げんと)

秋生は遮二無二、突き込んでくる。経験のない子供には適切な時間や加減もわからない。劣情をみなぎらせ、女をただ貫いてきた。抽送の稚拙さが、雄渾さを逆に際立たせていた。

（こないきつうハメられたの、初めてや。渦に巻き込まれてまう）

「待ってや。そんなんしたらっ、あ、んっ……うち、イクッ……イッてまうよっ」

手錠を填められた秋生は、女体に密着して腰を遣う。それが女肉を抉る絶妙の角度を生んだ。

（この子の色に染まってしまいそう。……ああ、弘美、里恵、恨むわ）

肉体は甘い波に呑まれ、意識はさらなる朱へと塗り替えられた。

「暎子さんっ」

「深う考えんと、何度も暎子さん、暎子さん言うて。めおとやないのに、女を抱いている時に名前を呼んだらあかん。名を呼ばれたらそっちへ心が動いてしまうやろ。あかんよ……ああン」

一際大きな声を放ち、暎子の豊腰が浮きあがった。

「あぁっ、イクうっ」

はしたないよがり声を奏で、肉突きを受け止める下半身は引き攣った。そのタイミングを見計らったように秋生が抜き差しを止めて、腰を震わせた。

「暎子さん、僕もっ」

秋生が息を切らせて叫んだ。二度目の精を解き放ったことを、オルガスムスの狂奔に呑み込まれた未亡人は、下腹に迸る熱で理解した。

(でとる。いっぱいでとるっ。ああっ、今度の方が、高う飛んでまう)

熱い樹液に女奥を灼かれる。大量に吐き出される精は、いつまでも途切れなかった。味わったことのない至福が押し寄せ、目の前の現実が飛ぶ。

(意識がかすれて……)

どこか遠くの方で、女の喘ぎが聞こえた。それが己の発する声だと気づいた時、ようやく暎子の双眸に周囲の世界がぼんやりと戻った。

(この子、うちのおっぱい吸っとる)

少年の頭が胸元でゆれていた。乳首を舌で転がされ、甘痒い刺激が走る。暎子は身をよじった。長襦袢は大きくはだけ、肌のほとんどを露出していた。

(どれ位経ったんやろう……ああ、この子、イッたとは思えへんわ)

朦朧とした頭で、暎子は思った。膨張した肉塊が、依然体内に横たわっていた。

暎子は左手で少年の髪を撫でようとした。

(左手も摑まれておる)

頭上に両手を掲げた形で、秋生に押さえつけられていた。秋生が乳房から口を放したかと思うと、横に移動した。

「暎子さんの匂い……」

「ああっ、そこは嫌って言うとんのに」

暎子はか細く叫んだ。今度狙われたのは左の腋窩だった。秋生は、未知の箇所をペロペロと舐め上げる。くすぐったさと快感、そして偉容を咥え込んだ牝穴からの肉悦が、再度性感を盛り上げた。

「頼むわ、恥ずかしいことせんといて。こんな意地悪な真似、どこで習うたの」

女は震え声で訴えた。少年は言うことを聞かない。腋の下の愛撫に夢中になっていた。暎子は、諦めの溜息をついた。

(三十四年生きてきたかて、そないな場所、舐められたことないのに。あうう……腋の下がこない感じるなんて知らんかった)

恥辱と誤魔化しようのない喜悦がせめぎ合い、アクメの余韻さめやらぬ女体を戦慄かせる。

「もうええ。もうええから。子供の癖に、大人をなんやと思てんの」

啜り泣くように訴えた。秋生がようやく愛撫を止め、絶頂の手前を彷徨う年上の女を見つめた。

「暎子さんのこと、好きになっちゃったんです」

弁解するように言い、秋生は肉柱を出し入れした。女の喉がクンと仰け反った。

「ああっ、まだするん。うち、おかしゅうなるよ……なあ、イッてええの？」

女は滴る声で問い掛けた。少年があどけない笑みを作った。

「はい。暎子さん」

（ついさっきは、うちがイク許可を与えてやる立場やったのに）

秋生が暎子の手指に、自身の指を絡めてきた。暎子も強く握り返す。

「なあ、しあわせは、自分から欲しいって言わんと、逃げてくよ」

暎子はかすれ声で告げた。

「え？」

秋生が問い返すが、暎子が理性を保てたのはそこまでだった。視界がぼやけ、白に染まり、そして赤く変転する。

「くち、吸うて秋生くん……はよせんと、うち……もう、どないしたら、あぁ」

秋生の口が顎下に這った。女は呻き続ける。肢体を痙攣させ、オルガスムスを迎えた。

「ああ、イクッ、うち、イクぅッ……夫のことなんかどっか飛んでしまうッ」

秋生が紅唇を吸う。暎子のよがり声はそこで堰き止められた。秋生が口を大きく被せ、こぼれる涎を吸い取った。二度精を吐き出したペニスが、女壺を衝き上げる。開き切った白い脚が縦にゆれた。

(秋生くんのミルクの匂いや。こない濃い匂い、嗅ぐと女はおかしゅうなってまう)

女は薄れゆく意識のなか、鮮やかなザーメン臭を嗅いだ。漏れ出る蜜液が、精液と混じり合い、抽送の度に外へと漏れ出していた。そこに汗と女の肌の匂いが混じる。室内には濃密な男女の交わりの香がたちこめていた。

(若い子は、容赦してくれへん。こんなん、イキッ放しの状態になって——)

「うぐっ、んむッ」

四条暎子は、凄艶な喉声をほとばしらせた。双乳をゆらし、ビクッビクッと肢体は震えた。

三十四歳の未亡人は生まれて初めて、気を失うほどの性愛の極みへと昇り詰めた。

第三章　年上ぐるい【濃厚フェロモン】

1

暎子の異変に秋生は気づいた。目蓋を落として、肢体は脱力していた。慌てて紅唇から口を外す。上体を起こして、接合をといた。

「暎子さん、だいじょうぶですか？」

白い裸身に問い掛けても、返事はない。肌にふれても、深い眠りに落ちたように無反応だった。

（ど、どうしたんだろう。ぐったりしちゃってる）

秋生は辺りをおろおろと見回した。部屋の入り口の襖がわずかに開いているのに気づいた。隙間から廊下の光が漏れ入り、その下には覗き込む瞳があった。秋生は「あっ」と声を上げた。ほぼ同時に、襖の向こう側からも「あっ」と女性の叫びが聞こえた。

「あ、あの、暎子さんがおかしいんです」

秋生は声を張り、襖の向こうに助けを求めた。しばらく間があって、二つの人影が現れる。サーモンピンクのスーツ姿の弘美と、浴衣を纏った里恵だった。秋生の方へと近づいてくる。

「平気よう。そんな表情しなくてもいいのー」

里恵が敷かれた布団の上に膝をつき、秋生の肩に手を置いた。

「でも暎子さん、急に目を閉じちゃって」

「気持ちよすぎてそうなったのよう。秋生くん、暎子ちゃんがイッてもずっと腰を遣い続けるんだもの。あんなことされたら女はたまらないと思うわー」

(そうか、急病とかじゃないんだ。よかった)

暎子の説明を聞き、秋生はほっと胸をなで下ろした。

「安心した？　ごめんねー。途中からこっそり覗き見しちゃってたの。我慢できなくて」

「ずいぶん大きな声をだしていたわね。暎子がこんなに乱れるなんて思いもしなかった。やっぱりずいぶんと抑え込んでいたようね」

弘美が暎子の脇に片膝をついて、はだけた長襦袢を直す。乳房を隠して、脚を揃えた。身体が冷えないように布団を掛ける。

「わたしも失神なんて、初めて見たわあ。でも暎子ちゃん、しあわせそうねえ」

里恵がタオルを取り、暎子の寝顔を見つめながら、胸元や首筋の汗を拭く。秋生は布団の端に正座して、弘美と里恵のすることを黙って見ていた。

(弘美さんが会社の経営者で、里恵さんが人妻だっけ……。そう言われると弘美さんって社長っぽいな)

膝上のタイトミニのスーツはカッチリとしたデザインで、メイクもシャープな印象だった。一方、里恵の化粧やウェーブの掛かった髪型は、女っぽく艶があった。物腰もふんわりとやさしい。振り返った里恵と秋生の目が合う。里恵は目尻を下げてにこっと笑った。

「なんて言えばいいのかしら。初体験、お疲れさまかなぁ?」

里恵が秋生の手首に手を伸ばす。カチャリと音が鳴った。革ベルトの一端がぷらんと垂れた。

「あっ、取れた」

「そうよぅ。ここの出っ張りのところをひねれば、簡単に取り外せられるのに。これを渡した時に言ったでしょう。ところで、なんで秋生くんが手錠を塡めているのー？」

「僕、外し方聞いてませんよ。手錠は成り行きで……」

「マザコンのフリして、暎子の母性本能をくすぐるなんて、なかなかやるじゃない」

弘美が会話に割って入ってくる。自慰の時、母の顔が思い浮かぶと暎子に喋ったことを、二人はしっかり盗み聞きしていたに違いない。

（ふたりとも、いつから覗いてたんだろう）

「あの、マザコンのフリじゃなくて、母親のことは別に嘘を言っていません。未亡人なのも事実ですし。それに僕、大学生じゃありません」

「またあ。そんな訳無いでしょう。これが子供の持ち物なのー？」

里恵は外した革手錠を下に置き、細指を秋生のペニスに絡み付かせた。

「まったく困った子ね。人の良い暎子は騙せても、わたしたちはそうはいかないのよ。迫真の演技、ご苦労さま」

隣からは弘美が、指先で陰茎の先端をピンと弾いてきた。秋生は喘いだ。里恵の指が、精液と愛液で汚れた肉刀を躊躇いもなく擦り立てる。

「童貞卒業おめでとう。これで大人の仲間入りよねぇ。んふ、えっちな汁、いっぱい吸っちゃってー。ヌルンヌルンだわん」

(だめだ。二人ともまだ酔っ払ってる。僕の話を聞いてくれない)

紅唇から吐き出される女たちの息が、甘ったるかった。二人はあれからまた杯を重ねたのかも知れない。

「あら、電話だわ。こんな時間に誰かしら」

弘美がポケットに手を入れるのが見えた。赤の携帯電話を取りだして、横を向いて耳にあてがった。

「はい、もしもし――」

(携帯……そうだ僕のを返してもらわないと)

通話に応じる弘美を見て、秋生は思い出した。

「社長さんは遅くまで大変ですねぇ。そういえば秋生くんの携帯電話を、ちゃんと戻してあげないといけないわね」

同じ連想をしたらしく、里恵が秋生の鼻先で囁く。秋生を見つめる人妻の瞳は、既にトロンとしていた。

「大事な携帯を、取り上げちゃってごめんなさいねえ。でも女だから自衛をしないと。後から追加でお小遣いを欲しがる子だっているもの。わかってくれるー?」

ぽってりとした紅唇がすうっと近づいてくる。吐息が少年の口元をくすぐった。呼気はフルーツの香がした。

「わ、わかりますけど」

十代の陰茎を、やわらかな手が愛しげに握り込む。と同時に、秋生の口を紅唇が塞いできた。舌が当然のように秋生の口のなかに差し込まれ、股間では勃起を握った指が巧みに擦り立てた。

「んっ、ううっ」

キスと手扱きの快楽に、少年の意識がゆらぐ。初めての性交の興奮と余韻は、肉体に生々しく残っていた。年上の女の誘い込むようなテクニックに、身体の芯がトロリととろける。秋生は我慢できずに、里恵と舌をピチャピチャと絡ませ合った。

(ああ、止められないよう)

自由になった手を前にやり、浴衣の肢体にふれた。ふわっとした女体の弾力に、秋生の本能が疼いた。

「あき、お、くぅん……」

里恵がくぐもった声を漏らし、ちゅうっと口を吸ってきた。秋生の口内の唾液をたっぷりと啜り取り、喉を鳴らして呑む。そこで呼吸が限界を迎えた。里恵が口を引く。二人の透明体液の糸が伸び、オレンジの照明を反射してかがやいた。

「んふん、まだこんなに硬いじゃないのう」

里恵が肉厚の唇をペロッと舐めた。長い睫毛の下で、大粒の瞳が抒情的に光っていた。粘液を引き伸ばしながら、細指は強張りを執拗に扱き立てる。

(二回だしたばかりなのに)

里恵の淫靡な表情と、巧みな指技は射精感を盛り上げた。秋生は劣情を暴発させぬように、幾度も溜息をついて昂りを誤魔化した。

「うふふ。エッチな汁で泡立ってる。抜かずに連続で責め立ててるくらい溜まってるんですものねぇ。見てるだけで興奮しちゃったわよう。おばさんともいいことしましょうねー」

「――えっ、アキラくん?」

里恵の色っぽい囁きに、弘美の困惑の声が重なった。里恵と秋生は、携帯電話で話す弘美の方に目をやった。

「車が故障で立ち往生した？　時間に遅れる？　なにを言ってるの。もうここにはアキオくんが……アキオくん？」

弘美の喉がゴクッと波打つのが見えた。ゆっくりと視線が秋生に向けられる。秋生はコクコクと首を縦にした。

「向こうがアキラで、こっちはアキオ……じゃあ、ほんとうに秋生くんは？」

里恵が隣でつぶやく。秋生は丸い目をした人妻に向かっても、首肯して見せた。

弘美が携帯電話を握り直して、電話の向こうと話を続ける。

「もう一度、確認していいかしら。今日ここに来る予定だったあなたの名前は、アキラくんね？　そう。大学生だったわね。……ええ。今日はもう結構よ。キャンセルよ。いいの。帰って寝なさいな」

弘美が通話を切った。室内に一時、静寂が訪れた。

「……どうやら人違いだったようね。道理で大学生にしては、子供っぽいと思ったのよ」

弘美がショートの髪を掻き上げて告げた。

「僕、最初から泊まり客だって、言ってました。でも二人とも信じてくれなくて」

里恵がパッと指をほどいて後ずさった。畳に額を擦り付けて、深々と頭を下げる。

「ごめんなさいー。どうしよう。とんでもないことしちゃった。わたし、若い子を相手に……キスとか、おしゃぶりとかぁ」

「だからわたしが止めたでしょ。里恵は人妻の自覚、貞節、思慮、色んなものが足りないのよ」

「なに言ってるのよう。ほら、弘美も早く謝りなさいよう」

他人事のように言う弘美に、里恵が声をひそめて促す。スーツの肘を摘んで引っ張るが、弘美はそれを無視してすっくと立ち上がった。秋生の目に黒ストッキングの脚線美が映る。膝上のタイトスカートから伸びる脚は、相変わらずきれいで艶めかしかった。

「どうしてよ。この子が、さっさと身分を明かせば済む話だったんでしょ」

（僕が悪いの？　僕がなにを言ってもとりつく島もなかったのに……）

秋生は仰ぎ見た。弘美が胸を張り、秋生を冷ややかな目で見下ろしていた。

「そんなこと言ってないでー。大事にされたら一番困るのは、弘美でしょう。社長なんだからぁ」

「なにが困るって言うの。秋生くんだって邪な打算があったから、黙ってたんでしょ。筆おろしの絶好のチャンスが到来したんだもの」

「ちょっとー、その言い草はないわよ。大人しい秋生くんだってムッとするわよう。ねえ、秋生くん」

里恵が秋生の脇を肘でつついて同意を求める。秋生はおろおろと女二人を見た。

「え、あ、あの」

「バカバカしい。誰も被害者がいないんだから問題ないじゃないの。秋生くんは、さっさと自分の部屋にお戻りなさいね」

弘美がクルリと身体の向きを変えた。部屋の入り口へ向かって歩き出す。

「もう、高飛車で困った子だわー」

里恵が足を崩して、すっと右足だけを前に差し出した。弘美の足首につま先を引っ掛ける。弘美がつんのめって、隣に敷かれた布団の上に膝をついた。

「んっ、里恵なにを」

「そんな風だから銀行とケンカして、融資を止められちゃうのよぅ。暎子ちゃんが援助してくれなかったら、資金ショート寸前だった癖に」

うずくまった弘美が身を起こすより先に、里恵が転がっていた手錠を取って手首に押し付けた。くるんと革ベルトが手首に巻き付く。

（里恵さん、なにを）

秋生は呆然と眺める。アルコールが回っているためか、弘美の動作には機敏さがない。里恵は弘美の反対の手も背中に絞り上げて、やすやすと拘束した。

「こらっ、里恵。怒るわよ」

里恵は声を上げる弘美の背をトンと押した。弘美の上体が布団の上に倒れ込み、突っ伏した。後ろ手に左右の手首が拘束されているため、顔と胸、それと両膝で身体を支える格好だった。弘美は自由に起き上がることもできず、丸いヒップを秋生の方に向かって突き出していた。

「おっきいお尻……」

秋生は思わず漏らした。

「秋生くんー」

里恵が振り返って秋生を見た。イタズラっぽく笑みをたたえている。

「は、はい」

「この人を気が済むまで、好きに罰していいからー。だから今日あったこと、内緒にして欲しいのよう」

にこやかに言うと、里恵はむっちりと張った弘美のヒップを平手で叩いた。タイトスカートのなかで臀丘がむちっとゆれる。

「あんっ、よしなさい、なんでわたしが罰せられないといけないのよっ」

弘美が恥辱のポーズから逃れようと、身をゆすり立てる。しかし里恵は腰のベルトを摑んで、膝立ちの姿勢を強いた。

「サプライズプレゼントをしようって言い出したのは弘美で、段取りを付けたのも弘美でしょう。まったく困った子ねえ」

里恵が弘美のスカートをまくり上げた。

(里恵さん、愉しそう。ずいぶん酔ってるみたい。……あっ、弘美さん、ガーターベルトなんだ)

ストッキングの上端は、太ももの途中までしかなかった。真っ白な肌と、それを吊る細いベルトが秋生の目に飛び込んだ。

「色っぽーい。黒のガーターね。あらあ、秋生くん、こういうの好き?」

秋生の股間で、男性器が鎌首をもたげるのを目ざとく見つけて、里恵が微笑む。

「ちょっと里恵、手を放しなさいよっ」

弘美の抗議を意に介さず、里恵はさらにじわじわとスカートを引き上げていく。

（パンティも、黒だ）

丸いヒップを包むのは、ストッキングとお揃いの黒色のビキニパンティだった。ゆたかな腰つきを隠すには小さい。黒の下着と、白い肌の作るコントラストが、少年の情欲を刺激した。

「うふふ、秋生くんも興味津々みたいねー」

里恵は一気にたくし上げた。スカートの覆いを失った丸っこいヒップが、ぶるんとこぼれ出た。無防備な下半身を晒して、弘美が呻きを漏らす。

（お尻を差し出したポーズって、こんなにエロティックなんだ）

むっちりとしたヒップのボリューム感が迫ってくる。秋生のペニスはピクついた。里恵が秋生の手を取り、弘美の双臀の上に持って行く。

「さわりたいでしょー。どうぞ」

（ああ、やわらかくて、むちむちだー）

丸みにふれた瞬間、秋生は胸で叫んだ。パンティ越しだというのに、ソフトな量感が生々しく伝わってくる。秋生は指に力を込め、肉丘を摑んだ。

「あうっ、この手つき……秋生くんね。人の身体、勝手にさわらないで。里恵にそそのかされて愚かなことしてないで、早くこの手錠を外しなさいっ」

弘美の剣幕に恐れをなし、秋生は手を引こうとする。その前に里恵が手首を掴んで、首を左右に振った。秋生の耳元に口を寄せる。

「股の間をさわってみてご覧なさい。このお姉さんが、実は嫌がってないのがわかるからねえ」

そっと囁き、尻たぶの上にあった秋生の手を脚の付け根部分へと導いた。秋生の人差し指が、中心部を指で押す。

「あっ、濡れてる」

秋生は驚きの声を漏らした。熟れたフルーツのようにやわらかな手触りのそこから、生温かな湿り気が染み出すのを感じた。

「いやっ。弄らないで」

黒のガーターで彩られた妖艶そのものの下半身が、恥ずかしげに悶えた。

「ねえ、黒い生地だから目立たないけど、洪水になってるでしょう」

「う、言わないで。さわらないで。怒るわよっ」

腕を背で拘束され、這いつくばった姿勢では怒鳴っても迫力はない。秋生はじっとりとした股布の表面を何度も擦った。襟から覗く弘美の首筋や、シーツに伏した横顔がみるみる赤くなっていく。

(パンティが、だんだん食い込んできた)

丸いヒップは少年の指を避けようとくねり、尻たぶの曲面にそって黒い生地が中央に寄り集まっていく。むらむらとした情欲の湧く光景だった。

「当然、このなかも見たいわよねえ」

里恵がにこにこと笑みを浮かべて、秋生に尋ねた。

(見たいけど……いいの？)

どう返事をしたらいいのかわからなかった。秋生は股間を弄っていた手を引き、膝の上に置いた。

「暎子ちゃんのアソコは見たー？」

「いえ。暗かったから……」

「じゃあ弘美のが、人生初めての女性のアソコね。どうぞ。じっくり観察なさいねー。どんな風になっているのか興味あるでしょう」

「いやっ、よして里恵っ。友だちでしょ。恥ずかしいことしないでっ」

弘美の抗議の声がむなしく響く。黒の下着は里恵に摑まれて、引きずり下ろされた。白い臀丘が露わになり、弘美が「いやあっ」と羞恥の声を絞り出した。

(これが女の人の……)

秋生は音を立ててツバを呑んだ。臀裂の切れ込みと、淡い色をした窄まりが瞳に映る。その下には、生まれて初めて目にする女性器があった。

（縦に割れて……花びらみたいになってる。そうかこんな外見だったんだ）

暎子に施した口愛撫の記憶を思い出しながら、秋生は首を低くして、目を凝らした。

「どう？　ヌルヌルになったビラビラが、なんともいやらしいでしょう」

里恵の問い掛けに、秋生は首を縦にする。花芯は、粘ついた液にまみれて光りかがやいていた。黒い下着が離れる時に伸びた透明の液が、糸となってツーッと下へと垂れていく。

「わたしもドキドキしちゃうわぁ。女性のアソコをこんな間近で見たこと初めてよー。しかも仲の良いお友だちの身体だもの。よく一緒に旅行に行って、温泉で裸は見慣れているけど……こんなポーズは、絶対にお目にかからないものねえ」

里恵が指を伸ばした。花弁に軽くふれ、人差し指を真ん中の亀裂に沿わせて、上下させた。

「やっ、いやんっ、だめっ」

弘美の唇からは、先程までの冷ややかな態度からは想像も付かない、可愛らしい悲鳴がこぼれ出る。白いヒップが小刻みに跳ね、ストッキングのつま先を里恵の指遣いに合わせてキュッと折り曲げていた。

「ぷにゅんぷにゅんだわー。秋生くんわかるでしょう？　この果汁みたいなのが溢れているると、女性が興奮している証なのー」

「は、はい。いっぱい、垂れてます」

秋生は喉の渇きを感じて、またツバを呑んだ。初体験を済ませたというのに、慣れや落ち着きとも無縁だった。ヒリヒリとした興奮が少年の胸を焦がす。

「秋生くんも、目の前のトロトロフルーツを弄っていいわよぅ」

「ふざけないでよ、里恵っ」

「うふふ、文句を言いながら、新しいおつゆを垂らしても説得力ないわよ」

里恵が前に進んで、伏した弘美の上半身に抱きついた。

「ヌレヌレのアソコ、しっかり見られてるの、女社長さんはわかってるのかなあ？」

「ひうっ。あ、あんっ」

悶え声がこぼれ、肢体が大きくゆれた。

（里恵さん、弘美さんのおっぱいを揉んでる？）

秋生は顔を横にして、覗き込んだ。里恵は弘美のスーツの前を開いて、胸元に両手を差し込んでいた。ブラウスのボタンも外してしまったのかも知れない。手が動く度に、弘美の背筋が震えていた。

「あらあ、乳首までこんなにコリコリにしちゃってー」

「ああんっ、だめえっ」

(乳首……ブラジャーの内側まで指を入れたのかな)

会話を聞き、秋生の身体が熱くなる。弘美の喘ぎ声はさらに跳ね上がり、下半身までもが、くなくなとゆれ動いていた。秋生の視線は、その中心部の女陰に吸い寄せられた。

(弘美さん、さっきよりも……)

秘裂からじわじわと淫蜜が滲み、滴が垂れていた。里恵に嬲られて、弘美は発情を深めていた。

(さ、さわっていいって言われたし)

秋生は人差し指を近づけた。まずは花弁の先端を押した。

(指に吸いつく感じだ。暎子さんもこんな感触だったような)

「や、やめっ、ああっ、秋生くん、イタズラしないでっ」

「秋生くんには、その前に言うことがあるでしょう。わたしだって、誰彼構わず頭を下げろと言ってるんじゃないのよう。悪いことしたら謝るのが当たり前。お母さんから習わなかったのー？」

「そ、そんなの知らないものっ、意地悪しないで里恵っ、お願いよ」

二人のやり取りを聞きながら、秋生は陰唇の中央を指先で掻き分けてみる。愛液がこぼれて指を濡らした。

(あったかい。ああ、女の人の匂いもする)

ヒップがゆれると、甘酸っぱい牝の香がふわっと立ち昇る。秋生は指を回し込んで、女穴を探った。

「いやっ、入れないで、だめよ秋生くん」

弘美が懇願する。哀切な声の響きとは裏腹に、分泌液は潤沢に溢れ出た。

(だけど、これって嫌がってないよね。完熟果実みたいにトロントロンだもん。……あった。ここがオマ×コの穴だ)

秋生は肛門寄りの位置で、指が沈み込む箇所を見つけた。

「うっ」

弘美の声が変調する。強く押さずとも、人差し指は深くもぐっていった。ヌルついた蜜が指に絡み付き、粘膜が擦れる。

「だめっ、ああっ、差し込まないでっ」

（こっちのぷくっとしたのがクリトリスかな？）

狭穴に指を進ませながら、秋生は顔を秘園に近づけた。女の亀裂の下側にある小さな膨らみが、先程から気になっていた。

（可愛い。クリトリスってこんなに小さいんだ）

チロッと舐めた。電気が走ったように、弘美の腰がヒクついた。

「ああんっ」

色っぽい喘ぎが奏でられる。秋生は繰り返し舌を這わせた。酸味のある蜜の味が口内に広がった。ヒップは縦にゆれ、挿入した指に膣粘膜がきゅきゅっと絡み付いた。

「弘美ってば、気持ちよさそうによがり泣いちゃってー。ねえ、秋生くん、したいのなら、ハメてもいいわよぅ」

「え、いやよっ、そんなの許される訳ないでしょう。少年とするなんて」

「あらー、弘美ってばまだ反省してないのかしらあ。秋生くんに訴えられて、会社が潰れちゃってても平気なのー？」

里恵が胸を揉んでいた手を後ろにやり、悪戯をした幼い子を叱るように、剝き出しのヒップを平手で打った。弘美が「きゃんっ」と啼く。

（あ、今、とっても締まった）

食いつかれたような感覚がして、秋生は焦って指を引き抜いた。濡れ光る人差し指をじっと見つめる。

「秋生くん、弘美の方は準備オーケーだから、いつでもどうぞー」

里恵はそう言うと、陰唇の左右に指を添えて、くぱっと開いてみせた。

「ああっ、拡げないでぇ……」

ショートの髪をシーツに擦り付けて、弘美が頭を振る。

（いいのかな……まずいよね。で、でも）

抑制ができない。秋生はうなずき、自身の勃起を握って、躙り寄った。透明な興奮汁が、ペニスの先端からだらだらと垂れていた。

「弘美さん、入れますね」

里恵が拡げているため、小さな膣口が視認できた。秋生は位置を合わせ、ピンク色の秘裂に、ガチガチになった勃起を擦り付けた。先走りの液と、女蜜が混じり合って滴る。

「だめっ……よすのよっ。わたし、子供とスル趣味はないの。それにゴムも付けてないでしょ」

「あら、弘美ってば、結婚はしたくないけど子供は欲しいって、いつも言ってるじゃないの。ちょうどいいじゃない。さあ、秋生くん、遠慮せずどうぞー」

里恵が秋生に向かって目配せをした。秋生は丸いヒップを摑んだ。腰を前に進め、とば口に切っ先をグッとねじ込んだ。水気を多分に含んだ花弁がやわらかに開いて、亀頭を呑んだ。

「あ、あう、あああんっ」

後ろ手に手錠を掛けられ、尻を突き出した女は、妖艶な声を迸らせた。よがり声を聞きながら秋生は一気に突き入れた。

2

勢いよく差し入れた肉柱が、狭い肉洞の圧迫を受ける。三分の二ほど差し入れたところで、嵌入が止まった。

（ああ、気持ちいいっ）

温かな粘膜にみっちり包み込まれる心地は、極上だった。秋生は裸の胸を波打たせて、溜息をついた。

「秋生くん、どうかなー？」

里恵が下から秋生の顔を覗き込んでくる。

「天国みたいです」

秋生はうっとりと告げる。返答を聞いて、里恵は白い歯をこぼした。陰唇を拡げていた指を離して、今度は秋生のペニスの根元を握り込んだ。

「がっつかなくてもいいのよう。ゆっくり高慢女社長の味を、愉しんで」

「は、はい」

秋生は視線を落とした。バック姦のため、肉棒が女穴に刺さっている結合部分が、よく見えた。

(弘美さんの方が入り口が狭いのかも……なかのヌルヌルの感じは大人しいけど)

着実にこみ上げてくる射精感を耐えながら、秋生は暎子と弘美の秘肉の味わいの違いを噛み締める。膣道のきつさは同じ位だが、弘美の膣口は棹腹に食い込んできた。一方、内部の絞り取る蠢きは暎子の方が激しい気がした。

「秋生くんのオチン×ン、ピクピクしてるわねぇ。こんな立派なの、弘美も初めてだと思うわ」

里恵の指が、秋生のペニスをにぎにぎと締め付ける。空いている手で頬に垂れた髪を掻き上げ、紅唇を舐めた。鼻腔から漏れる息は、荒く悩ましい。

（キスだ……）

濡れた瞳と視線が合った瞬間、年上の人妻が何を求めているかがわかった。秋生は首を伸ばして、口を差し出した。美貌が艶やかに笑んで、秋生の口元を紅唇で塞いでくる。

「ああ、犯されちゃってる。わたしの半分も生きてない子に」

口づけを交わす秋生の耳に、弘美の嘆きの声が聞こえた。

（弘美さんにハメながら、里恵さんとキスしてる）

動かずにいても、埋め込んだペニスに膣ヒダがうねうねと擦り付いてきた。さらに里恵の指が、外側に出た三分の一の棹部分を甘く扱く。興奮は著しい。カウパー氏腺液が尿道を通るのを、秋生は感じた。

「あんっ、いやっ、漏れてるわっ」

粘液が体内に流れ込むのを感じたらしく、弘美が上ずった声を漏らした。里恵がキスの口を引く。色っぽく瞳を薄めた。

「今夜は人違いしたお詫びに、なにをしても許してあげるわね。当然、ナマで射精し放題よう」

(ナマでし放題？　でも、避妊しないと妊娠しちゃうんじゃないの。僕が大人の女性を……まだ子供なのに)

生活力のない少年が、大人の女性を孕ませるなど、絶対にしてはならないことだと秋生にも理解できる。少年の胸はドキドキと不穏に高鳴った。

「あの弘美さんって、お幾つなんですか？」

「あらあら。女に年を訊くなんてデリカシーがないわねえ」

里恵の指が叱るように、ペニスへの絞りを強めた。

「あ、ごめんなさい」

「いいわよう、教えてあげる。弘美は二つ下の三十二歳よ。わたしと暎子ちゃんが同じ三十四歳なの」

里恵が指をほどいた。秋生の背に手をあてがい、後ろから押した。残りのペニスが女穴のなかに沈み込み、這った肢体がビクンと戦慄いた。

「ひあっ、まだこんなに……あ、ああっ、おなかのなかはち切れそう」

（弘美さんは三十二歳……ママと一緒だ。ママと同じ年の女性とセックスしてるだけでなく……孕ませるなんて、絶対によくないよね）

膣粘膜がうねりを起こして、陰茎に擦り付く。まるで秋生の侵入を歓迎するようだった。たまらず秋生は腰を動かした。深い位置から亀頭が抜けそうな場所まで引き戻して、また埋め込んだ。「はああんっ」と情感のこもった声が奏でられた。

（弘美さんのオマ×コ、すごくいいっ）

秋生の腰から背筋に向かって、とろける快感が生じた。肉摩擦の感覚は暎子とは微妙に異なる。しかし射精欲は同じように煽られた。先走り液を吐き出しつつ、少年は腰遣いを速めた。

「うふふ、秋生くん、その調子よう」

「いやっ、抜いて……秋生くん、さっきからわたしのなかで、チロチロ漏らしてるじゃないっ。妊娠しちゃうわ。ああっ、しないでっ」

結合をとこうと、弘美は盛んに双臀を打ち振った。しかし秋生に腰を両手で摑まれている。横や前に倒れ込むことも出来ず、弘美は抽送を受け止めるしかなかった。

「ママになっちゃえばいいじゃないのよう。弘美も子供、好きでしょう？」

「なんで少年の子を、身籠もらなきゃいけないのよっ。ああっ、激しいっ。そんなに突かないで。だめえっ」

秋生は夢中になって、腰を白いヒップに打ちつけた。丸い双丘がたぷんとゆれるさまが、少年の目を愉しませる。

（なんてエッチな光景なんだろ。僕のチ×ポを呑み込むと、弘美さん、お尻をピクンって震わせて……ああ、たまらない）

「だめじゃないでしょう。はーい。あなたは、もっとお尻を振りなさぁい」

里恵が再び弘美の胸元に手を差し入れた。ボタンを外されて、双乳は表にまろびでていた。身体の重みで潰された胸肉が、横にはみ出ているのが、後ろから腰を遣う秋生にもはっきり見えた。その垂れた乳房を里恵が揉みほぐす。

「あうっ、しないで里恵っ」

「弘美さん、ぎゅって締まって……うう」

秋生は呻いた。バストへの指嬲りに呼応して、女壺が緊縮を強めていた。

「見た目と一緒で感度抜群なのよね。エロいボディーでしょ」

里恵が秋生に流し目を送った。秋生は顎をゆらして、絞りを増した蜜穴をこじ開けるように貫いた。弘美は頭を打ち振って、艶めいた呻きをこぼす。

「あっ、やめて……おかしくなっちゃう」

「こんな身体してるから毎日欲求を持て余して、疼いちゃって大変なのよね。普段どういう風に処理をしているか、秋生くんにも教えてあげなさいよぅ」

豊満な乳房を両手でゆすり立て、里恵が弘美に尋ねた。

「し、知らないわっ」

「恥ずかしがっちゃってそういうこと言うんだー。秋生くん、この子の口が軽くなるようもっとガンガン突いてあげてね」

秋生をけしかけ、里恵はたわわな乳房を容赦なく揉み上げる。弘美は背を反らせて、喉を引き攣らせた。

「ああ、いやっ、おっぱいそんなにいじめないでぇ」

「隠さなくていいのよう。今日だってお酒呑みながら教えてくれたじゃない」

「許して。あ、あううっ、実は、オ、オナニー、してました」

同性からのねちっこい愛撫に屈し、女社長が真っ赤な顔で羞恥の告白をする。

「そうよね。社長室でもこっそりやってたんでしょう。何回位したの？」

「社長室でなんて……してないわ」

「おっしゃいー」

里恵の指が性感帯を責めているのだろう、女社長は括れた腰をよじらせ、切なく喘ぎを吐きこぼす。

「ああ、乳首捏ねないで……そんないじめないでよう……社長室で、しました。月に一回位です。生理前はどうしてもむらむらが我慢できなくて」

弘美が泣きそうな声で、秘密を吐露する。里恵が振り返って、にんまりとした笑顔で秋生を見た。

「聞こえたでしょう秋生くん。この女社長さん、とってもかわいそうなの。一人でこそこそ慰めていたのよう。だから、もっともっと責め抜いてあげて」

「はいっ」

秋生は尻肉を鷲掴みして出し入れを速めた。恥ずかしい秘密を知って、少年は猛る。

(弘美さんがオナニーっ……こんな美人なのに)

「秋生くん、ああ、だめ、激しいっ」

弘美が髪を乱して訴える。勢いを増した抽送を浴びて、女体は前後にたわんだ。

「欲求不満が募っているから、秘かにガーターなんか付けているのよねえ。スカートだってこんな短くして。ミニを穿いて胸元の開いたブラウスでお仕事してるのは、男性社員や取引先のおじさんの反応を見て、愉しむためだものねー」

「そ、それくらいいいじゃないっ。誰にも迷惑掛けてないでしょ」

弘美が友人に言い返す。日々の寂しさを指摘された居た堪らない気持ちと、悔しさが声に滲んでいた。

「わたしは責めてないわよう。逆に同情してるの。遊んでいるように見えて、実際は社長業に一生懸命で、男遊びする時間なんてまったくないのよねー。ねえ、秋生くん、弘美のお尻を叩いてあげて」

「え？」

秋生は戸惑いつつも、里恵に言われた通りに右手を持ち上げた。

「やって。遠慮しなくていいのよう」

躊躇いで止まった少年を、暎子が促す。秋生は、振り上げた右手をむっちりと張った臀丘の上に落とした。パンと予想以上に大きな音が鳴る。

「ああんっ、ぶたないで」

秋生に媚びるように、弘美の声は甘ったるかった。そして肉洞はきつく収縮する。

（きゅって絡み付いてきた。生き物みたい……）

内部の蠕動も激しくなり、愛蜜の分泌も増した。同じ肉体とは思えない挿入感の変化だった。

「ねえ？　そういう性質の子なのー」

暎子は、女体の発情を見抜いていたように秋生にウインクをした。

（弘美さんって、いじめられると興奮する？）

少年には理解し難い反応だった。しかし弘美の昂る様子が、ペニスを通じて生々しく伝わってくると、秋生の内にももやもやとこみ上げるものがある。

「違う。違うもん。わたしそんな趣味じゃないっ」

幼さを感じさせる口調になって、弘美が否定する。秋生はスムーズさを増した膣肉に肉茎を打ち込み、同時にまた手の平で尻を叩いた。

「あうんっ」

弘美は手錠の掛けられた指を握り込み、同時に突き立てられたペニスをうれしげに締め上げる。

（じゃない。大人の女性が僕にぶたれて、僕のチ×ポで感じてる）

グラマラスなスーツ姿の女性が、被虐的な責めを受けてよがり泣く姿は、経験したことのない征服欲を少年にもたらした。

「その調子で、お尻を叩いて存分に突いてあげて。この女社長ってば、気が強そうに見えて、実はいじめられるのが好きなマゾなのよう。普段気を張っている反動で、ベッドでは男に仕えるのが好きなのよねー。男の言いなりになって、ちょっと乱暴に扱ってもらって」

「秋生くん、嘘よ。里恵に騙されないで。ああっ、わたし大人なのよ……こんな子供に、あ、ああっ」

秋生は抜き差しを行いながら、尻肌を引っぱたいた。反論はそれ以上無くなり、代わりに女社長はおもねるように双臀を高く掲げ、少年の折檻を受ける。黒のストッキングに包まれたむちむちの脚は、秋生が差し込みやすいように幅を拡げた。雄々しい抽送と打擲の刺激を悦び、よがり声はより情感を帯びていく。

「弘美ったら、涙目になってぇ。お仕置きされてうれしいのよね」

乳房を責め立てる手を休め、里恵が汗と涙でヌメ光る美貌を、覗き込む。弘美はしっとりとした泣き啜りで応えた。

「あうう、だって……だって」

（弘美さん、こんな声と表情になるんだ）

居丈高な経営者としか見えなかった年上の女は、すっかり変貌していた。二重の瞳は虚ろに濡れ、薄い唇は半開きになって震えていた。濃く塗られたアイシャドーが、目尻を垂れる涙粒と一緒に剝がれていくのが秋生の目にも映った。

「いいのよう。我慢せず秋生くんに、身体を委ねなさい」

里恵は友人の横顔を抱くと、紅唇を近づけて頰や耳の縁にキスをした。

「さ、里恵ぇ……あんっ、はしたない社長でごめんなさい」

弘美が、甘えるように謝罪のセリフを口にする。年上の女の可愛らしい姿は、少年の劣情を加速させる。秋生はこみ上げる思いをぶつけるように、バック姦で貫いた。ズンと打ち込むと、肉棒懲罰を悦ぶように、張りのある双丘は左右にゆれた。

「いやあ、秋生くん、わたしの身体壊れちゃうっ」

首筋を引き攣らせて、這いつくばった肉体が訴える。

(そうか、弘美さんは乱暴なのが好きなんだった)

秋生は中程や奥まった位置でペニスを留め、抜き差しの角度を変化させた。摩擦は強くなり、膣ヒダに亀頭の反りが引っ掛かって、秋生にも快感が迸る。

「ああうっ、秋生くん、わたしのお腹のなか、掻き回さないでっ」

弘美の悲鳴は歓喜の色を含み、汗の浮かんだ双臀はうれしげにヒクついた。秋生はねっとりとした蜜肉の味わいを嚙み締め、秘穴の緊縮反応を愉しむ。妖しく爛れた倒錯と欲情の世界に浸って、女社長を責め立てた。

「さ、里恵、わたし、イク……イッちゃう」

膣穴が急激に食い絞りを強めて、絡み付くのを感じた。

(ああっ、女の人はイク寸前になると、収縮が激しくなるんだ)

「イクッ、いや……イクぅッ」

間を置かずに、弘美が大きく叫んだ。手首に拘束を受けた不自由な姿勢で、肢体はガクガクと痙攣した。蜜肉は肉塊を締め付け、秋生も愉悦の極致に引きずり込もうとする。

(だしちゃダメだっ)

秋生は奥歯を嚙みしばって、懸命に射精感を耐えた。抜き差しのストロークを短くして粘つく膣ヒダを押し返し、内奥を抉り立てた。

「あっ、ああっ、ひいっ、この体位だと、深いところに当たるのっ」

一際大きなよがり泣きを放って、弘美の首が仰け反った。

(弘美さん、イッてる)

腰がブルブルと痙攣していた。秋生は腰遣いを緩めて、女の尻たぶをきつく握り込んだ。達成感で、放出してしまいそうになるのを必死に押し留め、浅い呼吸で肉体の緊張を維持しつつ、奥を小突いた。

「あう……はあ、あんっ……あ、ん」

徐々に女のよがり声は小さくなり、媚肉の蠕動も大人しくなっていく。弘美の肉体から、力が抜けるのを感じた。秋生は深く息を吐き出した。

(あとちょっとで出ちゃうところだった。危なかった)

暎子を相手に二回射精してなかったら、絶対に耐えられなかっただろうと思う。

「すっかり可愛い頃の弘美ちゃんに戻っちゃったわねえ。この子、わたしの幼馴染みなのよう。小さい時からいくらいじめても、わたしの後をちょこちょこくっついてきて……うふふ、思い出すわあ。昔はよく仲間はずれにされて泣いていたのよねー」

膝に弘美の頭をのせ、里恵がやさしい手つきで髪を撫でていた。女体は時折ビクッビクッと震えが起きる。余韻の発作だった。秋生は静かにペニスを抜き取り、挿入をといた。強い刺激をこれ以上受けると、漏れてしまいそうだった。

「この子の身体、いい具合だったでしょう。オナニーばっかりで、使い込んでないから」

里恵が弘美の頭を静かに膝から降ろした。裸の秋生の側に寄ってくる。

「強がる女を征服した気分は、爽快かしらぁ？」

白い指が、愛液にまみれたペニスをやわらかに握った。秋生は腰を引いてビクッとする。

「は、はい。よかったです」

「なぜ我慢したの。こんな状態だと苦しいでしょう？」

いきり立つペニスを、里恵の指が撫でる。秋生は息を乱して答えた。

「だ、だって、弘美さん嫌がってたから」

「ああん、きみはとってもいい子ねー」

目元を和らげた里恵が、秋生を抱き締めた。乳房の谷間に顔を押しつける。

「なんでそんなにやさしいのよう。こんなはち切れそうになってる癖に……若いのに、よくコントロールしたわねえ」

股間の指が握り込み、上下にすべる。秋生は里恵の胸のなかで、裸身を悶えさせた。

（指で絞り出してくれるんだ）

このまま人妻のもたらしてくれる快楽に身を委ねようと、肉体の緊張をといた瞬間、淫らな指の動きがピタッと止まった。

(里恵さん？)

焦燥の面持ちで上を見た秋生を、慈しみの眼差しが迎えた。

「実はねえ、男に仕えるのが好きなのは、わたしも一緒なの。そろそろわたしも秋生くんのコレで、罰してくれるかしらぁ？」

里恵が秋生の身体を放した。弘美の隣に並ぶと、四つん這いの姿勢を取った。自ら浴衣の裾をたくし上げる。ふくらはぎが見え、太ももが覗いた。そして光沢のあるベージュのパンティに包まれた、豊満な双丘が現れ出た。

(ああ、里恵さんのお尻、弘美さんより大きい)

白い布団の上で、双臀を差し出した服従のポーズが二つ並んでいた。

「秋生くん、残った一枚、お願い」

里恵が囁き、ヒップをくなくなと振る。秋生は手を伸ばした。指先を下着の縁に引っ掛けて、ジリジリと下げおろした。

(むちむちのお尻に……里恵さんのアソコ)

なめらかで肉感的な丸みが、照明を浴びてかがやく。その中心はもっと照り光っていた。

(里恵さん……弘美さんよりも、洪水になってる)

人妻の女園は、ヌメった液にまみれていた。大ぶりの花弁が形作る亀裂の溝を、オイルのような滴がツーッと流れていく。周囲に薄く生えた恥毛も、肌にぴったりと貼り付いていた。

「ああ、やっぱりアソコを見られるのは、恥ずかしいわね」

里恵が含羞の喘ぎを漏らすと、お腹の方から右手を伸ばしてきた。下から人差し指と中指を差し入れて、秘部をスッと隠した。

(そうだよね。初対面の相手に大事な箇所を晒すなんて)

照れの生んだ行動と思い、秋生は頬を緩めた。だが里恵の指はすぐに開いた。秋生は息を呑んで目の前の情景を見つめた。人差し指と中指がVの字を描き、女の淫花はくっきりとした菱形を形作っていた。

「秋生くん、さあどうぞぅ」

里恵が甘ったるい声を放った。牝穴の奥から、少し濁った液がトロンと溢れて、垂れ落ちた。人妻の身体は、秋生の侵入を待っていた。少年の勃起も血液が凝集して、ジンジンと脈動する。

（最初は暎子さん……次に弘美さん、今度は里恵さんと）

秋生はチラと隣に視線を移した。這いつくばった姿勢でいる弘美を一瞥し、その横の盛り上がった布団を見た。

（暎子さんには、怒られるかも）

女を取っ替え引っ替えするなんてあかんやろ——。眉をひそめて叱る暎子の姿が秋生の頭に思い浮かんだ。

「あの、僕ナマですよ」

すぐにでも突き立てたい気持ちを抑え、秋生は里恵に確認した。

「わかってるわあ。……いいの、秋生くん。おばさんを孕ませるつもりで、ヤッて」

里恵の髪がゆれ、指がさらに秘裂を拡げる。酸味のある牝臭が華やかに広がって、秋生の鼻腔を刺激した。

（孕ませていい……）

牡の本能を刺激されるセリフだった。少年の頭のなかでなにかが弾けた。

3

秋生はペニスを握って、膝立ちの身体を前に進めた。蜜を潤ませた花弁の中央に亀頭をあてがうと、無言のまま刺し貫いた。

「ああっ、ああんっ……一気に、きたわあっー」

里恵が背をたわませて、嬌声を響かせる。すべり込むペニスに、温かな粘膜のヌメリと圧迫感が、快く絡んだ。秋生の腰が、人妻のゆたかなヒップを打って止まった。

「あふんっ、お腹のなかいっぱい……おばさんにもようやく、このカタいの恵んでくれたのね」

雄々しい充塞に、里恵が色っぽく吐息を漏らす。

(里恵さんのオマ×コはやわらかで、なかのトロトロがすごい。全体をぎゅうーって締め付けてきて……みんな違うんだ)

味わいの相違に秋生は唸りをこぼしつつ、眼前の丸みを撫でた。真っ白な尻肌はなめらかに指に吸いつき、量感のある臀肉は、眺めているだけで少年を昂らせた。

(女の人の這ったポーズって、見てるだけでむらむらして、もっと責めたくなる)

秋生は腰を振って、勃起をグイと埋め込んだ。隙間無く密着させ、膣底を押し上げる。

「あううんっ、いいわぁ。奥にグイって……すてきよう」

年上の女が髪を乱して、喘ぐ。余裕のない結合感を確かめるように、熟臀が『の』の字を描いた。練れた蜜肉にペニスが擦られる。今度は秋生が呻きをこぼす番だった。

「あっ、ああっ、里恵さん、漏れちゃうよっ」

里恵が振り返った。情欲に染まった大粒の瞳と秋生の目が合う。

「ごめんなさい。夫よりもずっとステキなんですもの。コレの味、思っていた以上よう。……ああ、でもこれじゃあお仕置きじゃなくて、ご褒美よねえ。秋生くん、許してね」

(夫……そうだ。里恵さんは奥さまなのにいいのかな)

伴侶のいる女性を犯しているのだと思うと、暎子や弘美を相手にした時とは別種の息苦しい感情が、秋生の胸に湧いた。

（それとも、いつも男娼を相手に愉しんでいるとか）

「今度は秋生くん、我慢しなくていいからね。好きな時に、だしていいのよう」

里恵はやさしい口調で、射精の許しを与える。少年はうなずき、腰を繰り込んだ。蜜肉にみっちりくるまれた陰茎が、ヌルリとすべる快美は下半身がとろけるようだった。

「あの、里恵さん、なんで男を買ったりするんですか？」

秋生は我慢できずに尋ねた。

「あーん、意地悪なことというのね」

里恵はそれ以上答えない。秋生は返答を迫るように、抜き差しを強めた。

（おっきなおっぱいが、振り子みたいに……）

はだけられた浴衣の胸元から、双乳が垂れていた。腰遣いに合わせて、乳房がゆれる。艶美な光景に、少年の欲情も燃え立つ。双乳がもっと跳ねるようにと、腰をパンパンと当てた。

「あうう、グリグリくるっ。……わたしは男を買ってなんかいないわぁ。今回は、弘美に誘われてお金を出しただけなの。信じてぇ」

「じゃあ弘美さんだけ、いつも男遊びを？」

「弘美もわたしと似たようなものだと思うわ。時々、そういうお店でお酒を呑んで憂さを晴らすだけ。男をお金で手に入れるなんて無理よう。企業のトップだもの。体面があるわ」

(そうか。財産があっても、好き勝手には振る舞えない身分なんだ)

「ね、そうよねえ、弘美」

里恵が同意を求めるように隣を見た。横を向いた弘美の目蓋は開いているが、瞳の焦点は合っていなかった。アクメの余韻から抜けきらず、快楽と現実の間を彷徨っている状態だと秋生にもわかる。

「あ、さとえ……」

それでも友人の言葉に反応して、弘美はかすれ声を漏らした。

「ちゃんと意識があるのね。だったら……秋生くん、弘美の身体を使ってもいいわよう」

「え?」

「どっちの女を使ってもいいってこと。その方が味が変化して、秋生くんももっと愉しめるでしょう」

里恵の思わぬ申し出に、秋生は抽送を止めた。

（里恵さんと弘美さん、好きな方に？　差し替える？　いいの、そんなことして）

先程まで童貞だった少年には、想像すら出来ない淫靡な行為だった。胸が妖しく掻き立てられる。秋生はハアッと息を吐き、里恵のなかから勃起を引き抜いた。

（妖艶な人妻ときりっとした女社長……僕に向かってお尻を掲げている時点で、信じられない光景だもの）

豊満そのものの里恵の双臀、ボリュームたっぷりだがきゅっと引き締まった弘美のヒップ、大人の女性二人は花芯を甘蜜でたっぷり濡らして、秋生の責めを待っていた。

「弘美さん、さっきのお仕置きの続きを、しますね」

秋生は声を掛けて、三十二歳のヒップを掴んだ。現実感の薄さが、少年の躊躇いを取り除く。ブスリと無造作に差し入れた。

「あっ、あんっ、いやっ、秋生くんっ」

深々と貫かれて、弘美の肢体が引き攣った。シーツの上で首をねじって、必死に背後を見ようとする。瞳の焦点が戻っていた。

「な、なんでっ」

「まだ僕、弘美さんから、謝ってもらってなかったから」

秋生はバック姦で削るように突き込んだ。弘美は牝泣きをこぼし、ヒップを振る。犯す秋生に向かって、甘える仕種だった。

「ひゃんっ、……ご、ごめんなさい、秋生くんっ、そんなにいじめないでっ」

(弘美さんさっきよりも、具合いい)

一度達した後の女壺は、極上の吸い付きでペニスに張り付いてくる。秋生は快楽に喘ぎつつ、右手を振り上げた。尻肌の中央を平手で打った。

「あんっ。ああん、秋生くんっ、叩かないでっ」

もっとぶってとねだるような甘い悲鳴だった。事実、二発目を秋生が強く打つと、弘美は鼻を鳴らして、沈み込んだペニスを狂おしく絞り込んでくる。くるめく挿入感を噛み締め、秋生はパチンパチンと尻を叩いてペニスを抜き差しした。

(ああ、でちゃいそう)

アブノーマルな性行為は、少年の興奮も誘う。充血した肉塊は前兆の震えを起こし、カウパー氏腺液がドクドクと盛大に吐き出された。秋生は急いで勃起を抜き放った。

(もっと……もっと二人としていたい)

里恵のしっとりとした浴衣姿の牝ポーズと、カッチリとしたスーツを乱したグラマラスな拘束肢体に見惚れながら、少年は深呼吸する。この淫らな饗宴をもっと愉しみたかった。

(僕が大人の女性二人を、好きに扱ってるなんて)

「里恵さん、行きます」

射精感が落ち着くのを待って、粘液を垂らす肉茎を、隣で待つ里恵の秘穴に埋め込んだ。

「あっ、あんっ、ぶっすり刺さってっ……んう」

長い髪を前に落として、里恵は嬌声を奏でる。汗できらめいたうなじには、後れ毛が貼り付いていた。甘酸っぱい汗の香と一緒に、ムンムンとした色気が女体から発散される。

「僕、ちゃんと相手が務まっていますか?」

「ええ。少年とは思えないわあ。毎晩こうして、抱いてもらいたいって思っちゃうほどよ……。ああ、秋生くん、さっきよりも逞しいっ。腰が抜けそうよう」

男の征服欲が満たされるセリフだった。秋生は胸を高鳴らせて、肉感的な臀丘を責め上げた。

（なんてイヤらしい身体なんだろう）

獣欲を煽られ、秋生は熟れた乳房や尻肉がもっとゆれろと腰をぶち当てた。バック姦のパンパンという音、そして人妻の艶めく喘ぎが、室内に木霊する。

少しでも放出を間延びさせるため、秋生は二十回ほど刺し貫いて、人妻から女社長へと尻を交換した。

「ああ、またなのっ」

「はい。戻ってきました」

秋生は勃起で膣ヒダを擦り、応える。快感が深いほど、大胆になれた。

「ううっ、いやん、ぐちゃぐちゃになっちゃうっ。こんなの初めてっ」

弘美は少年を称えるように叫び、打擲で桜色に染まった双臀を打ち振った。濡れた媚穴に塡め込む度、十代の勃起は雄渾さを増し、蜜肉を抉り立てる。

「弘美さん、ぶって欲しいですか」

秋生の問いに、濡れた視線が背後を見た。美貌を恥ずかしそうに震わせ、弘美は細頸をゆらした。秋生は弘美の尻たぶを叩いた。反対の手で手錠の掛かった手首を摑んで引きつけ、乱暴に貫き通した。気弱さをどこかに置き忘れたように少年は振る舞う。

「ああんっ、いいわっ、お尻が熱いのっ」

(何か落ちた)

弘美がぶるんとヒップを震わせた時、腰の辺りから黒い物がこぼれ落ちた。弘美と里恵の間に落ちたそれは、鈍い振動音を発していた。

(ブーンって鳴ってる。携帯電話だ)

布団の上に転がった携帯電話を、里恵が拾い上げた。

「はい。もしもし」

耳にあてがい、受け答えをする里恵の声を聞きながら、秋生はまた尻を替えた。瞬間、里恵の話し声が跳ね上がる。

「あ、んぅっ……あ、はい。いますわ、い、今ちょっと手が離せない状態なんです、んう」

平静を装おうとするが、どうしても声は色っぽくかすれる。

(里恵さん、電話の最中なのに……僕、いけないことしてる)

見知らぬ相手と喋る人妻を犯す愉悦、そして背徳感が少年の性感を妖しく掻き立てた。心の盛り上がりに肉体が呑まれ、秋生の集中力が切れる。

(ああ、だめだ。イッちゃう)

秋生は前屈みになって、手を胸元に伸ばした。里恵の乳房を摑み、やわらかな肉丘を揉み込んだ。同時に肉刀の出し入れを速めスパートした。

「あんっ……こ、この部屋ですか？　ここ、なんの間だったかしら……あうあんっ」

豊乳への愛撫と、背後からの抽送の激しさに、里恵は恍惚に呑まれた悶え声を発した。少年の陰茎は膨張し、吐精を今や遅しと待つ。

「あ、そうだぁ。八重桜だった、ああんっ、だめっ」

快楽に屈して、里恵はボタンを押して携帯電話を前に放り投げた。

（あっ、僕の携帯電話）

シーツの上の携帯電話の色と形を見て、秋生はようやく自分の物と気づいた。

「あ、あの、誰と話をしてたんですか？」

胸を揉み上げながら、秋生は上ずった声で尋ねた。

「わ、わかんないわぁ。もう切っちゃったもの……あん、秋生くんのお友だち？　覚えてないのっ。秋生くんがグイグイ犯すから」

「そんなっ」

（誰だったんだろう）

だがそんな気掛かりも、間際まで迫った吐精感が掻き消した。

「ああ、里恵さん、でますっ」

頂上へ向けて、秋生は猛ったペニスを蜜穴に繰り込んだ。

「ええ。きてえっ、存分に射精して」

「いや、わたしにちょうだいっ」

里恵の声に被せて、弘美が哀切に叫んだ。里恵が驚きの目で横を見る。

「え？　弘美、危険日じゃないのう」

「だ、だってわたしも欲しいもの。暎子みたいに……奥にたっぷり注ぎ込まれたい」

昂揚で赤らんだ相に羞恥を滲ませて、弘美が里恵をチラと見、次いで背後から犯す秋生に向かって懇願の流し目を送った。

「わたしの折檻、途中でしょ。ちゃんととどめを刺して」

「そうね。秋生くん、そっちへどうぞ」

里恵も秋生を振り返って促した。余裕はなかった。秋生は濡れた勃起を引き抜き、隣に移った。ズブリと突き立て、遮二無二抜き差しした。

「ああんっ……ちょうだい。熱い精子ちょうだい……わたしのお腹にぶちまけて秋生くんっ」

はしたない女社長のおねだり声が、少年の耳に心地よく飛び込んでくる。射精欲は一気に限界を超えて振り切れた。

「弘美さんっ、ううっ、でますっ、イクッ」

秋生は叫び、劣情を解き放った。引き締まった臀部を両手で摑み、生殖液を流し込んだ。

「ああ、精子溢れてるっ。ああ、わたし……こどもにイカされちゃう」

後ろ手に拘束されて伏した女体は、ぶるぶると戦慄いた。内奥に中出し液を浴び、膣肉も痛いほど締まる。

「秋生くん、わたしのお腹のなかで捏ねてる。だめ、おかしくなっちゃう、ああ……イイッ」

精液を注がれて、弘美はオルガスムスを迎えていた。長い睫毛をゆらし、濡れた眼差しから、喜悦の涙をこぼす。

(三回目なのに、いっぱいでるっ)

堪えていた時間が長いだけに、精の噴き出す勢いは激しかった。ビュッビュッと体液が尿道を通ると、痺れる愉悦が脳にまで響いた。

「遠慮せず呑ませてもらいなさいね。弘美の生んだ赤ちゃんだったら、わたしが引き取って育ててあげるから」

四つん這いの姿勢のまま、里恵が年の離れた男女の交わりをやさしく見つめていた。

(里恵さんのオマ×コも、物欲しそう)

横を見れば、蜜に濡れて厚ぼったくなった花弁が自然と目に入る。秋生は発作の合間を狙って、ペニスを引き抜いた。里恵の女陰に、痙攣する肉茎をねじ入れた。

「ああう、秋生くん、わたしにまでっ……うれしい。入ってきてるわ。弘美と、仲良く半分ずつね」

里恵の喉は、至福の音色を奏でる。

(そうだ。里恵さんは、セックスレスだって言ってた)

ドックンと精が注がれると、白いヒップは悩ましく振りたくられた。生殖液を膣内に浴びることも、久しく絶えていたのかも知れない。もっと吐き出して欲しいと請うように、肉粘膜が蠢く。

(里恵さんのオマ×コ、吸いついてくる。気持ちいいっ)

秋生は腰に力を込め、残りの樹液を、豊満な双臀の内に思い切り流し込んだ。女二人を渡り歩いた少年の肉体は、濃厚な快楽の渦に浸り切る。

「里恵ってば、だらしない牝顔になってる」

中出しアクメに酔う友人を見上げて、弘美がかすれ声で告げた。

「あん、あなただって……ツンとしたお澄まし顔よりも、手錠をされて犯し抜かれた今の姿の方が、百倍ステキよぅ」

汗に濡れ、化粧の崩れた顔で里恵が微笑む。首を横に倒し込んだ。弘美は顎を持ち上げた。まさかと思いつつ、秋生は成り行きを見守った。女たちの顔が近づき、紅唇が被さり合った。

（キスしてるっ）

淫靡な情景に、秋生の身体は内側から沸騰する。

「ああ、お尻もっと高く上げて下さい」

秋生は上ずり声で命じた。口づけを交わしたまま、里恵がきゅっと双臀を持ち上げた。それに釣られたように、弘美も腰をクッと上向きにした。

（あっ、弘美さんのアソコから、僕のザーメンが）

紅い女穴から白濁液が垂れ落ちるのが目に入った。刺激的な情景に、興奮は果てしなく上昇する。秋生は胸を喘がせ、律動に合わせて肉茎を根元まで打ち込んだ。

(里恵さんの気持ちのいい穴のなかも、僕の精子まみれに……)

尿道の奥から新たな精が溢れ、膝立ちの下半身が戦慄いた。

「ああんっ、秋生くん、お腹いっぱいよう」

女同士のキスを止めて、里恵が陶酔のよがり泣きをこぼす。膣ヒダの淫らな蠕動が続いた。

吐精の快感を終わりまで貪った秋生は、最後に一回大きく打ちつけてペニスを引き抜いた。

(三回……だしたのに)

布団の上にペタンと正座した秋生は、己の股間を見た。先端から白い液を滲ませて、偉容がそそり立っていた。射精を終えても、勃起の萎える気配はない。

男女三人の荒い呼吸音だけが、室内に流れる。やがて里恵が隣に手を伸ばして、弘美の手錠を外した。弘美は物憂げに身を起こすと、手首をマッサージするように指で擦った。乱れた髪を撫でつけ、そして汗に濡れた美貌を少年に向けた。

「少年の癖に、大人を手玉に取って……」

責めるような口ぶりとは裏腹に、少年を見つめる二重の瞳は艶っぽい。

女二人が、秋生の身体に寄り添ってきた。こぼれ出た状態の熟れた乳房が、秋生の胸に擦り付いた。

「気を失うかと思ったわあ。新鮮ミルク、いっぱいありがとうね」

最初は、里恵とのキスだった。うっとりと囁き、紅唇が被さってくる。指が秋生の陰茎を包み込んでいた。秋生は丸い膨らみを揉み返した。

「んふっ、いたずらな手ね」

唇を離して、里恵が漏らす。里恵はそのまま口を引き、次は弘美が口を近づけてきた。

「人のお尻、いっぱい叩いて……子供だと思って、舐めていたわ」

弘美が秋生の唇を奪う。舌が差し込まれ、秋生は自身の舌を巻き付ける。二人の唾液が混じり合い、甘い味が口のなかに広がった。

「あんたら、なにしとんの？」

響いたのは暎子の声だった。弘美がハッとして口を引いた。

「え、暎子っ」

「暎子ちゃん」

気まずそうに、弘美と里恵が声を上げた。秋生は視線を向けた。暎子が布団から身を起こして、三人を見ていた。

(やっぱり、怒られるのかな)

暎子は裸の秋生を見つめ、乳房を丸出しにした友人二人の乱れ姿を眺めた。何が行われたのか理解したらしく、長嘆息を漏らした。

「ほんまに……あかんやろう。しょうのない人たちやわ」

布団からでて三人に近づくと、弘美と里恵を秋生の側からグイと押し退けた。秋生の正面に膝をつき、庇い守るように身体を両腕で抱き締めた。長襦袢の生地の匂いと、甘い体臭に包み込まれて、秋生の内にほっと安心感が湧く。

「いたいけな男の子を弄んで。秋生くん、痛いことや嫌なこと、されんかったか?」

叱るどころか、暎子は秋生の身を気遣ってくれていた。心配そうに眺める未亡人を、秋生は笑顔で見上げた。

「はい。平気です」

「そうか。汗だくやなあ」

酷い扱いを受けていたのではないとわかったらしく、暎子の双眸は慈しむ眼差しに変わった。少年の髪を指ですき、額や鼻に浮かんだ汗を長襦袢の袖で拭い取る。照れと恥ずかしさを感じ、秋生は目蓋を落とした。胸の膨らみが相貌に当たる。

(やわらかで……いい匂い。暎子さんって、ママみたい)

「あっちもこっちも、びしょ濡れになってからに。ずいぶん頑張ったみたいやなあ」

暎子の右手が胸をさわり、腹部をすべった。

「あんっ」

秋生は声を漏らした。細指が陰茎を包み込んでいた。秋生は目を開けて、暎子を上目遣いで見た。

「んふ。どないしたん?」

暎子が秋生を見つめて、小首を傾げた。目尻が優美に下がり、紅唇が弧を描く。股間の指は、羽毛のような手触りでペニスをやさしく撫で上げた。

「疲れたやろ」

秋生はうなずいた。暎子に向かってもたれかかる。身体の緊張が抜け、異様な昂りが鎮まっていくのを感じた。満足感と疲労感が押し寄せる。

（もう少し、こうして暎子さんに抱いていてもらいたいかも）

「よしよし、いい子やな」

右手は女社長と人妻を懲らしめた陰茎を甘くさすり、背に回された左手は、背肌をよしよしと撫でる。いたわりと親愛の想いが伝わってくるようだった。秋生は暎子にぎゅっとしがみついた。

「汗流さんとね。秋生くん、一緒にお風呂に入ろうか？」

耳に届く暎子の声は子守歌に聞こえた。

「はい、暎子さん」

秋生は応え、物欲しそうに未亡人を見つめた。にこっと美貌が笑む。背中から前に回された指が、秋生の顎先をスッと持ち上げた。秋生は再び目蓋を落とした。暎子の紅唇が近づき、口に被さるのを感じた。股間では、暎子の指のなかで秋生の分身が、うれしそうに震えた。

第四章　いちゃいちゃ温泉【泡天国】

1

榎本貴和子は男湯の前で足を止め、出入り口をチラチラと窺った。

(ここには来てないのかしら。まさか、なかでのぼせて倒れたなんてことはないでしょうね)

息子が、大浴場へ行くと言って部屋を出てからかなり経つ。心配になって貴和子は、捜しに来た。

(他に立ち寄りそうな場所は、夜桜の見える中庭、マッサージ室……それともわざわざ新館の温泉へ?)

貴和子が考え込んでいると、隣の女湯から女性が四人ほど出てきた。見るからに年若く、会話の声も甲高い。貴和子は、端に寄ってやり過ごそうとした。しかし女性客たちの足は、貴和子の手前で止まった。貴和子は不審の目を向ける。

「……あ、ごめんなさい」

視線が合うと、先頭の女性が慌てたように貴和子に言った。

「いえ」

こんな反応には慣れていた。貴和子は慇懃な微笑を浮かべた。女性が足早に横を抜け、他の三人も急いで後を付いていく。

「すごい美人ね。透き通った氷みたいな感じで。スタイルもいいし」

「ほんと。息を呑んで見とれちゃった」

「あーいう風だったら、恋愛もうまくいくんでしょうね。男はよりどりみどりでさ」

去っていく女性たちの嫉妬混じりのひそひそ話が、貴和子の耳にも届いた。

(そう良いことばかりでもないのよ。一番大事な人とは、うまくいってないし)

貴和子は歩きながら、独りごつ。脳裡に、屑籠に投げ込まれていた卒業式の案内プリントが思い出された。

(アレは間違って捨てただけ。そうあの子は言っていたけれど)

でも――、と貴和子はつい思ってしまう。かすかな疑念は、いつまで経っても胸の内にしこりのように残っていた。

（わたしが側にいることを、あの子は望んでいないのかもしれない）

浴衣の上に掛けている羽織の端を、貴和子はキュッと摑んだ。息子は常に貴和子と一定の距離を取っていた。その原因が自分の側にあることも、貴和子はよくわかっている。

秋生は、内気で引っ込み思案な子だった。おどおどとした態度で人と接するため、付け込まれやすい。試験前にクラスメートにノートを貸してくれと頼まれ、自分の勉強を放って届けに行くこともあった。

（嫌な時は、きっぱり断るだけの勇気は持って欲しい）

甘やかすことは息子のためにならないと、自然と貴和子は厳しく接するようになった。

（酷い継母と思われているのでしょうね。でも、わたしがずっと、あの子の側にいてあげられる訳ではないのだから）

今は何か起きても、貴和子が息子を庇い守ることが出来る。しかし、大学進学となればそうもいかないだろう。親元を離れることは充分考えられた。その先には就職も待っている。貴和子がいつまでも手助けをしてあげられる訳ではない。

貴和子は物憂げな視線を外へと向けた。月明かりの眩い夜だった。廊下の窓からは、桜の木々が植樹された向かいの山が見えた。

(夜桜、きれいね……あの子もどこかで見ているかしら)

可憐なピンク色は月光を浴びて、淡い白に発光していた。風が吹く。小さな花びらがさざめき、舞った。春の夜の幻想的な情景に、美母は目を奪われる。

(あの子と眺められたら良かった。……そうだ。もうお部屋の方に戻っているかも)

貴和子は踵を返した。今回の旅行では、母と子の良い思い出を一つでも多く作りたかった。

「秋生、いるかしら?」

泊まっている桔梗の間に辿り着いた貴和子は、努めて明るい声を発してなかに入った。だが返事はない。室内を見回すが、息子が戻った様子は見受けられなかった。小さく溜息をついて肩から羽織を外した時、テーブルに置いてあった貴和子の携帯電話が鳴った。

(秋生?)

貴和子は携帯電話を取って、液晶画面を見た。伯父からの着信と表示されていた。

(また新しい縁談の話かしら。夫が亡くなって、まだ一年しか経っていないというのに)

最近頻繁に、親戚が見合い話を持ち込んでくる。それに合わせて、伯父からは秋生の養子縁組の申し出があった。

(再婚を勧めて、わたしから秋生を取り上げようとしているとしか)

伯父夫婦には子供がいない。資産もあり、善良な夫婦だということは貴和子にもわかっていた。しかしそれがかけがえのない大切な我が子を手放す理由とはなり得ない。

(血が繋がっていなくとも、わたしの子だわ。会話がなくたって、大切な心の部分ではちゃんと絆が……)

貴和子の反論は、途中で消える。遠慮と距離感を秋生との間に感じるからこそ、温泉旅行に連れ出した。息子が屈託無く笑った顔を見ることは、近頃では稀になった。

(ここ数日は特にそう。深刻そうな表情を作って、何か言いたげな目でわたしを

見るばかり）

いつの間にかコール音は止まっていた。貴和子は面を上げる。携帯電話を手に、広い室内に立ち尽くす浴衣姿の女が、夜の窓に映り込んでいた。

（きつい顔立ち）

自分でも思う。色白の細面に切れ長の二重の瞳、通った鼻筋、そして薄い唇。端正さが際立つ程、親しみやすさは薄れる。

（おまけに喜怒哀楽を表に出すのが苦手な性分だもの。……確かにあの子に悩みがあっても、こんな冷たい雰囲気の女には相談しづらいでしょうね）

自嘲気味に思う。巷の母と息子は、どのようにコミュニケーションを取っているのかが貴和子にはよくわからない。

（とはいえ、急にお風呂に誘ったらダメなことは、今日理解できたわ）

貴和子が内風呂に誘うと、息子は面食らった顔になり、逃げ出すように部屋から出て行った。

（良い方法だと思ったのだけれど……そんなにわたしの裸は魅力ないかしら）

貴和子はくすっと力無く笑い、テーブルに携帯電話を戻そうとした。

（そうだ。あの子の携帯に電話をすれば——）

ハッとして手が止まる。今時の子らしく、秋生は常に携帯電話を持ち歩いていた。

(居場所なんて、直接話せばすぐにわかるじゃない)

最も簡単な解決法を思いつかなかった自分に半ば呆れながら、貴和子は早速息子の持つ携帯の番号に掛けた。呼び出し音が鳴り、回線が繋がった。貴和子は口を開いた。

「秋生？　今どこに——」

『はい、もしもし』

返ってきたのは、耳慣れない女性の声だった。番号を間違えたのかと思い、貴和子は眉をひそめた。

(違う。携帯電話にあらかじめメモリーされている番号をリダイヤルしただけだもの。これは秋生の携帯電話のはず)

「あの、どちらさまでしょう。榎本秋生はそこに？」

『あ、んっ……はい。いますわ、い、今ちょっと手が離せない状態なんです、んう』

息遣いが忙しなく、女性の声は聞き取りづらかった。長距離走を走り終えた後のような喋り方だった。

（後ろからおかしな声もする……）

耳をすますと、複数の呻きが漏れ聞こえた。尋常でない雰囲気だということが、電話越しにも伝わってきた。

「秋生が、そこにいるんですか？」

再度尋ねても、女性は色っぽく喘ぎ声をこぼすだけで返事をしない。冷静な貴和子でも、さすがに焦りと動揺を感じた。

「そこはどこなんですかっ。この宿のなかですか、部屋の名前は？」

貴和子は声を張った。

『ああんっ……こ、この部屋ですか？　ここ、なんの間だったかしら……ああんっ』

鼻に掛かった淫靡な声色で、女性は告げる。男女の性愛をイメージさせる声のトーンだった。

（いやらしい声を上げて……普通じゃない）

どんな状況にあるのか、邪な想像が掻き立てられる。

『あ、そうだぁ。八重桜だった、ああんっ、ダメッ』

荒く息を吐いて、女性は艶っぽく泣き啜った。

(だめって……間違いない。この人、みだらな行為をしている真っ最中なんだわ)

貴和子は確信する。

「そこは八重桜の間なんですね。そこに秋生もいるんですねっ」

確認を取ろうとするが、それ以上女の声は返ってこなかった。既に通話が切れていた。

(秋生っ――)

カアッと頭に血が昇る。息子の身、それだけが心配だった。貴和子は部屋を飛び出した。

2

秋生は、八重桜の間の内風呂に浸かっていた。

(大人の女の人と、一緒にお風呂に入るなんて初めて)

混浴の経験はない。右隣に暎子が、背中の方に弘美と里恵がいた。

「おばさん三人も相手して、疲れたやろ？」

暎子が微笑み、顔に垂れたほつれ毛を艶っぽい仕種で掻き上げる。暎子は長い髪を頭の上でまとめてあった。細い首筋、なだらかな肩のラインが露わだった。照れと恥ずかしさで、秋生は真っ直ぐに暎子を見られない。

（困ったな。おっぱいも丸見えだもん）

湯の濁りはそれほどでもない。目を凝らさずとも、水面の下に豊満な乳房が透けて見えた。ゆらゆらとゆれる白い膨らみと、赤い先端が俯き加減の少年の目を惹きつける。

「あら、あの人らはいつの間に」

暎子が声を上げた。チンと高い音が後ろから鳴った。秋生は振り返った。弘美と里恵は、手に細長いグラスを持っていた。

（お酒だ）

「あんたらなにを呑んどんの？」

「シャンパンよう。二人の分もあるからねえ」

弘美と里恵はグラスを傾けながら、イタズラっぽく笑んだ。湯船の縁に、漆塗りのシャンパンクーラーがあった。弘美がなかからボトルを摑んで見せる。

(あ、手錠まで)

ボトルの先端には革手錠が引っ掛けてあった。

「ふふ、用意いいでしょう。使うんだったらコレもあるからねー」

「それは大層親切やなあ。やけど手錠なんて、もう要らんよ。それに秋生くんが子供やっちゅうこと、もう忘れてもうたんかいな。酷いおばさんたちやんなぁ」

暎子は同意を求めるように秋生を見る。湯のなかから手が伸び、秋生の膝にスッとふれた。秋生は「あっ」と心のなかで動揺の声を漏らす。

「今夜は二人とも、えらい気持ちよう酔うとったみたいやけど、いったい何本空けたん？」

「そうね、ワイン二本程度かしら」

弘美がシャンパンを注いだ新しいグラスを持って、暎子に近づいた。グラスを暎子に手渡して、自分のグラスと軽くふれ合わせる。弘美はそのまま秋生の正面に身体を沈めて、肩まで浸かった。

「それだけなん？」

「あとはカクテルとー、日本酒とー」

里恵がおっとりとした喋りで答え、秋生の左側からすり寄ってきた。左の膝に手が当たった。そのまま太ももを撫でてくる。

（だ、誰？）

正面の弘美と左隣の里恵、どちらの手だろうと秋生は表情を窺った。

「そないようけ呑んだら、酔っ払うの当たり前やないの」

「わたしたちだけじゃないわよう。秋生くんも呑んだのよねー。おいしかったでしょう」

里恵が秋生の目を覗き込んで告げる。漏れる息は、甘い匂いがした。

（何度もキスした唇）

秋生は返事を忘れて、ツヤツヤとした紅唇に見とれた。その瞬間、左右の膝に置かれた手が、内へ動いた、太ももから股間へとゆっくりすべっていく。

（二人同時に）

軽やかな刺激と期待感で、十代の肉体は昂った。湯のなかで、ペニスはむくむくと充血する。

「お酒を呑み過ぎたもんやから、この子を大学生と間違うたんやろ。そもそもなんで秋生くんの持っとるカードキーの番号を、すぐに調べなかったん？　渡したカードと違うってすぐにわかったはずやで」

「あ、ほんとうだー」

「そう言われれば、そうね」

二人が返事をする間に、指がペニスに辿り着いた。一人は棹裏を指先で撫で上げ、もう一人は尖った先端に指を絡めた。

「あ……んっ、ひ」

「どうしたのよ秋生くん、変な声だして。のぼせた？」

弘美が前から顔を寄せてくる。自分の額を、秋生の額にコツンと押し当てた。張り出した乳房が、秋生の胸板を擦った。

（ちくび、当たってる）

「そんなに熱くなってないわね」

下では指先がツンツンと、裏スジの部分を撫でていた。秋生の腰がヒクつく。

「んっ、いえ、なんでも、ないです」

秋生は狼狽え声を発して、身を引いた。その反応を見て、二重の瞳は愉しげに目尻を下げる。

「弘美、からこうたらいけんよ。あんたら二人は、もう少し身入れて反省せんとあかんやろ。呑むのんはいい加減、やめにせんと」

暎子は叱るように言い、持っていたグラスの中身をクイッと飲み干した。空のグラスを湯船の縁に置いて、ほんのり赤らんだ美貌を秋生の方に近づける。

棹の付け根をきゅっと握り込まれた。秋生は我慢できずに、喉から唸りを発した。

「どないしたん秋生くん。身体、つらいのんかな?」

暎子が心配そうに尋ねる。右の腕が、暎子の乳房の谷間に挟み込まれていた。

(もちもちおっぱい、やわらかい)

「え、だ、だって……」

抑えきれぬ興奮と緊張で、秋生の顔は急速に紅潮し、声は上ずった。左手が誰かに摑まれた。導かれるようにして低い位置をスーッと進み、やがて温かな肌にふれた。ヌルリとした感触がして、人差し指が潤みのなかに沈みこんだ。

「えっ」

秋生は小さく驚きの声を上げて、瞬きを繰り返した。

(誰かの……おま×こ?)

頭が混乱して、今の状況がうまく把握できない。思考を遮るように、根元に巻き付いた細指が、勃起を甘く扱き立てる。

「正直、羽目を外しすぎたわね」

「そうねえ。秋生くんにもいっぱい迷惑かけちゃったものね。ごめんなさいねー」

正面の弘美が小さく肩をすくめ、左からは里恵が、秋生の耳元に囁きかける。秋生は左を見た。ぽってりとした唇が、息の掛かる距離にあった。

「秋生くん、汗、すごいねえー」

肉棹の下、陰嚢にさわさわっとふれる指があった。腰の浮きあがるようなくすぐったい快感が生じる。秋生はたまらず身をゆすり、蜜壺に差し込んだ左手の人差し指を折り曲げた。

「んうっ」

弘美が悩ましく溜息をつく。グラスを横に置いた。その手はかすかに震えていた。

「弘美は、いい加減憂さ晴らしにもならんホスト遊びを、やめた方がええんちゃうか。せっかく稼いだお金をパアッと遣って気が晴れるんならまだしも……むなしいだけなんやろ」

「だ、だって……あんっ」

秋生は指を第二関節まで沈めて、なかを掻き回した。弘美の紅唇が開き、細顎が持ち上がる。露わになった首筋を、汗粒がツーッと流れ落ちた。

(オマ×コのなか、クチュクチュだ)

肉洞は、奥へ進むほど温かな汁気が満ちていた。熱くなった膣ヒダが、粘ついた液を絡ませるようにして指に吸いついてくる。

「んっ、むなしくとも、毎日仕事だけの人生なんて……だめ、あん、そこだめっ」

抑えた声で、弘美が哀願の声を漏らす。秋生はクイクイと指を蠢かし、親指で上縁に咲く肉蕾も、揉み込んだ。白い相貌は朱色に染まっていた。眼差しが、それ以上しないでと訴えていた。秋生は構わず、内と外を同時に擦り上げた。

「んッ……んうっ」

整った顔立ちが一気に崩れた。ブルッと肩を震わせ、女壺は緊縮して指を締め上げた。

(弘美さん、イッてる。みんなの見てる前で)

焦点を失った瞳と、半開きになった朱唇が悩ましかった。裸身は昂揚の朱に染まり、湯を波打たせて戦慄きを起こす。やがて弘美の首がカクンと前に折れ、秋生の肩に額をのせた。ハアハアと、艶めく呼気が首筋に吐きかけられた。

「そうやな。寂しいっちゅうんは、うちにもわかるんやけど……」

秋生の右手に女の指が巻き付いた。真横へと引っ張られる。指先に繊毛が当たった。

（暎子さんの……）

恥毛を掻き分け、秋生は女の亀裂をくつろげた。柔ヒダのなかに、中指を突き刺す。ヌチュッという生々しい感触が、指を通して伝わってきた。

「んふっ、秋生くんわかるやろ。うちのお腹のなかに、とろとろミルク溜まっとんの。秋生くんのやで」

友人たちには聞こえぬ小声で、暎子が色っぽく囁いた。陰茎を扱き立てる手が速さを増した。

「イッた後は、敏感になるんやよね。特に先っぽんところが」

秋生はうなずいた。女の指はやさしい握りで、痛さを感じぬよう刺激を加減する。

（お風呂のなかで、暎子さんと弄りっこしてる）

「わたしだってよくわかるわよう。夫がいたって……自分一人ぼっちの気がするんだもの」

左隣の里恵が、秋生の裸身にしなだれかかってきた。三人のなかで一番ボリュームのある熟れた豊乳が、脇腹に押し当たる。

「だから秋生くん……あなたの身体の温もりがうれしかったの」

人妻の声色は媚びを帯び、柔和な眼差しは男を誘うような潤いを含んでいた。秋生は弘美の内から指を抜き取った。里恵の太ももにさわり、内ももへすべらせると、心得たように里恵が自ら膝先を開いた。秋生は股の間に指を差し入れて、女の中心を弄くった。

「秋生くんが流し込んだ中出しのおち×ぽ汁、溢れてるでしょう」

里恵がひそひそ声で告げ、秋生の耳に切なげに吐息を吹き込んでくる。

（ほんとだ。滲み出てる。でもこれって里恵さんの愛液もいっぱい溢れてる感じ）

花びら状の粘膜をいくら指で擦っても、ヌメリは消えない。奥から粘ついた液が途切れなく漏れ出てくる。秋生は割れ目のなかに、指をもぐり込ませた。里恵の目元が切なそうに歪んだ。

「ん……ここでミルクが作られるのよね。まだいっぱい中身があるんでしょう。

一ヶ月分、溜まってるのよね」

少年の精巣を揉み込んでいた指が、重さを確かめるように袋を持ち上げる。

(里恵さんも、満足してないんだ)

秋生は里恵の股間に刺した指を奥へ進めて、内部を捏ねた。

「あっ、そこっ」

尿道口側の膣壁を擦った瞬間、里恵が頭を振る。髪が秋生の頬を打った。もっと弄ってというように、湯のなかで下半身がくねっていた。秋生は同じ箇所を執拗に擦った。ヌルヌルと蠢く内粘膜は充血を増し、膣ヒダが指先に引っ掛かった。里恵は嗚咽を発して、秋生のうなじや肩に口を付け、キスをしてきた。

(里恵さんの身体が悦んでるのがわかる。暎子さんも……)

秋生は右隣を見た。暎子の濡れた瞳のなかに、自身の顔が映っていた。

「悲しいのんには歯を食い縛ってでも耐えられる。でも寂しいのんは、心がぐらぐらになってまうんやもん」

白い裸身が秋生にぴったりとすり寄る。自然と秋生の指は、未亡人のなかに深く沈みこんだ。色っぽく喘ぎを吐きこぼして、暎子が紅唇を差し出した。

「僕にもその気持ち、わかります」

秋生はつぶやき、未亡人の唇を奪った。

(両親が亡くなったことは悲しいけど、我慢できた。でも、また貴和子さんと……ママと別れなきゃいけないのかと思うと胸が苦しくて、つらくて)

少年は突き立てた指で、未亡人と人妻の膣奥を、グチュグチュと掻き混ぜた。

「あんふっ」

暎子の細面が仰け反る。上向きになった唇から舌が伸び、秋生はすかさず吸い取った。

「んむ、あひおふんのツバ、あまいんな」

垂れ落ちた秋生の唾液を、暎子が呑み啜る。細指は陰茎をもどかしそうに、擦り立てていた。

(このまま、お湯のなかにとろけていきそう)

濃厚なキス、女体のやわらかさ、蜜穴のうねり、そして指でのしなやかな肉柱愛撫、少年の興奮は高まり、勃起は女の指を弾く勢いで震えた。女二人の膣洞も、秋生の指を切々と食い絞ってきた。秋生は親指を立てて、弘美にしたようにそれぞれの肉芽を揉み込んだ。

「んっ、そこ、あかんっ。女の弱点やのに」

未亡人が叫び、唇を外した。責めから逃れるように腰をくゆらす。

(暎子さん、僕のつばが口から垂れてる)

呑みきれなかった唾液が、下唇を濡らしていた。秋生の親指がクリトリスを圧す度に暎子は細い肩を震わせ、新たな涎をツーッとこぼした。

「あんっ、だめえっ」

里恵も啜り泣きをこぼし、秋生の肩に歯を立てて噛みついた。甘噛みだが、刺激に驚いて、秋生はピタッと指の動きを止めた。途端に里恵が、もどかしそうに女体をゆすり、豊腰を振った。

「ああん、やだあ、いじわるぅ。続けて、ねえ」

里恵が泣き声を発して訴える。陰嚢をマッサージする手をほどいて、秋生の身体に両手で抱きついてきた。はしたなく先端を尖らせた双乳が、肌に心地よく当たる。

「おくち吸って」

里恵が哀願の声を発した。汗ばんだ欲情顔を見つめながら、秋生はぽってりとした紅唇を吸い立てた。口内に唾液を溜めて、人妻に呑ませる。瞳を潤ませて里恵が喉を鳴らした。

（二人とも、乳首もクリトリスも、ピンピンに尖ってる）

秋生は充血した肉芽を指で捏ねくった。乱暴かと思うような力加減で擦り上げ、挿入した指は奥で円を描いた。陰核は硬くしこって屹立し、女穴はうねうねと歓喜の蠕動を起こして、少年の指を食い締めた。

「んっ、秋生くん、ねえ、わたしイクっ」

キスの唇を外して、里恵が絶頂を予告した。少年の唾液と人妻の涎が混じって、口の端からトロッと垂れ落ちる。

「うちも、あかん、頭んなか、白うなる」

暎子も情感を滲ませた嗚咽を放った。女たちの切羽詰まった息遣いが、少年の胸に悦びを生む。秋生はとどめのように、陰核を揉み潰した。二つの女体がブルッと痙攣し、凄艶なよがり声が湯殿に響いた。

「ん、ああ、イッてまうッ」

「イク、イクわあっ」

里恵は豊乳をゆらして湯を跳ね飛ばし、暎子のまとめ髪からは細い毛筋がパラパラとこぼれ落ちた。人妻と未亡人は、秋生にひしと抱きついた。爪が肌を引っ搔き、巻き付いた腕が震える。アクメの緊張が、肌を通して伝わってきた。

(二人とも達したんだ)

強張った女体に弛緩が訪れるのを充分に待ってから、秋生は女穴から指を静かに引き抜いた。暎子、里恵、弘美の三人が、少年の肉体にもたれかかって、息を荒げていた。

(僕も、もうちょっとでイキそうだった)

秋生も忙しなく胸を喘がせる。男性器を擦っていた女の手は、すべて離れていた。充血を維持した勃起が、湯のなかでピクつく。

「暎子と里恵も、思い切り派手な声をあげて……秋生くん、女の仕組みがわかってきたようね」

一足先に恍惚の酔いから抜け出た弘美が、秋生の顎の下を舐めてきた。くすぐったさに秋生は不安定に首をゆらす。擦り付く乳房を指で揉み上げた。

「んっ、少年の癖に手慣れてきて……生意気な子」

愉悦を感じてしまう口惜しさを相貌に滲ませ、弘美がつぶやく。里恵の手が横から伸び、秋生の額に垂れた汗を拭った。

「ごめんねえ。わたしたちだけ」

「かなわんな。この身体、すっかり秋生くんに手懐けられてもうとるよ」

し付けてくる。
暎子の艶めかしい溜息が秋生の相貌を撫でた。乳房や下腹を、秋生の身体に押
秋生は年上の女たちを見回した。三人とも秋生にすりつき、涙をたたえた瞳で
一心に秋生を見つめていた。
(なんでこんなに可愛いんだろ。三人とも、僕より遥か年上なのに……)
アクメに酔ったしどけない仕種、だらしなくゆるんだ表情、見せてはならない
痴態を一方的に晒してしまった悔いの滲む含羞の目つきは、母親と変わらない年
齢の女たちへの愛欲の情を少年に抱かせた。
「こんなんしとったら、のぼせてまうな。一回上がろか。背中流したるよ」
暎子の言葉を契機に、三人が湯のなかから立ち上がった。秋生の手を引いて湯
船の外へ出る。
洗い椅子の代わりに、マッサージ時に用いるウレタンマットが洗い場の上に敷
かれ、その上に秋生は座るよう言われた。
「あの、身体を洗うのくらい、自分でできますから。いいです」
他人に身体を流してもらった経験など無かった。自分を取り囲む女たちを、秋
生は困ったように見る。

「ええから。そこに胡座をかいて、偉そうにしてればええんよ。今し方、秋生くんにうちらの身体をやさしゅう撫でてもろうたばっかりやろ。そのお返しをさせてや」

背後にまわった暎子が、少年を宥めるように言う。背中にふんわりとした弾力が擦り付いた。

（暎子さん、おっぱい押し付けてきてる）

圧し当たるのは、人肌のやわらかさと温もりだった。

「お母さまに、身体を洗ってもろうたことくらいあるやろ。それと一緒やと思って気楽にしててや」

秋生に抱きついたまま、暎子は裸身を上下にゆっくりとすべらせた。乳房と背肌が擦れ、快い肉圧となって少年をうっとりとさせる。

（タオルを使わないんだ……どうしよう。こんなことまでしてもらって）

「遠慮しなくていいからねえ。力を抜いて楽にしてて」

秋生の横に膝をついた里恵が、左腕を取った。胸の谷間にむにゅっと挟み込み、擦り合わせる。

（おっぱいを使って、腕を洗ってる）

秋生はジッと里恵の胸元を見た。白い乳房は、オイルを浴びた時のように、光沢を帯びていた。

(里恵さんも暎子さんも、おっぱいの表面がトロトロに粘ついてる。いい匂いがするけど、石やボディーソープじゃないよね)

「ふふ、これ？　美容ローションよ。お風呂上がりや、マッサージの時に使うのよう。運動で疲れた身体には、こっちの方が効果あるでしょう」

里恵が床に置いてあったボトルを秋生に見せた。そしてキャップを外して自身の胸元にタラリと垂らし落とす。乳房の表面はテラテラとかがやきを増した。そこに秋生の腕を押し当て、乳房をスポンジ代わりに肌に擦り合わせる。

(たまらない。ヌルヌルで、ぷにゅぷにゅだもん)

快さに、秋生の口からは自然と吐息が漏れた。

「秋生くん、ずいぶんだらしない顔になってるわね」

右腕も掴まれた。弘美だった。自身の胸にぎゅっと押し当てる。

「わたしが、胸を使って洗ってあげるなんてね。なんでこんな奴隷みたいな真似しなきゃいけないのかしら」

不満そうにつぶやきながら、ローションまみれの乳房に腕を擦り付け、手の甲や指に尖った乳首を当ててきた。弘美の目と、秋生の目が合う。

「か、感謝なさいね。こんな特別扱い、滅多にないのよ」

睨みつける瞳に対し、秋生は微笑みを作って大きくうなずいた。

「そ、そう。ならいいけど」

素直な反応に戸惑った表情を作って、弘美が目を逸らした。途切れた会話を誤魔化すように、新たなローション液をたっぷりと手に取ると、自身の乳房に思い切りよくなすりつけた。そのまま屈み込んで、秋生の太ももに双乳を押し付けた。

(脚まで、おっぱいで洗ってくれるんだ)

ショートの髪が秋生の腰の上でゆれていた。

「膝を伸ばして」

言われた通りに秋生は胡座の姿勢を崩して、足を前に伸ばす。弘美は膝や脛にも乳房を擦り付けた。

(王様や貴族にでもなったみたい。照れちゃうし、申し訳ないな。……でもふわふわおっぱい、気持ちいい)

三人の乳房は、全身にまんべんなく擦り付く。スポンジやタオルの類とは比較にならないソフトでやわらかな感触に、秋生の口からは喜悦の溜息がひっきりなしに漏れた。

「ごめんな秋生くん。温泉入ってさっぱりしたら、はよお母さまの元に帰してあげるつもりやったのに……なんでこない風になってまうんやろ」

暎子は背中からぎゅっと密着し、秋生の肩に顎をのせた。少年の耳の端を甘噛みしつつ、脇から前に回した手で、胸をさわる。オイルを引き伸ばして、指先で乳首を軽く弾いた。

「秋生くんのおっぱいもコリコリになっとんな。うちと一緒や」

「あっ、ん」

秋生は喘ぎ、熟女のマッサージに酔い痴れた。ペニスからは先走りの透明液が溢れ、細い滝となって流れ落ちる。直接の愛撫はなくとも、陰茎は緩む暇がない。

弘美が立ち上がった。秋生の右手首を掴んで、真横に伸ばすと、その上を跨いだ。股の付け根に、秋生の肘部分がピタッと当たっていた。

「な、なによ。秋生くんは知らないだろうけど、こういう洗い方があるのよっ」

呆気にとられた顔で秋生が弘美を仰ぎ見ると、照れて真っ赤になった美貌が懸命に弁明をする。

「洗い方って……この先は、どんな風にするんですか?」

「そんなの聞かないでよ。これだから子供って、ムードもなにもないんだから……ん、あんっ」

腕にそって弘美は腰を前後にすべらせた。恥丘に生えた繊毛、そしてヌル付いた秘唇のヒダが、肌の上を心地よく擦った。

（弘美さんのアソコが、僕の腕を……）

弘美が尻をゆすると、淫らな摩擦の汁音がこぼれる。ローション液と、温かな愛液が混じり合って、潤滑液となっていた。

（熱くなってる。弘美さん、興奮してる）

「あっ、ん……好きでこんなことやってるんじゃないんだから。あんっ」

上ずった声で文句を言いつつも弘美は乳房をゆらして、献身的なボディー洗いを続ける。秋生は自ら腕を上に持ち上げて、女園との密着を強めた。煮え立った秘肉、そして充血したクリトリスの生々しい触感がよくわかった。

「弘美ったら大サービスやね。秋生くん、具合よろしい？」

背後の暎子が、秋生の胸を撫で回しながら、尋ねてきた。

「はい、気持ちいいです。弘美さんの太ももとか、アソコとか、吸いついてきて」

「そ、そう……じゃあ、仕方ないわね。もうちょっと続けてあげるわ……んふ」

秋生のセリフを聞き、弘美は鼻梁から色っぽく息を抜くと、卑猥な仕種で腰を振り立てた。秋生も脚に挟まった腕を抜き差しして、密着を強めた。

「こら。秋生くん、あんまりグイグイしないでっ」

弘美が叫んだ。ローションと汗で光る女体が、昂揚の朱に染まっていく。エロティックできれいだと思いながら秋生は弘美を見上げた。

「では、わたくしはおみ足をきれいに致しますわ。秋生くん、足をこっちに伸ばしてくれるぅ？」

里恵が足を摑んで引っ張った。秋生は両足を里恵に向けて投げ出した。里恵が身を低くして、秋生のつま先に紅唇を近づけた。

「さ、里恵さん、そんなことまで……あの、汚いですから」

さすがに制止の声が喉から出た。里恵は秋生の足指を口に含んで、舐めていた。

「お風呂に入ったばかりじゃないの。汚くなんかないわよう」

紅唇が指を根元まで包み込み、舌を巻き付け、舐め回す。指の股には舌先を差し入れて、ヌルリヌルリと擦った。親指から始まり、一本一本、時間を掛けてしゃぶっていく。

「こっちが終わったら、右足もきれいにしてあげるわね。弘美はこういう丁寧さに欠けているのよねー」

「みんな、愉しそうやなあ。こっちもきれいにせんとな」

暎子の右手の指が、すべり落ちてペニスに絡んだ。

「んあっ」

秋生は喘いだ。白い指がなめらかな動きで肉茎を擦る。すぐに秋生の男性器はローション液にまみれて、妖しくヌメ光った。

(身体が、ふわふわする)

背後からペニスを扱かれ、足指を舐めてもらい、腕には熱く潤んだ秘処が擦り付く。ひたすら快い感触が、少年の裸身をくるみ込んでいた。

「我慢のお汁、いっぱい漏れとるなぁ。もう少しだすのん、待ってな。コレさわっているだけで、うちもドキドキするんよ」

暎子が秋生の耳たぶを噛み、顎の下にキスをする。

「それに秋生くんだって指でのうて、ちゃんとした場所で放出したいやろ」

(ちゃんとした場所……)

未亡人の色っぽい声が、少年に射精を我慢させる。秋生は奥歯を噛んで、こみ上げる性感を抑え込んだ。

「足だけじゃなくて、手の指も洗わないとね」

弘美の独白が秋生の耳に届いた。手首の方まで身体を移動させた弘美が、秋生の人差し指をつまんで上向きにした。

(指？)

秋生が視線を注ぐ目の前で、弘美は自身の女穴に指をヌプリと突き刺してみせた。

「んっ、あ」

悩ましく息を漏らして、秋生の指を奥まで差し入れると、軽く掻き回すように動かした。プルンとした膣肉のヒダと愛液が指に絡み、心地よく擦れる。

(女性の穴のなかで、僕の指をきれいに……)

弘美がなにを行っているか秋生はようやく理解した。時間を掛けて秋生の人差し指で己の膣肉を捏ね上げると、弘美は濡れた視線を眼下の少年に向けた。紅唇に笑みを作り、ゆっくりと指を抜き取った。糸を引いて濡れた指が現れた。

(全部の指を、洗うつもりなんだ)

二重の瞳が妖しい光を帯びていた。少年の予想通り、弘美は次に中指を選んで摘み持つと、亀裂の中心に埋め戻した。

「あっん、この指、長い……」

弘美は髪を震わせ、スタイルの良い肢体を立ったままクンと引き攣らせる。

(僕の指を使ってオナニーをしてるみたい。弘美さんは、一人でこういう風に自分を慰めてきたのかな)

淫らな奉仕行為の向こうに、女経営者の孤独と寂しさが透けて見え、秋生の胸がきゅっと締め付けられる。弘美の手つきに合わせて、秋生も女穴にもぐった指を動かした。

「う、あっ、搔き混ぜないで……洗えなくなるっ」

弘美の下半身が左右にゆれる。蜜の滴る生々しい内奥の感触と、切ない情感を滲ませた喘ぎ声が、少年を昂らせた。秋生は左手も弘美の股間に持って行き、恥丘に添えた。陰毛を搔き分けて、ピンと尖った肉芽を指で挟み込んだ。

「あっ、そっちまで刺激しちゃ、だめっ」

弘美が腰を引いた。秋生の手が追い掛ける。蜜を垂らす肉穴をグリグリと抉り込み、クリトリスを容赦なく弄くった。弘美のヒップが躍動するように跳ね動く。紅唇からは色っぽく呻きを発した。下肢は内股になり、脚の付け根は秋生の手を強く締め上げた。

「んうっ、イタズラしないで、秋生くん、よしてっ」

「はしたない声で歌うて、エッチな女社長さんやなあ」

暎子が悩ましい声音で告げた。未亡人の乳房は熱く火照り、柔肌は汗ばんでいた。むちむちの太ももが秋生の腰を挟み込む。

（こんなサービス受ける資格、僕なんかにあるとは思えないのに）

弘美を追い立てつつも、少年の内にある懐疑の思いは強くなる。

足元に這った里恵を見る。美貌の人妻は、秋生の足指をピチャピチャと音を立てて舐めていた。年上の女性の従属姿は確かな悦びと同時に、申し訳なさと居心地の悪さを少年の胸に生じさせた。

秋生の視線に気づいて、里恵が舌遣いを休んで瞳を細めた。

「んふ、気持ひいいでしょ？」

少年の眼差しを意識しつつ、右足の親指をヌプリと紅唇で含んで見せた。

（フェラチオみたい）

里恵は根元まで呑むと、出し入れの動きを加えてきた。足指を吸い立てられる焦れったい愉悦に、秋生は唸った。つま先に力が入って足指が折れ曲がる。その足指の隙間を、里恵の舌先がチロチロとやさしく這う。

「僕、こんなにしてもらって……いいの？」

思わずつぶやきが漏れた。背中の暎子が、少年を抱く手に力を込める。

「気兼ねせんでもええんよ。男に仕える悦びを、うちらに味わわせて。好いた男の人に、気持ちようなってもらって、愉しんでもらえるって、女はとってもうれしいんやから」

暎子が囁き、秋生の頰にキスをした。やわらかな乳房が肩胛骨を擦り上げ、艶めいた吐息が秋生の口元に吐きかかる。秋生は横を見た。

「んっ、でも」

声はかすれた。暎子の指が陰茎を撫でさする。

「握りきれんもん。秋生くん、逞し過ぎて女をおかしゅうさせるわ」

粘ついた液がドクンと溢れた。里恵が秋生の足を摑み持ち、足裏をペロンとなめ上げた。秋生の顔を上目遣いで見つめて、ピンク色の舌をねちっこく這わせる。牡の本能をゆさぶられる光景に、秋生の肉茎は震えを起こした。

（理性が飛びそう。僕、どうなっちゃうんだろう）

甘い香油の芳香と、女たちの上品な肌の匂いが、秋生を包み込んでいた。極度の興奮が、少年の肉体を覆う。

「暎子さん」

秋生は切ない目で、間近にある赤い唇を見た。

「わかっとるよ。まだまだ、だし足りひんのやろ。ちゃんと収まるまで、つきおうてやるさかい……」

秋生は瞬きでうなずき、朱唇を吸った。暎子が開いた口を深くかぶせてくる。伸び出た舌が、秋生の歯列や歯茎を舐めた。口づけの汁音、里恵の奏でる舐め奉仕の音色、蜜壺のなかを出し入れする指の摩擦音が、湯殿のなかに響き渡っていた。陰茎を扱く指が忙しさを増す。秋生は眉間に皺を作って、目を閉じた。

3

下半身がカアッと燃え立ち、射精欲が押し寄せる。亀頭の下の部分を、暎子の指先が素早く擦った。秋生の腰が震えて、背筋がビクリと硬直した。

「あ、ごめんな。ヒリヒリする？」

暎子が唇を引いて、指遣いを止めた。亀頭の括れは、今夜一番摩擦を受けた箇所だった。強い刺激が身体の芯まで染みた。

「あ、はい、ちょっと」

「そういう場合は、もっとソフトな部分を使うのよー」

足指を舐めていた里恵が面を上げて、紅唇を手の甲で拭った。

「どないすればええの里恵？」

暎子の問いに、笑みをたたえた人妻は黙って口を丸く開いた。なかからピンク色の舌をチロッと覗かせる。

「そない方法かいな」

そのジェスチャーだけで意味が通じたらしく、暎子が戸惑ったようにつぶやいた。

「暎子ちゃんは、こういう方法は苦手なんだっけ。じゃあ弘美社長、お手本を見せてあげてー」

「え？　なんでわたしが」

秋生の指で女壺を混ぜ込んでいた女社長は、ハッとしたように友人たちを見回した。

「呆けた顔して愉しむのもいいけど……一番秋生くんに迷惑掛けたのは、弘美でしょう。ねえ、暎子ちゃん」

　里恵が暎子に同意を求める。

「そうやなあ。今夜の首謀者は弘美なんやし」

「でしょう。だったら秋生くんに誠意が伝わるように、身体で責任取るんが筋ちゃうのー？」

　暎子の関西弁を真似して、けしかけるように里恵が言う。手を伸ばして秋生の手首を摑むと、弘美の股間から引き離した。

「め、迷惑掛けたのは、そうかもしれないけど……でも、あなたたちに見られながら、そんな真似……」

「指のツボ洗いまでしておいて、その言い草はないものだと思うけどー。それとも、最近の弘美はオナニー三昧で、こういうテクニックはすっかり不得手になったのかしら、うふふ」

「なによ、その物言いは。オナニー三昧って……」

　神経を逆撫でするようなセリフと笑いに、自尊心を傷つけられたのか弘美の表情が険しくなった。

「わたし、無茶を言っちゃったのかしら。ふふ、わたしには、出来ませんって弘美が謝ったら許してあげようかなあ」

「バ、バカにしないでよ。そんな安っぽい挑発……いいわよ、乗ってあげようじゃない」

弘美が秋生の脚の間に、移動する。ペタンと両膝をついてウレタンマットの上にひざまずいた。背を丸めて屈み込み、少年の股間に向かって頭を沈める。

（フェラチオしてくれるんだ）

昂揚に酔った少年の頭は、自分に対してなにが行われようとしているのか、ようやく理解した。衝き立ったペニスに、紅唇が近づく。

「そ、そんなに見ないでよ」

ふれ合う寸前に、弘美が視線を上に向けた。恥ずかしさを滲ませた顔で、秋生を下から睨みつける。

「秋生くん、弘美の文句は無視していいからねー。むしろじっくり観察してあげて。さあ、弘美は早くご奉仕なさいねー」

里恵が弘美のヒップを叩いた。パンと音が鳴る。

「あんっ」

可愛らしい悲鳴を発した紅唇から、舌が伸び出た。そのまま棹裏を、ソフトな触感で這い上がった。

「ああ、舐めとるなあ。お友だちのこんな姿、見る羽目になるとは思わんかった」

秋生の肩越しに前を覗き込んだ暎子が、感嘆の声を漏らす。未亡人の指は肉筒の根元の部分に絡んだままだった。弘美が舐めやすいように、摑んだ手が上向きの勃起を少し引き下げてやる。先走りの滴が、弘美の舌に向かって垂れ落ちた。這いずる舌は、当たり前のように秋生の吐き出した分泌液を舐め取った。

(弘美さん、僕のガマン汁を呑んでる)

「な、なによ」

再び視線がぶつかった。頬や目元が赤らんでいた。なんと言えばいいのかわからず、秋生は黙って年上の女の目を見返した。

「フェ、フェラチオぐらい、なんでもないんだから」

己に言い聞かせるように弘美が小声で言い、口が丸く広がった。張り詰めた亀頭が赤い唇の内に隠れ、やわらかな粘膜にくるまれた。

「あ、あの、イヤだったら、無理にしなくとも」

陰茎を張った女社長を見下ろして、秋生は告げた。弘美の唇が、温かな感触を残してすべり落ちていく。

「こんなステキなオチン×ンだもの。イヤな訳なんてないわよう。このエッチな表情を見れば一目瞭然でしょ」

よく見えるように、里恵が弘美の髪を手で掻き上げた。弘美の口のなかに勃起の半分が入っていた。弘美はううぐと喉で唸り、紅潮させた美貌を左右に小さくゆらした。秋生だけではない。友人二人の視線も浴びている。弘美の潤んだ瞳が、観察される羞恥を訴えていた。

(美人の咥え顔って、ものすごくイヤらしい)

少年は、艶美な情景にうっとりと見とれた。大口を開け、唇ははしたなく伸びきっていた。平時の上品な顔つきとのギャップが大きい分、牡の情欲がそそられる。

「ほんまや。弘美、ずいぶんとおいしそうに呑み込んどるなあ」

感心したように暎子も声を漏らした。

(暎子さんもドキドキしてる)

心臓の鼓動が背中越しに伝わってくる。弘美が肉刀に沿って、紅唇を上下にすべらせ始めた。淫らな唾液の音をこぼす口元に、秋生、暎子、里恵の眼差しが注がれる。

「うふふ、弘美ったら、ぐっしょり大洪水にしちゃってー。みんなに見られて、悦んでるのねえ」

フェラチオのしゃぶり音に負けない汁音が、弘美の脚の付け根から漏れていた。弘美の横に膝をついた里恵が、尻から手を差し込んで悪戯をしていた。

「んっ、んふ、ううっ」

弘美が喉で切なく喘ぐ。大胆に責め立てているのが、里恵の肘の動きでわかった。下半身をヒクヒクッと浮き上がらせ、弘美が切ない悶え顔を作る。

「んう、さわらないでっ」

紅唇からペニスを吐き出して、弘美が弱々しく訴えた。

「なあにこのイヤらしい反応。わたしの指に吸いついてくるわよ。ずいぶんと秋生くんに、ご執心みたいじゃないー。よかったわねえ、おくちいっぱいにいただけて」

「わたしがこんな子供相手に……ありえないわ。仕方なくやってあげてるだけよっ」

「文句はいいからねえ。ちゃんとお口一杯に張ってあげないと。大好きな秋生くんが、物足りなそうよう」

「いや、弄らないでよう……んぐん」

女の口は少年の勃起を咥え直し、懇願のセリフはフェラチオの淫らな吸引の音に変わった。美貌を縦に振り立て、肉棒に粘膜摩擦を行う。

「その調子よう。わかってるでしょうけど、ちゃんと歯を唇でくるんで当てないようにねえ」

里恵は相変わらず指で、弘美の秘部を責め立てていた。美人社長の括れたウエストがくねり、丸いヒップがゆれた。剝き出しの乳房が、秋生の太ももにタプンタプンと当たってくる。

「秋生くん、硬うなっとるなあ。弘美のおくち、具合ええんや」

弘美の口唇性交に合わせて、暎子の細指が興奮で引き締まったペニスを、シコシコと甘く擦り立てた。

「弘美は感じてしもうとる自分が恥ずかしいんや。せやから照れ隠しで、つい好きな男の人でも罵ってまう。許してあげてな」

暎子が耳の裏で囁き、秋生の胸板を撫でて乳首を指先で弄くる。

「……はい」

秋生は顎を引いて下を見た。赤い唇は付け根付近まで沈み込んでいた。口唇愛撫の邪魔にならぬよう暎子が指をほどいた。すると独り占めがうれしいというように、弘美は派手な吸引を立てて、ディープスロートを披露した。さらには股の下に両手を差し込み、陰嚢を甘く揉みほぐしてきた。

(タマまで……ああ、弘美さん喉で絞ってる。舌がサオの裏側に当たって)

亀頭を喉頭で刺激し、ヌルヌルとした舌で棹裏を擦ってきた。男のツボを心得た口技に秋生は喘いだ。

「秋生くん、おめめがトロンてなっとる。そんなん気持ちええの？」

快感に震える横顔を眺めて、暎子が問い掛ける。

「はい。女の人の口のなかって、温かくてやわらかで……しあわせな気持ちになります」

「そうなんや。うちはあんまりこういう経験のうて。あんな奥まで咥えて、苦しゅうないんかな」

「暎子ちゃん、秋生くん越しに眺めるんじゃ見えにくいでしょう。近くでどうぞ」

里恵が暎子に呼びかけた。

「近くで……ええんやろか？」

瑛子は良いかと尋ねるように、秋生の顔をチラチラと見た。

「僕は、構いませんけど」

「ですって。弘美もオーケーよねえ。ねえ、弘美」

クチュッと音が鳴り、這いつくばった裸体が背を反らした。女の性感帯を直接嬲り立てているのだろう、弘美は悩ましく鼻を鳴らした。

「ほなら、ちょっとだけ拝見させてもらおうかな」

瑛子が秋生の背から、身体を離した。前へと回り込んで、美貌の被さった股間に顔を近づける。

「んうっ」

ペニスを頬張ったまま、弘美が恥ずかしそうに呻きを発する。助けを求めるような涙目で秋生を見上げた。すがり付く表情が、男心をくすぐった。

（弘美さん、年下の女の子みたい）

秋生は弘美の頭に手をやり、髪をやさしく撫でた。「くふん」と甘えるように、嗚咽を放って、弘美は吸茎を強める。

「すごいなあ。こないに深う呑んで……喉に当たってへんのやろか」

舐めしゃぶる様子を、暎子が食い入るように注視していた。弘美は視線を伏して、睫毛を震わせる。秋生は手を弘美の胸元に差し入れて、垂れ下がる乳房をすくい揉んだ。途端に弘美の相貌が持ち上がり、紅唇がキュッと締め付けを増した。

「弘美、おっぱいが気持ちええの？」

暎子が友人の耳元で尋ねた。含羞の相はイヤイヤとマゾっぽくかぶりを振る。可愛らしい女の反応に、少年のペニスは猛った。双乳に指を食い込ませ、ゆすり立てた。弘美の切ない呻きが、色っぽく浴室内に響いた。

「んふっ、むふん」

「弘美ったら、イイ声で哭いちゃって。ねえ、暎子ちゃんもこんな風にやられてみたいんじゃないのう？　胸を揉まれながら、硬いのをおくちの奥まで突っ込まれるの」

里恵の質問に、未亡人の頬にパアッと朱色が差した。

「急になにを……うちが、そ、そないな訳」

小刻みに首を左右に振るが、暎子は明確な否定をしない。

「うふふ。それはさておき、フェラチオを体験するいい機会なのは事実よねえ。してみたいでしょ？　さっきから暎子ちゃん、興味津々の表情だもの」

里恵はそう言うと、こっそり秋生に向かってウインクをした。秋生は目配せの意味に考えを巡らせてから、口を開いた。

「え、暎子さん、お願いします」

「ほらあ、秋生くんからもご指名よ」

里恵がすかさず後押しして、暎子に迫った。

「そ、そない言われても……うちはこないな真似、上手にでけへんよ」

「言い訳はいいから。さ、どうぞ」

里恵が暎子の腕を引いた。白い裸身は弘美の隣に並ぶ。弘美がクポンと音を立てて唇を引き上げた。吐息をついてから、流し目を暎子に送った。

「しょうがないわね。ちょっとだけ貸してあげる」

昂揚に酔ったかすれ声で告げると、弘美が身体を横にずらして、暎子のためのスペースを作った。

「せやけど、どないしたら」

目の前で反り返る勃起を、暎子はおろおろとした表情で見る。弘美がペニスの括れた部分を摘んで、暎子の口元に突き付けた。

「ここまで来て、遠慮する気？　わたしのフェラ顔、さんざん覗き込んで来た癖に」

濡れ光る先端を、鼻梁に押し付けた。暎子は眉間に皺を作ったものの、顔を背けはしない。放たれる匂いを嗅いで、紅唇からハアッと溜息を漏らした。

「熱くて、甘い香がするわ……ああ、なんでコレはこないに女を惹きつけるんやろ」

吸い寄せられるように、唇がチュッと先端にキスをした。

「溢れてる秋生くんの涎、舐めてあげたら」

「ほんまやな。いっぱい垂れとるわ」

ピンク色の舌が伸びた。亀頭にまつわりつくカウパー氏腺液と、友人の唾液が混じった液を、暎子の舌は丁寧に舐め取った。その間に弘美が、秋生の足を摑んで横へと広げた。

「暎子に取られちゃったから」

誰ともなく言うと、弘美は低い位置に顔を沈めた。陰嚢にチロチロとした感触が当たった。

(弘美さん、袋の方を舐めてる)

「そ、そない場所まで、おくちで舐めたげるんか」

暎子が感心したように漏らし、正面の秋生へと視線を向けた。

「ほな、うちも舐めさせてもらうけど……下手やったらごめんな」

恥じらいの気配を美貌にたちこめさせて、口元が開いた。温かな息を吹き掛けながら、やわらかな唇が、切っ先を含む。

「あんっ」

少年の口から、情感のこもった喘ぎがこぼれる。湿った口内粘膜と、唇の締め付けで、股間がとろけるようだった。

「んふんっ」

喉声を発して暎子が美貌を沈める。ズブズブと呑み込まれていく粘膜の快美に、秋生は上体のバランスを崩して後ろへと倒れ込んだ。

「あらあら。そんなに気持ちいいの？」

マットに背を打つ前に、ふわっと抱き留められた。里恵だった。横座りの膝の上に秋生の頭をのせ、上から微笑みを送る。

（里恵さんのおっぱい）

目の前には、垂れ下がった豊乳があった。視線で察したのか、里恵が肩を前に倒し込んで、豊乳を突き出した。

「わたしのおっぱいが欲しいのかなあ」

赤子に乳を与えるように、里恵が秋生の後頭部を腕で支えてくれる。秋生は口を近づけ、先端を吸った。

「んっ、くすぐったい。……うふふ、好きなだけ吸いなさいねえ」

秋生は、夢中で舐め吸った。乳首を舐め転がし、乳房に手を添えて揉み込んだ。その少年の頬を、里恵がやさしく撫でる。

(安心する)

母の腕に抱かれているような心地よさがあった。股間では、暎子が咥えたペニスに出し入れの動きを加えてくる。弘美は睾丸を含み、舌で転がしてきた。ヌルヌルとすべって擦れ合う粘膜の触感は、少年の肉体に至福をもたらした。

「うっとりした顔しちゃって」

里恵が白い歯を見せる。秋生は口を遣いながら、里恵に向かって目を和らげた。その表情が一変した。

「あっ、そ、そこはっ」

秋生は乳首から口を放して叫んだ。膝裏を掴まれ、下肢を持ち上げられていた。秋生は目を下に向ける。上向きになった双臀の亀裂に、弘美が顔を埋めて舌を這わせていた。

「待って、弘美さんっ。あっ、だめっ」

悲鳴を無視して、弘美の口が徐々に危うい中心部へと近づいていく。

「ああっ」

秋生の声が裏返った。唇が羞恥の窄まりに辿り着き、チュッとキスをした。そして濡れた舌が括約筋を舐めほぐす。

「あら。弘美ったら、お尻の穴まで舐めているのね」

「と、止めて下さい。汚いです」

秋生は顎をゆらして里恵に哀願した。弘美の行為には躊躇いがない。汚辱の排泄器官に繰り返し口づけし、舌腹を擦り付けていた。

「でも、感じちゃうんでしょう。口元がプルプル震えてるじゃない」

里恵のにっこりとした笑みが、少年の言を受け流す。皺を引き伸ばすようにして唾液がたっぷりまぶされていた。初めて味わう異質の性感に、秋生は腰をゆらして悶えた。

「だ、だって……だめっ、あんっ、入ってくる」

すべりがよくなったと見るや、弘美の尖った舌先が関門をくぐり抜けてきた。

秋生は手を回して、ふくよかな里恵の身体に抱きついた。

「うふふ、可愛いよがり顔を見せちゃって。秋生くんは、お尻の穴をペロペロされるの、たまらないのねー」

里恵のセリフが聞こえたらしく、より女社長の尻穴愛撫に熱がこもった。ヌチュヌチュという響きが、腰の裏から伝わってくる。

(弘美さん、お尻の穴のなかを、舐め回してるっ)

湧き上がる粘膜摩擦の快感は否定できない。だがそれ以上に、排泄に使う箇所を口愛撫してもらう申し訳なさが、少年の胸を締め付けた。秋生は嗚咽を漏らした。

「そんな切ない目をしなくてもいいのよ。女はみんなおしゃぶりが好きなの。秋生くんみたいな愛らしい男の子が、気持ちよさそうに喘いでくれるんだったら、なんだってしてあげたくなるわあ」

里恵が、秋生の頭を胸にギュッと抱き上げた。

「あう、ほんとにいいんですか？　な、なかまで弘美さんの舌が入ってるのにっ、あんっ」

大ぶりな乳房に顔を挟まれながら、秋生は問い返した。

「いいのよう。身体の力を抜いて愉しみなさいな。お尻をほじくられると、オチン×ンだって、ギンギンになるでしょう」

排泄器官を嬲られる倒錯の愉悦は、ペニスの膨張と充血に如実に現れていた。先走り液が盛んに分泌されて、肉茎を頬張った未亡人の唇のなかに撒き散らされる。

（なんでお尻なんて場所を舐められて、気持ちよくなっちゃうんだろう）

自分の身体の仕組みが、理解できなかった。秋生は頭を持ち上げて、股間を見た。下から弘美が後穴を舌愛撫で責め立て、上から暎子が肉棹を紅唇で扱いていた。

「お尻を舐めてる人の経営する会社が、年商幾らか知ったら、秋生くん驚くかもねえ。ついでに言えばフェラチオしている女性は、かなり有名な財閥の御令嬢よう。うふふ、ゴージャスな舐め奉仕だわねー」

里恵が秋生の額に浮いた汗を、やさしい手つきで拭う。

（財閥……暎子さんって本物の貴婦人なんだ。弘美さんはおっきな会社の一番偉い人で）

秋生の視線を感じたのか、暎子が首振りの動きを緩めて、チラと頭上に目を向けた。秋生の瞳が、潤んだ二重の双眸と出会う。困ったように暎子の目線がゆれ、目蓋を半分落として、くふんと鼻を鳴らした。

(暎子さん、恥ずかしがってる)

照れた風情に少年の肉体は奮い立つ。トクンとカウパー氏腺液が尿道を通った。

「んっ」

量に驚いたのか、暎子が呻きを漏らし、続いて嚥下の小さな音が聞こえた。

(暎子さんが、僕のガマン汁を……)

秋生は意識して息んだ。暎子の口のなかに、こみ上げる体液を吐き出す。暎子の濡れた眼差しが秋生の顔に戻り、白い喉がゆっくりと波打った。

(僕のチ×ポ汁を、暎子さんに呑ませたっ)

歓喜が少年の胸を覆い、全身の官能が高まった。秋生の顔を見つめたまま、暎子は紅唇を沈め、引き上げてまた沈めた。頰は窪み、伸びきった唇はぐじゅ、じゅるっとより派手な音を奏でた。唾液を溜めて潤滑の快美を高め、口のなかではさかんに舌を擦りつける。排泄の小穴では、弘美の舌がヌルリヌルリと蠢き、腸奥をほじくっていた。女たちの積極的な舐め奉仕に、陰嚢の裏がキュッと引き攣る。

（ドロドロになっていくみたい。ああ、でも、このまま射精までしちゃったらまずいよね）

さすがに欲望液を、暎子の口のなかに吐き出すことには抵抗があった。秋生は奥歯を噛み締めて、噴き上がろうとする恍惚を耐える。身体の内と外を、やわらかな舌が熱心に這いずっていた。下半身を一方的にヌルヌルと責められる状況に、芯から煮え立つ。

「唇を噛んじゃって。そろそろでちゃいそうかしら」

里恵の問いに、秋生は急いで首を縦に振った。灼けるような射精感が、すぐそこまで押し寄せていた。

「ねえ、フェラと中出し、だすのはどっちにする？　秋生くんの好きな場所でイッていいのよ」

里恵が笑みを浮かべて小首を傾げた。提示されたのは魅惑の二択だった。

（口のなかと女の人のアソコ……暎子さんに僕のザーメン、呑んでもらいたいけど）

「女性のなかがいいです」

秋生ははっきりと答えた。昂った肉体は、より本能的な欲望の吐き出し先を求めた。

「わかったわ。暎子ちゃん、下のおくちで咥えてあげて」

里恵の声に、暎子が紅唇を引き上げた。戸惑った顔で秋生と里恵を見た。

「うちが?」

「元々は暎子への贈り物だもの。しょうがないわね」

弘美も身を起こして、己の口元を指先で拭く。そして暎子の下唇を濡らす涎を、同じ指でぬぐった。

「やけど、みんなの見とる前で、秋生くんと繋がるなんて無理や」

暎子が困ったように漏らす間に、秋生の足は膝立ちの開脚姿勢から、まっすぐに伸ばされた。

「さ、どうぞ」

結合の準備が整うと、弘美が暎子の背を押した。暎子の腰が浮く。

(暎子さんとセックス……)

「ああ、こんなんええ訳がないのんに」

恥ずかしそうに自分の股間の上に跨ってきた年上の女を、秋生は眩しい眼差しで見上げた。

4

　秋生の腰の上に暎子の尻がくる。

「ほんまにうちが、せんとあかんの？」

　暎子は弘美を見、里恵を見た。

「暎子ってば、この状況でもったいぶる訳？　この子が可哀想でしょ」

「そうよう。待っててね秋生くん。今、暎子ちゃんがはち切れそうなオチン×ンをぱっくんって食べてくれるからねー」

　里恵が抱きかかえた秋生に向かって、頬を緩めて見せた。

「そ、そうやな。最後まで付き合う言うたんは、うち自身やし」

　暎子はハアッと嘆息し、手を真下に差し伸ばした。細指が破裂寸前の男性器を握り、位置を合わせる。上向きになった勃起の先端に、熱く火照った秘肉が当たった。

（暎子さんと、中出しセックス……）

　少年はツバを飲み込んだ。互いの性器を馴染ませるように、暎子の指はペニスを前後に細かく動かした。蜜が花芯から滴り、亀頭をねっとりと濡らした。

「秋生くん、そんな訳やから。またうちに種付けしてもろてもええやろか」

「はい。射精したくて苦しいから……お願いします」

期待感に打ち震えながら、秋生は答えた。未亡人の美貌に艶っぽい笑みが浮かぶ。

「ほな、いただくな」

太ももの力を抜き、熟腰が沈んでいく。切っ先が肉穴に突き刺さり、花唇をこじ開けた。女の内に亀頭が呑み込まれる。

「あっ、やっぱり太いなあ、うぁん」

暎子は消え入りそうな声を漏らして、一旦挿入を止めた。眉尻を下げ、詫びるような眼差しを、秋生に注いだ。

「ごめんな。男の子に、馬乗りになって」

暎子はそこから一気に尻を落とし込んだ。ズリュッと肉ヒダの内に男性器が填り込み、温かに包み込んだ。

「んう、全部、入ったわ。普段やったらこない破廉恥な真似、絶対にせえへんのに。秋生くんに抱かれてから箍が外れてもうた。……あうん、コレたまらんわ」

拡張と摩擦の心地を持て余すように、プロポーションの良い裸身が不安定にゆれる。身を支えるために暎子は秋生の腹の上に両手をつくと、首を前に折って色気のある息を吐きこぼした。

（やっぱり、オマ×コのなかって抜群に気持ちいいっ）

余りの快さに、少年は声が出ない。右側から弘美が這い寄るのが見えた。弘美は湯船の縁に手を伸ばすと、置いてあったグラスを手に取った。後ろを向く。シャンパンで口をすすいでいるようだった。

（弘美さん、気分悪くなったのかな。あんな場所、舐めてもらうんじゃなかった）

弘美はグラスを戻してこちらへ向き直ると、秋生の恍惚顔を覗き込んできた。

「ね、暎子の味はどう？」

「とろけちゃいそうです」

「女を取っ替え引っ替え、ふしだらな男の子ね。おまけにあんな不潔なところまでわたしに舐めさせるなんて……」

弘美が顔をしかめて、文句を口にする。弘美が進んで行ったのではないかと言う前に、秋生の口に女の唇が被さってきた。

「あ、あの、んむ」

「今、うがいしたから。キス、いいでしょ?」

弘美が口を付けたまま囁いた。

「は、はい」

秋生の返事を聞き、舌がうれしげにもぐり込んできた。果実に似た酒精の香と味、そして女の甘い唾液が、熱烈な舌遣いと共に口のなかに広がる。

「んふん、喉、渇いたでしょ」

シャンパンの味がするツバを、弘美は秋生の口腔にトロトロと流し入れる。秋生は嚥下した。舌で口腔を掻き混ぜながら、弘美は新たな体液を垂らし落とす。濃密なキスに、少年の肉体は燃え立った。

「ああんっ……秋生くん、さっきお布団のなかで、うちを襲った時よりもおおきゅうなっとるよ」

暎子の艶めいた喘ぎ声が聞こえた。口のなかをまさぐっていた弘美が舌を引き抜いた。

「暎子が待ってるわね。ズンズン下からやってあげて」

弘美の言葉に、秋生は腰を突き上げて女壺を擦り立てた。

「あっ、ああっ、当たって、圧されとる」

瑛子の肢体がゆれ、秋生の腹に爪を立てる。

「素直でいい子だわ。秋生くんみたいな子なら、男遊びしても安全よね。これからもわたしと——」

最後まで言い終えない内に、弘美は秋生の顎下へと唇を移動させた。顎先を甘噛みし、首筋を舐め、肩にキスをする。

「弘美ったらストレートよねえ。男の子に愛の告白なんて」

やり取りを見ていた里恵が愉しそうに言い、膝にのせていた秋生の頭を、マットの上にそっと置いた。

(今のが、愛の告白?)

秋生は呆然とした目を里恵に向けるが、人妻は笑って受け流し、秋生の左側に回り込んで、弘美と同じように顔や首筋に唇を這わせてきた。

「きょとんとした顔をしないの。秋生くん、弘美に狙われちゃったってことよう。覚悟をした方がいいかもねえ」

里恵は喉を震わせ、秋生の耳の縁を舐め、胸にあてがった手で乳首を弄った。

「あ、あん……か、覚悟って」

「黙りなさいっ、里恵」

弘美が制するように鋭く言い、反対の乳首を甘噛みしてきた。秋生は女二人の愛撫に、ウレタンマットの上で身をゆすり、呻いた。

「うう、秋生くん、跳ねとるよ。うちの子宮にコンコンてぶつかって、あうん」

嵌り込んだ屹立の律動に煽られ、跨った暎子の腰も上下に動き出した。

(ああ、暎子さんの胸、ゆれてる。下から見るおっぱいってエッチだ)

騎乗位の女を見上げる姿勢は、乳房の形がよくわかり、まろやかなボリュームが強調される。ゆたかな膨らみが腰遣いに合わせて弾むさまは、艶美で卑猥だった。

「秋生くん、おっぱい好きなのよね。あの重そうなのを支えてあげたら?」

里恵が耳たぶを噛んで、囁く。秋生はおずおずと手を伸ばした。暎子の乳房を下からすくい持つと、ずっしりとした量感と弾力が手の平に伝わってきた。

(すべすべでマシュマロみたい。ああ、おっきいから手に余る)

秋生は指に力を込め、脇から内側に向けて揉み上げた。絞り出された胸肉が手のなかでタプンタプンと跳ねた。

「あん……秋生くん、そない揉んだら」

暎子がかぶりを振る。その刹那、まとめ髪が崩れて、はらりと肩から胸元に流れ落ちた。漆黒の黒髪が、濡れた肌の白さを際立たせる。

(暎子さん、色っぽい)

髪の乱れたさまが未亡人の妖艶さを醸し、少年の情欲を刺激した。秋生は胸元に下りた黒髪を指で避けて、膨らみの頂点の赤い蕾を指で摘み、弄くった。

「暎子さん、でっかくなってます。ぼっきチクビ」

「ああんっ、ぼっきって……そんな風に言うたらあかんよ。おばさんやゆうても、恥ずかしいんやで」

羞恥を滲ませて未亡人は言う。しこった乳首をコリコリと擦ると、裸身が過敏に引き攣った。同時に肉穴がキュッと締まる。

「暎子さんのオマ×コ、ヌルヌル絡んで絞り込んでくる」

膣肉の圧搾に反応して、少年のペニスも戦慄いた。

「秋生くんのも、すごうてたまらんよ……うちのお腹いっぱいになっとる。ああ、あんまり太うせんといて……あんっ」

秋生は乳房を揉み立てながら、腰を衝き上げた。髪をざわめかせて色っぽく哭く暎子の姿が、牡の本能を焚きつけてやまない。

「そのおっぱいを揉む手つき、あなたがマザコンなのが丸わかりだわ」

弘美が、秋生の耳たぶを嚙んで含み笑いを漏らした。

「え？　あ、あの」

「返答に困っちゃってえ。ママのおっぱいもこんな風にもみもみしたいんでしょう」

囃し立てるように里恵が反対から告げた。

「からこうたら可哀想や。マザコンやってええやないの。自分の親を慕い、尊敬するって大事やで」

暎子が庇うように言ってくれる。

「そうよね。男はみんなマザコンだって言うし。秋生くん、ママのどういうところが好きなの？」

弘美が秋生の顔を眺めて尋ねた。目つきは真剣で、小馬鹿にした雰囲気は感じられない。秋生は口を開いた。

「普段はとっても厳しくて、怒るときれいな顔から感情が消えて能面みたいになって怖いんですけど……でも僕が頑張ったらちゃんと褒めてくれて。受験だって、ママの家庭教師のおかげで合格できたんです。自分だって書の先生の仕事があって忙しいのに、半年間、毎晩僕の勉強をつきっきりで教えてくれて……。この温泉は合格祝いで連れてきてもらいました」

秋生の言を聞き、暎子は腰振りの動作を止めてやさしい笑みを作った。

「ええお母さまやな。なら秋生くん、お母さまと一緒に仲良う温泉に入ったん？」

「いいえ。ついさっき誘われたんですけど」

「断ったん？」

「はい。恥ずかしくて」

「そうなん。お母さま残念やと思ったはずやで」

暎子の同情の相を見上げながら、秋生は内風呂を断った時の母の顔を思い出した。

(そういえばママ、寂しそうな表情してた。恥ずかしがらずに、一緒に入れば良かった)

「後悔しとんの？」

秋生の顔を見つめて、暎子が訊く。秋生はうなずきを返しながら、暎子の乳首を指で弾き上げた。

「あんっ、いたずらっ子やな。んうん」

暎子は胸を弄くる手に対抗するように、クイクイと尻を回し込んだ。釣り鐘型をした暎子の美乳が、乗馬運動のような腰遣いと共に指のなかで跳ねゆれる。

（おっぱいって、みんな形がそれぞれ違うんだ……）

秋生は左右にもチラチラと目をやった。前に突き出るような弘美の乳房が右の脇腹に、熟れているという形容がぴったりの里恵の乳房が、左の脇腹にプルンプルンと当たっていた。

（ママのおっぱいも、暎子さんみたいにやわらかで、たぷたぷしてるのかな。それとも里恵さんみたいなボリュームいっぱいの形？　弘美さんみたいにツンと尖ってる？　ああ、僕は二度と無いチャンスを逃したのかも）

「秋生くん、ママのおっぱいを想像しとんのやろ」

秋生の観察の視線に感じ取るものがあったのか、暎子が眼差しを細めた。

「い、いえ、そんなこと」

秋生は狼狽えながら否定する。目の前にある三人の艶やかな裸身と、見たことのない母の裸身とを、頭のなかで重ね合わせていたのは事実だった。

「ふふ、嘘ばっかり。秋生くん、大きゅうなっとるよ。うちの子宮がグイグイ押されとる。お母さまのこと思うと、秋生くんの身体は元気になるんやなあ。ちょっと妬けるわ」

瑛子はこもった息を吐き、切ない目で少年を見る。腰の動きも激しさを増した。リズミカルに上下にゆらし、咥え込んだ肉茎を扱いた。

「その様子じゃ、家庭教師の時間、勃ったりしたんでしょう」

弘美が乳首にキスをしながら、上目遣いで秋生の顔を窺う。図星だった。

(ママの息遣いや、着物の匂いを嗅いでしょっちゅう硬くなってた)

返答をしない秋生の様子を見て、弘美がフフと笑った。

「きっとママも気づいてるわね、秋生くんのは特に立派だもの」

(そ、そうかな？　勉強中に勃ってたこと、ママが勘づいていたら……ああ、どうしよう)

「秋生くん、そない不安そうな顔せんでもええよ。男の子の身体の仕組みなんてもんは、母親はちゃんとわかっとるから」

焦る少年を、瑛子が勇気づけるように言う。秋生は未亡人の濡れ光る瞳を見つめた。

「今度は秋生くんから、温泉に入ろうって誘ってあげるんやで。背中を流してあげるとええよ。お母さま、きっと喜ぶわ」

「はい」

秋生がうなずくと、暎子は慈しみの笑みを浮かべた。

「照れんと、お母さまにちゃんと好きって伝えんといかんで。離れとうないって」

(暎子さん、覚えていてくれたんだ)

家族の境遇を話し、義理の母親が自分の元を離れていくかも知れないと、秋生は不安を口にした。そのことを暎子が忘れずにいてくれたことが、うれしかった。秋生は暎子の胸から手を外し、ウエストを摑んだ。下から衝き上げて、グラマラスな女体をゆすり立てる。

「あ、ああンッ……奥にゴッゴツってぶつかっとるっ」

黒髪が乱れ舞い、汗の滲んだ美貌は悩ましいよがり顔へと変貌する。剛棒の容赦ない摩擦に耐えきれず、白い裸身がふらっと前へと倒れ込んだ。弘美と里恵がすっと身を引き、秋生は両腕を広げた。やわらかな女体が胸のなかに飛び込んでくる。

「あ、あう……秋生くん、ごめんな。こんな体位初めてやから。普通に抱きあうんとまったくちゃうんやもの」

秋生は暎子の背に手を回した。喘ぐ紅唇にキスをし、同時に腰を浮かせて粘っこく男性器を突き込んだ。

「んふっ、んぐん」

抱き留められた状態では抽送を逃れられない。暎子の鼻から抜ける呼気が荒かった。容貌も鮮やかに紅潮する。秋生は紅唇に舌を差し入れた。垂れ落ちてくる暎子の唾液を受け止め、舌を巻き付け合う。

「ぴったり密着しちゃって。すっかり二人の世界ね」

「ラブラブねー。妬けるわあ」

弘美と里恵の声が聞こえた。暎子が秋生の唇を、吸い返してくる。少年の口のなかに溜まっていた二人分の唾液を啜り取ると、喉を鳴らして嚥下した。そして唇を外す。

「あんっ、ついさっきまでおしゃぶりしとった口やのに……秋生くん、アホやな。普通の男の人だったら、嫌がるんやで」

「暎子さんの唇、甘くてステキです」

間を置かない秋生の返事に、暎子は戸惑ったように瞬きを繰り返した。頬に差した朱色がぽうっと色を濃くした。暎子は含羞の相を隠すように、秋生の肩に顎をのせて裸身を擦り付かせた。そして耳元で囁く。

「秋生くんは、たらしやなあ。でもありがとうな。なあ、うちちゃんとおしゃぶりできとったかな？」

「はい。僕、口のなかでイキそうなの、必死に我慢しました。暎子さん、とっても上手でした」

秋生の肩を摑んだ暎子の指に、グッと力がこもった。

「おしゃぶり褒められるのって、照れるわ。なんとも恥ずかしゅうて困ってまう。機会があったら、またうちに舐めさせてな。今度は秋生くんのミルク、残さずごっくんしたるさかい」

甘い申し出のセリフが、少年の理性を芯から掻き乱した。肉茎はピクピクと膣内で震えを起こし、それを感じた未亡人は色っぽく息を吐いて、双臀を左右にゆする。

「秋生くんが、でそうになっとるのわかるわ。我慢せんといてな。はよしてもらわんと先にうちが……んくっ」

暎子が言葉を切る。秋生は横を見た。未亡人は眉間に皺を作り、紅唇を嚙んでいた。秋生より先に絶頂を迎えまいと、懸命に耐えているのがわかった。愛欲の情が、限界を引き寄せる。秋生は腰を上下にゆすり立てた。

「暎子さん、僕っ……暎子さんのなかに、流し込んでいいですか」

「ええよ。うちのなかで思いっ切り吐き出しっ」

上気した美貌は喘ぎ、秋生の首に両腕を回した。太ももで秋生の腰を挟み込み、淫らにウエストをよじって雄々しい抽送に横や斜めの変化を加える。

「お母さまと、うまくいってへん部分があるのかもしれへんけど、ちゃんとそうやって望みを表にだせたら、なんも問題あらへん。大切な家族を前に臆病になっとったらあかんで」

濡れた瞳を注ぎ、暎子は諭すように言う。秋生が首肯を返した時だった。突然、暎子の背がきゅっと反った。

「ああっ、あんたら、なにしとんのっ」

暎子が慌てて首を回して背後を見た。暎子の腰の位置に、弘美と里恵がいた。弘美は暎子の尻の辺りに右手を差し入れていた。隣ではローションボトルを傾ける里恵が、オイル状の粘液をトロトロと垂らし落としていた。

「ひ、弘美、そこはちゃうやろっ」

「今度は暎子がいじめられる番よ。痛くないでしょ。ローションをたっぷり使っているもの」

(暎子さんのお尻を弄くってるんだ)

秋生は気づいた。指刺激を敏感な箇所に受けているのだろう、暎子の腰が震えていた。膣もピクンピクンと緊縮を起こして、内粘膜の蠕動が激しくなる。

「あううっ、弘美、おかしな場所をいたずらせんといて」

「暎子ちゃん、あまり暴れちゃだめよう。デリケートな粘膜が傷つくわ。秋生くん、ちゃんとほぐれるまで、暎子ちゃんをしっかり抱き締めてあげててね」

秋生は言われた通り、未亡人の肉体をきつく抱いた。

「暎子さん、お尻の穴を？」

秋生は暎子に尋ねた。暎子が目を伏せ、恥ずかしそうにコクンと顎をゆらした。そして急に肩を小刻みにゆらした。

「あっ、あううっ、なかにまで指、入れんといてっ」

「んっ、暎子さん、すごい。急に締まりが」

暎子は切なく相貌を歪め、少年は快感の呻きを発した。括約筋が緊縮し、膣穴の締まりが尋常無く跳ね上がる。

(後ろの穴に弘美さんの指が入って……動いてるのわかる)

排泄腔をまさぐる生々しい感触が、ペニスにまで伝わってくる。女壺と肛門の近さに秋生は驚いた。

「よしてや。女同士でそないな場所を責めて、なにが楽しいのん？　ううっ」

「あら、楽しいわよ。秋生くんだってそうよね。こうしてこっちの穴をマッサージしてあげると、ハメ具合が抜群でしょう」

弘美がクイクイと指を押し込んできた。薄い皮膜越しに秋生の勃起が圧され、擦るように動く。通常なら有り得ない圧迫の感覚に、秋生の腰はヒクついた。

「やんっ、秋生くん。硬いのをそないにブルブルさせんといて、奥に響いてっ」

「ご、ごめんなさい、でも弘美さんの指が」

年の離れた男女は唇をふれ合わせて、呻いた。

「うふふ、二人とも相性ばっちりみたいねえ。秋生くんも、暎子ちゃんの秘密の場所を、さわってあげなさいな」

里恵が暎子の背に置かれた秋生の手を摑んだ。双臀の方へ持って行く。

「あかん、そんなんしたら絶対にあかんよ。秋生くん」

間近で訴える懸命の表情には、なんともいえない可愛らしさと、切迫感がこもっていた。弘美が手を引き、代わりに秋生の指が、熟れた尻たぶの狭間に差し込まれた。

(暎子さんのお尻、ヌルヌルだ)

ローションを潤沢に塗り込められ、亀裂の内はなめらかだった。力を込めずとも、羞恥の器官にまで秋生の指先は易々と到達する。

「あンっ、やん……やめた方がええよ。な、秋生くん。指が汚れるやろ」

弘美が熱心に弄くったのだろう。肛門は既に熱く火照っていた。指が当たるとキュッと窄まる。

(これが暎子さんの、恥ずかしい穴)

秋生は指先で窄まりの表面をそっと擦った。探る指遣いを感じて、暎子の下半身が悶える。

「ん、あっ、だめ、だめやて、あんっ」

紅唇から吐き出されるか細い喘ぎは、少年の嬲りを誘っているように聞こえた。

(暎子さんのこの反応って)

膣洞の奥深くまでペニスがもぐり込んでいる。内部のヒダのうねり、潤いを増す愛液の分泌、勃起を締め付ける盛んな収縮は、女体の昂揚を少年にはっきりと教えていた。

「暎子さん?」

語尾を上げた疑問の声に、暎子は過剰に反応した。

「ちゃう、ちゃうんよ。うちはお尻を弄られて感じてなんかっ」

かぶりを振り、暎子は懸命に否定をするが、本心を隠すかのように視線はスッと横へ逃れていった。

「暎子さん、指をなかに入れてもいいですか？」

秋生は問い掛け、返事を待たずに中心に指先を突き立てた。

「秋生くん、差し込んだらあかんよっ……んむっ」

括約筋は強張って抵抗するが、オイルのようなローションの塗膜が嵌入を手助けした。女の忌避の叫びは、息を詰める唸りに変わった。秋生の指が、小穴をくぐり抜けていた。

「あうっ、あかんてゆうとるのに」

汚辱感を伴った充塞に襲われ、暎子はしがみついた秋生の肩に爪を立てる。美貌は茹だったように真っ赤に変わった。

（僕、暎子さんのお尻の穴まで弄くってる。塡った指も、勃起も、同時に食い締めてきて……千切れそう）

括約筋はキリキリと窄まり、膣穴は絞りを強めた。ノーマルな性交とは、締め付け感が桁違いだった。秋生は腰をゆすって、女体を縦にゆらした。指とペニスが、二穴を出入りする。

「あっ、あっ、やめっ、あき、秋生くん、かんにんっ……ううっ、お腹、いっぱい」

口元から漏れる吐息が、秋生の顔に吐き掛かる。惑乱の眼差しが、秋生の顔に注がれ、やがて紅唇が落ちて秋生の口を塞いだ。「んふっ、んむ」と喉声を発して、舌を差し入れ、少年の口のなかを舐め回す。頬から汗が滴り、秋生の頬に垂れ落ちた。

(やっぱりお尻の穴、暎子さんも気持ちいいんだ)

鼻腔から漏れる息遣いは甘ったるく忙しない。両穴の挿入感を味わうように、双臀は休み無くくねる。大切な秘密を知ったような悦びと興奮を感じながら、秋生は肛門内の指を回転させ、腸管を押し広げた。ローション液が攪拌されるグチュッグチュッという音が漏れ聞こえた。

「うふふ、すっかり秋生くんにメロメロにされちゃってー。暎子ちゃん、可愛いわあ。グッときちゃう」

「このチャンスに暎子は未亡人の殻を破って、秋生くんにいっぱいいじめてもらえばいいのよ。旦那さまへの愛は別にしても、責任感だの、ストレスだの、色んなものを一人で抱えすぎ」

里恵と弘美が、左右から暎子の胸元に手を差し入れてくるのが、秋生の視界の隅に見えた。乳首を摘み、乳房を揉み立てる。ローションをたっぷりとまつわりつかせた指でマッサージされた美乳は、テラテラとした卑猥な光りを帯びて、秋生の胸板にも擦り付く。暎子が唇を放して、相貌を打ち振った。

「あかん。うち狂うてまうっ。イヤらしい声が抑えられん。あは、んう」

黒髪が垂れ、秋生の顔に当たる。

「暎子さん、我慢しなくても」

秋生は指を深く差し込んだ。高貴な顔をとことん崩してみたかった。喉を晒して、暎子の相貌がクンッと持ち上がった。関門は秋生の人差し指を圧搾する。

「んむっ、お、お尻の……そない奥まで弄くったら、変になるやろっ」

長い睫毛が震え、大粒の瞳には涙が浮かぶ。羞恥の声音と、耐える表情が少年の牡性を昂らせた。

(僕のチ×ポが、すぐ隣にある)

薄い膜の向こうに、己の勃起があった。女体のなかで自身の男性器を感じる不思議な感覚は、倒錯の興奮を高めた。秋生は禁断の穴をほじくり続けた。

「秋生くん、なんでそない意地悪なん？　後ろの穴は恥ずかしゅうてたまらんのに。ああっ、オモチャにせんといて」

暎子が泣き啜るように声を漏らし、豊満なヒップを左右にゆすった。腕を突っ張らせて上体を起こし、騎乗位の姿勢に戻る。波打つ豊満な双乳を、里恵と弘美の手が揉みあやす。

「暎子ってば、おっぱいこんなに火照らせておいて、文句を言う訳？」

「そうよう。乳首だってピンピンじゃない」

二人の指がたわわな胸肉を揉み潰し、先端の蕾を指の股で締め付けていた。

「あっ、あんたら、どこまでうちをおかしゅうするの」

暎子は友人たちを恨みっぽく見つめてから、俯いて口を薄く開けた。透明な唾液が垂れる。糸を引く体液が下に滴る前に、秋生は口を丸く広げた。トロンと温かな液が口に落ち、舌に当たる。秋生は溜まった暎子の唾液を嚥下した。

「ああ、イクッ……イッてまう。秋生くんはよう、うちにとどめを刺してやっ」

暎子は切迫の声を漏らして、クイクイとゆたかなヒップを振り立てた。秋生は腰を浮かせて、後穴に填った指と肉茎を同時に出し入れした。

「前と後ろで擦れ合っとるっ、うう、イクッ、イクうッ」

艶めいた悲鳴を発して、未亡人は昇り詰めた。おぞましさや嫌悪を多少でも感じているのかも知れない。だがそれ以上に凄まじい愉悦が生じていることを、悩ましく崩れた相、そして躍動する裸身が教える。

「暎子、気持ちよさそうね。……会社を助けてくれてありがとう。わたし、とっても感謝してるのよ」

弘美が暎子の顎に指を添え、アクメに引き攣る唇を横から吸った。暎子は当初、嫌がるように首をふっていたが、はしたない声を出さないためだろう、やがて弘美の方を向いて友人のキスを受け入れた。

「んっ、んぐんっ」

未亡人は喉で泣き啜り、女体を可憐に震わせる。相変わらず女二人の手が、暎子の豊乳を摑んで揉み立てていた。秋生は破裂寸前の勃起を突き上げた。

(女同士で、舌を絡め合ってる)

ピンク色の舌がヌルリヌルリと絡み合っているのが、唇の隙間から見えた。暎子が流し目で、仰向けの秋生に視線を向けた。秋生と目が合うと、暎子は恥じ入ったように目蓋を落とした。陰嚢の裏がカッと熱くなる。

「暎子さん、僕も、でますっ」

秋生は叫んだ。男女三人から責め立てられる凄艶な絶頂の姿が、少年の欲情を高めた。長時間抑え込んでいた欲望がついに弾け、びゅっびゅっと精子が尿道を駆け上がって膣内に吐き出された。

「あ、ううっ」

秋生は呻いた。今夜初めてと思えるような濃厚な放出感だった。

（いっぱい興奮して、射精を我慢すると、精子の量って増えるんだ）

量に比して吐精の快感は深まる。とろける陶酔に全身を覆われて、姿形を失う感覚がした。

「はあんうっ、当たっとる。流れ込んどるよ」

暎子がキスの口を外して恍惚の声を漏らす。噴き上がる生殖液を感じているのが、だらしない表情に表れていた。

「エロ顔を見せちゃってえ。少年の濃い精子、トロトロで気持ちいいんでしょう」

里恵が暎子の頬を撫で、涎を垂らす下唇を舐め上げた。

（暎子さん、牝っぽい顔になってる）

秋生は、発作に合わせて肛門の指を動かした。抉り込めば女体は瞬時に戦慄き、指とペニスを絞り込んだ。新鮮な樹液は勢いを上昇させて、三十四歳の子宮に流れ込んだ。

「ひっ、ふ、ひうっ」

間欠の息遣いと、喜悦の唸りを宙に放って、暎子は開いた太ももをブルブルと震わせた。

「ヒダが絡み付いて……暎子さんのオマ×コ、気持ちいいです」

「量がたまらん。もの凄いこってりしとる。……ああ、うち少年のややこを孕んでまう。あ、あんっ」

牡液を絞り取るように、ふしだらに腰がくねる。粘っこく熱烈な動きに、秋生の快楽は際限なく増大した。

(暎子さんを、僕が孕ませる)

悦びを歌い上げる未亡人のよがり泣きを聞きながら、秋生の身体のなかに年上の女を妊娠させる背徳の恍惚が駆け抜けた。痺れが走り、精が勢いよく噴き出る。

「秋生くんの逞しいのんが、おなかのなかで暴れ回っとるよ。秋生くんの子種、いっぱいでとる。ああっ、たまらんわ、またうちイってまう……深いのんが来るっ。ああっ、イクううッ」

牝の嬌声と共に、むちむちとしたヒップが痙攣を起こした。括約筋の緩みのない反応が緊縮をもたらし、絶頂を持続させる。性愛の極みを迎えた男女のこぼす激しい息遣いが延々と湯殿にたちこめ、湯船に流れ込む水音を掻き消した。

第五章　甘艶母【あまえんぼ】

1

秋生は洗い場に敷かれたウレタンマットの上に立っていた。足元には暎子、弘美、里恵がしゃがみ込んでいた。

(口で後始末してもらうなんて)

秋生は己の股間を見る。三人の頭は、ペニスを囲んでゆれ動いていた。肉棹の裏側にせっせと舌を這わす正面の暎子と、目が合う。

「まだ熱うなっとるな。うちをいっぱい突いてくれたんやもの、ヒリヒリになっとるかもしれへんけど……おくちなら、痛うないやろ」

暎子は目を和らげ、ピンク色の舌で亀頭の裏を舐め上げた。

「んうっ」

秋生は快美の呻きを喉から放った。十代の肉体は、生々しい中出し性交の余韻が引いていない。ペニスは萎えることなく反り返り、湯気が立ちそうに熱化していた。

「秋生くん、そんな済まなそうな表情をしなくていいのよう。堂々となさいねえ。今夜はいっぱい発射して、頑張ったじゃない。女にきれいにさせるのは、務めを果たした男の当然の権利よう」

里恵が右から棹腹に舌を擦り付ける。ペロペロと舐め、やさしく唇をふれ合わせてすべらせる。

「そうね。指で洗うより、この方がきれいになるだろうし。仕方ないわよ。あむん」

弘美は左から紅唇を押し付け、横咥えでペニスに口愛撫を加える。男性器の表面は精液と愛液でテラテラと濡れ光っていた。それを三人の舌が丁寧に拭い取っていた。

（温かな舌が、ヌルヌル擦れてる）

先端から根元にかけて、女の舌の当たらぬ場所はない。頬や鼻梁にペニスが当たるのも構わず、繰り返し舌が這いずっていた。紅唇からは盛んに吐息が漏れ、胸元では剝き出しの乳房が弾む。

(今夜、何回射精したんだっけ。最初が暎子さんで、次に弘美さんと里恵さんに……そしてまた暎子さん)

秋生は顎を引き、女たちの身体を覗き込んだ。

(みんなのお腹に溜まってるんだ)

まろやかな下腹部を見て秋生は思う。避妊はおろか、膣外に射精することさえしなかった。三人のなかにたっぷり注ぎ込んだ事実を思い出した時、少年の肉体は無性に昂る。腰に力が入り、勃起が震えた。突然、尿道口から白濁液が噴き出て、正面の暎子の髪や美貌に降り掛かった。

「あんっ」

暎子が悲鳴をこぼす。

(暎子さんの顔に、浴びせ掛けちゃった)

秋生は慌てた。目蓋や、鼻や唇、黒髪にまで白い液がこびりついていた。

「ごめんな秋生くん。こぼしてもうた。ちゃんとおくちで受け止めなあかんのに」

秋生より先に、暎子が謝罪の言葉を口にした。そして顔に精を貼り付かせたまま、亀頭を含んだ。

「暎子ちゃんたらあ、お顔にぶっかけられたのに拭きもせずに……うふふ」

「まだ物足りないのよ。さっきの暎子ってば今夜一番の乱れ姿だったもの。財閥のお嬢さまというより、盛りの付いた牝犬みたいだったわ」

里恵と弘美の揶揄に顔を赤らめながらも、赤い口紅の塗られた唇はペニスをくるみ込んで舐めしゃぶる。上目遣いで秋生の顔を見つめると、ちゅるるっと故意に音を立てて、尿道に溜まった精液まで丁寧に吸い出した。

(暎子さん、ザーメン呑んでくれてる)

「秋生くんも、うぶな童貞からずいぶん上手になったわよねー。だすタイミングもわたしたちに合わせてくれるんだもの」

里恵はそう言いながら暎子の顔に紅唇を近づけ、頬を滴る精液を舌先ですくい取った。

「感受性の強い繊細な子ほど、上達しやすいって言うじゃない。きっとこの子は、学校の成績もいいわよ」

弘美も反対側から舌を這わせる。友人の整った顔立ちに付着した精液を、二人はやさしく舐め取った。

（こんな光景。ドキドキして、エロティックで……夢のよう）

現実感は薄くとも、暎子のまろやかな唇の感触は、少年のペニスに確実な愉悦を与え続けた。秋生は至福にとろけた目で女たちを見下ろした。

「んう、秋生くん、また硬うなって」

暎子が紅唇を引き、うっとりとした吐息を亀頭に吐きかけた。屹立はすっかり射精前の状態を取り戻していた。

「ねえ、ママにもこんな風にされることを、想い描いてたんでしょ」

弘美が言い、そのまま暎子に代わって切っ先に舌を巻き付け頬張った。弘美は秋生の表情を窺いながら、ゆっくりと紅唇をすべらせて肉茎を吸い立てる。

（交互にしゃぶってる）

「ほんとうに？　秋生くんは、大好きなママにこんな風にフェラチオしてもらいたかったのう？」

里恵が尋ねた。秋生はしばらく返答を躊躇った後、うなずいた。

「時々、自分で処理をする時に想像したことがあります。相手は母親なんだから、いけないってわかってるんですけど」

秋生は小声で、秘密を告白した。

「そうは言ってもママとは血が繋がってないんでしょう。だったらしょうがないわよ。うふふ、うまくいくといいわねえ。おばさんたちは応援してあげるわあ」

里恵が笑み、相貌を低くして陰嚢に舌を伸ばしてきた。

(応援してくれるって言いながら)

女たちは熱心な口唇奉仕を止めようとはしない。

「ほんまやで。きちんと秋生くんを応援したるよ。でも今は……」

暎子が媚びの滲んだ声音で囁き、萎えない硬直の付け根に指を絡めた。弘美の紅唇刺激に合わせて、シコシコとさすった。

(僕の精液が口に)

秋生は、暎子の下唇に白い液がこびりついていることに気づいた。

「辛抱しとった女の身体に、火をつけたんが悪いんやで」

秋生の視線を引きつけながら、暎子は己の唇に付いた精汁を、舌先でチロリと舐め取った。秋生の呼気は乱れた。

「ん、秋生くんのおいしいミルク、もうでないみたいよ」

弘美がペニスから紅唇を引いた。暎子と似た仕種で濡れた唇を舐めて、秋生に愛欲の視線を送る。

「ほんとうかしらあ。わたしも確認してあげようかなー」

すかさず里恵が相貌を持ち上げて、ペニスにしゃぶりついた。紅唇を一気に沈めて、亀頭の括れから、棹腹にかけて甘く扱き立てる。暎子と弘美は根元に近い茎胴をご馳走のように舐め回した。互いの唇や舌が重なり合うことも厭わず、ヌメヌメと巻き付ける。

「んふ、うむ……女を狂わす、こない持ちモンをもっとる秋生くんが悪いんやで」

「そうよ。あなたが悪いのっ、あむん」

三人の唾液が棹を伝い、ペニスを光りかがやかせていた。秋生の足が震えた。吸茎が一巡すると、暎子が再び勃起を咥えた。里恵は太ももや脇腹、尻肌を舐め、弘美は陰嚢に舌を絡ませた。

「んふん、こんなに硬うして……悪い子や」

暎子は秋生の腰に両手をあてがって、美貌を前後にゆすり立てた。陶酔の眼差しで少年を見つめながら、リズミカルな汁音を湯殿に木霊させた。

(手を使わず、口だけで)

紅唇だけで肉柱を扱いていた。喉に当てる勢いで深咥えをする。捲れ返った唇と窪んだ頬が卑猥だった。汗と共に暎子の顎先から精液の滴が垂れて、股間の黒い繊毛に向かってポタポタと落ちる。

「ああっ、暎子さん……気持ちいい」

秋生は喘ぎ、背筋を引き攣らせて面を持ち上げた。湯煙の向こうにある浴室の戸が秋生の目に映った。その戸が急にガラリと開く。現れたのは白の浴衣を纏った女性だった。

「マ、ママっ」

秋生は双眸を見開いた。立っていたのは義母の貴和子だった。

「あ、秋生、無事なの？」

浴室内に母の澄んだ声が響いた。美貌を紅潮させ、浴衣の胸元を大きく息づかせていた。

「その方たちは……いったいなにを」

貴和子が怪訝そうな声を漏らした時、愛撫の唇を外した暎子、弘美、里恵が揃って首を回した。

「秋生くんのお母さま？」

半身になった女たちの乳房、濡れた唇、そして秋生の猛ったペニスが母の目に入る。母の美貌はスッと険しくなった。

（フェラチオされていた姿を、ママに見られた。な、なんて言ったら）

女三人をはべらせている異様な状況だった。誤解と成り行きの積み重なった果ての末を、どう説明すれば良いのか秋生は懸命に頭を働かせる。

（人違いだったって言っても、行儀や礼儀に厳しいママが、それで納得してくれるとは思えない。実際こうしてエッチなことしてたのに）

秋生は立ち尽くしたまま、おろおろと目を泳がせた。

「いったいどういうことなの？　子供を相手に大人の女性が」

貴和子はつぶやいた。白足袋のまま浴室内に踏み入り、四人に近づいてくる。

「先程の電話で、破廉恥な応対をなされた方はどなたでしょうか」

歩み寄りながら、義母は裸の女たちを精査するように見渡した。暎子の裸身で貴和子の目が止まり、ハッと表情が強張った。秋生も貴和子の視線の先を追った。

（あっ、僕の中出し液）

暎子は片膝をついた姿勢で振り返っていたため、膝が開いていた。黒い翳りに付着した乳白色の滴、そして内ももを垂れ流れる白い筋が秋生の目にも入った。

母の顔を見る。人目を引く美貌からは、一切の感情が消えていた。

（ママ、無表情だ……不機嫌なんてものじゃない。ママ、怒ってる）

「あのう、電話にでたのはわたしです」

　里恵が立ち上がった。

「ママ、その、違うんだ」

　秋生は狼狽え声を発して、里恵の前に出た。秋生は歩み寄る母を遮るように手を伸ばした。

「秋生、その無様に突っ張らせたモノを隠しなさい」

　我が子の股間を冷たく一瞥して、母が告げる。秋生の手が母の身体にふれようとした瞬間、スッと右手が秋生の前を横切った。

「えっ」

　気づいた時には、身体が浮きあがっていた。天井が見えた。背中から湯船のなかに秋生は落ちる。大きな水音を立てて、身体が湯のなかに沈んだ。

「あぷ、ふわっ」

　秋生は慌てて湯を掻いて、身体を起こした。状況を把握する間もなく、秋生の隣にもう一人が飛び込んでくる。ザパンッと湯がしぶきをあげた。

「さ、里恵さんっ」

秋生は手を差し伸べて、すぐに里恵を助け起こした。

「わあ、驚いたわあ。いきなり吹っ飛ばされちゃったわよ。空を飛んじゃったもの」

「そういえば、ママはずっと武道を習ってるって言ってました」

(だけど僕もママがこういう技を披露するの、初めて見た)

湯船に立った秋生は、洗い場の方を見た。貴和子と暎子が対峙していた。弘美はその後ろで呆けたように座り込んでいる。

「お母さま、合気道やらはるんですね」

「息子は返していただきますわ」

常に優雅で淑やかな母が、威嚇するように眼差しを鋭くする。

「秋生くんを、誘拐したわけやありません。お母さま、とにかく落ち着いてもらえへんやろか」

「わたしは充分、落ち着いていますわ」

(と、止めなきゃ)

秋生が制止の声を上げる前に、暎子が間を詰めた。近寄った暎子の右手首を、貴和子が素早く取った。投げられると秋生が思った刹那、暎子の白い裸身は貴和子の腕を脇に挟んでくるっと回転した。

「えっ」

母の惑いの悲鳴がこぼれた。暎子が貴和子の背後を取り、摑んだ手を背中で絞る形になっていた。そのまま暎子は膝を落とした。体重を掛けられ、バランスを失った母も暎子に引きずられて腰を沈ませた。

(すごい。ママが押さえ込まれちゃった)

「暎子ちゃん、相変わらずねえ。ご覧の通り、暎子ちゃんもかなりの腕前なのよう」

里恵がほっと息を吐いて、秋生に笑いかけた。

「弘美、手錠を」

「あ、はいっ」

弘美がシャンパンクーラーに手を伸ばして、革手錠を暎子に手渡した。

「は、放しなさい」

湯船の縁で、母が身をゆすって暴れる。弘美が這い寄って足袋を履いた足を押さえつけた。

だ。

「里恵は反対の足を」

弘美に呼ばれて、里恵が急いで近づく。湯船に垂れていた貴和子の左足を摑んだ。

(僕も驚いている場合じゃない。ママの誤解を早くとかなきゃ)

カチャンというかすかな金属音が聞こえ、母が両手首に拘束を受けたのがわかった。両足首も摑まれている。母に可能なことは、肩をよじること位だった。浴衣の襟元が緩み、素肌が覗き見える。普段は真っ白な肌はピンク色に染まり、汗のきらめきが光って見えた。

(そうか。ママ、僕のことを心配して……息せき切って走って、探し回ってくれたんだ)

立ち回りを行う前、内風呂に現れた時点で母は胸を大きく波打たせていた。額や鼻の頭には汗粒が浮かび、まとめ髪からこぼれたほつれ毛が、首筋に垂れていた。冷静沈着な母が、取り乱して行動したことは疑いようもない。ふわっと心が温かくなるのを秋生は感じた。

(暎子さん、弘美さん、里恵さんのことは関係ない。僕はママにちゃんと告げなきゃいけないことがある)

自分を思っての母の行動が、少年に勇気を与える。秋生は決意を固めて、湯のなかを進んだ。背中で手錠を掛けられ、押さえ込まれた母の前に少年は立った。

2

榎本貴和子は腕を幾度もゆすった。手首に受けた拘束はびくともしなかった。

(革の手錠? 外れそうにないわ)

金属と違って肌に食い込まないため、力を込めても傷は付かず、痛みも生じない。しかし女の自由を奪い続けるだけの、充分な強度を有していた。

(不覚だったわ。わたしよりも研鑽を積んだ方だったなんて)

貴和子は振り返って、己の二の腕を摑んだ黒髪の女を見る。足さばきや身のこなしだけで、自分以上の熟練者とわかった。

「あの、お母さま、失礼を致しました。わたくし四条暎子と申します。冷静さを取り戻されましたらすぐに手錠は——」

「四条さん、うちの子になにをしたんです」

貴和子は暎子の言を途中で遮り、問い詰める。暎子は柳眉にハの字を作った。

「息子さんには人違いで、大変な御迷惑をお掛けしてしまいました。ほんまに、申し訳ありませんでした」

（迷惑？　人違いが、どうしてあんなイヤらしい行為に繋がるというの）

ツヤツヤと照り光った女の唇と、そそり立った我が子の男性自身を見た時の、カッとした激情が貴和子の胸にぶり返した。

（それにこの匂い。セックスをしていたとしか）

床に置かれたウレタンマットの上には、独特な温泉成分の匂いに混じって、栗の花の臭気が漂っていた。それに女性の愛液の香もほのかに感じる。

（口でいかがわしい真似をしただけでなく、秋生の童貞をこの人が……）

目の前の女が、大切な我が子の純潔を奪ったのだと思うと、いてもたってもいられない心地になる。貴和子は表情をキッと険しくした。

「秋生はまだ子供ですわ。それなのに、あなた方は破廉恥な行為を」

「あの、ママ、心配かけてごめんなさい」

会話に割って入ったのは秋生だった。貴和子は相貌を正面に戻した。スラリとした痩せ形の裸身が、湯船のなかに佇んでいた。

「秋生、すぐお部屋に戻りましょう。この手錠を外してちょうだい」

「だ、だけど部屋に戻ったら、ママは切り出すんでしょ？　僕と別れるって」

小声で言うと少年は俯いた。

(秋生と別れる？)

息子の言葉の意味が理解できず、貴和子はいぶかしく我が子を見た。

「なにを言っているの。ともかくこの人たちを遠ざけて――」

「ママ、再婚するんだよね」

息子は絞り出すように声を放った。〝再婚〟の二文字で貴和子はようやく気づいた。

(この子、伯父になにか言われたのね。伯父はわたしだけではなく、秋生にまで余計なことを)

「あなたの耳におかしなことを吹き込んだ人がいるようだけど……ああ、今はそんな話をしている場合ではないでしょう。状況を考えて」

貴和子の声は甲高くなった。叱られたと思ったのか、秋生は肩を震わせて俯く角度を深くした。

「お母さま、勇気を振り絞った告白なんです。秋生くんの言うこと、聞いてあげたって下さい」

瑛子が頭の裏から告げる。貴和子は首を回して、非難の眼差しを向けた。

「なんの権利で口出しを……あなた方はなんなのですか」

「わ、わたしどもは──」

「ママと息子の関係がうまくいくよう、派遣されたキューピッドかしらー」

左足を摑んだ女がおっとりとした声で答えた。貴和子の視線は左隣に移動する。

「あらあ、怖い目。わたしは里恵で、そっちで足を押さえているお友だちは弘美です。もうお母さま、そんな目つきで睨まないで下さいな。秋生くんじゃなくてもぶるぶるしちゃいますよう。美人の怒り顔は迫力あるんですからー」

（キューピッドだなんて、ふざけた人たち。手錠まで用意しているなんて普通じゃないわ。早く秋生をここから連れ出さないと。でもどうやって……）

両脚を左右から押さえられている。貴和子の下肢はM字の形に開き、股を強制的に拡げられている状態だった。はだけた裾が自然とまくれていく。

（いやだ。下着をつけていないのに）

普段の和装と同様に、浴衣の内に下穿きを身につけていなかった。貴和子は焦燥に駆られる。

（手が使えないから裾を直せないのに。秋生に見られたら）

「秋生くん、だいじょうぶやで。続けてもええよ」

暎子がやさしい口調で促した。秋生が目線を落としたまうなずく。

「僕がママの自由を縛ってたのは事実でしょ。まだ若いのに、血の繋がっていない息子の面倒を見なきゃいけないんだもの」

(自由を奪うだなんて。わたしは望んであなたの側に……母と子でしょう)

息子には自分の思いが通じていなかったのだと思い、貴和子の胸はきりりと締め付けられた。

「でも……身勝手かもしれないけど、僕はママと離れたくないんだ」

次の秋生の言葉で、貴和子の心はパアッと明るさを取り戻した。

「あ、秋生……」

貴和子はかすれ声で息子の名を口にした。秋生は身体の横で両手をきつく握り込み、喋り続ける。

「ママは気づいてたよね。家庭教師の時間に、僕が勃起していたこと」

(ぼっき?)

予想外の方向へ話が飛ぶ。貴和子は口を閉じて、息子を見つめた。

「毎晩、勉強を教えてもらったこと、うれしかった。とても感謝しています。でもママの匂いや声、息遣いを感じると……我慢しようと思っても硬くなっちゃって。ママでオナニーもしたんだ。一回や二回じゃなくて、いっぱい」

(秋生が、わたしのことを思いながらオナニーを？)

衝撃に胸を衝かれ、貴和子は息を呑んだ。半年間、二人きりの勉強の時間が記憶に甦る。

(そうね。秋生が勉強中に大きくしてたこと、わたしもわかってた)

もぞもぞと腰をゆすり、急に机と椅子の距離を狭めたりする。そんな時の秋生は決まって、貴和子の方を見ようとしなかった。挙動不審な息子の態度が、肉体の異変を教えてくれた。

(今勃っているんだって、自分から告げているようなものだった)

湯船に立つ我が子の股間に、貴和子の瞳は吸い寄せられた。男性の象徴は、臍に擦り付く勢いで威風堂々と反り返っていた。

(こんな時に……真剣に訴えながら、興奮しているなんて)

エラの張った肉傘は、少年とは思えなかった。雄々しい形をした逸物から、貴和子は目が離せなくなる。

(太く育って、きれいに剝けてる。秋生はアレを握りながら、わたしのことを考えて自慰を……）

男性が性欲を処理する姿を見た経験はない。我が子がオナニーする場面を想像した貴和子は、腰の奥がぽっと熱くなるのを感じた。

（あんなに逞しいのに、指がちゃんと回るのかしら。届かないんじゃないの。亡くなった夫よりも秋生の方がずっと……。あ、ああっ、わたしこんな時に、なにを考えているの。許されないわ。秋生が唐突におかしなことを言い出すから）

夫と、その息子の男性器を比較する非常識さ、不道徳さに貴和子は気づき、狼狽えた。

「不潔だよね。自分の母親を思ってエッチな想像して……オナニーするなんて」

秋生がかぶりを振った。身体のゆれがピンと突き立ったペニスに伝わり、妖しくヌメ光った先端がゆらめいた。

「ジッと目が釘付けですよう―。秋生くんのアレは、そんなに魅力的ですかあ」

里恵がひそめた声で囁いた。貴和子は慌てて、目を背けた。相貌には朱色が差す。

（ほんとだわ。相手は息子とはいえ、いつまでも見つめているなんて。はしたない）

己のさまを貴和子は恥じ入る。煮えくり返るようだった心は、いつの間にか動揺と混乱のなかに巻き込まれていた。心臓は高鳴り、押さえつけられた下肢をもじもじとゆらす。

（いけない。裾が）

ずり上がった浴衣の生地が、膝から外れてももをすべった。裾前が左右にはらりと分かれて、下半身が露わになる。

（どうしましょう。股の付け根が剝き出しに）

秋生が顔を上げれば、見せたくない部分を見せてしまう。貴和子は必死に左右の膝を閉じようと力を込めた。

「あらあ、もしやお母さまはショーツをつけない主義ですかあ？」

異変に気づいたのか、里恵が首を伸ばして貴和子の膝の間を覗き込んできた。

（あっ）

咄嗟には忌避の言葉も出てこない。下腹や生え茂る漆黒の草むら、そして女の恥部までもが、見知らぬ他人の目に晒されていた。義母の美貌は紅潮を増した。

里恵は右の膝裏に手を差し入れると、グイと横に拡げてきた。

「ひ、拡げないで下さい、里恵さん」

貴和子はこぼれそうになる悲鳴を懸命に呑み込み、押し殺した声で懇願した。

「だってよく見えないんですものう。それに、さきほど投げ飛ばされた仕返しですわ。あまり大きな声をだすと、秋生くんに聞こえますわようお母さま」

にこやかな里恵の笑みに、貴和子は黙り込むほかなかった。

（諍いの声に気づいて、秋生がこっちを見たら……こんな恥ずかしい姿を息子には見られたくない）

「へえ、着物美人の嗜みかしら。下着をつけないのは暎子と同じなのね」

弘美までもが、右から貴和子の股間を覗いてきた。里恵に倣って、貴和子の右足を横に引っ張り、両脚は水平に近い角度で開かれた。

（ああっ、ひどい）

己のあられもない姿に、貴和子は嘆きの呼気を漏らす。

（見られてしまう。早く足を閉じないと）

湯船に立つ秋生に向かって、女の中心を強制的にさらけ出す格好だった。貴和子は懸命に、膝を重ね合わせようとする。しかし弘美と里恵は、膝と足首をしっかりと捕まえていた。

「こんな僕は、ママには不似合いだって自分でも思ってた。伯父さんの言う通り、余計なお荷物だって」

母の窮状に気づかない秋生は、震え声で思いを口にする。

「不似合いとかお荷物だなんて思い込むなんてー。秋生くん可哀想ねえ」

里恵が貴和子の内ももの辺りを、さわさわと撫でる。

「子供が不安を抱かぬよう、ママがぎゅっと抱き締めてあげるべきね。スキンシップが足りないのかも。それにしても、真っ白できれいな肌だわ。日焼けの跡も染みもない。秋生くんが禁断の愛に目覚めちゃうの、わかる気がするわね」

鼠蹊部の辺りの、より際どい位置まで弘美の指が差し込まれる。貴和子は身悶えた。

(この方たちは、人の身体を遠慮無くさわって)

「それでも僕……ママとずっと一緒にいたい。ママと離れたくないっ。ママのことが好きなんだっ」

秋生が叫んだ。

(好き？　わたしを？)

貴和子の双眸は、息子の裸身に向けられた。同時に秋生が顔を上げた。神妙な面持ちは、母のあられもない姿態を捉えて目を丸くした。

「マ、ママっ」

「いや、秋生、こんな姿見ないでっ」

母は悲鳴をこぼした。だが息子の眼差しは、はだけた浴衣の内側に注がれ続ける。

(ああっ、秋生に恥ずかしい姿を)

羞恥と緊張で貴和子の肢体は喘いだ。無言の時間が、数時間にも感じられた。

「そない震えんでもよろしいのに」

暎子が耳の近くで囁き、背中から貴和子の肩をぎゅっと抱いた。そして秋生に向かって声を掛ける。

「ママのこと好きやから、秋生くんは抑えられんとオナニーしたんやろ。もう一回言うてあげて。お母さま、今ゆうたこと、よう聞こえんかったようやから」

「僕、ママのこと愛してます」

はっきりと母の顔を見つめて、秋生が告げた。ストレートなセリフが胸に染みた。

(秋生が、わたしのこと好きって。堂々と言ってくれた)

「オナニーに使われるなんて、お母さまはそんなん許せませんやろか?」

秋生にも聞こえるように暎子が問い掛ける。

(秋生が他の女性を思って自慰をするより、ずっといい。嫌われていると半ば思っていたんですもの。だけど親子なのよ。なんて返事をしたら)

吸いつくような秋生の目を見ると、言葉が喉を通らなかった。

「女としての魅力を認めてもらったってことですものう。うれしいわよねえお母さまだってえ」

里恵が言い、手を下から差し込んできた。鼠蹊部の横に指が添えられ、女の亀裂をクッと開く。

「あ、ああっ、いやっ、里恵さんよしてっ」

「そうね。お母さまの本心は、こういうことなんでしょ?」

悶え泣く貴和子の様子を見て、弘美がクスッと笑い、同じように手を下から回して陰唇の脇にあてがった。里恵に倣って左に引っ張った。女二人の指で、母の秘花はぱっくりと露わにされた。

(女性器の内側まで秋生に……)

貴和子は顎を引いて、細面を息子の目から隠した。

秋生の視線を意識して、内ももの辺りに汗が滲む。秘部は、ぽうっと熱を孕み、不穏な昂りがじわじわと腰から広がっていく。

「秋生くん、どう？　お母さまの大切な場所、見える？」

「は、はい……光ってます」

　秋生がかすれ声で答えた。

（光ってるって……わ、わたし、濡れていないわよね。息子の視線を浴びて発情するなんて、わたしはそんな破廉恥な女ではないわ）

　理性は昂りを否定しようとする。しかし内から湧き出る淫蜜の感覚は、誤魔化しようがなかった。

（どうしましょう。少しだけ……濡れているかも知れない）

「ね、秋生くん、ママの目を見つめながら、もう一回、秋生くんの気持ちを伝えてあげて」

　弘美はそう言うと、指で貴和子の顎を持ち上げた。母は息子と向き合うことを強要される。

「あ、秋生、言ってはだめよ。わたしは母親なのよ」

　母の訴えが浴室内に響いた。わずかな間を置いて、秋生が口を開く。

「ママ、よそよそしかったり、素っ気ない態度取ってごめんなさい。一人の女性としてママに惹かれてます。僕本気なんだ」

引き締まった表情が美母を見据えていた。

(いつの間にこんなに逞しく)

貴和子が真っ直ぐに眼差しを返しても、秋生は目を逸らさない。気弱だった性質は薄れ、今までにない芯の強さを感じた。

「うふふ、大事な一人息子に好きって言われて、お母さまもうれしいみたいー。わたしの指まで濡れちゃうわ」

里恵の指先が、拡げた花弁の縁をさわさわと撫でる。その動きに釣られて、秋生の視線が脚の間に落ちた。

(いや、秋生に観察されている)

ヌメついた粘膜の表面を、室内の空気が通り抜けるのが貴和子にもわかった。そこに新たな分泌の液が溢れる。

(ああっ……垂れちゃう)

膣口から愛液がトロッとこぼれる。羞恥が生む熱と発汗が、三十二歳の肉体を襲った。

「ママ……垂れてるよ」

秋生がぽつりとつぶやいた。貴和子の相貌は今にも泣きそうに歪んだ。

「ああっ、違う、違うわ。あ、汗よ。そう汗が垂れただけ」

腋の下や美貌にも本物の汗が一気に噴き出て、義母の肌は鮮やかなピンク色に上気した。

「お母さま、そない慌てはって」

「息子の告白を聞いて、お股を濡らしてるなんて知られたら、普通は恥ずかしいわよね。それにしても……」

弘美が、ジッと貴和子の相貌を覗き込んだ。

「もしかして、お母さまの手慰みのおかずは秋生くん？」

「そ、そんな訳、あ、ありませんわっ」

声が上ずった。その動転ぶりを見て、弘美の顔に含みの感じられる笑みが浮かんだ。

「へえ、図星なんだ」

「あらまあ、びっくりだわあ。血の繋がりのない息子に、お母さまも惹かれてるってことー？」

里恵が驚きの声を発した。貴和子は首を左右に振って、女たちの無責任な言葉を懸命に否定する。

（わたしは秋生に邪な想いなど抱いてはいないわ。息子の存在、それこそが生き甲斐だったから。好意を口にしてもらえるのがうれしいだけ）

「う、嘘です。勝手なことを言わないで。わたしが秋生のことを……ありえませんっ、母と息子なんですっ」

「ママが、僕を想ってオナニーしたの？」

息子の瞳が、キラキラとかがやいていた。貴和子はサッと横を向く。

「秋生くんの質問は無視しちゃうんだ。こんな熱くなってトロトロの癖に。ほーら、お母さまだって、この音が聞こえるでしょ」

弘美が充血しつつある花弁を摘んで押し広げる。浅瀬に指先を差し込み、愛液を絡めつつ、くすぐるように弄くった。染み入る刺激が走り、むっちりとした太ももが震えた。

「あっ、ううっ、んく」

貴和子は紅唇を嚙み縛って、艶めいた声を抑え込む。

「こんなはしたない濡れ具合で、どんな言い訳をするんですう？」

指愛撫に、里恵も参加してくる。

（二人同時に……）

尿道口を刺激し、別の指で陰核を包皮の上から擦った。弘美は、指を軽く出し入れしながら、内部をやさしく掻き混ぜる。開ききった花唇は卑猥なヌメリにまみれて、大きな汁音をこぼした。

「ああっ、秋生、お願い。この方たちを止めて」

湯船の縁で女体をヒクッヒクッと戦慄かせながら、貴和子は助けを求めた。

「ママの感じている顔、すごく可愛い。いつもの凜々しい顔だけじゃなくて、そんな少女っぽい表情にもなるんだ。愛してる。好きだよ」

貴和子の二重の双眸に、息子の屈託の無い笑顔が映った。

（母親に向かって可愛いだの、愛だのを口にして。母と息子の間では、そぐわない言葉なのに）

それでもストレートな恋慕のセリフを贈られると、心がジンとゆれ動いてしまう。

「お母さまったら、答えてあげないんですかあ？　夜のベッドで、誰を思い浮かべてここを弄くっていたのか。一番重要なことなのにー」

「そうね。はぐらかそうとしていけないママだわ」

里恵と弘美の指が、花芯を執拗に弄くる。

「ママ、教えてくれないの？」

「いや……訊かないで秋生、あんっ」

女の指が芽ぐんだ陰核を強めに弾いた。たっぷり熟れた豊腰が引き攣る。

「さあ、答えるのよう」

里恵が耳の側で囁いた。

「そんなに追い詰めないで下さい」

貴和子は啜り泣くように懇願した。羞恥と昂揚が入り混じった肉体は、玩弄に抵抗できない。秘穴の内側からは花蜜が溢れて、たらたらと漏れた。貴和子の意識がふっと薄れる。

「い、一回か二回です。身近な男性が秋生だけだったから、たまたま……それだけです」

言い終えてから、貴和子は恥じ入るように、紅唇から嗚咽を漏らした。母として、明かしてはならない秘密だった。息子の顔が近づく。

「ママの想像のなかにだしてもらえるのは、とっても嬉しいけど、たまたまって……そんな理由なの？」

（ああ、切ない目をしないで）

つぶらな瞳が、悲しそうな色を帯びていた。母の胸が疼いた。

「ふふ、一回や二回？　そんなの嘘に決まっているじゃない。このオイルみたいな液にまみれて、色鮮やかに花開いた状態がなにを意味するか、秋生くんも知ってるでしょう。好きな男性が間近で見ていないと、こんなイヤらしい反応にはならないわよ」

弘美が柔肉の内に差し込んだ指で、くるんと円を描く。そして手を引き上げた。卑猥に濡れ光った指を、母と子の間でかざして見せる。

「ほんまにえらいぐっしょりさんやなあ。糸、引いとるわ」

暎子の感嘆のセリフが、貴和子の恥じらいを煽る。美母は鼻を啜った。

「秋生くん、とりあえず拭いたったらどうや？」

暎子が予期せぬ提案をする。ハッとして貴和子は首を振った。

「や、やめて下さい。恐ろしいことを息子に吹き込まないで。あ、あんっ」

「可愛い一人息子のキス、ここに欲しくないんですかあ」

里恵の指がクリトリスをしつこく捏ね回す。貴和子は開いた脚をプルプルとゆらして、腰を左右によじった。浴衣の着付けが崩れ、帯も緩む。

「ママ、ほんとは僕が、みんなを止めないといけないんだろうけど……でもママの今の姿、とっても……」

声が途切れた。その先のセリフを教えるのは、息子の股間でピク付く勃起だった。

(秋生、興奮している。わたしの情けない姿に欲情している)

肉茎は先程よりも、雄々しく膨張していた。

「確かに黙って見ているのなんて良くないわね。一方的に観察されるママが可哀想だわ。このだらしなく垂れているの、秋生くん、きれいにしてあげなさいな」

企みの笑いを横顔に浮かべて、弘美が秋生に言う。ゆっくりと息子の身体が、湯のなかに沈んだ。

(見てる。わたしの……一番恥ずかしい場所を、こんな近くで)

貴和子はゴクッと喉を鳴らした。息の掛かる距離で、愛息が己の股の付け根をじっくりと眺めていた。

「秋生くん、さあこっちよう」

里恵が指を花弁の両脇にあてがい、くぱっと開いた。

「ママの……濡れ光って、ピンク色になってる。きれいだね」

後ろ手に拘束を受けた貴和子には、手で隠すことも、息子を止めることも不可能だった。ふっと吐息が当たった。ビクッと女体が震える。

（秋生の呼気が……）

「ママ、いっぱい溢れてるよ」

息子の感想を聞き、母は羞恥の唸りをこぼした。針のむしろの上にいるようだった。

「秋生くん、うちの身体で試したから要領はわかっとるやろ」

暎子のセリフが合図となった。里恵の指が花唇をさらに容赦なく割り拡げて、口愛撫へと誘った。

「ほうら、蜜がたっぷりよう。啜ってあげてー」

「ああ、そんなに開かないで下さい……秋生、だめ、だめよう」

貴和子が蚊の鳴くような声で訴えた次の瞬間、生温かな感触が、陰唇の亀裂を這いずった。美母は細肩を可憐に戦慄かせた。

（舐めた。わたしの身体を、秋生が……舐めてる）

唇を被せて、生温かな舌が粘膜の上を軽やかに擦った。立ち昇る性感が貴和子の身を一気に覆う。一時、羞恥さえも遠のいた。

「あんっ、ダメ、秋生っ、しないで、こんなのいけないわ。あ、ああっ」

ジュルッと音を立てて、母の愛液を息子が呑み啜った。舌先が膣穴を探り当て、突き刺さる。近親姦への抵抗感と、身の灼かれるような恥ずかしさが三十二歳の肉体を包む。そして言い得ぬ快感が、連続して背筋を噴き上がった。

（どうしよう。こんなに気持ちいいの、初めて）

股間から手を放した弘美と里恵が、今度は貴和子の腰に手を伸ばしてきた。帯をほどき、引っ張って取り去る。

「ああっ、脱がさないで。よして下さい」

「お風呂場で、服を着ている方がおかしいでしょ。お母さま以外は、みんな裸なんですし」

「お母さまは、パンティだけじゃなく、ブラジャーも付けないんですねえ。ふふ、暎子ちゃんと一緒なんだあ。色っぽーい」

里恵が浴衣の胸元をはだけてきた。乳房の膨らみと、深い胸の谷間が現れ出ると、浴衣の内に女二人は手を差し込んできた。

「やめて……弘美さん、里恵さん、ああんっ」

誰も貴和子の哀願を聞き入れてはくれない。初対面の女たちが、貴和子のゆたかな乳房を揉み込む。義母は身をゆすり、足袋を履いた足指をぎゅっと折り込んだ。

（いやらしい声を、秋生に聞かれてしまう）

貴和子は目を落とす。息子が股間に口を押し付け、舐めしゃぶっていた。膣口にもぐり込んだ舌が、ヒダの内側を甘く擦り立てる。

「秋生っ、だめっ、そんな場所……だめようっ」

（夫婦や恋人じゃないのよ。母子の間柄でこんな行為、絶対に許されないのにっ）

「うちも手伝うてもええやろか」

暎子の手が脇を通って、開いた股間に差し入れられた。狙いをつけた場所は、クリトリスだった。さんざん嬲られた小さな屹立を、暎子の指が捉える。感電に似た直截の愉悦が、女体に走った。

「ううくっ」

「身体ん力、抜いて下さい。女同士やもの、ツボはよう心得とります。我慢せんと声を出した方が、楽になりますやろ」

暎子の指が、刺激に弱い感覚器を巧みに揉み込む。強弱を変化させ、官能が高まるとふっと力を抜いた。味わったことのない絶妙の指愛撫だった。さらには乳房に食い込んだ弘美と里恵の指が、膨らみを絞り、ゆすり立てた。

「このバカみたいなボリューム、里恵といい勝負ね。こんなおっぱいの近くで毎日暮らしたら、秋生くんがいけない道に顚っちゃうのわかる気がするわ」

「バカみたいって表現は、カチンとくるわねー。好きで大きくなってるわけじゃないのよう」

二人の指先が硬くしこった乳頭をピンッと同時に弾き上げた。

「あ、ひんッ」

情感のこもった牝泣きが、湯殿に響いた。三十二歳の肉体は、興奮を抑えられない。湧き上がるのは羞恥と隣り合った、粘つく快感だった。

（四人がかりで……ああ、痺れるっ）

頭のなかがピンク色に染まっていくようだった。貴和子の首がガクガクとゆれ動く。

「お、お願いです。それ以上しないで。秋生に、声を聞かれたくないの」

「隙も弱みも見せとうないんですか？　息子さんやのに」

暎子が顔を横から覗き込んできた。つぶらな瞳には、同情の色が映っていた。

「お母さまは、息子さんのためにくあろうと心がけとんのやね。わかる気はします。子供のおらんうちでさえそうやった。弱さや迷いをひた隠しにして、しっかり振る舞わんとならんかったから」

暎子は一旦口を閉じると、やさしい微笑を浮かべた。そして肩越しに前を窺う。

「秋生くん、こっちの尖ったところも、舐めたげたったらどうやろ」

母の股の間でしゃぶりつく秋生に、不穏な助言を与え、暎子は指を放した。

「四条さん、なにを仰って……あっ、秋生、そこダメッ、あ、あん」

すかさず秋生の口が移動して、指に代わって肉芽を舐め刺激してくる。貴和子は喘いだ。

「うちの名は、暎子で構いませんわ。お母さまも、うちより秋生くんに可愛がってもらった方がよろしいやろ。重苦しいもん抱えてずっと我慢しとったんでしょ。この身体が、寂しい言うとるのがようわかりますわ」

暎子の温かな手が、貴和子の頰を包み込み、撫でた。貴和子は許しを請うようにかぶりを振った。秋生の舌先が円を描き、尖った陰核をくりっくりっと舐め回していた。鮮烈な快感が、女体を責め苛む。

（だめ、息子の前で気を遣るなんて。耐えるの）

手錠を掛けられた腕をゆすり、握り拳を作って貴和子は堪えた。

「そない虚勢を張らんでも。弱い部分を見せたって、秋生くんなら、ちゃんと支えてくらはりますよ。やさしい男の子やもの」

（暎子さんの言葉に、流されてはいけない。よそよそしさを取り除きたかったのは事実だけれど、こんなやり方はまったく違う。わたしには秋生を立派な大人に育ててあげる役目が……）

濡れた眼差しは、暎子の甘言を拒むように目蓋を落とした。その瞬間、秋生の唇がクリトリスをちゅうっと吸い立てた。迸る愉悦が広がり、目が眩んだ。

「あんっ、ひんっ」

「ええ声で哭いて。ずいぶん、感度がよろしいんやなあ。秋生くん、お母さまが刺激に慣れたら皮を剝いてあげたりや。皮を被っとるやろ。それを剝いてやさしゅう舐めてあげるんや。下から上にやで。時々、唇で包み込んで吸ってあげるとなおええよ」

朦朧とする貴和子の耳に、暎子のアドバイスが聞こえた。

「やめて、秋生、これ以上、あ、ああっ、うぐっ」

秋生は暎子に言われた通り、指をあてがって感覚器をやわらかに剝き出した。

舌が当たる。ビクンと腰が引き攣り、M字に開いた脚が強張った。

「嫌いな相手にこない反応するほど、女の身体はいい加減やあらへんでしょ。素直にならんとあきませんよ」

暎子が耳の近くで囁き、耳の縁を舐め、耳たぶを噛む。暎子の口愛撫を受け、貴和子の呻きは深くなる。

（あなたになにがわかるというの。こんな方法で息子との距離を縮めても、お互いのためにはならない。常識のある大人なら当たり前のことなのに）

「垂れこぼれる蜜も、忘れずに処理してあげてな」

暎子の言葉に従い、今度は膣口に舌が這いずった。性感の変化に女体は翻弄される。ピチャッ、ジュルッと漏れる汁音が、恥ずかしかった。

（我慢しないといけない。秋生のためにも）

親子の垣根を越えた情愛の先に、息子のしあわせがあるとは思えない。おぞましい近親愛の世界に浸ることは、亡くなった夫、そして生みの母を裏切ることにもなる。

（そう、秋生のためなの。負けてはだめ。だめよ……あ、ああっ、だめなのに、イッてしまいそう）

幾つもの指、温かな息子の舌が、女を嬲り立てる。貴和子は奥歯を嚙みしめた。それでも艶っぽい嗚咽は喉からこぼれた。性的絶頂の赤い色が網膜を染める。

「秋生、わたしの言うことを聞いてっ。こんなの間違っているわ」

侵食されそうな脅えが、大きな声を出させた。舌愛撫がピタッと止まった。乳房を揉んでいた指も動きが弱まる。アクメ寸前だった女体は、大きく息を吐き出した。秋生が顔を上げ、母を仰ぎ見ていた。

「やっぱり僕はママにとって迷惑?」

息子が立ち上がった。目の高さを合わせて、貴和子の表情を窺う。濡れた口元からは、ほのかに愛液の香が漂った。

「一方的な感情をぶつけるのは、確かによくないけど……ママ、本音を教えて。ほんとは僕と一緒に暮らすのが嫌?」

「そ、そんな訳——」

「秋生くんさえよかったら、うちの子になっても構へんよ」

貴和子の声を遮り、暎子が信じられないことを申し出る。貴和子は首を回して、驚きの目で暎子を見た。

「きゅ、急になにを……」

「秋生くんからお聞き致しました。旦那さまが亡くならはって、お母さまはお一人で秋生くんを育てられとると。夫に先立たれたんは、うちも同じなんです。寂しい一人ぼっちの暮らしをしとります。よろしければ、この子を養子にいただいても構いませんやろか？　健やかに立派にお育て致します」

（息子を引き取るなんて）

「僕が、暎子さんの？」

「そうや。本気やで。いややないやろ？」

息子の相に惑いの様子は見てとれるものの、嫌悪の感情は浮かんではいない。下手をすると、このまま同意してしまいそうに見えた。

（わたしの元を離れていくなんてダメよっ）

急速に噴き上がった激情が、美母の胸を染める。

「そ、そんな申し出、絶対に許しませんっ」

貴和子は叫んだ。同時に、後ろ手に拘束していた手錠がスルリと外れた。貴和子は目の前の我が子に抱きついた。濡れた肌に滴る湯が、浴衣に染み込む。

「わたしの秋生に、手を出さないで下さいっ。この子はわたしのものですっ」

両腕を首に回して、少年の裸身にひしとしがみついた。秋生の手が、貴和子の背を抱いた。

(息子に抱き締められてる)

少年の肌からは、汗っぽい牡の匂いがかすかに香った。秋生が顔を被せてきた。紅唇に息遣いを感じた瞬間、貴和子は目を閉じた。唇がやわらかに重なり合う。

「んふ、ママ」

「あん、あ、秋生……うむ」

唇を開けて互いの口に舌を差し込み、ヌルリヌルリと巻き付け合った。周囲に人がいることも忘れて、母と子は情熱的にキスを交わした。

第六章　禁忌ざんまい【官能風呂】

1

母と子の口元は湿った音を奏でる。禁忌を犯した悔悟の念と愛欲の情が混じり合って、貴和子の胸の内を乱れ舞った。

(息子とディープキスだなんて、許されないのに)

それでも舌を絡み合わせることを、止められなかった。息子の唾液は甘く、蜂蜜のようだった。垂れ流れるツバを、貴和子は喉を鳴らして呑み啜った。やがて息子が静かに口を引いた。

「僕、ママとキスができてうれしいよ」

我が子の真剣な眼差しが、女を射抜いた。自分もそうだとうなずきそうになるのを、貴和子はわずかに残った理性で堪えた。

「わかったやろ秋生くん。お母さまが、どれだけあんたんことを大切に思うとるか」

(養子の話は、暎子さんの計算？　駆け引きにまんまと……。ああ、秋生の硬いのが、お腹を圧してる)

灼けた勃起がへその辺りに擦り付き、粘ついた液が垂れて肌にこびりつく。その雄々しい感触が、美母の発情も誘った。貴和子は自身の乳房を秋生の胸に押し当て、擦り付けた。

(胸板も厚くてがっちりしているわ。いつの間にこんなに逞しく……どうしましょう、濡れてしまう)

下腹が内側から火照る。その時、背後から左右の膝裏に指が差し込まれた。暎子の手だった。持ち上げるようにしてグイと拡げた。貴和子は唇を離して喘いだ。

「んっ、よして暎子さん」

「すいませんな、お母さま。秋生くんの恋が成就するんを応援するって、約束してもうたんです。さ、秋生くん、ママの心の迷いを消したろうな」

暎子は貴和子の身体を前に押した。開脚の姿勢を強いられた女体は、腰をせり出す形になる。

(こんな塡めてもらうのを待つような破廉恥なポーズを、秋生の前で)

息子がその気にさえなれば、挿入は容易だった。恥じらいが胸を灼くが、露わになった女性器は挿入を請うように、淫らなかがやきを強くした。

(なぜ濡れちゃうの。秋生に抱かれることを、わたしは期待しているの)

「うちに身体を押さえられとって、どうしようもならん。そうでっしゃろ?」

母の道徳心に逃げ道を与えるように、暎子が告げた。既に手錠は外れ、両腕は自由になっていた。暴れて暎子の手を外すことは可能だが、その一言で貴和子の抵抗の意思がしゅっとしぼんだ。

(わたしは母親よ。我が子と交わるなんていけないわ。いけないのに……)

里恵が秋生のペニスを指で摘み、切っ先を貴和子の花唇の手前に持ってきた。

貴和子の右手を取って、息子の分身を摑ませた。

「はーい、どうぞーお母さま」

(……ああ、秋生、熱くなって息づいている)

我が子の男性器に指を巻き付けた美母は、切なく溜息をついた。脈打つ勃起の感触は、妻であり女であった頃の記憶を、三十路の肉体に呼び覚ました。

（どうしよう。踏みとどまれない）

手が勝手に握りを強めた。張り出た括れの部分に、指先が引っ掛かる。それが女に妖しい心地をもたらす。

（こんな立派な形の逞しいモノで貫かれたら……硬くて太くて、夫なんて比じゃない。わたしのお腹のなかにこれが）

「さあ、この穴にたっぷりいただきましょうか」

弘美が貴和子の股間に手を差し入れた。秘穴から垂れる愛液をすくい取るようにして亀裂を縦に擦り、受け入れの気分を高めた。

「お母さまったら、キス一回でジュンって濡らしちゃって」

息子との口づけで母が興奮したことを、あっさりと弘美が暴く。貴和子の相貌は紅潮した。

「秋生くん、お母さま、待ちきれないみたいよ」

「ママ、いくね」

弘美に促されて、湯船に立つ息子が腰を進めてくる。拒絶のセリフが喉を通らなかった。亀頭が女口をクッと圧す。

（これ以上は引き返せなくなる）

貴和子はペニスをしっかと摑んで、挿入を押し留めた。

「ま、待って秋生。後悔しないの？　わたしと幾つ年が離れているのか、わかっている？」

「わかってるよ。それでもママのことが好きなんだ。再婚なんかしないで。僕の側から離れないで」

ゆるぎのない息子の眼差しが、母を捕らえた。

「お母さま、息子さんを導いてあげたってや」

暎子のセリフを受けて、弘美が貴和子の左手を、濡れそぼった女性器の上に持って行った。熱く火照った己の陰唇が指先に当たる。貴和子は息子を真っ直ぐに見た。

（わたしも……後悔しない）

「秋生、ママのなかにおいでなさい」

汗ばんだ相ににっこりとした微笑みを浮かべて、貴和子は自ら女の花弁を割り開いた。淫らな仕種で我が子を誘う恥ずかしさが、倒錯の昂りを生む。右手に握った息子の勃起を、貴和子は手前に引っ張った。

（自分で咥え込もうとしている。ああっ、こんな破廉恥な真似、初めて）

秋生が頬を緩めて、腰を押し込んでくる。こぼれた蜜が、亀頭にこびりついてすべった。切っ先が上や横に逸れぬよう、貴和子は先端を摘んで位置を合わせた。左手の人差し指と中指で、グイと陰唇を拡げた瞬間、膣穴に肉柱が突き込まれた。

「あんっ、秋生っ……太いわ、ううっ」

潤沢な愛液のヌメリが、野太い先端部の嵌入を手助けした。貴和子は視線を落とした。蜜肉がやわらかに開いて、亀頭を呑み込んでいた。

(がってしまった。母と息子なのに)

義母はツバを呑み込み、一人息子に潤んだ視線を向けた。

「いいわよ秋生。そのまま奥まで」

息子は力強くうなずくと、残りの肉柱を沈め込んだ。貴和子は性器に添えていた指を放した。猛った剛棒が勢いよくすべり込む。

「ああっ、深いっ」

貴和子は喘ぎ、身を震わせた。ズンとした衝撃が下腹を襲い、鈍重な痺れを生じさせた。

(奥の奥まで届いてる。こんな感覚、初めて)

互いの腰がぴっちり触れ合っていた。長大な偉容が、自分の内にすべて呑み込まれたことになる。

（秋生と一つになってる。突き刺さった時、あと少しで昇り詰めてしまいそうだった。ああっ、今も——）

先端が膣底に当たり、子宮にまで圧迫を受けていた。意識のかすれる陶酔の白い光が、目の前をちらつく。紅唇からは、艶めいた吐息が漏れた。

「秋生くんのお味はいかがやろうか。すごうてたまらんでしょう」

暎子が膝裏を摑んでいた手を外して、貴和子の頭を胸元で抱いた。両手を頰にあてがって、上から相貌を覗き込んできた。

「満足に、息もできませんわ」

喘ぎ混じりに貴和子が答えると、暎子はやさしい眼差しで首肯した。

「お顔だけやなく、首筋や胸元まで真っ赤ですな」

暎子の言う通り、浴衣から伸び出た貴和子の素肌が近親姦の交わりを悦び、桜色を帯びていく。絶頂の至福が、すぐそこまでせり上がっていた。

暎子が胸元に手を伸ばしてきた。貴和子は慌てて襟元を摑んだ。帯はとかれているため、前をはだけられたら全身が露わになってしまう。

「濡れた浴衣は、邪魔でっしゃろ。お母さまは、一緒に温泉に入ろうって秋生君を誘うとったゆうのんに、裸を見られるんは抵抗あるんやろか」

（確かに暎子さんの言う通り……こうして秋生に抱かれてしまったというのに、肌を見られることを避けるのは滑稽だわ）

貴和子は掴んでいた手を放した。浴衣がはらりと左右に開かれる。袖も抜かれ、なめらかな曲線を描く裸身は、人目に晒された。身体に残るのは足先の白足袋だけとなる。

「きれいなおっぱいね」

「ほんとうねえ。いい形だわあ。ウエストもきゅっとくびれてて、グラマーボディーねー」

左右から弘美と里恵が、声を上げた。今更手で隠すこともできず、貴和子は容赦ない視線を浴びた。

「ママ、ステキだよ」

秋生が貴和子を見て短く告げた。赤い蕾を勃たせた豊乳、丸みを帯びた腹部、そして漆黒の毛叢の生える女園へと、息子の目が這った。

（ああっ恥ずかしい）

愛息の端的な褒め言葉と、観察の眼差しが貴和子には一番堪えた。美貌は照れと羞恥で汗ばむ。

「あっ、ああ、秋生、やさしくお願い」

母の裸身を眺めながら、息子が出し入れを始めた。硬直に膣粘膜を削られる。経験したことのない充実の摩擦に、開いた脚が引き攣った。ゆっくりとした抽送でも、痛覚を刺激されるような鮮烈な快楽が迸る。

「そうやな。慣れるまでは、ほどほどにせんとな。お母さまかて未亡人なんやし」

「ママ、これ位なら平気でしょ」

負荷を掛けぬよう、ジリジリとした出し入れに変わった。貴和子は瞬きでうなずいた。

「わたしたち、近親相姦を目にしているのね」

「ええ。見てはいけないものを見ている感じで、ドキドキしちゃうわねー」

弘美と里恵の会話が耳に入る。背徳の悔いが胸に甦り、貴和子を苛んだ。

(罪深い行為なのは間違いない。わたしは秋生を、誤った道に進ませてしまったのかも)

眉間に皺を寄せる貴和子の顔を、暎子の温かな手が包み込んだ。

「なんの問題もあらへんよ。秋生くんのお父さまが再婚せなんだったら、ただの男と女なんやもの。好いた者同士が結ばれて、なにが悪いん？　なあ秋生くん」

弘美、里恵、そして秋生を見つめて暎子が告げた。

「はい。ママ……僕はママと結ばれて、しあわせだよ」

（ただの男と女……）

心の重しを取り除いてくれる暎子の言葉、そして息子の晴れやかな笑顔が、義母の内に生じた咎を軽くする。

「よかったなあ、秋生くん。気持ちええ穴やろ。愛し合っとるからやで」

（愛し合っている故……暎子さんは、秋生に言う振りをしてわたしに）

この愛に殉じても良いのだと、暎子は先程からさりげなく語っていた。感謝の念が湧く。心は華やぎ、温もりに似た幸福感が貴和子の全身を覆った。秋生が出し入れを強めた。

「ああっ、秋生、激しいわっ」

相姦の罪科が薄れた肉体に、雄渾な抽送は高らかに響いた。肉悦の振動が下腹にまで甘く響き、熟れた肉体に官能が渦巻く。頬を撫でていた暎子の手を、貴和子はぎゅっと握り締めて、色っぽく鼻声を漏らした。

「ええんよ。いっぱい哭き。秋生くんのモンは逞し過ぎて、身体が受け入れられずに持て余す感じやもんな」

返事をする余裕もなかった。秋生の腰に押され、開いた下肢が宙でゆれる。その刹那、女体を焼き尽くす緋色が、腰の方から噴き上がった。

(ああ、いつもと違う。こんな大きな波に襲われたことないっ)

貴和子の知る、やさしく盛り上がる性の悦楽とは異なっていた。波は高くうねりを起こして女を荒々しく巻き込む。

「暎子さんっ、ううっ、貴和子、イキます……秋生っ、ママ、イクわっ」

湯煙のなかを、女のよがり声が響き渡った。たわわな双乳をゆらして、白い裸身が痙攣する。

「ああっ、あううっ」

生々しい肉交の頂点を味わい、艶めく呻きが紅唇からこぼれ続ける。暎子の手を強く摑み、女体は恍惚に震えた。胸の谷間を、汗粒が幾つも流れ落ちていく。

(息子に抱かれて、昇り詰めるなんて)

エクスタシーの波に洗われるなか、貴和子の心は千々に搔き乱れた。息子と三人の女たちにアクメ顔を晒してしまった羞恥、年上の自分から先に達してしまった情けなさがこたえた。

(どんな顔で、秋生を見ればいいの)

秋生は抜き差しを止めて、母の発作が収まるのを待ってくれていた。貴和子は握っていた暎子の手を離して、手の甲で目元を隠した。

「うふふ、秋生くんのママ、イヤらしいおま×こ顔だったわねー」

「エッチな声の奏でっぷりと呆気ないイキ具合からして、ずいぶんと溜まっていたんじゃない?」

里恵と弘美の声が聞こえた。アクメに酔ってヒクつく女体に、指が這ってくる。

「あんっ、イタズラしないで下さい」

脇腹をスーッと指先で撫でたかと思うと、乳房を摑んでゆすってきた。貴和子は喘いだ。

「乳首をこーんなに尖らせちゃって。ピンピンよう」

「女のわたしでも、このイヤらしくゆれ動くおっぱい見ていると、胸がもやもやしちゃうもの。里恵よりも卑猥だわ」

「こ、これ以上、辱めないで下さい。お願い」

貴和子は息を整えながら、悪戯する女たちに哀願した。

「そうやで。それにそのおっぱいは、秋生くんのものやろ」

暎子の言葉を聞き、今度は秋生が両手を伸ばしてきた。弘美と里恵が大人しく手を引く。息子の指が、汗でヌメ光る肉丘を両手で摑んだ。

「ママのおっぱいやわらかいね」

母と子の視線がねっとりと絡み合う。

「あ、ありがとう」

なんと答えて良いのかわからず、貴和子は礼だけを口にした。

「僕とママ、相性がいいみたいだね」

息子が白い歯を見せて、母に確認をする。貴和子の相貌には恥じらいの赤がたちこめた。

(なぜみな恥ずかしいことばかり言うのかしら)

貴和子は曖昧にうなずいた。

「……一人で気を遣ってごめんなさい。ママ、久しぶりで。いつもはこんなに辛抱できない身体じゃないのよ」

含羞を滲ませた母の言い訳を、息子はにこにこと楽しそうに聞く。

「ママが気持ちよくなってくれるの、とってもうれしいよ」

息子は乳房を手で揉み立てつつ、硬い肉刀を突き込んだ。余韻の残る粘膜に、新たな摩擦刺激はジンと堪えた。

「秋生、もう少し休ませて。ママ、連続はつらいわ」

貴和子は頭をゆすって哀願する。まとめ髪から細い毛筋が幾つも垂れて、額や頬に掛かった。それを抱きかかえる暎子が指で直してくれる。

「休憩取るより、いっぱい秋生くんと愛しおうたらええんやないかな。お母さまの身体も、その方がはよう慣れるやろうし」

「そ、そんな訳っ」

「頑なにならざるを得んかったお母さまには、秋生くんの逞しさ、素晴らしさを知ることが一番効果があるんやと思います。我が子の成長がようわかるやろ」

暎子は貴和子の悶え顔を眺めながら、にこやかに告げた。

「あっ、ああっ、わたし、またっ」

揺り戻しのオルガスムスが、熟れた女体を襲う。火照った蜜肉がうねり、下腹は灼けつく熱を孕んでいた。貴和子は甘ったるく泣き声を放った。

(身体の抑えがきかない)

年上の矜持も、絶頂姿を一方的に晒す恥ずかしさも、圧倒的な相姦の快楽がなぎ払ってしまう。

「ねえママのなかでイッていいの？」

息子が尋ねる。吐精の前兆なのか、ブルッブルッと肉茎が苦しげに震えるのを、貴和子は感じ取った。

「わ、わかるでしょ秋生、なかは駄目よ」

貴和子はかぶりを振った。生理周期から考えると、ちょうど受精期にあたる日だった。膣内射精は、妊娠の可能性が高い。

「やけど秋生くんは、ママのなかにだしたいんやろ？」

暎子のセリフに、秋生が一瞬の間を置いて首肯した。

「ママのなかで射精したい」

語尾まではっきりと言い切り、母を見据える。我が子の決意が感じられるセリフだった。

（本気の愛なんだって、わたしに伝えたいのはわかるけれど……でも安全な日でもないのに、子種を注がれる訳には）

「だって、もしできちゃったら……どういうことになるか、あなたにだって理解できるはずよ。ごめんなさい秋生。我慢して」

女としてなら許されても、母としては決して受け入れられない切なさと悲しさを滲ませて、貴和子は秋生に許しを請う。

(母親でなかったなら、わたしのなかで好きなだけ射精させてあげるのに)

自分は息子の恋人として相応しくない相手だと、こんな事実からも思い知らされてしまう。美貌は切なく歪んだ。

「わたしは応援するわよう。年の差なんて愛し合ってれば関係ないもの。弘美はどう思う?」

里恵が会話に割り込み、向かいの弘美に話を振った。

「そうね。突き詰めれば、わたしたちと一緒でしょ。少年と交わって妊娠するのが、倫理的にどうかって話」

弘美はそう言って、暎子を見た。

「うちもそう思うわ。結局、本人次第やあらへんかな。お二人は血が繋がってないんやし」

「という訳で、後はお母さまの覚悟かしら」

弘美は目を細めると、貴和子の右の耳元に口を近づけた。秋生に聞こえない声量で囁く。

「填めただけでイク位、相性がいいんですもの。運命じゃない？　お母さま、孕んじゃえば。わたしたちも秋生くんに、濃いの中出ししてもらったのよ。危険日なのに」

（秋生が中出し……そうだった。股から垂れ流れている白いモノをわたしは見た）

晪子の内ももを汚していた白い生殖液を見た時の、抑え難い感情が胸に甦る。貴和子の視線は、自分を貫く少年の裸身に向けられた。

（この方たちは許されてわたしだけが……）

「ママ、どうしたの？」

懊悩の浮かんだ母の表情を見て、秋生が心配そうに尋ねる。

「秋生、ママを犯して。いっぱいイカせて」

貴和子が求めたのは、憂いを吹き払う猛々しい肉悦だった。母の懇願を受け、秋生が豊乳を揉み込み、硬直を突き立てた。ズブッズブッという結合の汁音が、浴室内に木霊した。

「秋生っ、ママのなか気持ちいい？」

女たちへの対抗心が、母に似つかわしくない言葉を吐かせた。抑えられない嫉妬心が、愛液の分泌までも促進させてペニスへの絞りを強める。

「うん。とってもきつくて……一回イッた後は、絡み付きがグンと上がってる。トロトロのヒダが吸いついてくるんだ。これってママが？」

「ち、違うのよ。か、身体が勝手に変化して……ああ、わたし、もうっ」

意識が甘く薄れる。夫との性交では得られなかった力強さが、三十二歳の女を責め立てる。汗を噴き出し、白い肌を赤らめて女体は快楽に戦慄いた。二度目のアクメがすぐそこまで迫っていた。

（奥にコツコツ来るんですもの、ああ、どうにかなっちゃいそう）

膨れ上がった肉塊が、下腹のなかを擦り、押し上げる。壊されそうな脅えさえ抱いて、貴和子の身体は相姦の快楽に落ち込んでいく。

（また人前で恥を掻いてしまう）

目を上げれば、暎子、弘美、里恵の顔が映る。取り囲まれ、息子との交わりを見られる羞恥が、陶酔をヒリついたものに変えた。

「ママ、僕、イキそう……」

息子が言い、抽送を緩めた。抜き取ろうとする気配を感じた貴和子は、咄嗟に脚を交叉させて、息子の腰が離れるのを遮った。

「ママ？」

秋生が困惑の声を漏らした。貴和子はそれでも脚を外さなかった。

（秋生に、このまま射精させてあげたい。秋生の喜ぶ顔をわたしだって見たいわ）

「止めないで秋生、続けて」

美母は息子に告げた。秋生も理由を尋ねなかった。なにも言わず、遮二無二突き込み、乳首を指の股で挟んで、豊満な乳房を乱暴にゆすり立てる。熟れた肉丘は息子の手のなかで、プルンプルンと弾んだ。

「ママが僕のモノだって実感したいんだ」

秋生が身を被せて、母の鼻先で告げた。

（それはわたしも同じよ）

望む想いは、貴和子も一緒だった。息子の愛を最後までしっかりと受け止めてあげたい欲求が、貴和子にもある。

（一番この子を愛しているのはわたしなんですもの。頼りないあなたのこと、守ってあげたかった。一緒の時間をもっと過ごしたかった。勉強中に勃起した時は、手で擦って楽にしてあげたかった。秋生の童貞だって、わたしがやさしく最初の

相手を務めて、大人にしてあげたかった)

我が子の容赦ない抽送が、胸の内でくすぶり続けている禁忌の愛を、表に引きずり出す。許されざる背徳の淵へと、貴和子の心はジリジリと追いやられていった。

(せめて今日が、安全な日だったら良かったのに)

「初めてママと結ばれたんだもの。今日これ一回だけ、お願い。最後まで、ナマのママを感じたいんだ」

息子の哀願に、貴和子の胸がキュンと締め付けられる。脚の付け根も、沸々と煮え立った。

(わたしだってナマの秋生を感じたいわ。この身体を、秋生に征服してもらいたい)

押し込めていた愛欲の想いが一気に焔を上げる。

「いいの。いいのよ秋生っ。きてっ、秋生っ」

義母は息子に吐精の許可を与えた。両手を伸ばして、少年の裸身に抱きつく。

「ママのなかに出すよっ」

秋生が肉塊を叩き込みながら、力強い声で宣言する。貴和子はうなずき、息子の背に腕を回して、密着した。絶頂間際の膣肉がうねり、膨れ上がったペニスを絞り込む。肉体が受精のとどめを求めているようだった。

（わたしの身体、牡の生殖液を欲している。秋生のミルク、呑みたがってる）

「ああっ、秋生の濃いミルク、貴和子に下さいっ」

「ママッ、僕のザーメン、受け取ってっ、ああッ、でるっ、ううっ」

息子が唸りをこぼして、乳房を握り締めた。痛覚さえも快感に変わる。ペニスが膣内で跳ね、母にのし掛かった少年の身体もブルルッと震えた。

（くるっ）

精子を流し込まれれば、より深い絶頂へと誘われるであろうことを女の本能は予感して、身構える。次の刹那、放精が始まった。一度目のアクメを遥かに上回るオルガスムスの波が、一気に女体を包み込んだ。

「あ、あああっ、秋生のミルク感じるっ。噴き出してるっ……あきおっ、秋生っ」

貴和子は上ずった声で愛息の名を叫び、背中に爪を立てて引っ掻いた。

（夫を喪ってから忘れていたこの感覚……たまらないっ）

身も心も消し飛ぶような、膣内射精の愉悦だった。熱い樹液の奔流に、子宮を炙られる。未亡人の身体はガクガクと引き攣った。

「ママっ、ママぁっ」

息子も母の名を連呼して腰を振り、精の射出に合わせてペニスで膣肉を抉り込む。

「ああっ、そんなに激しくっ。いやらしい声が漏れちゃう」

途切れ無く樹液を浴びせられた上、女肉を捏ねられていた。爛れるような紅色に、肉体が染まる。倫理や理性、そんなものは凄まじい性愛の至福には勝てないことを意識の片隅で理解した時、美母は太ももを息子の腰に絡めてきつくしがみついた。

「秋生っ、ママを秋生のモノにしてっ……ママを秋生の女に、あ、あんっ。再婚なんて、しないわ。ずっと秋生の側にいる。わたしの秋生なの。他の女の人には、この子にふれて欲しくないッ」

ひた隠しにしていた恋慕の情と嫉妬とを剝き出しにして、義母は息子への愛を叫んだ。

「ママっ」

息子が喘ぐ紅唇に口を被せてくる。貴和子は顎を持ち上げて、相姦のキスを受け入れた。舌を差し出して息子にしゃぶってもらう。

(秋生の腰が震えている)

ビクッビクッと戦慄き、ペニスが律動するのをまざまざと感じた。発作の振動さえ身体には快く響いた。

(世の中にこれ以上、気持ちいいことなんかない)

好いた相手と口づけし、濃厚なザーメン液を延々と流し込まれる恍惚に、手足の先まで痺れ、全身の肌は歓喜の汗を噴き出した。

(妊娠しちゃう。秋生の子供を孕んでしまうわ)

牡の欲望を受け止めてこそ、母から女へと変われる。三十二歳の未亡人は我が子を守る母親の顔を忘れて、牝の啜り泣きをふりまく。愛欲に染まった頭は思考を停止し、肉体はひたすら快感の海を漂った。

2

性悦を極めて放心した瞳は、愛しい我が子の顔を、ぼやけた視界のなかに見つけた。

「あ、あきお……」

名を口にしてから、いつの間にかキスが終わっていることに貴和子は気づいた。

「ママ、ナマでしたいなんて我が儘言ってごめんね。でも、他の女性の人とはしたのに、ママだけそうじゃないなんて、悲しいから」

秋生が告げる。濡れ光った眼差しを息子に向かって注ぎながら、母は顎先をコクリとゆらした。

「お母さまの本音が、ようやく出たようやな」

暎子が、上から貴和子の顔を覗き込んでいた。

(本音……秋生の女にしてって口走った気がする)

耳に残る自分の言葉を思い出して、貴和子は相貌を赤らめた。暎子は、そんな貴和子をやさしい眼差しで見つめて、顔に浮かんだ汗を手で拭ってくれる。

「秋生くん、そろそろ上がった方がええやろ。脚だけやゆうてものぼせてまうで」

暎子に言われ、秋生は「はい」と返事をした。背後から貴和子を抱きかかえていた暎子が、スッと身を離した。代わりに秋生が母の身体を抱き起こした。

「ママ、向こうの広い場所へ行こう」

腰と尻たぶを摑まれて、女体が浮きあがった。

「きゃっ」

貴和子は悲鳴をこぼした。落とされまいと太ももで秋生の腰を挟み込み、必死に首にしがみついた。湯船から上がる水音が聞こえた。洗い場に上がった秋生は、母を抱えたまま歩く。

（秋生、軽々と）

息子の力に驚きつつも、男っぽい行動に貴和子の胸はジンとした。振動に合わせて尻が上下して、結合部ではペニスが突き上がってくる。

「秋生っ、繫がったまま運ばなくても……あんっ」

「そうだね」

秋生が愉しそうに微笑む。膝を付いて、ウレタンマットの中央に女体をそっと寝かせた。

（あ、抜けちゃう）

秋生の腰と貴和子の腰が離れ、突き刺さっていたペニスもヌルッとすべって外れた。流し込まれた精液が逆流し、膣口からツーッと溢れるのがわかった。

（せっかく注ぎ込んでもらったのに）

「垂れてる垂れてるー。お母さまのお股、白い液でドロドロねー」

「わたしたちの時より、多いんじゃない?」

足元の側から、里恵と弘美が秘部の様子を窺っていた。貴和子は慌てて脚を閉じようとする。その前に、秋生が貴和子の脚の間に身体を入れて、女たちの視界を遮った。

「弘美さん、里恵さん、あまり覗き込むとママが可哀想だから」

(やっぱり秋生は、やさしい)

自分を気遣ってくれる息子に、貴和子の胸は温かくなる。次の瞬間、紅唇から喘ぎがこぼれた。

「はうっ」

一度引き抜いた勃起が、女の内にもぐり込んでいた。ウレタンマットに横たわった女体が震えた。

「あ、秋生、なんで」

貴和子は首を持ち上げて、我が子の顔を見る。

「だってこれはママのだから。一回の射精じゃ、物足りないでしょ」

「そ、そんなこと……ないわ、あ、あんっ」

秋生は肉棹の半分ほどを差し入れて、円を描くように腰を動かしてきた。腫れぼったくなった女肉を捏ねくり回される。柔肌は震え、上ずった声が漏れた。

「あ、ああっ、秋生だめよ……ママ、またおかしくなる」

(だしたばかりなのに、少しもやわらかくならない。それどころか、硬くなっていってるわ)

粘膜を擦るペニスは、今し方放出したとは思えない充実ぶりだった。その上、膣ヒダと擦れて充血がみるみる甦ってくる。充塞の感覚は着実に上昇した。

「ママのなかに、僕のザーメン溜まってるのわかるよ」

そう告げると、息子がいきなり残りの偉容をズンと打ち込んできた。美母の喘ぎ声が跳ね上がった。

「ああんっ、埋め尽くしている」

我が子の男性器は、女の狭穴を存分に拡げて雄渾さを主張していた。少年の精力の強さに、三十二歳の肉体は胸を大きく喘がせた。

「ママのなか、トロってしてるね。吸いついてくる感じだよ。最初とずいぶん感じが変わるんだね」

秋生はうれしそうに母の抱き心地の感想を述べ、腰を振った。精液にまみれた蜜肉を肉棹が貫く。

（こんなセックス、初めて）

射精したにもかかわらず、息子は連続で挑み掛かってくる。貴和子は歓喜と惑いの混じった溜息をつき、マットの上で豊腰を左右にくねらせた。

「こんな気持ちいいことを、ずっと我慢してたなんて……ママ、つらかったでしょ」

（そんなことないわ。相手が秋生でなければ……ああ、勝手に腰が動いちゃう）

夫婦生活を営むなかでも、ここまでの快楽を味わったことはなかった。息子は精力的な抜き差しで、責め立ててくる。快美の波は落ち込む暇さえ与えてもらえない。苦しさすれすれの官能が、女体のなかを流れ続けた。

「さっき言ってたけど、ママもオナニーしていたんだよね。ねえ、僕を思ってオナニーしたのは一回か二回なんでしょ。それ以外の時のママのおかずってなに？」

上体を屈めた秋生が、母の顔の前で尋ねる。抽送をゆるやかにして、貴和子の返事を待った。

「そ、そんな質問……」

貴和子は口ごもった。女にとって、一番答えにくい事柄だった。

「誰でもよかったわけじゃないよね。ママはそんな女性じゃないもの。教えてよ」

抜き差しが再開される。はっきりとした口調、そして膣肉を鋭く擦り立てる肉茎が、母に白状を強いた。

(正直に答えろって、折檻を受けているみたい。ああ、奥ばかりを執拗に……秋生、わたしの弱点がわかったの。またイッちゃいそう)

肉刺しは徐々に激しくなった。膣奥に圧迫を加えられると、熟れた女体は芯からとろけてしまう。貴和子は鼻を鳴らして、息子に陶酔と哀訴の視線を返した。秋生がふっと腰遣いを緩めた。母の手を摑むとグイと引き上げ、自分はマットの上に寝転がった。

「あっ、え……秋生、この姿勢」

寝そべった秋生の腰を、貴和子が跨ぐ格好に変わっていた。女が上の体位のため、自分の体重が結合部分に掛かって、挿入は自然と深くなる。

(騎乗位なんて生まれて初めて。……ああ、正常位よりもずっと奥に来てる。先端がつかえてるわ)

子宮への圧迫感が、尋常ではない。貴和子は眉根を寄せた。

「ねえ秋生、この形……ママ困るわ」

男の上になり、腰を振った経験など無い。どうすればいいのかと問うように、貴和子は心細い視線を息子に注いだ。

「ママの心のなかに、僕以外の男性がいるのかと思うと……悔しいんだ」

横たわった秋生が、母を見上げて告げた。

（わたしの心のなかに、秋生以外の男の人なんか……）

口を開こうとした貴和子は、興味津々の目をした女たちが、自分を囲んでいることに気づいた。

「その辺、秋生くんのために、はっきりさせとかんとな。お二人は、今日だけのゆきずりの関係って訳にはいかんのやもの。わだかまりを残しておいたら、あきませんやろ」

暎子が突き出た乳房を弄ってくる。払いのけようと貴和子は手を持ち上げるが、素早く手首を摑まれた。弘美だった。

「お母さまには、秋生くん以外にも思い人がいるってことよねえ」

弘美はそのまま貴和子の右腕を持ち上げた。おもむろに腋の下に口を近づけて、ぺろっと舐め上げた。

「え？　あっ、いやっ、なんでそんな場所を」

「ツルツルね。さすが美人は、こういう場所もきれいに処理しているわ」

「でも匂いがちょっと……うふふ」

反対の左腕は里恵に掴まれていた。同じように腕を頭上に掲げて、露わになった腋窩に鼻先を寄せてくる。

「んっ、よして下さい里恵さんっ」

（館内を走って、汗を掻いているのに。同性だったらそんな場所に鼻を近づけられる恥ずかしさは、わかるはずなのに、なんで……）

暎子は乳房を摑み揉む。貴和子は身を捩った。女二人の舌が、腋の下を這いずっていた。身を自由に弄ばれるつらさ、そしてくすぐったさが女を責め苛んだ。

さらに秋生が下から衝き上げる。

「あ、あう……ああ、秋生っ」

母の括れたウエストを両手で挟み、女壺を猛々しく擦り上げる。恥辱の責めを受けながらの悦楽に、貴和子の喘ぎが深まる。

（こんなの耐えられない）

性感が急速に盛り上がる。三度目の絶頂の入り口が見えた。だが秋生は抽送を突然止めた。

「あんっ……な、なんで秋生、ねえ」

遠ざかっていく愉悦の波を追い求めて、思わず声が漏れた。

「ママ、好きな人がいるの？」

不安そうな声で息子が問い掛ける。そしてゆっくりと出し入れをした。

「あっ、ああっ、どうして」

牝の喘ぎは、困惑の声に変わる。秋生は貴和子の腰を浮かせて、結合を浅くしていた。入り口付近だけで動き、決して奥には差し込んでくれない。

「お母さま、早くズンズンして欲しいんやろ？」

暎子が、貴和子の耳に口を近づけて囁いた。貴和子は首を左右に振る。

「お母さまは、まだ素直になられへんのやな。ほんまは乱暴に犯して欲しいんやろ。あと少しで弾けそうやのに、フッと薄れたり、逆に盛り上がりが甦ったり。ゴールに手が届きそうやのに、いつまで経ってもうろうろせんならんのはつらいやろ」

手の平が乳房を揉み、指先が膨らんだ乳首を擦り上げる。

「あっ、許して、女同士なのに」

「女同士やから、どういう風に責めるとええんかが、わかりますんや」

　暎子は乳房に口を寄せ、ちゅっと先端に口づけをした。ジンと刺激が走る。紅唇は赤い乳首を含み、加減せずに吸い立ててきた。里恵と弘美も相変わらず両手を持ち上げて、腋の下に舌を這いずらせる。過敏な皮膚に受ける舐め愛撫に、息子の腰に跨った母は、肢体を震わせて啜り泣いた。

「ママ、涙が滲んでいるよ」

　秋生が一回だけグッと押し込んでくる。貴和子は「ヒイッ」と喉を震わせた。渇望していた肉棒摩擦に、女体にゾクゾクと電気が走った。しかしその後が続かない。貴和子は雄々しい力感を求めて、熟腰をうねらせた。肌は苦悶の汗でヌメ光った。

「あ、秋生、意地悪しないで」

　美母は懇願し、戦慄く唇を嚙んで、焦らされるつらさを誤魔化す。波が途切れた時の焦燥感が肉体に押し寄せ、切なさを生んでいた。

「お母さま、もどかしゅうて、苦しいやろ」

「あ、ああっ。やだ、暎子さんっ」

　暎子が尖った乳首に歯を立て、甘嚙みする。腋窩を吸う女たちの舌遣いも、激しくなった。秋生の意を汲んだ女たちは、執拗な色責めを加えてくる。

(こんなの罪人みたい)

両腕を掲げて天井からぶら下げられたような体勢は、被虐感を煽った。

「ああ、秋生、許して」

倒錯の責めから逃れられない美母は、我が子に救いを求めた。目尻からは涙滴が流れ落ちた。

「許すってなにを?」

秋生は二回三回と突いた。歓喜に震えるが、またもオルガスムス寸前で、腰遣いが止まる。

「あ、秋生、待って」

不規則な出し入れは、快感の後の渇望をより強くする。一歩一歩昇っている階段を、ゆさぶられイタズラされているようだった。貴和子はむせび泣いた。

「わたしには秋生だけよ。いつも秋生だけを思って自分で慰めていたの」

「ママ、ほんとう?」

(みんなが聞いているのに)

一度言葉として発してしまった以上、誤魔化すことはできなかった。貴和子は背徳の真実を喋り続けた。

「数え切れない位、いっぱいしたわ……秋生と抱き合って、セックスする場面を頭に描いてオナニーしたの。できるなら、秋生の童貞を奪ってあげたいって思ってた。秋生は、気弱で可愛らしい男の子だったんですもの」

妄想のなかで、常に思い浮かべるのは愛しい息子の姿だった。うぶな我が子に、性を教え導く役目を自分が果たせられたらと、心の底で許されない願望を抱いていた。

「うれしいよ、ママ」

秋生が腰を浮かせて、悦びを伝えるように奥を圧してくる。休み無く打ち込まれる肉塊の素晴らしさが、身に染みた。

(子宮の入り口を、グイグイ押されてるっ。少し焦らされただけなのに……秋生のカタイのたまらないっ)

「お母さまの反応を見とれば、一目瞭然やな。好きでもない相手に抱かれて、呆気のう昇り詰めるほど、だらしない女やあらへんこと位うちかてわかる」

暎子の手が貴和子のまとめ髪に伸びる。乱れていた髪をほどいた。ばさりと黒髪が背中に落ちる。艶麗さを増した母の姿を見て、秋生が目を細めた。貴和子も潤み切った眼差しを返して、自ら腰を控え目に振り立てた。

「お母さまってば、実は秋生くんでいっぱいオナニーしてたのね」

弘美と里恵が、摑んでいた貴和子の手を放した。腋窩へのヌルヌルとした舌愛撫が終わる。

「年下の男の子を可愛がってあげたいってのは、わたしたちの年になると誰でも抱く妄想だけど、秋生くんのママもそうなんだー」

女たちの好奇の眼差しから逃れるように、貴和子は相を俯かせた。息子の腹の上に両手を付いて、白いヒップを躍動させる。居た堪らない恥ずかしさが、遠慮気味だった腰遣いを大きくさせた。

(わたし、とんでもないことを口にしてしまった)

「お母さまってば、案外男の上に乗るの上手ね」

「うふふ。前後左右、お好みで味わえるんだものう、たまらないでしょー」

馬乗りになって我が子を咥え込む母の痴態を眺めて、女たちが楽しそうに笑う。

(はしたないってわかっているのに、止められない。ああ、おっぱい、弾んでいる)

貴和子の腰遣いに合わせて、先端を尖らせた乳房も跳ねゆれていた。自分がいかに卑猥な動きを披露しているかがわかってしまう。

「お母さま、秋生くんも上手でしょう。女のどこが感じるか敏感に探ってきて、弱点を責めてくるのよ」

弘美の言う通りだった。秋生は肉柱の角度を巧みに変え、貴和子の喘ぎが色めくと、そこを狙って突き込んでくる。

(この子は、なにも知らない純真な子だったのに)

嫉妬で胸が疼いた。腰振りの動作も粘っこくなる。

「息子さんの大事な純潔を奪っちゃって、ごめんなさいねえ。暎子ちゃん、ほら心を込めて謝ってー」

里恵が隣にいた友人の腕を摑んで、引っ張った。

「あっ、なにすんの里恵」

暎子の裸身が、左から秋生の腹の上に覆い被さった。

「秋生くんを大人にしたのは、暎子ちゃんでしょ。一番に食べちゃったんだからー」

「そうやけど……お母さま、かんにんな」

倒れ込んだ暎子が、貴和子を見上げる。ちょうど貴和子の拡げた脚の間に、貴和子の相貌があった。暎子の朱唇が、男女の結合部に近づいた。上下動する女体の隙間に、舌を這わせる。

「ああ、暎子さんっ」

恥ずかしそうに目を伏せながら、暎子は舐め愛撫を施す。クリトリスや膣ヒダに舌がチロチロと当たった。

「暎子さんの舌が、僕のチ×ポにも当たってるよ」

息子が喘ぎ声をこぼした。肉茎がギュッと引き締まるのを感じた。

「わたしたちも謝らないとね。お母さまより先に、味見しちゃったんだもの」

「許してもらえるかしらー」

そう言いながら弘美と里恵が、貴和子の身体に手を伸ばしてくる。

「あぁっ、なにをっ……いや、ヌルヌルしているっ」

二人の手が狙ってきたのは双臀の丸みだった。粘液を指に塗りつけているらしく、オイルのようななめらかな感触がした。

「ローションですう。このむっちりヒップをマッサージしてあげますねー」

双臀の丸みを、女たちの指が摑み揉む。

「ほらお母さま、もっと自分の好きな方向にお尻を振って。下になった秋生くんより動きやすいんですから、リードしてあげないと」

「あ、はい……あの、お尻、弄らないで下さい……あっ」

貴和子は悲鳴をこぼす。尻の亀裂に、指がもぐり込んできた。危うい箇所をさわられることに、貴和子は脅えの表情を作る。

「おかしな真似、しないで。マッサージも要りませんから」

「その必死な顔、胸にグッとくるわ」

弘美が耳穴に息を吹き込みながら囁き、狭間の奥まで指を差し込んできた。ローション液をまぶしながら、深い位置で指をすべらせる。

「あっ、そこ、だめっ」

貴和子は手を背後に回そうとするが、里恵も弘美も肘を張って邪魔をする。

「男日照りで、つらかったでしょう。こんなイヤらしい体つきだもの」

ローション液を塗りたくり、弘美の指は肛門の窄まりまで弄くってきた。

「いやっ、そんな場所、よして下さいっ」

声を荒げて嫌悪を訴えても、嬲りの指は止まってはくれなかった。玩弄を避けようと、貴和子は熟尻をクイクイと振り立てる。

（オモチャにされている）

弄ばれる状況が人妻をどうしようもなく昂らせた。暎子はなにも言わず、接合部に舌を這わせ続けていた。性交で泡立った淫液を舐め取り、蜜穴から漏れ出る愛液を呑み啜る。雄渾な抽送と前後から受ける妖しい性感が、女の身体を燃え上がらせた。

「ママ、締まりが……オマ×コ、絞り込んで絡み付いてきてる」

横になった息子が快さそうに喘いでいた。

(秋生が、悦んでる)

我が子の快感の声と表情こそ、母の至福だった。肛門をくすぐる指に煽られ、騎乗位の腰遣いは淫らさを増した。息子も下から母を衝き上げた。

「秋生くん、ママのオマ×コ、もっと具合良くなるわよ。ほらっ」

弘美が告げ、同時に指先を排泄の穴に埋め込んだ。

「あうっ」

黒髪を震わせて、女はキュッと背を引き攣らせた。

「ああっ、すごい、千切れそうに締まってる」

「き、気持ちいいの秋生?」

「うん、最高だよママ」

おぞましさへの嫌悪も、息子の歓喜の声が掻き消した。貴和子は双臀を打ち振った。尻穴の指と膣肉のペニスが未知の圧迫感を生む。

「秋生、好きよ……好きなのっ」

「僕もだよ。ママっ」

母の愛欲のセリフに、すぐさま秋生も応える。想いを伝えようと、肉刺しは激しくなった。弘美も指を深く差し込んでくる。貴和子は顎を跳ね上げた。

（お腹のなかで、ぶつかり合ってる）

薄皮一枚隔てて、膣のペニスと肛門の指が擦れ合っていた。余裕のない場所で押し合い、ゴリゴリとすり潰すような鮮烈な感覚は、脳にまで痺れが走った。下腹がドロドロと煮えたぎる。

「あっ、ああっ、よして。吸わないで」

暎子がクリトリスに吸いついてきた。舌先を使って包皮を剝き出し、舌先で小さな膨らみを舐め転がす。上体は不安定にゆれ、豊腰はビクビクと痙攣した。

「狂っちゃう。暎子さん、わたしもうっ」

喘ぎ声を聞いて、舐め愛撫を施していた頭がスッと離れた。貴和子は息子の胸を目がけて、身体を倒し込んだ。双乳を擦り付けて抱きつく。

「秋生、ママを離さないで、もっと、もっと欲しいのっ」

母の顔を忘れて、女は愛しい男にすがりついた。息子が首に手を回す。気づいた時には、二人の唇は重なり合っていた。

(当たり前のようにキスをして、息子にしがみついている)

秋生がペニスを打ち込み、弘美の指が腸内をしなやかに掻き混ぜる。

「いけないママさんねー。お尻の動きがお留守になっているわよー」

震える尻たぶを、里恵が平手で打ってくる。パンパンと派手な音が浴室に木霊した。女体を苛む刺激に邪魔をされ、相姦の口づけが離れる。貴和子は濡れた紅唇から、荒く呼気を吐き出すと、双臀を卑猥に蠢かせた。そして水蒸気のたちこめる湯殿に、歓喜の悲鳴を迸らせた。

「あうっ、いいっ……おかしくなるっ」

「お尻の穴もいい反応だわ。秋生くん、ママ、そろそろイキそうよ。目をジッと見てあげなさい」

弘美が告げる。

「僕にもわかるよ。ママ、限界なんだね。唇が開いて、エッチな表情になってるよ。ママ、可愛いね」

秋生が母のよがり顔を見つめて微笑んだ。

「あ、ああっ」

弛緩した恍惚顔をじっくり観察される恥ずかしさで、未亡人は狼狽の声を漏らす。

(イヤらしい牝の顔になっているのに、隠すこともできない)

「ねえ、秋生、ママ、イッていい？　恥ずかしい声で、泣いていい？」

「いいよ。我慢せずに好きなだけ。ママをしあわせにするよ。これからは僕がママを守るから。すぐには無理でも努力する。勉強だってもっともっと頑張るね」

(わたしを、しあわせに……わたしの秋生っ)

愛の言葉を贈られ、貴和子の内で情欲が一気に溢れた。

肌をふれ合わせて繋がっているのは暎子でも弘美でも里恵でもない。自分だった。インモラルな欲求を抱えて生きてきた母は、悶え顔にしあわせな笑みを作る。

「秋生、もっときつくママをだっこして」

息子の下唇を嚙むように乱暴なキスをし、大胆に腰を遣った。背中に息子の手が回る。二人の交わりを妨げるものはない。ピッチを上げ、息子は母を貫いた。

我が子に恋をした女は、白い肌に歓喜の汗を滲ませて、艶めいた喘ぎをふりまいた。

「お堅い女ほど淫らな本性を抱えているものよ。普段抑えている分、我慢が効かないのよね。ほらもっといい声で哭きなさい」

弘美の指が、排泄器官を嬲り立てた。おぞましさを伴った愉悦が、女体を狂わせる。

(お尻の穴、掻き混ぜられてるっ)

「普段、ツンツンした気の強い性格やったら、弘美と一緒やもんな。どういう風に責めたったらええか、弘美にはわかるんやなあ」

「うふふ、さすが同類ねー」

女たちの会話を聞き、少年は母に向かってやさしい笑みを作る。

「ママ、思い切り、声を出していいよ。遠慮しなくていいからね」

キスをしたまま囁いた。貴和子はうなずく。我が子の声と瞳に宿っているのは、自分へのいたわりと愛情だった。

(ああ、秋生がこうして強く抱き締めて、激しく犯してくれるのなら、わたしは他になにも要らない)

「秋生、ママにとろとろザーメンミルクちょうだい」

「わかった。今、呑ませてあげる」

抽送のピッチが上がる。交合部は燃え盛るようだった。

「ああっ、ママ、でるよッ」

息子が唸りをこぼした。放精を感じた瞬間、女の意識は真っ赤に染まり、エクスタシーに達した。

「あううっ、ステキっ、いっぱいきてるっ……秋生、ママ、ダメになるっ」

粘ついた液が、膣肉に浴びせられる。秋生は雄叫びを上げ、濃厚な精液を母の腹部に流し込み続けた。途切れない噴出に、子宮を炙られるようだった。年の離れた男女の絆を取り持つのは、身の震える相姦の愉悦だった。

「んっ、んあっ、またイクッ……ママ、イキッ放しになっちゃう」

太ももで息子の腰を締め付け、貪るように尻をくねらせた。指が排泄の穴をほじくっていた。二穴姦が重厚な悦楽を呼び込む。

「あらー、もの凄いメス顔ですわよ。お母さまー」

「孤閨の身体やもの。十代の逞しさが馴染んでもうたら、たまらんやろ」

「ふふ、その調子。硬くて引き締まった味を覚えて、秋生くん好みの女になりなさい」

律動に合わせて、弘美の指が腸管を抉り立てる。揶揄のセリフに心を灼かれながら受ける裏穴への指刺激は、肉体を失神の淵まで追い詰めた。

「ひいっ……狂っちゃうっ。ああっ、また波がくるっ……秋生、抱き締めてっ。ママを孕ませて秋生っ」

羞恥心までもが飛ぶ。貴和子は一際大きな牝泣きで、絶頂を叫んだ。近親姦の忌避感も、後悔も、恍惚の渦に呑み込まれていく。大波に揉まれたように身体がゆれ、視界がゆれた。鮮烈な快楽の波と、それが弾けた時の絶頂感は、今までの性愛がままごとのように思えるほどだった。

（イキ果ててしまう……これ以上続けられたら、ほんとうにこの快感を手放せなくなってしまう）

瞳はぼうっと焦点を失い、鼻腔から抜ける呼気はひたすら荒い。

「秋生、もっとママの子宮に流し込んで、ママを奥でイカせてっ」

愛に堕ちた心は、理性も道徳心も無くして、艶やかに乱れる。汗を飛ばして裸身はビクッビクッと震えた。頭のなかが白む。息子と一生離れられなくなる予感をひしひしと抱きながら、榎本貴和子は相姦の狂熱のなかに沈んだ。

3

意識を取り戻した時、貴和子はうずくまるようにして、布団の上に這いつくばっていた。障子や塗り壁、敷き詰められた布団、掛け軸や生け花、室内の景色が目に映る。そして背後から差し込まれる挿入感に、貴和子は気づいた。

（秋生、まだ……）

雄々しさでわかった。犯しているのは息子だった。貴和子は首を捩じって背後を見た。膝立ちになった秋生が、母の双臀を抱えて突き込んでいた。

（記憶が飛んでいるわ）

内風呂から上がった後、暎子たちの寝室に誘われたことを、貴和子はぼんやりと思い出した。

（妊娠させて欲しいなんてわたしが口走ったから。あれから何度、射精を受けたの）

二回、三回と頭の中で指を折る。息子の精を浴び続け、途中から意識は混沌とし、それでも数え切れない程オルガスムスへと押し上げられた。

（達した回数なんてわからない。ああ、お腹が張っているわ。こんなに注ぎ込ま

れて、秋生の赤ちゃんができてしまう）

「秋生くん、ママの具合はどう？」

「いっぱいイッって、力の抜けきったオマ×コもなかなかいいもんでしょー」

女の声が前から聞こえた。貴和子は相貌を持ち上げる。ガウンを纏った弘美と里恵が、椅子に座っていた。中身の入ったグラスを手に持ち、テーブルには酒瓶があった。

（お酒を呑みながら、眺めているなんて……暎子さんはどこへ）

貴和子はこの場にいない夫人の姿を探そうとする。

「女の人って一人一人、感じが異なるんですね。こうして比べるとよくわかります」

その時、秋生が母のなかから勃起を引き抜いた。脱落の心地に、貴和子は背を震わせた。両手の指を握り込んで息を吐く。

「あ、あんっ……秋生くん、まだ続けるの」

しばらくして、右隣から女の嬌声が響いた。貴和子は首を動かす。暎子が布団の上に四つん這いになり、息子の抽送を受けていた。

（暎子さん、わたしの横に並んでいたのね）

白い女体は抜き差しの度に前後にゆれ、垂れた乳房と長い黒髪が遅れて跳ね動いた。

「暎子さんのなかは、ママよりトロトロだね。締まり具合もずいぶん違う」

「ママとうちを比べて……いけない子やな。ああっ、うち、秋生くんに責め殺されてしまいそうや」

暎子は髪を乱して喘ぐ。突き出したヒップには脂汗が浮かんでいた。

「頑張って暎子。最後まで付き合うって言ったのは、あなたでしょう」

「音を上げるのは早いわよー。お母さまだって立派に相手を務めているのに。年下に負けちゃだめよう」

弘美と里恵が囃し立てる。

(秋生……二人一緒に責め立てるなんて、あんまりだわ)

むっちりと張った尻肉を掴んで、息子はバックから悠々と暎子を犯していた。自分と暎子、女の身体を交換しながら貫くやり方に胸が疼いた。

「ママは、もう満足したの？」

振り返る母の視線に気づいた秋生が、尋ねてきた。

(こんな乱れた饗宴は、もうおしまいにしないと。わたしの身体だって、これ以

上保たない）

しかし貴和子は息子に向かって、首を左右に振る。よがり声を奏でる暎子の姿が目に入ると、対抗心が芽生えた。

（暎子さんに負けたくない。秋生の女はわたしなんですもの）

「暎子さん、ママはまだ物足りないって。暎子さんもでしょ？」

秋生が抜き差しを速めた。パンパンと尻肉に腰を打ちつけ、年上の女を追い立てる。

「秋生くん、ふてぶてしゅうて、かなわんわ……あ、ああっ、うちまたっ」

柳眉をくねらせ、暎子の美貌が悩ましく歪んだ。腕を必死に突っ張らせて、肢体が崩れるのを耐えていた。

「イクっ……うちイキます、秋生くん、ああっ、おかしゅうなるっ」

艶を帯びた暎子のよがり声が響いた。肘が折れ、ガクンと上体が沈む。それでも息子は腰を叩きつけ、むちむちのヒップに肉棒を食らわせる。

「ああ、許してやぁっ。秋生くん、うちイキ続けてまう……かんにんっ」

暎子は甘い声音で啜り泣いて、許しを請う。上からの角度では、雄渾な肉刺しを逃れられない。ダイレクトな衝撃は、隣で見ている貴和子にも伝わってきた。

（秋生、あんなに激しく……）

丸い臀丘を責め抜かれ、暎子のよがり声があられもなく跳ね上がる。堕ちた未亡人の悶える様を見ていると、貴和子の秘園もジュンと潤んだ。

（暎子さん、こんな風に哭く方だったのね）

自分も似たような声を上げたのだと思うと、貴和子の内に羞恥がこみ上げた。やがて女を犯し抜く抽送の音が消え、鼻に掛かった暎子の呻きだけが室内に残った。

「だめね、女ばかりが愉しんで。秋生くん、ちっとも射精してないじゃない」

「休み無く連続だものう。緩くなっているんじゃないー？」

弘美と里恵が椅子から立ち上がった。弘美が貴和子の元へ近づき、相貌に指を添えた。

「お母さまも、喉が渇いたでしょう」

弘美がいきなりのキスをする。女同士のキスに貴和子は嫌悪の表情を作るが、振り払うだけの体力も気力もない。為すがままになっていると、ふれ合った唇から冷たい液体が流し込まれてきた。

（ワインの味だわ）

貴和子は酒精を嚥下した。冷えたワインが喉に心地よかった。

「お母さま、もう一口？」

弘美が尋ね、手に持っていたグラスの中身を含んで、また口移しで与えてくる。

貴和子はゴクリゴクリと喉を鳴らした。その時、急に腕が背中に捩じられた。

（んっ、え？）

弘美が微笑を浮かべて、唇を引く。既に両腕が動かなかった。貴和子は慌てて背後を見た。里恵の笑顔と、手首に巻き付けられた革の手錠が目に入った。

（また手錠を）

後ろ手に拘束を受けねばならない理由を、貴和子は弘美に眼差しで問い質した。

「暴れると危ないから。その準備よ、お母さま」

「というわけで、次は暎子ちゃんねー」

アクメに酔い、ぐったりとした暎子は抵抗をする余力がないのだろう、弘美と里恵の手で、あっさりと手錠を掛けられた。両膝と顔で身を支える無様な姿の裸の女が、布団の上に並んだ。

（弘美さん、里恵さん……これから一体なにを）

貴和子の疑問は、尻たぶをグイと割り拡げられて氷解した。

「じゃあ秋生くん、今度は後ろの穴ね。ママの純潔、奪っちゃいなさい」

（お尻で性交を？　弘美さん、なにを仰っているの）

「え、そんな場所で……いいの？」

貴和子の惑いと同じことを秋生が口にする。

「もちろんよ」

弘美の指先が、排泄の窄まりを弄くってきた。ローション液を垂らして、クニクニと表面を揉み込み、内部にまで粘液を擦り込んでくる。貴和子は唸った。

「ほーら、この濡れ具合を見ればわかるでしょう。お尻の穴をさわると、ヌルヌルの蜜がオマ×コから垂れてきて……秋生くんにこっちの穴をいじめてもらえる期待で、二人とも身体を火照らせて、待っているのよ」

（二人とも？　暎子さんも、わたしと同じ反応を）

貴和子は横を窺った。シーツに頬を擦り付け、目元を昂揚の朱に染めた暎子と、目が合う。しかしすぐに暎子は、恥ずかしげに視線を逸らした。

（暎子さんも指でお尻を……でも嫌がっている風には見えない）

里恵が暎子の背後に回り込んでいた。里恵に羞恥の器官を指で嬲られている真っ最中なのだろう、暎子はこもった息遣いを形の良い鼻梁からこぼす。

「お母さま、お一人では恥ずかしくて抵抗があるでしょうけど、こうしてもう一人、処女を散らすお仲間を御用意致しましたから」

(仲間……)

もちろんそれは、同じように後ろ手の拘束を受けた暎子のことだろう。

「さ、里恵、あんまり指を入れんといて」

暎子のか細い声での懇願が、貴和子の耳に聞こえる。

「うふふ、遠慮はいいわよ、暎子ちゃん。わたしの指にうれしそうに、食いついてるものー。お母さまも暎子ちゃんも、イヤらしいわよねえ。身体の色んな場所で秋生くんの逞しいモノを欲しがっちゃってー」

「そうなんだ。ママも暎子さんもこっちでしてみたいんだ」

ぽつっと息子が呟く。貴和子の身体がカアッと熱くなった。

(破廉恥な母親だって秋生に思われている。きっと内心呆れているに違いないわ。でも——)

アブノーマルな性交への興味、そして残った処女地を秋生に奪われたいという倒錯の願いは、否定できない。

(だって、わたしに捧げられるものは、もうそこしか残っていないから)

尻穴へのマッサージが続いた。野太い異物を受け入れるために、じっくりと括約筋がほぐされていく。肛門を揉み込まれ、ローション液を腸内に流し込まれる不快感に、未亡人二人は大きなヒップをゆすって呻いた。

「そろそろ頃合いね。どうぞ、秋生くん。今まで耐えて辛抱してきた未亡人たちへ、秋生くんから御褒美をあげて」

弘美が貴和子の臀裂を拡げた。背後に秋生が近づく気配を感じた。

「ママ、ほんとうにいいの?」

「ええ。秋生が望むのなら……」

露わになった窄まりに、息子の視線が注がれているのを感じた。恥ずかしさが女体を火照らせ、花芯まで熱く疼かせた。

(怖いはずなのに……)

未だ経験のない性愛への脅えよりも、期待感が強い。身体のすべてを、愛する息子に征服してもらいたかった。

「でっかいヒップ、ステキだよ、ママ」

秋生は告げ、臀丘をそっと撫で回した。それだけで貴和子の女唇は、トロンと火照りを増した。

（ああ、なんてこらえ性のない身体に……。お尻が大きいって言われて、撫でられただけなのに）

「ママ、入れるね」

「はい」

勃起の先端が肛穴に当たる。クッと圧迫が掛かった。貴和子は息を吐いて弛緩に努める。亀頭がもぐり込んできた。

（ううっ、拡げられていく）

ジリジリとした拡張感と、腸内に向かって逆進する感覚は、不快でおぞましかった。

（なんて太さなの……息もできない）

苦悶の汗が、肌から噴きだした。括約筋がピンと張り詰め、裂けてしまいそうな恐怖さえ抱いた。それでもローションの潤滑が手助けし、ほぐれた関門は太い亀頭を呑み込んだ。

「ママ、平気？」

「だいじょうぶよ。秋生、全部入れて」

気遣う秋生に対し、貴和子はさらなる挿入を促した。充塞は甚だしく、痛覚を刺激され続ける。だが、不安感や恐さよりも息子への愛が勝った。

（つらいなんて言ったら、秋生は止めてしまう。息を吐かないと。身体が強張ってしまう）

秋生は母の尻肉を掴んで、残りをねじ込んでくる。鳥肌が立つ心地だった。貴和子は紅唇を噛みそうになるのを耐え、ハアハアと呼気を漏らした。

「あと少し……ああ、根元まで入ったよ。ママのお尻、締まってる。いい味だよ」

肛穴への埋没が完了し、秋生が心地よさそうに声を漏らした。

「ほんとに。ママ、うれしいわ」

達成感が尻穴の痛みをわずかに薄れさせる。息子と新たな絆を結べた歓喜が、貴和子の胸に溢れた。

「皺が伸びきっておいしそうに呑み込んでいるわね。ローションでツヤツヤに光って」

「こんなに拡がるんだあ。大きなお尻に太いオチン×ンが突き刺さっているのって、イヤらしい感じねー」

弘美と里恵が結合部を覗き込んでいるのだろう、あからさまなセリフが背後から投げ掛けられ、貴和子を辱める。

「気持ちいいよ。ママのお尻の穴」

ゆっくりとした出し入れが始まった。腸管に受ける摩擦刺激に、貴和子は呻いた。ペニスに削られる粘膜が熱くなっていく。

(気持ちいい……秋生がそう言ってくれるだけで、報われるわ)

息子に褒めてもらえる幸福が、痛覚さえ鈍麻させる。涙が目元に滲んだ。

「ママ、泣いているの？　苦しい？」

「平気よ。秋生の好きなようにして」

秋生が尻肉を摑み直して、腰遣いの速度を上げた。肉棒がローション液ですべり、亀頭の反りが腸粘膜を引っ掻く。鮮烈な衝撃が、排泄の穴から全身に広がった。

「あっ、あっ、あっ」

リズミカルな抜き差しに合わせて貴和子の裸身が震え、喘ぎがこぼれる。誰も穿ったことのない場所を、愛しい息子に捧げられた悦びで母は鼻を鳴らし、啜り泣いた。

「秋生の硬いのステキだわ。ママをいっぱい犯してっ」

息子にもっと愉しんでもらいたいと、貴和子は淫らなセリフを吐いた。熟れた双臀を卑猥な仕種でゆすり立て、息子のさらなる抽送を促した。

「ママ、イキそう。キツキツで最高だよ」

（ちゃんとわたしのお尻を愉しんでもらってる）

秋生の興奮の声が、変化の呼び水となった。女の奉仕悦が満たされ、痛苦が薄れる。代わって湧き上がってくるのは、妖しい昂りだった。

（ああ、おかしいわ。ほんとうによくなってきた。感じちゃう）

牡を盛り立てるための媚びた態度が、女体を錯覚させ、官能を掻き立てた。秋生の比類なき逞しさが、尊く得難いものに感じられて、身体の芯に響く。

「ねえ、ママ、エッチな声がでちゃいそう。秋生、ママ泣いてもいい？」

「ママ、お尻の穴が気持ちいいの？」

「ええ。あんっ、秋生、太くなってるっ、だめ、そんなに膨らませないでっ、うう」

貴和子の艶めいた反応を見て、息子も欲情を増していた。肉茎が膨張し、腸粘膜の負担が増す。これ以上押し広げられまいと、貴和子は反射的に肛門を窄めた。

「あうっ、硬いわっ」

絞っても絞っても、肛孔が窄まることはない。括約筋を跳ね返して、十代の男根が腸管を抉り立てた。

「ママ、そんなに締めないでっ」

「だって、だって……ああ、気持ちいいの。秋生、もっとしてっ、ママを目茶苦茶にしてっ」

初めて味わう肛姦の至福に貴和子は戸惑いつつ、陶酔の嗚咽を放った。関門を擦る肉棹の引き締まった感触が、たまらなかった。

(秋生、どんどん充血を増している。わたしのお尻のなかを埋め尽くしている)

雄々しい充実を、無惨に拡げられた直腸の緊張感が教える。息子の出し入れが速まり、肉茎が腸管をゆさぶって戦慄く。

「きて秋生、ママのお尻のなかに、熱いのちょうだいっ」

早く吐精をいただこうと、双丘を左右に振って女は請う。

「ママ、だすよ。このむちむちヒップのなかに」

秋生が叫び、尻肉をギュッと摑んだ。指が食い込み、痛みが走る。括約筋が引き攣った瞬間、ペニスが跳ね回って熱い樹液を吐き出した。

「ああ……ミルク、出てる。イイッ……イクッ、貴和子、お尻でイッちゃうッ」

火傷しそうな精液が腸粘膜を灼き、女のアクメを狂おしく燃え上がらせる。途切れない腸内射精の感覚に、母はむせび泣いた。粘液が腸管のなかに滞留する妖しい心地は、未知の官能を三十二歳の肉体にもたらした。

「ママっ、扱いてっ」

「はい、きちんと絞り出しますから……あんっ」

腰に力を込めて、息子の精子を貴和子は尻穴で扱き出す。

律動に合わせて、息子はいつまでも腰を動かし続けていた。オルガスムスの波が収まらず、女体は苦しさで震えを起こす。

「秋生、なんで……ねえ、いつまで……あうう」

放出が弱くなっても、秋生は母の尻穴を穿ち続けた。

「止まらないんだ。きつく絞ってくるから萎えないし。ママ、少し緩めて」

「無理よ……そんなに擦られたら、どうしても力が入っちゃう。ああっ、秋生、また硬くなってるっ」

信じられない復活の速さに、貴和子は狼狽の声を漏らした。ペニスは、むくむくと硬度と体積を取り戻し、母の臀部を逞しさで痛めつける。

「許して秋生、ママ、壊れちゃうっ」

「秋生くーん。次はこっちよう。まだまだいけるでしょ。こちらの御夫人も可愛がってあげてー」

里恵の誘い声が、救いとなった。息子が母の肛穴から男性器を引き抜く。貴和子の肢体からがくっと力が抜けた。汗ばんだ顔をシーツに擦り付けて、ぜえぜえと喘いだ。

「あう。死んでまうっ……こんなんされたら、まともでおられへんっ、ひいっ」

じきに暎子のよがり声が室内に流れ始めた。

「暎子まで、もの凄い声ね」

「いやーん。でも気持ちよさそう」

貴和子は、不自由な体勢から、なんとか首を回して右隣を見た。肛姦を受ける暎子と目が合う。

「あ、あん……こ、こんなことになってもうて、すいません、お母さま」

暎子が謝罪する。長い睫毛は涙で濡れていた。

「息を吐いて。つらくなりますよ」

貴和子は暎子の裸身にすり寄った。首を伸ばす。暎子が目蓋を落とした。涙が目尻から流れ落ちる。貴和子は紅唇を近づけ、涙を吸った。

「暎子さんのお尻も具合いいよ。きゅっきゅって締め上げてきて、僕のチ×ポを離してくれない」

「あん……い、言わんといて」

暎子は恥ずかしそうに紅唇を戦慄かせて、哀訴した。

「息子を悦ばせてくれてありがとうございます」

自分と同じく手錠で拘束を受け、肛姦を受ける暎子への愛しさが募った。紅唇を貴和子は近づけた。口がふれ合う。暎子は貴和子の唇を避けず、吸い返してきた。

「ママと暎子さん、キスしてる」

息子の驚きの声が聞こえた。

「あんっ、秋生くん、かとうなっとるよっ」

暎子が仰け反って喘いだ。

「秋生、女同士のキスに、興奮したんですね」

貴和子はもう一度、暎子の朱唇を唇で塞いだ。アナル姦で泣く女たちは、互いの瞳を見合い、唇を吸い合った。

「あうっ」

突然の衝撃に襲われ、貴和子の顎が跳ね上がる。貴和子は振り返った。母の背後に戻った秋生が、挿入をしていた。深くねじ込んで、激しく腰を振る。灼けつくような肛門性交が、美母を責め立てた。

「だめ、秋生、まだわたし……あ、あんっ」

手錠を手綱にして、ヒップに腰を跳ね当て、抜き差しを行う。

「ママの身体は全部僕のものだよ」

(そう言われたら、だめとは言えなくなる)

「あんっ、はい……秋生のものです」

貴和子は息子の言を認めた。止めての一言さえ許してくれない息子に、切なく鼻を啜った。

「お母さま」

暎子が、労るようにやさしく貴和子にキスをする。舌をのばすと、暎子は舌を巻き付けてきた。苦しさの癒えるような女同士のキスに耽り、貴和子は息子のバック姦を受け続けた。

「エッチな光景ねー。たまらないわー」

「ほんと。こっちまでむらむらきちゃうわね」

ガウンを脱いだ里恵が、貴和子の横に来て四つん這いになる。暎子の隣には、弘美が這い、牝のポーズを作った。

「四つのお尻が並んで……すごい」

母の肛門を貫く肉茎が猛っていた。

「あんっ……あなた方は、わたしから息子を奪うつもりなんですか」

貴和子は舌を引いて、誰にともなく問い掛けた。

「そない心積もりはありません」

きっぱりと暎子が答える。

「そうですよう。仲を引き裂くなんてしませんわあ。秋生くんは、ママが大好きなのに」

「男を取り合って醜さを見せるなんて、美学に反するし」

（よかった）

女たちの返事を聞き、暎子の胸に安堵が生まれる。

（秋生がわたしの元を離れずにいてくれたら、それでいい）

三人の女が恋敵とならないとわかったことで、張り詰めていた緊張がふっと切れる。快楽と疲労の積み重なった肉体は朦朧とし、思考能力は薄れた。

「ねえ、秋生くん、こっちも可愛がってー」

「わたしのお尻も味見させてあげる」

里恵と弘美が、丸いヒップをぷりぷりと振って、息子を誘った。秋生は母の体内から男性器を引き抜き、横に移った。

「あんっ、たっぷりいじめて、秋生くん。……ああっ、すごいわっ……呼吸もできない。ひいっ」

弘美の泣き声が高らかに響き、次いで里恵が呻きをこぼした。

「壊れちゃう……里恵のお尻、壊されちゃうっ、ああ、ひっ、うむ」

よがり声が聞こえても、既に貴和子の耳には意味のある言葉として届かなかった。それでも息子に肛穴を犯されると、女体は本能で反応する。

「ああっ、秋生っ……また」

「待たせてごめんね。ママの大きなお尻、最高だよ。ママ、僕のチ×ポ好き？」

硬直が無造作に、尻穴に差し込まれる。排泄器官が、女性器と同じように扱われていることに、貴和子の被虐悦が刺激された。

「ええ、好きっ、欲しがりな女を懲らしめてくれる逞しいチ×ポ、大好きよ」

猛々しく君臨する少年に、母は従属のセリフで応えた。息子は肛孔の奥深くに勃起を突き入れて犯し、女穴に指を差し込んで、女を容赦なく狂わせた。

「ママは二穴責めも好きなんだよね」

「ええ。そうよ。ああっ……秋生、もっと責めて。もっと犯してっ」

貴和子は叫ぶ。かすんだ意識が濃厚な両穴責めで覚醒し、精の注入で女はとろける。男のエキスが、熟れた肉体に染み渡った。

「もっとやり続けるよ。こんなお尻の並んだ景色を見ていたら、萎える訳がない」

牝の四重奏が響き渡る。全裸の女たちは、這った姿勢で豊麗な熟尻を少年に向かって淫らにくねらせ続けた。

エピローグ

特急列車のコンパートメントに、母子は向かい合って座っていた。

「今朝はお寝坊しちゃったわね。お家に帰るの、遅くなっちゃった」

苦笑を浮かべる母に、秋生はにこにこと笑った。

「ママでも寝坊するんだってわかって、うれしいよ」

(以前は、ママがだらけた姿を僕に見せることなんか絶対になかったから)

息子の言葉に、母は恥ずかしそうに頬を染めた。貴和子は、桜の柄が描かれた白の訪問着に、金色の名古屋帯を締めていた。薄化粧だが口紅は鮮やかに赤い。

(そう。ママはいつもきっちりしてたから、僕の前で泣き喚いて取り乱すことなんて考えられなかった)

昨夜も、その前の晩も、宿の部屋で母のやわらかな身体を抱いたことを秋生は思い出した。喘ぎ声と甘い肌の匂いが甦る。

（いけない。勃っちゃいそう）

股間の強張りを意識した時、シャツのポケットに入れてある携帯電話が振動した。

「メール？」

いそいそと自分の携帯電話を取りだし、覗き込む息子に、母が問い掛ける。

「秋生の友だち？　それとも彼女かしら？」

「え、彼女だなんて」

母は「うふふ」と意味深な笑みを浮かべて、視線を車窓へと向けた。

（ママ、気づいているみたい）

暎子、弘美、里恵の三人は前日に宿を立った。秋生のものだった黒い携帯電話は、その時に返してもらった。メモリーには、三つのアドレスが増えていた。

「なんか困ったことあったら、相談してな。力になってあげられるはずやから」

「ちゃんと連絡してねー」

「あの、これ。要らないなら捨てて」

(名刺だ……)

弘美の渡してきた名刺には、ピンク色のハートマークまで描いてあった。

「それを持っていれば、わたしのいる社長室まで直通だから」

女経営者は照れたように言うと、なにか言いたげな里恵の腕を掴んで、さっさと迎えのハイヤーに乗った。

「ふふ、あの子らと時々でええから遊んでやってな」

車内に収まった友人二人をチラと見て、暎子が笑った。秋生はうなずく。紫色の色無地の着物姿が、きれいで艶やかだった。

「もちろん、暎子さんも僕の相手をしてくれるんですよね」

美しさに見とれた少年は、つい図々しい口調で迫ってしまう。暎子はやさしい表情を作った。

「そんな物言いもできるようになったんやね。成長したんが、自分の子のようにうれしゅう感じるわ。……うちでよければ、幾らでもお相手致します。秋生さん」

暎子の上品で麗しい笑顔が秋生の脳裡に浮かび上がった。そして今、携帯には三通のメールの着信があった。顔がにやけそうになり、秋生は慌てて携帯電話をしまった。

「もう携帯はいいの？　メールの内容まで確認してないようだけれど」

母が秋生を見る。秋生は曖昧にうなずいた。母が手を伸ばして膝にふれた。

「別にママは大人だから、浮気をしても怒らないわよ。むしろ秋生はそれ位やんちゃな方が、安心だわ。〝彼女たち〟に会いに行く時も、断りをいれなくともいいのよ」

（見抜かれてるっ）

「い、いいの？」

驚きを感じつつも、秋生は控え目に問い返した。嫉妬心が理解できない年ではない。

「あの方たちは、誰が一番か尊重してくれているわ。それは女にとって、重要なことだから……。ねえ秋生、少し位、我が儘を言いなさいね。ほんとうの母子じゃないからって、昔から遠慮ばかりして」

「うん」

「返事は素直で良いのだけれど。ほんとうかしら。お母さんは心配だわ」

「じゃあ、ママに毎日、中出ししてもいい？」

秋生は悪戯半分、本気半分で尋ねてみた。

「毎日？」

赤い口紅に弧が描かれ、母の美貌に蠱惑の笑みが浮かんだ。

（ママ、女の顔に変わった。色っぽい……）

「危ない日も、ママのおなかに流し込んでくれるの？」

母の口にしたセリフの危うさは、少年を上回る。秋生は一瞬、返事に詰まった。

その前に貴和子がポンと膝を叩いた。

「うん、でしょ。ママを孕ませてやるって言いなさい。男らしく」

今度は秋生がくすっと笑いをこぼす番だった。

「うん。ママに僕の子を生ませる」

（簡単な話だったんだ。素直になれば良かっただけ。でもそれが、難しいんだけど）

母の手が息子の太ももをすべってくる。強張った股間を撫で、小首を傾げた。

「形が変わっているようだけれど、ママに呑ませたい？」

秋生は母の手を摑んで引いた。着物姿の母が隣の席に座る。秋生は母の膝に手を伸ばして、裾を開いた。脚の間に指を差し入れると、母が自ら股を開いて、秋生の首に抱きつく。少年の指はムチッとした太ももの奥、熱く潤んだ花芯を探り当てた。

「んっ……あまり強くしないでね。アソコが、腫れぼったくなってるの」

「ごめんね。何回もやっちゃって」

秋生は、今朝もたっぷり射精した中出しの秘穴をまさぐった。指先に精液が絡む。

「いいのよ。硬くて、太くて……精もいっぱいで。すぐれた息子を持つのは、親として自慢よ」

「女としては?」

「……しあわせよ。ママね、秋生の濃いザーメンミルクの味が、忘れられなくなってしまいそうだもの。秋生は、ママに呑んで欲しいのでしょ? せっかく口紅も濃くしたの。おしゃぶりさせて」

赤い口紅が囁き、息子の口にキスをした。下では母の指が、ズボンのファスナーを引き下ろす。下着から勃起を巧みに引き出すと、キスを止めて、相貌を沈め込んだ。天に向かってそそり立つペニスを、温かな唇がくるみ込んだ。

(一人じゃない。この先もずっと一生、側にいる。ママとしあわせになるんだ)

ペニスに舌が巻き付いていた。ふうンと鼻から息を抜き、美貌が上下にゆれる。

「貴和子、おいしい?」

「はい。あなた……んふん……このチ×ポおいひいっ」

室内に和服の衣擦れの音が鳴り、女のうっとりとした喉声が後を追う。愛する男性への奉仕、服従の悦びが表情、仕種に滲んでいた。

(僕をあなたって呼んでくれた)

母の返事、態度に少年の胸は踊る。車窓からは山を彩る桜が見えた。花弁はこれから満開を迎えるだろう。

義母と温泉旅行
【ふたりきり】

第一章　淫らな新居でハーレムは続く

1

午後十時近くの遅い帰宅だった。

綾川みちるは、黒スーツの上着を脱ぎ、首元のスカーフを外して、リビングルームのカウチソファーに腰を下ろした。ほっと一息ついていると、夫の綾川壮介が帰ってきた。

「ただいまぁ」

とぼとぼとリビングルームに入ってきた夫の元気のない声、暗い表情に、みちるはすぐに気づいた。

「こっちにおいで」

どうしたの、と訊かずにやさしい言葉を掛ける。

壮介とは大学卒業後、すぐに籍を入れた。

学習教材と知育玩具の制作販売会社を経営する母浅子、海外食品の輸入販売会社に勤務する長女みちる、女子校に通う次女早紀、女三人の綾川家に壮介が婿入りし、四人家族となった。

綾川家唯一の男性とあって、壮介は頼りになる存在であろうと気を張っている。弱った内面を露わにするのは珍しかった。

「さ、ここに横になって」

みちるはタイトスカートに包まれた太ももをぽんぽんと手で叩き、夫を誘った。壮介が上着を脱いでから、みちるの隣に座り、素直に頭を横に倒して膝を枕にする。

「仰向けになりなさい。その方が楽でしょう」

足も座面にのせるよう勧めて、リラックスできる姿勢を取らせる。そして上を向いた夫の髪をやさしく撫でた。

「お酒を呑んできたの？」

理知的な顔立ちに微笑を浮かべて、新妻は尋ねた。

「うん」

太ももの上で、夫が赤い顔でうなずく。しかしそれほど酩酊しているようにも見えなかった。

「つらいことがあったのかな」

みちるは壮介の表情を、間近からのぞきこんだ。距離の近さが、夫の心を軽くする。壮介は堰を切ったように話し始めた。

「上司の連絡ミスを僕の責任にされてさ……僕が先方にお詫びに行くしかなくて、思い切り怒鳴られて、その後酒の席に場所を変えて、そこでもこんこんと説教された」

医療機器メーカーに勤めている壮介は、一年目の新入社員だった。誤って叱られるのは仕方がないが、ミスをなすりつけられたとなると、納得はしづらいだろう。

「言い訳をしなかったんだ」

みちるはうれいの相で、夫の髪に指を絡めた。

「だって……連絡ミスで取引先が迷惑を被ったのは事実だし」

「偉いわ」

本心から告げた。

「取引先の人も、社員教育を手伝ってやってるつもりなんだと思う。失敗はいい、その後が大事なんだ。こうやって注意をされるうちが華なんだぞ。なにくそと、取り返す根性が仕事では重要なんだ……って。ビールをおいしそうに飲みながら、いきいきと諭すんだ」

「災難だったわね」

みちるは夫の額にキスをした。

「お酒を呑んで肌が脂ぎっているから、キスしなくていいよ」

「そんなことを言わないの。お腹はすいていない？」

ぽんぽんと壮介のお腹の辺りをさわった。

「一応、食べてきたから」

食欲もなさそうな疲れた表情だった。引き締まった腹筋を撫でながら、みちるは徐々に下へと手を伸ばしていく。

「元気がないの？　壮介がしんどそうな顔をしていると、わたしも切なくなるわ」

股間をさわさわと撫でた。

切なくなるという言葉は嘘ではない。常にやさしく穏やかな態度を崩さない壮介に母も妹も、そして自分も安らぎを得て満たされている。

（この人、年下でぽわんとして見えるのに、包容力があるから……）

手の平に硬い感触が伝わってきた。指マッサージで瞬時に反応してもらえるのは、悦びだった。涼やかな目元の美貌は、口元をゆるめた。

「この家にいるときは、偉そうな態度を取ってもいいし、我が儘だって言ってもいいのよ。わたしの大事なお婿さん」

左手で頬に垂れる髪を、耳の後ろに流しながらささやいた。

結婚を機に建てた新築の家のなかが、壮介にとっても心の許せる空間であって欲しいとみちるは思う。ズボンのなかの長大な形に指を被せ、軽く握った。

「偉そうにするの？」

壮介が惑いを滲ませて、訊く。

「そうよ。ふんぞり返って威張っていればいいの。今夜は一緒にお風呂入ろうね。おちん×んやさしく洗ってあげる」

みちるが言い終えると同時に、壮介の股間がぐっと持ち上がった。

（いまの台詞で、悦んじゃったみたい）

女の細指は、膨らみ具合を確かめるように握りを強めた。陰茎は既にしっかりとした充血を帯びていた。夫を見つめる切れ長の瞳は、しっとりと濡れ光った。

「どうしたのかな？」

長い睫毛を震わせて、ささやくように問いかけた。指先は偉容をにぎにぎとする。

「みちるの指で泡だらけにしてもらって、洗ってもらう場面を想像したら……」

壮介が恥ずかしそうにつぶやいた。勃起は女の手を押し返すように、ズボンのなかで力感を漲らせる。

「もう、かわいいのね」

みちるはズボンのファスナーを引き下ろしていった。ジジジと金属音がリビングに響いた。壮介は緊張の面持ちで、妻の顔をじっと見上げていた。抵抗もせず、なすがままの年下の夫は庇護欲をそそった。

「お風呂の後で、お夜食を作って上げるわね。雑炊？　おうどんかな？」

細指は、開いたファスナーのうちにすべり込んだ。盛り上がったブリーフの薄い生地、その下に引き締まった分身があった。

「じゃあ、雑炊がいい」

「わかったわ……ああっ」

返事は吐息に変わった。雄々しい感触は女を引き寄せるようだった。ブリーフをもどかしく引き下ろし、ピンッと表に現れ出た肉茎に、躊躇いなく指を絡めた。きゅっと握り込む。

（鉄の棒みたい……でも）

「あらあら。わたしの知っている壮介くんは、もっと逞しいわよ」

ゆっくりと棹裏にそって手をすべらせながら、みちるは告げた。

「だ、だって――」

「下の壮介くんまで、はつらつさをなくしちゃだめでしょう。いつもこっちが元気いっぱいなのがお姉さん、好きなのに。長所を伸ばしてがんばろうよ」

言い訳をしようとする夫を遮り、みちるは年上の妻らしい口調で言う。

「うん、お姉さん、ごめんなさい」

夫が殊勝に謝る。新妻の胸はキュンと痺れた。股間では、剝き出しのペニスがうれしそうに反り返る。

（謝りながら、おちん×んは悦んじゃって）

先端にヌルッとした滴りを感じた。尿道口からカウパー氏腺液が漏れ始めていた。その粘液を指先ですくい取り、肉棹を握ってシコシコと扱き始めた。

「あっ、あんっ……みちるっ」

夫が胸を喘がせる。半開きの口元がかわいらしい。

「そのままお口を開けてなさい」

壮介は従順に口を丸く広げる。みちるは紅唇を薄く開いて、口内のつばをツーッと垂らし落とした。壮介が口で受けとめて、ゴクッと呑む。

「おいしい?」

壮介がみちるに向かって、コクンとうなずく。愛しさが女の胸に衝き上がった。勃起から右手を離して口元に持っていき、残ったつばを垂らした。唾液をたっぷりのせた右手で、陰茎を握り直した。そして軽やかに手淫マッサージを施す。

「あっ、あんっ」

新築の香の残るリビングルームに、壮介の荒い息づかいと、粘液まみれの指とペニスが摩擦するヌチャヌチャという音が広がった。

「ねえ、早紀ちゃんは? こんなところを見られたら」

快感に相を歪めながら、夫が不安そうに言う。

「最近あの子、朝型でしょう。もう寝ている時間よ」

妹は早起きをして勉強をする習慣になっていた。部活でくたくたになって帰ってくるため、一度寝てからでないと集中力が続かないらしい。妹の家庭教師役をちょくちょくやっている壮介も、それはわかっている。小さくうなずいた。

「じゃあ浅子さんは?」

今度はまだ帰宅していない義母のことを訊く。

(確かにこんな場面に出くわしたら、ママだって困るわよね)

「ママからはメールがあったわ。今夜も遅くなるって」

母浅子は病気で亡くなった父の後を継ぎ、学習教材や知育玩具を制作販売する会社の社長を務めている。最近知育玩具でヒット商品を飛ばし、全国から注文が殺到してその処理に追われていた。

「だから安心なさい。ここにはわたしとあなただけよ」

みちるは手淫を速めた。

「じゃあ、みちるのおっぱいちょうだい」

納得した壮介が、妻に訴える。露骨な要求に、みちるは苦笑を漏らした。

「もう。甘えっ子ね」

左手を胸元に持っていき、ブラウスのボタンを外した。前を開いてから背中に手をやり、白のブラジャーのホックをブラウス越しに外した。豊乳を包むブラカップがゆるむ。

「はい、どうぞ」

ブラカップを持ち上げてかがみ込み、壮介の口元の辺りに、右の乳房を差し出した。

ピンク色の乳頭にぱくっと吸いついてきた。

「みちるのおっぱい……しょっぱいね」

「汗を掻いたから……あんッ」

細顎をゆらして、みちるは喘いだ。ちゅうちゅうと乳頭に吸いつき、甘噛みをしてくる。乳頭は硬く尖り、歯先と舌が擦れる度に、背筋に電気が走った。

壮介は両手で重く垂れる左右の胸肉を摑んで、揉み込んできた。性感が巡って、肢体が震える。壮介の頭ののった太ももも、ぴくっぴくっと浮き上がった。

「みちる、感じやすくなったね」

夫の指摘に、新妻は美貌を赤らめてうなずいた。

ヨーロッパ出張から戻ってきたのは一週間前だった。みちるの長期出張で、問題を含んでいた夫婦の性愛は大きく変化をした。

（感じやすくなったし……濡れやすくなっちゃった）

いまもタイトスカートの奥、太ももの付け根は熱く潤んでいた。パンティに愛液が染み、その外に穿いている黒のパンティストッキングまで、湿り気を帯びさせてしまいそうだった。

（セックスレスだったのに、出張から帰ってからは毎晩のように抱いてもらっているから）

この一週間、性的絶頂を繰り返し味わった結果、男性への本能的な恐怖心は大きく減退した。

（イクなんて無理だと思っていたのに）

セックスで悦びを得られることはないと思っていた。しかし壮介はいままで交際した男性とは別だった。母や妹を巻き込むことまでして、みちるのなかにあった性行為への脅えを取り払ってくれた。

（ママや早紀を相手に、性愛の技術を学んで……）

童貞同然だった夫の、練習相手になってくれた母と妹への感謝は尽きない。しかし同時に、愛しい夫と肌を重ねた肉親に対して複雑な感情もあった。

「ねえ、左も吸って」

甘えるように、みちるは訴えた。壮介はすぐに左の乳首へと口を移し、含んでくれる。

「あっ……いいっ。もっと強く噛んでもいいからね」

右手でペニスを扱きながら、みちるは喘いだ。

(この形、どんどん好きになる……あの気持ちよさを与えてくれるモノだから)

ペニスの亀頭のエラを指で刺激しながら、みちるは思う。

以前からフェラチオや手淫で性奉仕をしていたが、濡れるような反応は起きなかった。いまでは手で握り、口に含んだだけで、子宮が熱くなり花唇がじっとりと火照る。それまで別個の行為だったフェラチオや手淫とセックスが、身体のなかで一つに結びついた感じがする。

(わたししか知らなかったおちん×んなのに……出張中に女性二人を知ったのよね)

母と妹、自分以外の女体を味わい、壮介の逞しさが増した気がする。

みちるは鋼のような硬さを誇る勃起を扱き立て、「えらい、えらい」と小声で褒めながら、左手で頭を撫でてやる。褒められる度に、壮介は乳首を痛いほど吸引してきた。その必死さが新妻に至福を生む。

「無理をしないでね。お仕事でもなんでも……。あなたはがんばりすぎるから」

みちるはやさしくささやきかけた。

自分に対して一生懸命なように、母や妹にも懇切丁寧なのだろうかと思った瞬間、胸の奥に秘めていた悋気がカッと燃え上がるのを感じた。

(壮介はママや妹と、どんな風にエッチしているのかしら)

夫が妹の家庭教師をするときは、個室に二人きりだった。監視のない密室のなかで、二人がいかがわしいことをしている可能性はあった。

(真面目に勉強をしているのだろうと思うけれど……)

勉強の合間に、抱き合い、セックスをしている映像が、みちるの頭にちらつく。ミニスカートの妹が、夫の膝の上に跨がっていく場面を思うと、女の胸はきゅーっと締め付けられた。

夫に尋ねれば詳細を教えてくれるだろう。あえて真相を訊かずに、想像を巡らせることで、二十四歳の肢体は激しく盛り上がってしまう。指は握力を強めた。

「ああっ、みちる出そう」

乳房から口を離して、壮介が訴えた。

「もう？　我慢できないの」

非難するように言うと、夫が眉をたわめて相を歪めた。

「ご、ごめんなさい」

素直に謝る年下の夫に、女心は絡め取られる。みちるは慈しみの眼差しで、夫に微笑みかけた。

「あん、いいのよ。どこに出す？　呑みましょうか？」

夫は飲精を好み、みちるも抵抗はなかった。射精寸前の切ない表情、我慢を超えて弛緩したとろけ顔を眺め、ハアハアという喘ぎを聞きながら、ドロドロの濃い精液を呑んでやるのが好きだった。

「あなたゴックンさせるの好きだものね。ママにも毎回呑ませてるんでしょう」

みちるは尋ねてから、言葉の裏に嫉妬が隠れていることを自覚する。

「うん。呑んでもらってる。最近呑ませる機会ないけど」

妻の妬心に気づかず、夫は正直に答えてきた。女の肌がカアッと燃え盛る。

（やっぱりママにも……以前は、わたしだけのミルクだったのに）

唾液で濡れた乳房をゆっさゆっさとゆらし、みちるは右手を大胆にすべらせた。カウパー氏腺液がドクドクと漏れて、摩擦の潤滑を上昇させる。吐精が近いことがわかった。

「ねえ、みちるとキスをしたまま、出したい」

壮介が妻に請う。みちるは笑みを浮かべ、すぐに美貌を沈めた。夫の口に紅唇を被せ、擦りつけた。

(ほらイキなさい。最近は、ママともしていないのでしょう。コレを絞ってあげるのはわたしの役目なんだから)

壮介と逢瀬を愉しむ暇もないほど、いまの母は仕事で忙しい。

夫の欲望を引き受けるのは自分なのだと主張するように、みちるは壮介の口に舌をまさぐり入れた。ヌルヌルと絡み合わせる。

「んふうっ、みちるっ」

キスを交わしながら、壮介が名を呼んでくる。

(わたしの夫よ。他の女性には渡さない)

容赦なくペニスを扱いた。唾液を溜めては下に落とし、壮介に呑ませる。夫の喉が鳴る音が聞こえると、征服欲が満たされ甘美な痺れが女体に走った。

「んぐっ」

壮介が一段高く喉で唸りを発した。射精の始まりだった。

(きたっ)

みちるも心得ている。細指は根元までグイグイと上下にすべって、絞りを強めた。

「うぐっ、むぐうっ」

壮介の肢体が、ソファーの上でピンッと伸びるのを感じた。次の瞬間、勃起が痙攣を起こした。

(出てる。ああっ、わたしの指だけじゃない。色んなところに飛んじゃってる)

カウチソファーやみちるのブラウス、壮介のワイシャツを濡らして、重く熱い生殖液がまき散らされていた。律動に合わせて、壮介は呻きを放つ。それが女の発情も高めた。パンティの股布はぐしょぐしょになっている。みちるは膝枕の太ももを、焦れったく擦り合わせた。

「……いっぱいでてるよ」

キスの口元がゆるむと、壮介がささやいた。

「いい子ね。たっぷり出してくれると、わたしもうれしいわ」

多量の吐精を、称えるようにみちるは言う。壮介は目尻を下げて、うなずいた。淫らな気持ちと奉仕のやさしい感情を混じり合わせて、みちるは年下の夫を見つめた。

「すっきりできたかな？」

「うん。みちるが上手だから。みちるの手コキ、大好き」

「うふふ、ありがとう」

ちゅっちゅっと音を立てて、夫婦はキスを交わした。

発作が弱まった頃、手の平を亀頭に被せて、尿道口をくりくりと刺激した。快感が走るのだろう、壮介の腰がビクビクと震えていた。

（ああっ、ミルクの匂い）

飛び散った精液の匂いが、みちるの鼻孔に届く。女の興奮を催す臭気だった。

みちるは情動のままに、夫の口のなかに、また唾液をとろりとろりと滴り落とした。

2

細指を棹腹に添えて、みちるは舐め掃除を施していた。

（あっつい）

射精直後とあって、ペニスは熱を孕んでいた。その表面に滴る白濁液を、伸ばした舌で丁寧に清拭していく。

口を遣いやすいように膝枕の形から、ソファーに寝る夫の足下へと移動していた。壮介の開いた足の間に正座をして、身を屈めていた。

「こっちも」

壮介が上体を起こして、ソファーに飛んだ白い樹液を指ですくい、みちるの口元に差し出す。

「はい」

みちるは従順に、指を含んだ。

夫のザーメンは、あちこちにまき散らされていた。二十三歳の若い精力を、存分に発散させてやった達成感を噛み締めながら、みちるは夫の指をしゃぶった。

「どんな味？」

夫が指を抜いて訊く。

「濃くって、エッチな味よ」

みちるは湿った音色でささやいた。硬さを失わない眼前のペニスに息を吐きかけながら、潤んだ瞳を夫に向けた。

「いやじゃない？」

「もちろん、いやじゃないわよ」

みちるはにこっと笑んで告げた。飲精の後、決まって壮介は不安そうな目を注いでくる。

(それが男性の生理なんでしょうね)

みちるは頭を倒すと、見せつけるように亀頭を咥えて吸い立てた。

「あっ、あんっ」

頭をゆらしてかわいらしく悶える夫の姿は、射精奉仕のご褒美だった。舌を裏筋に絡めて舐め回し、紅唇を引き上げる。勃起がピクンと震え、尿道口に樹液が滲み出て白い玉を作った。

みちるは脈打つペニスの先端に唇を重ねて、紅を塗るように擦り合わせた。唾液で濡れ光る唇に、新鮮な白濁液をねっとりとこびりつかせてから、面貌を上げた。精液への嫌悪感などまったくないと伝えるために、ピンク色の舌を伸ばして、精液にまみれた紅唇を舐めてみせた。

「んふ、おいし……」

口内に溜まった精液をコクンと呑み下すと、自然と堪能の声まで漏れた。やり過ぎかもと感じて、頬は恥じらいの朱色に染まる。

「これでもいやいやだと思う？」

小声で夫に尋ねた。壮介が首を横に振った。

（確かに最初は、壮介に悦んでもらうための演技だったけれど……呑みづらくて喉に引っ掛かるし、ネバネバして気持ち悪いし、青臭い匂いはいつまでも残るから）

セックスの代わりに手や唇で処理をしてあげることが増え、壮介の精液の味に自然と慣れていった。

（いまじゃ汚れたおちん×んを舐めるのだって平気……）

一日働いた後の男性器も、躊躇いなく咥えられた。表面に残る汗や皮脂の汚れ、鼻をつく匂いにも抵抗は感じず、むしろ汚れを自分の舌できれいにしてやることで、奉仕悦が満たされた。

「壮介は遠慮なくわたしに呑ませればいいの。わたしはおいしくいただくからね」

みちるは壮介のズボンのベルトを外した。ズボンと下着を一緒に引き下ろし、両足から抜き取った。靴下だけが下半身に残り、その間が抜けたような格好に笑みがこぼれる。

（うふふ、いっぱい出したのに、ピンって立てちゃって）

股間で雄々しく衝き上がる男性器には、畏怖の情を女は抱く。

（この人、一回の射精じゃ物足りないのよね。かわいらしい顔立ちをしているのに……実はタフで逞しいんだから詐欺よね）

みちるはワイシャツのボタンを外し、前を開いて夫の胸肌を露わにした。引き締まった胸板から、腹筋に唇を這わせた。右手はペニスに絡めて、ゆっくりと扱いた。

（汗の味……）

顔や首筋と違い、誰かに見られる心配はない。自分の所有物だと主張するように、強く吸って肌にキスマークを付けた。

（わたしの愛しい旦那さま……）

壮介の手が、みちるの丸出しの乳房に手を伸ばしてきた。昂ったように、やわらかな二十四歳の膨らみをぐいぐいと揉み立てる。

「あ、あんっ」

みちるは美貌を持ち上げて、喘いだ。垂れ下がる双乳を摑む壮介と目が合う。

「ごめんね、壮介」

みちるの口から自然と謝罪の言葉が漏れた。

(わたしの出張中は、ママと早紀、堂々と二人を相手取ったほどなのよ。この人はずっと満たされていなかったんだわ)

壮介と結婚してからも男性への恐怖は消えず、うまく性交ができなかった。これまで夫に、どれだけの辛抱をさせたのだろうかと、みちるは自責の念に駆られる。

「な、なんで謝るの」

「だっていままでわたしのせいで、あなたに我慢を——」

「僕、みちるの手コキとフェラで充分だったよ。いつも呑んでくれたし、ローションだって使ってくれたでしょう。とっても気持ちよかった。それよりも僕がつらかったのは、みちるを悦ばせてあげられないことで」

必死な表情で壮介が言い募る。乳房から手を離して、女の右頬を包むようにあてがってきた。親指は紅唇を撫でる。胸に湧く熱い感情のまま、みちるは夫の指にキスをした。

(文句一つ言わず、わたしを庇ってくれるんだもの……)

母と妹を巻き込む結果になったことを詫びようとすれば、それも自分が悪いのだと壮介は言うだろう。

「壮介、ありがとう」

一言つぶやき、みちるは相貌を沈めた。衝き上がる勃起を、紅唇でやわらかにくるみ込んだ。

「んふっ、んう」

感謝の念を込めて、ぴっちりと呑み込んだ。

喉元まで咥え、ゆっくりと引き出し、また付け根まで包み込む。ディープスロートは、夫に悦んでもらおうと磨いた技術だった。

「あっ、ああっ、いいよ」

先端まで引き上げて、上目遣いを向けた。壮介は、はしたなく口を開いて頰張る妻を、じっと見ていた。視線がぶつかり、みちるは興奮で赤くなった頰を、さらに赤くした。

(咥え顔を見られるのは、いつまで経っても慣れないけれど……)

羞恥心を振り払うように、みちるはまた唇をすべらせた。頭を上下に振る。

「ううっ」

壮介が唸りをこぼしていた。射精したばかりで敏感になっているのだろう、腰がヒクついていた。

「みちる、どんどんしゃぶるの上手になっていくね」

壮介の手がみちるの頭の上にきた。黒髪をやさしく撫でてくれる。年下の夫に、やさしく守ってもらっている実感があった。

(あなたのためにもっと上達するから、いっぱい感じてね)

唇を締めて、ぐぽっかぽっと唾液の擦れる淫らな摩擦音を、口元から奏でた。ペニスの反り返りが増す。

「ねえ、このまま頭を摑んで、ゆすっていい？　浅子さんにはよくやらせてもらうんだけど」

壮介の提案に、みちるは頭の振りをピタッと止めた。

(ママが？)

母も自分と同じように、壮介の勃起を存分にしゃぶっているとわかる台詞だった。みちるの胸に、複雑な感情が湧く。

(ママを壮介にあてがったのは、わたしなんだから)

嫉妬心を呑み込むように、みちるは頭をゆすって同意した。

「じゃあ、ついでに手を縛っていい？」

（……縛る？　ママのときは、縛るのかしら）

みちるは返事の代わりに、両手を背にやり了承を示す。壮介がみちるのスカーフを使って、腰の位置で左右の手首を重ねて縛った。スカーフが手首に巻きつく間も、みちるは唾液の音を立てながら、頭を振った。「ああっ」と壮介が頭の上で喘いでいた。

（ママはずっと、男性との交際を避けていたのだもの。ものすごいテクニックを持っているはずが……）

対抗心が掻き立てられた。妻として、母には負けられないという思いがある。手首を拘束し終えて、壮介がみちるの頭を摑んだ。上下にゆすってくる。

「んぐっ、むぐっ」

歯を立てないよう、みちるは必死に顎を弛緩させた。喉に先端が当たると吐き気を催すが、こみ上げてくるものを吞み下して必死に耐える。目元には涙が浮かんだ。

「あううっ、気持ちいいっ」

壮介が声を震わせる。口内で陰茎が硬直を高めていた。精液の味がするカウパー氏腺液がとろとろと漏れてくる。

（壮介、悦んでくれている。うれしい）

唇に包まれたペニスはパンパンに膨らみ、歓喜するように震えていた。ふっと壮介の手が止まった。そして布地が、みちるの目元に重なってきた。

（ハンカチ？　今度は目隠し？）

畳まれた壮介のハンカチだろうか、薄い布地が目元を隠し、頭の後ろで結ばれた。手を縛られた上に、目隠しをされる状況は初めてだった。

「怖い？」

夫の問いに、みちるは男性器を咥えたまま頭を横に振った。以前とは異なる。相手が壮介ならば、視界を遮られても脅えは湧かなかった。

「いくよ」

頭を摑まれ、ペニスが出し入れされた。

ぐぽっかぽっと音が鳴り、胸元では丸出しの乳房も跳ねゆれた。

「ふむん」

（わたしのおくち、犯されている）

被虐感が、これまでにない興奮を生む。自由にならない状態で蹂躙される感覚は、一週間前帰宅した日と同じだった。

母の突然のキスが始まりだった。母と妹に身体を押さえつけられ、無理矢理に愛撫を受け、さらにそこに壮介が加わってきた。

(抵抗できない状態にして、壮介にしつこくクンニをされて……場所は、このソファーの上だった)

巧みな壮介の口技に発情を抑えきれず、その後は雄々しい勃起でたっぷり貫かれた。母と妹の愛撫も続き、みちるは延々と昇り詰めた。

男性を前にすると恐怖で強張るみちるの身体を変えたのは、ショック療法のようなやり方だった。

「ねえ、みちるはまた浅子さんに、いやらしいことされたい？」

妻の頭をゆすりながら、壮介が訊く。

(そ、そんなわけ)

目隠しされたみちるは、否定するように喉で呻いた。

「なら早紀ちゃんならいいのかな。また舐めてもらいたい？」

(妹に……あんなことをさせちゃだめなのよ。まだ学生なの)

妹に乳房を舐められ、吸われた。壮介とキスを交わしながら、母にはクリトリスを摘まれた。腋の下まで責められた。あの日の衝撃を思い出して、女体はぶるっと震える。

「僕には本音を口にしていいんだよ」

壮介が耳の近くで、やさしくささやく。

(わたし、あの日みたいにされたがっているの……そんなわけ)

母や妹を交えた不道徳な複数プレイは、あれ以降ない。しかし、その願望がみちるのなかにあるのではないかという夫の口ぶりだった。

そのとき背後から、タイトスカートがまくり上げられた。

ソファーに這うみちるは、膝立ちの姿勢でヒップを突き出す格好だった。スカートの下は黒のパンティストッキングと、白のショーツを穿いていた。その丸いヒップを撫でる手があった。

(え？　どういうこと)

壮介の左手は頭の上に、右手は乳房を摑んでいる。計算が合わなかった。

「ああっ、お姉さんのお尻……」

腰の辺りから、若い女の声が聞こえた。妹の早紀だった。

「さきっ」

慌てて首を持ち上げ、勃起を吐き出したみちるは、驚きの声を上げた。

「な、なんで早紀が……起きていたの？　どこから聞いていたの？」

手を背中で縛られた不自由な姿勢から、みちるは後ろを振り返るように上体をよじった。唾液で濡れたペニスが、女の頬に擦れる。

「お義兄さんの、〝ただいまぁ〟からかな」

「最初からじゃないのっ……いや、お尻をすりすりしないでっ」

妹の手がヒップの丸みを撫で回していた。そして股の付け根に当たってくる感触があった。

「お姉さんの匂いだ」

すんすんと、恥部の辺りを嗅いでいる気配がした。

「いやあ、早紀、匂いを嗅がないでっ」

新築の匂いが残るリビングルームに、目隠しをされた姉の悲鳴が響いた。

3

目隠しの相貌を持ち上げ、みちるは正面を睨み付けた。背後から忍び寄る妹が、上体を起こしている夫の目に入らないはずがない。

「壮介、なんで早紀がいるって言わないの」

問いかけてから、もしやと思う。

（この二人、ぐるなんじゃ）

夫から慌てた様子が感じられないのが、疑念を強めた。

「黒のパンストに、白のシンプルタイプのフルバックかあ。お姉さん、お義兄さんとエッチなことになりそうな予定があったら、もう少し色っぽいの穿いた方がいいよ。ママはその辺、ぬかりがないから」

妹が落ち着いた声で後ろから言う。

「な、なにを言っているの早紀」

みちるの混乱と焦りを余計に掻き立てる、妹のアドバイスだった。

「ママ、すごいんだよう。海外製の高級な下着を普段使いしてさ、うっとりするようなデザインで生地はすべすべだし。スカートのときは、当たり前のようにガーターベルトで太もも丈のストッキングを吊っているんだよ。もう悩殺する気まんまんなんだから」

（悩殺……誰を？）

そう考えてから、いまの母が狙っている相手は一人だと気づく。

「壮介、そうなの？」

みちるは面貌を上げて、目隠しの向こうの夫に問いかけた。

「うん。浅子さん、見るだけでむらむらするような下着が多いかな……Tバックのときもあるし」

（Tバック……ママ、壮介のためにそんなの穿いていたんだ）

女社長然とした優雅さ、凛々しさの下に濃艶な女を母が隠していたと知り、みちるは愕然とする。

「お姉さんだって、セクシーな下着を持っているんでしょう？　ママに負けちゃだめなんだからね。あの人、エロい身体の凶器なんだから。おっぱい、お尻、太もも、どこも男性を引き寄せる甘い蜜だよ」

「ママのことをあの人なんて言わないっ。……そうなの？」

妹をたしなめてから、夫に尋ねた。

「確かに、ときどき後ろから、がばって襲いたくはなるかも」

言いづらそうに壮介が認めた。

（そうなんだ）

「ね。だからお姉さん、がんばって」

会話の間に、妹がみちるのパンティストッキングを脱がし、さらにショーツにまで手を掛けてきた。

「あっ。こら早紀、なにを考えているの。やめなさいっ」

慌てて声を上げるが、スカーフで後ろ手縛りにされている。みちるに可能なのは、腰をゆらしてショーツが下がるのを遅らせることだけだった。

「ま、待って早紀。それ以上は……ああッ」

羞恥と狼狽の声がもれた。パンティはパンティストッキングと一緒に、膝の位置まで下ろされた。

（やだ。妹にアソコを見られている）

ソファーに膝立ちになり、ヒップを突き出した姿勢だった。妹には股の付け根が丸見えになっているに違いない。羞恥と緊張の汗が、どっと噴き出した。

「え？　あああっ、な、舐めちゃだめっ」

みちるの悲鳴はさらに甲高くなった。妹の吐息とやわらかな舌が、露わになった秘部に当たっていた。

「よしてっ、ねえ、みちるっ」

白いヒップをゆすって女は訴えた。抗いを封じるように、早紀は姉のむちっとした太ももをしっかりと両手で摑んでいた。みちるの中心部に、温かな舌が繰り返し這った。

「だ、だめでしょう。に、肉親のそんなところを、んっ。わたし、汚れているのよ。一日働いてきたんだから……ねえ、お願い。ん、んうっ」

シャワーも浴びていない身体を、舐められていた。元々クンニリングスに対しては心理的抵抗感が大きく、股の間に顔を埋めてきた壮介を、蹴って止めたことすらあった。実の妹、近親から受ける口愛撫への忌避感は、それ以上だった。

（あぁあっ、いやなのに……目隠しをされているから、敏感になっている）

視覚が奪われている分、恥部への粘膜刺激を生々しく感じてしまう。繊細な舌遣いだった。亀裂の表面を舐め上げてからちろちろと舌先を蠢かし、花弁を開いて内に差し込んできた。

（あああっ、なかにまでっ）

やわらかに潜り込む感覚、湧き上がる愉悦に、美姉は細首を引き攣らせて頭を振った。唾液で濡れた壮介の勃起が、高い鼻梁や頰を擦る。

「そんなに脅えなくてもだいじょうぶ。んふ、甘い匂いだよ。お姉さん、ここにも香水をつけてるの？」

早紀がいったん舌を引き、潤んだ花唇に唇を寄せたまま、ささやくように訊いた。

「つ、つけていないわっ」

「ママはつけているんだって。ね、お義兄さん」

「うん。すごくいい匂いがするから、浅子さんに尋ねてみたら香水をふっているんだって……」

不穏な会話を交えながら、妹が舌を潤みの中心にヌプリと埋めてきた。

「ひあっ」

細顎を突き出して、みちるは喘いだ。妹の舌がヒダ肉に絡み、ヌルヌルと擦れる湿潤の性感が豊腰をヒクつかせる。細指はクリトリスをさわってきた。

(同時に……どこでこんなテクニック。ああ、早紀の舌が埋まって)

ヒクヒクと膣口が収縮するのが、自覚できた。秘穴全体が妹の舌を搾り、そのやわらかな侵入の心地に、とろける官能が背筋に走る。

(どうしよう。以前とは違うのに。わたし感じる身体になっちゃったのよ)

愛液を味わうように、なかで妹の舌がゆっくりと這っていた。クリトリスをなぶる指は、徐々に強めの刺激に変わる。ピンピンと弾いて肉芽を硬くし、しっかりと勃たせてから、根元を押さえて揉み込んできた。

「あひっ、ひんっ、早紀、よ、よして」

壮介に抱かれるようになってから、性感が急速に磨かれていた。肉親からの愛撫だという抵抗感はあっても、甘い官能は容赦なく湧き上がった。下腹が熱を帯び、膣ヒダも収縮を盛んにしていた。額や首筋、はだけたままの胸肌や腋の下まで、汗はじっとりと噴き出す。

「すごいよ。いっぱい漏れてくる」

舌を抜いた妹が、はしゃいだ声を漏らした。それがみちるの羞恥に薪をくべ、さらに混迷の発情を促した。掲げられた丸いヒップは、許しを請うようにゆれ動いた。

「ねえ、もう充分でしょう、終わりにして」

「早紀ちゃん、上手なの？　みちる感じているよね？」

壮介が妻に確認をする。恥じらいと見栄が邪魔をし、本音は口にできなかった。みちるは目隠しされた頭を、横にゆらした。

「相手は妹よ。感じるわけがないでしょう……あ、あんっ」

タイミング悪く、妹の指がクリトリスをぎゅっと圧し、痺れる快感が衝き上がった。否定すると同時に、紅唇は艶めかしく泣き声を振りまいてしまう。

「ふーん。みちる、ほんとうはどうなの?」

好奇を感じさせる声で、夫が再度訊く。

「つ、妻の言葉を信じないの?」

「信じたいけど」

女の顔に当たるペニスが、ピクピクと動いていた。さらに壮介は腰を浮かせて、硬くなった勃起を押しつけてくる。

(壮介……愉しんでる?)

やめなさいと言おうとする口に肉茎の腹が当たり、ふぐふぐという呻きに変わった。

「ふふ、嘘はいけないと思うなあ。お姉さんのここ、トロトロで熱くなっているの丸わかりなのに」

肌の灼けつくような羞恥を投げかけ、また妹が舌をねっとり這わせてきた。ソフトだった舌遣いは積極性を帯び、指で花弁を開きながら膣腔をヌルヌルと舐めほぐす。

(だ、だめっ、声が出ちゃう)

言い訳のできないはしたない声が漏れそうになり、みちるは紅唇をきつく噛んだ。

「みちるの言葉だもの、僕は信じるよ。でもイッたりしたら、早紀ちゃんと一緒に犯すからね」

予想外の台詞を夫が吐く。妹の早紀と抱き合いながら、壮介に交互に貫かれる画が女の脳裏に描かれ、ゾクッと身が震えた。

「そんなッ……壮介、なにを考えているの、んうッ」

早紀の愛撫で、抗議の叫びは色めいた呻きに変わった。

(耐えなきゃ……絶対にイッちゃだめよ。早紀と二人でヤラれちゃう)

母と妹を交え、壮介に抱かれた日を二十四歳の肉体は忘れていない。こみ上げる官能を肢体から逃すように、みちるは紅唇を小さく開いて、ハッハッと息を吐いた。

「妹に責められて、悦ぶようなみちるじゃないよね?」

夫のペニスが反り返りを強めていた。みちるは温かな喘ぎをペニスの裏側に吐きかけ、ふれ合う唇を押しつけた。

「ええ。あなたの気のせいよ。悦んでなんかいないわ」

意識をそらすためにキスをし、先端から流れるカウパー氏腺液を舐めた。

妹はクリトリスを巧みに指でなぶりながら、差し入れた舌で女口を舐めほぐす。やわらかな膣への挿入感、女同士のツボを摑んだ陰核への指遣いに、スカートをまくり上げられたヒップは、尻肌に昂揚の汗を浮かばせて跳ねゆれた。

壮介の手がいきなり妻の胸元に差し込まれた。開いたブラウスの間から垂れ下がる豊乳を、下から摑んだ。乳頭を指の股に挟んで、両手で揉みほぐしてくる。甘い性感が、胸から全身に流れた。

「でもみちるの乳首、ものすごく立ってるね」

「立ってなんか、あんっ」

みちるは慌てて紅唇を開き、ペニスの先端を咥えた。顎を引き、ペニスを立たせてそのままくぽっと沈める。よがり泣きを、膨らんだペニスを呑み込むことでせき止めた。

「へえ、お義兄さんそうなの？」

女性器への口愛撫が止まり、早紀が背中に覆い被さってくる気配がした。脇から手が回され、胸をさわる手が入れ替わった。男とは異なるほっそりとした指が、膨らみを握る。指先がきゅっと乳頭を摘まんだ。

「ほんとうだー。こんなにカチカチにして」

「んふっ」

勃起を咥えたまま、みちるは呻いた。しこった赤い蕾を、指がコリコリと刺激する。

「そっか。お姉さん、縛られて無理矢理やられる奴隷っぽい方が燃えるんだ」

揶揄の小声が、首の裏辺りから聞こえた。呆れたような妹の物言いが、発情した女の肌をさらに灼いた。縄代わりのスカーフを手首に食い込ませて、みちるは上体をゆすった。

「もっとよくしてあげるね、お姉さん」

妹がささやき、乳房から手が離れた。だがすぐに戻ってくる。双乳をさわる妹の両手は、温かな湿り気をまとっていた。

（ヌルヌルしている。これってローション？）

手の平で丸みを撫で回し、膨らみの根元の方から絞り出すように指をすべらせる。最後に乳頭を摘まんでピンッと弾き、指が離れた。

「んふうっ」

丸い豊乳がぷるんと震え、同時に情感を帯びたみちるの喉声が、リビングルームに響いた。

「どう、ローションマッサージ。ママのおっぱいで練習したんだけど」

（ママの身体で……わたしの出張中にそんなことまで）

母娘で淫らな性技に耽ったと聞き、妖しい情感のうねりが二十四歳の肢体に生じた。陰茎を深く含んだみちるは、紅唇を上下に動かした。混乱と驚き、そして言いようのない昂りを、目の前の勃起にぶつけた。

「お姉さん、手を使わないのにスムーズに唇をすべらせて。上手だね」

早紀が耳もとで褒める。ローションでぬめった手は、ゆっくりと双乳のマッサージを続けていた。垂れた膨らみは火照り、乳首はジンジンと疼いた。その疼きを煽るように、妹の指先が硬くなった先端をきゅっきゅっと躙る。

「ふむっ、んうっ」

みちるの柔肌は急速に発汗し、震えを起こした。ブラウスの背肌が、流れる汗で濡れて張り付く。

いつもより吸引を強めて、ねちっこく夫の男性器をしゃぶった。先ほど射精したばかりで過敏になっているとわかっていて、加減をしない。裏筋と尿道口を容赦なく責めた。

「あっ、ああっ」

痛みすれすれの官能が走るに違いない。壮介が声を裏返して喘いでいた。紅唇で絞るように扱いてやると、先走り液がトクトクと漏れ出る。

「うふふ、おいしそうだね」

早紀がつぶやき、右手を乳房から離す。その手はみちるのヒップに伸びて、発情を確認するように、花唇を探った。

「ふふ、ぐちょぐちょだ。お義兄さんの咥えてこんなになるなんて、以前はまったく濡れなかったとは思えないよね。お姉さんが感じてくれて、わたしもうれしいな」

ローションで濡れた妹の指が、花弁を開いて膣口をくすぐる。溢れた愛蜜が指先に絡むのがわかり、みちるは羞恥の呻きをこぼした。

（わざと音を立ててる）

妹は空気を含ませるようにして入り口を細指で掻き混ぜ、ヌチュクチュッと卑猥な音色を奏でていた。

妹の指が動く度に、丸いヒップも躍動するようにゆれた。蜜口を責めながら、別の指はクリトリスを捉えてこね回す。左手はローションを新たに足して、乳房を絞るように揉む。みちるは唸りをこぼして、肉茎を激しく吸い立てた。

（どうしよう……イッちゃいそう）

「お義兄さん、お姉さんのおくちに、もっと食べさせてあげて」

「うん」

壮介が返事をし、みちるの頭がぐっと両手で押さえつけられた。頭が引き上げられ、股間に向かって押し込まれる。

「んぐっ、むふんっ」

強制の口腔抽送に合わせて、みちるの尖った鼻梁からは悩ましい被虐の音色が奏でられた。歯をぶつけぬよう紅唇を大きく開いて頬張り、懸命に舌を棹裏に押しつけた。

「いいよっ、みちるっ」

射精感の高まりに合わせて、頭を乱暴にゆすられた。さらに壮介は腰を突き上げてきた。勃起が喉まで刺さる。

唇を女性器に見立て、ペニスが出し入れされていた。唇の隙間からは泡だった唾液が漏れ、満足に呼吸できずに頭のなかが白くなる。

（飛んじゃう……だめっ、わたしイッちゃう）

思考は飽和し、肉体に流れるのは生々しい性感だけとなった。

「ひ、んひんっ」

女は鼻を鳴らした。股間の亀裂を、妹の指がヌルヌルとなぞっていた。クリトリスは何度も何度も摘ままれ、捏ねくられた。汗ばんだヒップはクンックンッと浮き上がった。

「みちる、出すよ。いい？」

「ほら、大好きなお義兄さんのミルク呑みながら、イッちゃえ」

目隠しをされた姉の耳もとで、妹がささやく。妹の声に誘導され、紅唇はペニスへの締め付けをきゅっと強めた。手首を縛られた上体をゆすり、首を振って自ら口唇摩擦を速めた。

「みちるっ……ああっ、出るッ」

壮介が叫んだ。同時に手を使った頭の振り立てが止まった。口内で勃起がグッと跳ねて、吐精が始まる。

（きたっ……ああ、イクッう）

熱い樹液が喉を打ち、妹の指が乳房を絞って乳首を押し潰し、クリトリスを強く弾く。壮介の快感の雄叫びを聞き、官能の極まった女体も、ペニスを吸いながらアクメへと達した。ソファーに這った姿勢で、肢体が大きく戦慄く。

「いいよ、そのまま吸ってみちる」

みちるの髪に絡んだ壮介の指が、強張っていた。

(あなたのミルクを、もっとわたしにちょうだい)

舌に溢れる精子を嚥下しながら、みちるは茎胴を紅唇で扱いた。

口のなかに放出されれば、さらにねっとりしゃぶり立てて、射精感を高めてやるのがフェラチオに慣れた女の作法だった。頬をくぼませて、一心に吸い上げる。

「お姉さん、こぼしちゃだめだからね」

妹の指は、姉の性感帯をなぶり続ける。

ローション液でヌメ光った乳房をゆらしながら、ソファーに這った姉は妹の命に従い、紅唇をぴっちりと勃起の根元まで沈めた。青臭い匂いが鼻に抜けるのを感じながら、みちるは何度も何度も喉を鳴らした。

4

カウチソファーの上で、みちるは仰向けに寝た早紀に抱き留められていた。脚を開いて妹の腰に跨がる格好だった。

「重いでしょう。スカーフをほどいてよ」

みちるは下にいる早紀に言う。目隠しは外してもらったものの、後ろ手縛りは続いていた。

はだけたブラウス、ホックの外れたブラジャーはそのまま、スカートと膝に引っ掛かっていたパンティストッキングとパンティは脱がされて、下半身は剝き出しだった。

「平気。お姉さん一人くらい、なんでもないよ」

姉の要求を、妹は聞いてくれない。ニコニコと笑みながら、乳房を丸出しにした姉の肢体をぎゅっと抱く。姉の大ぶりの乳房と、妹の十代らしいツンとした膨らみが密着していた。

「あなた、その下着はどうしたの？　ガーターベルトに、太もも丈のストッキングなんて」

目隠しを外してもらったみちるの目に映ったのは、艶麗な白の下着で飾られた妹の肢体だった。精緻なレースで彩られたブラジャーと股ぐりの浅いショーツ、両足は白のセパレートストッキングに包まれ、白のガーターベルトで吊っていた。

純白で統一された下着姿はブライダルインナーのようであり、透け感のあるレースのブラカップや、サイドが紐状になったショーツのエロティックなデザインから、娼婦風の衣装にも見えた。

「ママに買ってもらったんだよ。これだけじゃなくて、黒とか水色とかピンクのもあるし、タンガやビスチェも買ってもらったんだ」

「ママに？」

みちるは長期出張から帰ってきたばかりであり、その上、洗濯当番は母が買って出ることが多い。母や妹の下着の変化を、みちるは知らずにいた。

「わたしだけスポーツブラにスポーツショーツじゃ、勝負にならないでしょう。だからお姉さんも気を抜いちゃだめだよ。ライバルは多いんだから。わたしの忠告、わかった？」

「勝負って、そういうこと……」

壮介を悩殺しようと企んでいるのは、母だけではないと気づき、みちるは柳眉をたわめて、振り返った。背後にはワイシャツや下着を脱いで、裸になった壮介がいた。膝立ちになり、姉妹の開かれた脚の間に身を進めてくる。

(母と妹と、夫を取り合うことになるなんて)

壮介の股間では、ふてぶてしく反り返る勃起が見えた。口内射精後の舐め掃除を施したばかりとあって、みちるの唾液でツヤツヤと濡れ光っていた。

(二回も出したのに……)

嘆息しつつ、興奮は当然だろうとも思う。女の自分でさえ心臓が高鳴り、先ほどから何度も生唾を飲んでいた。

(妹と一緒に抱かれる羽目になるなんて)

「いいなー。お姉さんはこんなにボリュームあって。挟める?」

早紀が下から、みちるの胸の膨らみをさわってくる。みちるは顔を前に戻した。

妹のつけていた白のブラジャーは、抱き合う前に外されていた。重なり合うやわらかな妹の双乳の温もりと、ぷにぷにと押してくる指刺激に、紅唇は吐息を漏らした。

「挟めるってなにを……ええ、挟めるわよ」

とぼけようとしたが、いまさらと思い妹の質問に答えた。

「お義兄さんの逞しいモノ、ぴっちり包み込めるんでしょう。ママは余裕だったよ」

「ママも、パイズリをしちゃうの?」

「常識でしょう。あの大きさだもの。使わない方が変じゃない」

当然ではないかというような妹の返事に、みちるの紅唇からこぼれるため息は深くなる。

（やっぱりママは壮介相手に、濃厚なサービスを施しているんだ）

詳細を知らなかった母と壮介の性愛の一端を聞き、みちるの胸の奥で悋気がメラッと炎を上げる。

（負けられないわよね。壮介はわたしの伴侶なんだから）

「あんっ」

眼下の妹が、突然かわいらしく喘いだ。

「どうしたの？」

「下着を横にずらされて、弄くられてるよ……」

みちるが尋ねると、早紀が恥ずかしそうにつぶやいた。後ろを振り向いて確認しようと思った刹那、今度は自分の秘部にも指が這ってくる。花弁を開かれ、膣口を指が探っていた。

（姉妹同時に、なぶられて）

背徳の状況に、みちるの身体はジュンと濡れてしまう。後ろにいる壮介には、さぞ卑猥な光景が見えているに違いない。呼気が乱れた。

「ねえいいの？　こんなのふつうじゃないでしょう」

耐えきれずに妹に尋ねた。早紀がふっと笑んでから、みちるの後頭部に手をやり、ぐっと引き寄せた。姉妹の距離は一センチもない。ピンク色の唇が、内緒話のようにささやいた。

「お義兄さんがね、心配していたんだよ。お姉さん、わたしやママに比べて濡れ方が足りないんじゃないかって」

「え？」

みちるは驚きの声を漏らした。早紀が続ける。

「お姉さんが、まだ我慢してるんじゃないか、こっそり痛みに耐えているんじゃないかって、わたしお義兄さんに相談されたの」

（壮介、わたしの身を案じて……）

男性に恐怖し、性的悦びを得られなかった過去がある。それは夫婦の間に刺さった棘のようなモノだった。棘は抜けても、まだ痛みの記憶は完全に消えていない。

「でもよかった。さっきお姉さん、わたしと同じくらい濡れていたね。安心したよ。不意打ちみたいな形になってごめんなさいね、お姉さん」

素直に謝られると、みちるはそれ以上なにも言えなくなる。

「ごめんねみちる。黙って早紀ちゃんを引き入れるような真似をして」

ひそひそ話が聞こえたのか、背後の壮介が申し訳なさそうに言い、腰を重ねてきた。

「早紀ちゃん、手を貸してくれてありがとう」

壮介の腹部が、みちるの臀丘にぐっと当たった。

「あ、あんっ」

同時にみちるの下で、妹が艶めかしく喘いだ。

(早紀に挿入したの？)

「早紀、壮介のが——」

「うん、入ってる」

姉の問いに、妹がうなずく。みちるはつばをゴクッと呑んだ。

二十三歳の夫と妹が、自分の下で繋がっていた。妻として止めるのが正しい姿なのだろうと思う。しかし、不安を拭えずにいた夫が妹に助力を求め、この状況になったと知ってしまうと、制止の言葉は喉を通らない。

「すごいよ、お義兄さん、いつも以上だよ」

妹が頰を震わせて喘ぐ。姉を抱き留める早紀のほっそりとした肢体が、前後にゆれていた。

(早紀、犯されている)

壮介が腰を遣って、抽送をしていた。その衝撃が伝わり、十代のみずみずしい肌と、二十四歳の火照った肌がむっちりと擦れ合う。

「わたしの選んだ旦那さまですもの」

「お姉さんの目利きはさすがだね、あんっ」

返事をしながら、性感帯を責められたのか、妹がビクッと身を捩る。乳房にはローションが付着したままだった。ヌルヌルと心地よく胸肉がすべっていた。互いの尖った乳首同士が擦れ合い、ツンと当たると甘い電気が走る。

「ああん、気持ちいい……お義兄さん、お姉さん、みんな好き」

早紀が姉の後頭部にあてがった手を引き寄せる。避ける間もなかった。みちるの紅唇が、喘ぐ口元に重なった。

(妹とキス……)

やわらかな感触に驚き、みちるは目を見開いた。早紀は眉間に皺を浮かべてまぶたを落としていた。

年の離れた妹だった。仕事で忙しい母は、自宅にいないことも多く、みちるが母代わりだった。

(お姉ちゃんって言いながら、わたしの後をついて歩いていたこの子と、ミルク味の口づけをして……)

みちるは壮介の生殖液を、飲精したばかりだった。栗の花の香が残る姉の唇を、妹の舌がチロチロと舐める。鼻腔から息を抜きながら、みちるは紅唇をゆるめた。舌を差し出し、妹の舌と絡め合った。

(早紀の口、甘い。わたしも……あなたが好きよ)

「んっ、んふ、おねえさんっ」

姉妹の相姦キスに耽りながら、早紀がくぐもった声をかわいらしく漏らす。快楽に包まれ、泣きそうに歪んだ表情を見ていると、妹への保護欲が刺激された。夫とのキスのように、口内の唾液を溜めて滴り落とした。妹の喉がコクッと鳴ると、背徳の痺れが背筋を駆け抜けた。

(つばまで呑ませて……血の繋がった妹なのに)

唾液の嚥下の後で、姉妹の唇はそっと離れた。みちるはゆれる瞳を妹に注いだ。

「心配をしてくれたのはわかったけれど、今度からわたしのアソコ、舐めたりしちゃだめよ」

「どうして？」

潤んだ眼差しが問う。後頭部に置いていた手が移動して、みちるの頬を撫でた。

「恥ずかしいのよ。わかるでしょう」

「でも、わたしは恥ずかしがるお姉さんが見たいもの」

「そ、そんな……なに言って」

「さ、お義兄さん、こっちにもどうぞ」

妹の指が、姉の腰の方に伸ばされた。股間に差し込まれて、花唇を指でくぱっと開く。言い訳もできないほど発情を呈している。妹の指に、トロッと漏れた愛蜜が滴るのを感じた。

「え？　あっ、いやだっ……んふんっ」

戸惑いの声は、一瞬で牝の音色を帯びた快感の泣き声に変わった。夫の勃起が蜜肉にあてがわれ、中程まで一気に刺さっていた。

「みちる、すんなり入ったよ」

壮介が言い、丸い尻肉をむんずと摑んで、残りの茎胴部分を埋め込んできた。

愛液の溜まった蜜肉と硬い勃起が擦れ、押し広げられる。

「あっ、ひっ、あんっ」

みちるは愉悦の喘ぎをこぼしながら、後ろ手縛りの上体をククッと反らせた。長大な肉茎で串刺しにされる感覚は、二十四歳の肉体に犯される悦びをもたらす。

「よかった。今日はいつもよりあふれてるね。みちると早紀ちゃん、同じくらい。どっちもグチョグチョだ」

（だって妹と一緒にセックスなんて……）

母と妹を交えて抱かれた一週間前の衝撃を、心のどこかで求めていたのかもと思う。滾る肉体の反応が、その押し隠していた願望をみちる自身につきつける。

「お姉さん、気持ちいい？」

みちるはうなずいた。呼気は乱れ、下唇に涎がこぼれた。それを下になった早紀がぺろっと舐め取る。

「表情、ものすごくエッチになってるよ」

妹が笑って告げる。みちるには言葉を返す余裕がない。

壮介が腰をぐっと押し込み、最奥を擦って陰茎を引き抜く。真っ白なヒップは雄々しい嵌入と、摩擦感に打ち震えた。

「みちるのなか、ドロドロに熱くなってる」

また肉柱はズブッと差し込まれて、絶え間のない快美を浴びせてきた。

(このままじゃ、イッちゃう。妹の前で恥ずかしい声を出してイッちゃう)

下の方から差し込まれた妹の手が、陰核を擦っていた。肉棒抽送と指に性感帯を刺激され、紅唇から漏れるのは啜り泣くようなよがり声に変わった。

「あ、あんっ、許して、早紀」

「どうしよっかな。恥ずかしがるお姉さん、かわいいよね……え？　あ、あんッ」

壮介の勃起が、みちるのなかから抜き取られ、妹の蜜穴に戻っていた。妹の優位は崩れ、一転みちるの眼下でよがり泣きを披露する。

「やだっ、激しいよ、お義兄さんっ」

「みちるも早紀ちゃんも、いつも以上に反応いいね」

壮介が昂ったかすれ声で言い、腰遣いを速めてくる。姉妹の尻に、壮介の下半身がパンパンと当たっていた。

(二十四歳の女と、学生の女の子を取っ替え引っ替えしているんだもの。夢中になるわよね)

姉妹でも挿入感は異なるに違いない。妹と嵌め具合を比較されているのだと思うと、頭のなかが灼けつくようだった。

（どうしよう、早紀の方が締まってて気持ちいいって壮介が思ってたら――）

壮介のペニスが、妻の身体へと戻ってくる。みちるは息んで括約筋に力を込め、搾りを強めた。

（逃さないいっ）

しかしくるめく摩擦感が増加することになり、女体の方が先に悦楽の頂へと追い詰められてしまう。

「ああっ、だめ……イキそう」

みちるは声を震わせて、喘いだ。

「我慢しなくていいよ、みちる。早紀ちゃんにイヤらしい声を聞かせてあげようね」

壮介の言葉に、首をねじって背後を見た。目が合うと、壮介は歯をのぞかせて笑んだ。

（二回射精した上に、わたしと早紀、二人を相手に堂々としているんだから……）

汗ばんで光る胸板がまぶしかった。女をひれ伏せさせる精力の強さに、経験を積んで巧みになった性技の合わさった夫は、野性味を増してかがやいて見えた。

「あ、いやっ壮介、どこに指を」

みちるの尻たぶの間に差し込まれた指が、排泄の小穴を揉み込んでいた。ローションを使ったのだろう、ヌルヌルと粘膜が擦れていた。突然の羞恥責めに、突き出したヒップは切なくゆれた。

「あ、あんッ……許して壮介っ」

みちるは頭を振り、髪をゆらして悶え泣いた。髪の毛先が唇に張り付いていた。妹の指がそれを外す。

「お尻？　お義兄さん、そこ好きだよね」

「あ、あんっ、早紀もこんなことやられたの？」

前を向いて妹に聞く。もとより両手を拘束されているみちるには、抵抗の手段がない。未経験の刺激に、美貌を歪ませて吐息をこぼした。

「そうだよ、わたしだってお義兄さんにお尻をいたずらされても耐えているんだから、お姉さんも我慢しようね」

「そ、そんな」

排泄器官を弄られる羞恥といたたまれない官能が絡まり合い、女の肉体を襲う。愛液は堰を切ったように漏れた。妹の身体を伝い、ソファーにまで滴る。

(せっかくおしゃれでステキだと思ったソファーなのに、我が家じゃセックスのためのベッドになっちゃってる……)

ギシギシとソファーのきしむ音が鳴り、そこにみちるの切ない喘ぎが重なる。

揉みほぐした肛穴に指がヌルンと沈められた。ローションのせいで引っ掛かりは乏しい。二穴の埋没感に豊腰が震え、紅唇は情感に満ちた泣き声をこぼした。

「あ、あんっ、入れないでっ、そこは汚いから」

指を咥え込んだ括約筋は、反応を抑えられない。キュッキュッと締め付け、指と同時に肉棒への強制的な緊縮を強いられる。

「あっ、あううっ、お腹のなかいっぱい……」

臀丘は引きつり、美貌も浮き上がった汗でびっしょりと濡れ光る。

「仕方がないんだよ。お義兄さん、ママの身体でいっぱいテクニック学んだから。たぶんそっちを責めるの、ママの好みのやり方なんだろうね」

「ママの……」

妹の言に、カアッと背徳感が煽られた。股間に差し込まれた妹の指が動きを強めて、クリトリスを揉んでくる。

「あっ、いやっ、早紀」

「お姉さん、もう一回キスしよっか」

妹に操られるままだった。吸い寄せられるように姉の唇が妹の口に重なった。

後ろからは夫の肉棒抽送と肛穴への指愛撫が、二十四歳の肉体を責め立てる。むふ、んふと鼻から悩ましく息を抜き、みちるは複数姦の黒い官能にどっぷり浸かる。

「女同士、姉妹でキスなんていけないのよ」

唇が離れると、みちるは泣きそうな声で告げた。

「知ってる。でも気持ちいいよね。お義兄さんのミルク、おいしかった？」

姉の口から残り香を感じたのだろう、早紀が尋ねてくる。

「……ええ。おいしかったわ」

すぐ後ろで夫が聞いている。他に言いようもなく、みちるは吐息と共に答えた。

「ミルク呑みながら、イッたんだよね？」

「……イッたわ」

(それにゴックンしながらイク破廉恥な妻の方が、壮介は悦んでくれるだろうか

ら）

「こんな風に三人一緒でしたくて、お姉さんさっきイッたんでしょう」

「ち、ちがうっ……あ、あんッ」

クリトリスが摘まれ、圧される。這った肢体は痙攣を起こした。結合部の熱が巡って全身が燃えるようだった。

絶頂感が、すぐ手前まで迫っていた。開いた紅唇が戦慄く。次の瞬間、妹の細顎がクンッと持ち上がった。

「あんっ、きたっ」

みちるの身体から抜き取られたペニスが、また妹を刺し貫いていた。

「お義兄さん、わたしとお姉さん、一緒にイカせるつもりみたい。ママとわたし、並べてよくヤラれたから……あんっ」

早紀が震え声で告げた。

（一緒に？　そんなことできるの？）

疑問の答えは、すぐに身を以て知ることになる。

「いくよっ」

夫の抜き差しが速まり、妹の肢体も前後のゆれが大きくなった。白のセパレートストッキングの足が、姉の素足にこすりつく。

「もうだめ。あん、イクッ、お姉さん……あンっ」

妹の可憐な絶頂姿を、みちるは間近で目にした。姉の身体を抱き締め、ほっそりとした首筋をぶるぶると震わせる様子は、少女とは思えない凄艶さをまとっていた。

「ほら、みちるも」

猛った肉茎が、今度は姉を仕留めに掛かる。妹の愛液にまみれた男性器が、姉の膣肉を激しく犯した。

「きてっ、壮介っ」

みちるは夫の声に呼応する。深刺しを請うように、きゅっとヒップを持ち上げた。肛穴に刺さった指も、深く腸管を抉ってくる。肉棒の抜き差しが速まった。

「ああっ、みちる、早紀ちゃん」

「お義兄さん、お姉さん……」

「壮介……さきっ」

三人は互いに名を呼び、官能に染まった喘ぎを吐いた。

(妹の前なのに、浅ましい姿を)

よがり泣く羞恥、乱れることへの抵抗感、その裏には許されない状況にもかかわらず燃え上がってしまう禁忌と倒錯の愉悦がある。ズンと奥に勃起が嵌まり、下腹に充塞が満ちた。

「イクッ……イクうッ」

みちるの牝泣きが、リビングルームに響いた。燃えるような恍惚が、手を縛られた肢体を呑み込み、目の前が赤に染まった。

「みちるっ、出るよっ」

追いかけるように壮介が吠え、膣内射精が始まった。精液の放出を感じ、丸いヒップがビクッと打ち震えた。

(中出しミルク、あふれてるっ)

「お姉さんっ」

早紀が下から、しがみついてくる。潤んだ瞳同士は視線を重ね、じきにこのヒリつく官能を共有するように、姉妹の唇がぴっちりとふれ合った。

第二章　妻公認で「妻の妹」と……

1

日曜日の昼過ぎ、綾川壮介は義妹の部屋にいた。

綾川早紀が、採点された定期テストを机に並べる。横顔には自慢げな笑みが浮かんでいた。

「数学A九十八点、英語九十六点……すごいね」

壮介は感嘆の声を漏らして、テスト用紙を手にとって順に目を通した。手応えはあったと早紀から聞いていたものの、予想以上の点数が並んでいた。

「ふふ、その二つはクラストップなんだ。前回より順位の上がった教科は五つ。ねえお義兄さん、約束覚えてる？」

早紀がくるんとした瞳をかがやかせて、隣に座る壮介を見た。

「覚えているよ。テストの点数がよかったら、一教科につきキス一分……だよね」

壮介はテスト用紙を机の上に戻した。成績アップと引き替えのご褒美は、家庭教師を始めたときからの習慣だった。

(やる気が上がるのなら、キスくらい)

キス程度ならみちるにも許してもらえるだろうと、壮介は早紀からの提案を拒まなかった。早紀も同じように考えたに違いない。

(そう。別にセックスをしようって訳じゃないんだし)

妻が海外出張中、義妹と身体を重ねる深い仲になったが、そのままなし崩しに関係を続けるのは、倫理的に許されないと自制が働いた。家庭教師中も勉強一色で、早紀といかがわしい行為は一切していなかった。

(二週間前のは特別なケースで、やむにやまれずだから……)

リビングのソファーで妻と義妹を、同時に抱いた夜を思い出して、壮介はゴクッと喉を鳴らした。

早紀が椅子から立ち上がった。壮介ははっとして見上げる。早紀は袖のない白のノースリーブニットに、ココア色が地色のチェック柄のミニスカート、黒のニーソックスの出で立ちだった。

(今日の早紀ちゃん、ブラジャーをつけていないような気がする)

ぴっちりとしたニットの胸元は、丸い乳房の形に浮き上がり、先端がツンと隆起していた。十代のかわいらしい膨らみが、身をゆすっただけでぷるんぷるんとゆれていた。

(ブラジャーのホールド感が、ないっていうか)

じろじろと眺めるぶしつけさに気づいて、壮介は目を落とした。今度は黒のニーソックスからのぞく真っ白な太ももが、視界に飛び込んでくる。

「ふふ、このチェックのサーキュラースカート。かわいいでしょう」

壮介の視線を見た早紀が、上から言う。

「似合っているよ。フレアースカートとは違うの？」

膝上丈のミニスカートは、カーテンのようなひだがあった。ふわっと裾に向かって広がるシルエットと、大胆にのぞくしなやかな脚線美が、目を引いた。

「こっちの方がドレープが深くなるの。でも同じようなものだって思っていいよ。悩殺される？」

「される」

壮介は素直に認めた。

家庭教師中、ショートパンツやミニスカートから伸びる白い太ももを見る度に、ドキッとした。部活動で鍛えられた十代の脚線美は、健康的でありエロティックでもあった。

「そっか。うれしいな」

早紀が椅子に座る壮介の肩に手を置き、脚を開いて膝の上に跨がってきた。

「お義兄さん、重い？」

「ちっとも」

壮介は少女の腰に手を回した。やわらかできゃしゃな感触だった。早紀も壮介の首に腕を回す。長袖シャツにジーンズの格好の義兄と、ノースリーブニットの義妹が密着する。少女の胸元が、壮介の顔に当たった。

(絶対、ノーブラだ)

頰に生々しい弾力を感じた。壮介はニット生地に、顔をくっつけた。一枚の薄い布地の向こうに、ふんわりとした肉丘があった。

「お義兄さん、おっぱいに顔を埋めていたら、キスできないよ」

注意するように言いながら、少女の声は穏やかでやさしい。手が壮介の後頭部にあてがわれ、さわさわとふれる。

「やばいね。これが母性本能ってやつでしょう？　よしよしって言いながら、ずっと撫でてあげたくなる」

少女の腕と胸に包まれながら、壮介は安らぎに包まれる。双乳のソフトな圧迫感にうっとりとしながら、盛んに匂いを嗅いだ。

(早紀ちゃんの匂いも感触も、浅子さんやみちるとは違う)

香水、石けん、そこに新緑の萌芽のようなさわやかな香が混じっていた。早紀の体臭が鼻腔に広がり、股間の陰茎が硬さを増していく。少女のほっそりとした体つきと温もりは、熱い感覚を胸の奥から込み上げさせ、同時に自分が学生だった頃を脳裏によみがえらせた。

(まだ学生……十代なんだよな)

年若い少女と情愛を通じる罪悪感で、胸がチクチクとした。壮介は顔を離して、上を見た。

「キスでいいの？　服とかアクセサリー、別に買ってあげてもいいよ」

義妹のひたむきながんばりを、間近で接してきた壮介はよく知っている。部活動で疲れた夜も、少女は欠かさず机に向かっていた。キスの報酬は、努力と釣り合っていないのではと尋ねた。

「もう、わかってないなあ。お義兄さんが家庭教師じゃなきゃ、わたしこんな必死に勉強していないよ」

子猫のように瞳を光らせて、早紀は白い歯をのぞかせた。長い黒髪を掻き上げて耳の後ろに流してから、壮介の頬に左手を添えた。

「ほら家庭教師さん、約束を果たそうね。五分経ったら、アラームが鳴るようセットするからね」

早紀が机の上にあった携帯電話を手に取り、タイマーをセットした。机の上に戻す。

「ディープ?」

壮介は尋ねた。

「もちろん。用意はいい?」

早紀が顔を近づけながらささやく。二人の瞳には、互いの顔しか映っていなかった。緊張が高まる。

(キスなんて、何度もしたのに……)

義妹の顔色が赤くなっていた。

「こうやって改まると照れるね」

ピンク色の唇から漏れる吐息は、花の香がした。壮介も呼気を乱しながら、同意するように、まばたきでうなずく。それが合図となった。

早紀が右手を机の上にあった携帯電話に伸ばして、液晶画面をタンとタップした。すかさず唇を押し当ててくる。

「んふっ、お義兄さんっ」

ふんわりとした唇が、壮介の口に擦れた。壮介は口を開けて舌を伸ばした。早紀も舌を伸ばしてくる。

二人の舌が擦れ合う。唾液でヌルッとすべり、湿った音がこぼれた。義妹は呼吸を止めていない。温かな息づかいと共に、少女の舌が蠢いていた。

(早紀ちゃんの舌、やわらかくて甘い……)

唇を窄めて、義妹の舌を吸った。早紀が「んっ」と喉を震わせた。捧げるように、舌を差し出してくる。

乱暴に扱うと折れてしまいそうなか細い腰を、ぎゅっと抱き寄せた。自分だけの玩具を手に入れたような、危うさが官能を高めた。

「ん、んふんっ」

早紀が情感に染まった呻きをこぼす。開いた脚が、壮介の腰を挟んだ。太ももがむちっと当たっていた。隙間のない一体感が、本能的な昂揚を生む。

義妹は唇を強く押しつけながら、尻をもぞもぞとゆらしていた。やわらかな臀部が、男の股間を刺激する。陰茎は、ジーンズの下でさらに硬くなった。

（一ヶ月前、この娘のなかに射精をしまくった……）

練習と称して、義妹と肌を重ねる日々があった。妻のみちるとは異なる抱き具合、処女を散らしたばかりのきつい女穴にドクドクと注ぎ込んだ瞬間を、壮介の肉体は忘れていない。放出の間も十代の膣肉は締め上げを止めず、その絞り込みに合わせて腰を打ち付けて、快感を貪った。

愛する妻のためと言い、壮介は早紀の肉体に欲望を注ぎ続けた。

「さ、さきちゃん」

禁忌の情景を思い出して、頭のなかがカアッと灼ける。涎を垂らしながら、壮介は妹の舌をしゃぶった。

カウパー氏腺液が、尿道を駆け上がってくる。突っ張った勃起がズボン生地で押さえられ、根元が痛かった。

壮介は早紀の肩を押して、口を引いた。唾液の糸がツーッと伸び、日射しを反射してきらめく。早紀が横を向いて、液晶画面をタップした。唾液の糸が切れる。

「どうしたの。まだ一分ちょっとだよ」

タイマーを確認した早紀が、小首を傾げて壮介を見る。

「股間が痛くて。位置を直していい？」

壮介は小声でつぶやいた。キスだけで劣情を催したと告白したも同然で、恥ずかしさがこみ上げた。

「そっか。いいよ」

早紀が腰を浮かせて、ずりずりと後ろに移動した。隙間が生まれて、張り詰めたジーンズの股間が表に出る。早紀がチラと下を見てから、右手を伸ばした。ジーンズのファスナーを指先でつまんで、引き下ろす。

(早紀ちゃんに、直して欲しいって言ったわけじゃないのに……)

止める間もなくファスナーは全開にされ、そのなかに細指がすべりこんだ。可憐な十代の少女が、ファスナーを下ろして、男の股間に手をまさぐり入れる様子を見るだけで、陰茎はまたズキッと猛った。

「外に出すね」

左手も下に伸ばし、ブリーフをずらした。右手の指が充血した肉棹に引っ掛かる。持ち上げて、窮屈な場所から解放した。

二十三歳の硬直が垂直に立つ。昼の日射しを浴びて、エラの張った亀頭部はヌルヌルに光っていた。

「すっごい濡れているね」

白い指が亀頭をつついた。軽い触感が、染みる刺激となった。壮介の腰がゆれ、尿道をカウパー氏腺液が駆け上がった。

「わっ、漏れてきたよ」

「ご、ごめん……あっ」

ペニスの先端が跳ね、透明液が裏筋の方へと流れ落ちる。その裏筋を少女の人差し指が撫でた。勃起はピクピクと震えた。少女の指は勃起の頂点へとゆっくり移動し、尿道口をくりんくりんと指腹で擦った。

「あっ、早紀ちゃん……あんッ」

「お義兄さん、かわいらしい声を出しちゃって……またわたしの母性本能が反応しちゃうよ」

壮介の下唇に垂れた涎を、早紀が舌を伸ばしてチロッと舐めた。右手は亀頭を包んだ。先走り液を引き伸ばしつつ、手の平をあてがってゆっくりと擦った。壮介は息を喘がせて腰をヒクつかせる。

「あ、ねえ、そんな風にさわられたら」

「お義兄さん、汗かいてるね」

口元から頰、耳の横、そして首筋へと早紀の舌が這っていく。ペロペロと舐められるくすぐったさに悶えながら、陰茎は少女の指のなかで派手に戦慄いた。

(早紀ちゃん、腰をゆらしている)

義妹は騎乗位セックスの最中のように下肢をゆすり、パンティに包まれた十代の恥丘を、棹の根元部分に擦りつけていた。やわらかに茎胴を刺激しながら、敏感な亀頭部分を中心に、指をヌルヌルとすべらせる。

射精感が高まり、壮介は口元を喘がせた。カウパー氏腺液が、ドクドクと漏れていた。

「あ、あんっ」

早紀が突然色っぽく泣き、細顎をクンと持ち上げた。腰遣いも止まる。

「どうしたの」

「いい感じに当たって……な、なんでもない」

早紀は言い淀むと、うつむいてペニスから手を離した。はあっと切なげにため息を漏らす。長い髪が、肩から胸元にさらさらと流れた。

「わ、わたしも濡れちゃったから、脱ぐね」

相を隠したままつぶやき、早紀は壮介の膝の上から降りた。

前かがみになり、ココア色のミニスカートの裾から両手を入れる。太ももに下がってきたのは、青と白のストライプ模様のパンティだった。

(青白の横縞パンティッ)

「その脱いだパンティ、もらっていい?」

情欲を掻き立てられて、とっさに壮介は口にしていた。

早紀が下着を脱ぐ動作を止める。膝の位置に引っ掛かったパンティの股布部分が、楕円形の染みを作っているのが壮介の目に映り、興奮はさらに高まった。

「バ、バカじゃないの。お姉さんに見つかったら大変だよ。妹のパンツをコレクションなんて……」

早紀はささっとパンティを脱ぎ落とし、脚から抜いた。そして机の引き出しを開けて、なかに放り込んだ。壮介は胸のなかで落胆の声を漏らした。

「そんな残念そうな顔しないの。まだ残り四分あるんだから、キスに集中しなさい」

早紀がまた膝の上に跨がってくる。大股を開き、ミニスカートの裾を持ち上げて、股間を壮介のペニスに密着させる。今度はノーパンだった。チェックスカートの下の感触が、熱く潤んでいるのがわかった。

「早紀ちゃんも、すっごい濡れ――」

壮介の口は、早紀の右手で塞がれた。少女の頬がリンゴ色を帯びていた。

「余計なこと、言わないの。ね？　大人なんだから」

壮介の口元にあてがった右手をゆっくり外す。代わりにピンク色の唇が近づいた。ちゅっちゅっと、ふれ合わせるキスをした。

左手は下に伸びて、ペニスの先端に指を添えた。表面を撫でられ、充血したペニスがビクッビクッと反りを強める。

「わたしのもさわる？」

つぶらな瞳が、睫毛を震わせて訊く。

「いいの？」

「うん」

返事を聞くなり、壮介は右手を少女の股間に差し入れた。チェックミニスカートを持ち上げ、秘部を直接まさぐった。

「きゃっ、こ、こら、そこじゃなくて……おっぱいのつもりだったのに……あ、あんッ」

「早紀ちゃん、トロトロになってる」

熱を孕んだ花弁が、愛蜜を潤ませながら指に吸いついてくる。自分が処女を奪ったときの、ぴっちり閉じた亀裂の様子を思い出しながら、淫らな吸着反応を示す陰唇を指先で広げ、浅く挿入した。

「せっかくノーブラで準備しといてあげたのに」

声を震わせながら、早紀が恨めしげにつぶやく。そして携帯電話を右手でタップした。同時に少女のやわらかな唇が、ぴっちりと被さる。引き寄せ合うように二人の舌が擦りついた。互いに遠慮のない舌遣いで絡め合う。

「さきちゃん」

「あむ、おにいさん……んふ」

早紀がペニスを握って、先走り液で濡れた裏筋に指をすべらせる。

壮介は左手でニットの胸元を摑んだ。ふわっとした弾力と十代の張りが、手の平に生々しく伝わる。

（やっぱり早紀ちゃん、ブラジャーをしてなかったんだ）

左の乳房を揉み上げ、指先で先端を探り当てて摘まんだ。

（勃起乳首だ……もうコリコリしてる）

人差し指と親指で摘まみ、やさしく揉み潰した。ニット越しに少女が喉声を発し、壮介の口腔に舌を深くまさぐり入れてくる。乳房を強く揉み上げるほど、早紀は可憐な泣き声をキスの口元から奏で、ペニスを忙しなく扱いてきた。もっともっとと請うようだった。

壮介は股間に差し入れた右手で亀裂をなぞり、愛液を吐き出す膣口をくすぐった。少女の尻がピクンピクンと浮き上がる。

「ら、だめ……感じちゃう」

少女の舌をしゃぶりながら、右の乳房も揉んだ。乱暴にゆすり立てながら乳首を弾いた。甘い花蜜のような唾液を啜り呑み、クリトリスをこね回し、根元からぎゅっと押さえる。

「あ、ひんッ」

少女が背をクッと反らした。舌が外れる。

「イッたの？」

壮介はクリトリスをなぶっていた指を引き抜き、尋ねた。

「イ、イッてない……」

否定する美貌は、真っ赤だった。壮介は笑みを浮かべた。

「そうなの？」

壮介は愛液で濡れた人差し指を、少女の目に晒す。真っ赤な表情は、さらにあざやかな色味を増して上気する。

「い、意地悪だ。お義兄さんだってあっつくなって、パンパンになってるくせに」

少女が潤んだ瞳をゆらして、言い返した。

「早紀ちゃんだって、すごいホンキ汁、ポタポタ垂れてるよ」

壮介は早紀に見せつけるように、濡れ光る指先をぺろっと舐めてみせた。

「ああっ、イヤらしいことするなー」

揶揄の応酬は、壮介の勝ちだった。早紀が余計なことを言わせまいと、キスで壮介の口を塞ぐ。ぴちゃぴちゃと音を立てて、ディープキスに耽った。

「わたし、お義兄さんとキスするの大好きだよ」

唇をふれ合わせたまま、早紀がささやく。

「早紀ちゃんの唇、甘いね」

「どんな味？」

「さくらんぼの味」

「そんなわけないでしょう」

目尻を下げて、早紀が苦笑を浮かべた。

「ほんとうだよ。残り時間は？」

「一分くらい。ねえ、この前、わたしが放課後にお友だちの家に遊びに行った帰り、お義兄さん迎えに来てくれたでしょう。うれしかった」

「あ、あれは偶然近くの本屋さんに用事があって……」

「ママとお姉さんから聞きました。お義兄さん、わたしがまだ帰ってないって聞くとそわそわしだして、クラス名簿でお友だちの住所を調べだしたって」

「夜道は危ないから」

「まだ充分明るかったよ」

早紀はニーソックスの脚で壮介の腰を締め付け、ノーパンの股間をキュッキュッと擦りつけてくる。ペニスに愛蜜が滴り、細指は亀頭を握り締めた。

「あんまり強くされると……出ちゃうから」

「わたしさっきイッたから、お義兄さんも出していいよ」

「やっぱりイッたんだ」

「そうだよ。お義兄さん、上手なんだもの」

「僕も出していいの？」

壮介は両手で少女の乳房を掴み、揉み込んだ。早紀の半開きの口元から、艶めかしい喘ぎがこぼれる。

「うん。出したくないの？」

「……出したい」

そこで男女の秘めやかな会話が止まった。互いの目を見つめ合い、こもった吐息を混ぜあった。

「いまわたしたち、考えてること一緒かな？」

早紀が切なそうに睫毛を震わせ、眉間に皺を作る。

「たぶん、同じだと思う」

双乳を揉み上げて、壮介は答える。指に当たる尖った乳頭が丸わかりだった。

少女の首筋や、ノースリーブからのぞく肩の辺りは、細かな汗が浮かんできらめいていた。

「じゃあお姉さんに許可もらっていい？　キスだけの約束だったけど、ごめんね。もう限界」

早紀が横を向いて、机の上の携帯電話を手に取った。みちるに電話をするため、指で画面を操作する。

「みちる、浅子さんの代理で不動産屋さんに行くって言ってたっけ」

一時間ほど前に妻は出かけた。浅子は休日出勤で朝からいない。

「そうだよ。駅前の無料駐輪場の隣が売りに出されたんだって。だからうちに買いませんかって不動産屋さんが言ってきたって。広い方が使い勝手がいいもんね」

壮介のつぶやきに対し、早紀が説明をする。壮介は疑問の目を義妹に向けた。

「無料駐輪場って、駅の真ん前にある〝地主さんの好意で、駐輪場として開放しています〟って看板の立ってる小さい駐輪場のこと？　もしかして地主さんって、この家のことだったの？」

「そうだよ。わたしがちっちゃい頃、商店街の偉い人にお願いされて、ビルやマンションを建てるような広さでもないから、ママも快諾したみたい……知らなかったの？」

「知らなかった。不動産、いくつか持っているって聞いた記憶があるけど。無料でありがたいなあって思いながら、僕もあの駐輪場利用してた……」

「ふふ、お義兄さん、その無頓着というか無欲な感じ、相変わらずだなあ——あ、もしもしお姉さん？　早紀だけどいまだいじょうぶ？　うん、ちょっと相談というかお願いがあって、お義兄さんに替わるね」

早紀が携帯電話を、壮介に差し出した。

（え、僕？）

壮介は戸惑いながら胸から手を離し、携帯電話を受け取って耳にあてがった。

ごくっとつばを呑んでから、壮介は妻に切り出した。

2

電話の向こうから妻の声が聞こえた。

『もしもし壮介。どうかしたの』

「あのみちる、いま家庭教師の最中でさ、早紀ちゃんのテストの点数が良かったから、ご褒美をあげようと思うんだけど、早紀ちゃんと……してもいい？」

『え？　早紀とする？　それって……そういう意味よね』

妻が困惑の声を漏らした。当然の反応だろうと思う。

(日曜の真っ昼間から、なんてお願いをみちるにしているんだ僕は)

頭の片隅に残っている理性が、己を罵る。しかし次に聞こえた妻の返答は、壮介の自責の念をあっさりと打ち消した。

『わざわざ断りを入れなくてもいいのに。もしかしてあなたたち、わたしが出張から戻ってから、なにもなしなの？』

「し、してないよ。だって僕はみちるの夫だから」

『あなた相変わらずね。色々いやらしいことをしているのかと思って、やきもきしたわたしがバカみたいじゃない。焼き餅を焼く必要もないなんて』

みちるが嘆息し、先ほどの早紀と同じようなことを言う。

「相変わらずって。じゃあ早紀ちゃんといいの？」

『……ええ。ママや早紀には恩があるからね』

電話から聞こえる妻の声には、重みを感じた。

しあわせに見えた家族には陰があった。

早紀が男に襲われるという不幸な過去があり、母はそんな男を自宅に招き入れたことを悔いていた。姉は男を撃退したときの鮮明な記憶に苦しみ、妹は姉に罪の意識を植え付けさせたことに申し訳なさを抱いていた。

「そうだね。お義母さんと早紀ちゃんのおかげだものね」

壮介も静かな声で応じた。

みちるの海外出張中、不慮の形で浅子と身を通じ、さらに早紀もそこに加わった。世間では許されない禁断の関係だったが、性行為を果たせなかった夫婦の関係を改善するため、さらには家族が抱えていた罪の思いを解消するためには、必要なことだったのだと思う。

『早紀にはこの前もたっぷりお世話になったし。あなた忘れていないわよね。二週間くらい前、早紀と一緒になってわたしを手籠めにしたこと』

みちるが冷ややかな語調で告げた。リビングのソファーで、早紀を招き入れて交わった夜を思い出し、壮介は相貌を引き締める。

「わ、忘れていません。あのときはだまし討ちの形になってごめん」

『……いいわ。あれもわたしを気遣ってしたことでしょうし。元はわたしの身体が悪いんだもの。迷惑を掛けてごめんね。あの子を、たっぷりかわいがってあげて』

「わかった」

『ということは壮介、ママとも同じような状況なの？　ちょっと待ってね。不動産屋さんが近くにいるから、場所を変わるわ』

妻が移動する気配がした。

「お姉さん、オーケーだよね？」

膝の上にのっている早紀が、壮介に確認する。壮介とみちるの会話が漏れ聞こえていたらしく、かわいらしい相には既に笑みが浮かんでいた。電話中に壮介の腰のベルトとジーンズのボタンを外し、股間を露わにしていた。硬直の様子を確認するように、右手で勃起をさわさわと撫でていた。

「みちるの了解をもらったよ。早紀ちゃんが泣き叫んで許しを請うくらい、かわいがってやれって」

「うそだ。お姉さん、そんなこと言ってないよ」

早紀が言い返し、右手の指先を先端に添え、尻を浮かしてその上に持っていく。

「いいよね？」

挿入を求める少女の眼差しは、十代とは思えないほど妖艶な気配を宿していた。長い睫毛が震え、くりんとした瞳が蠱惑色にかがやく。

早紀の尻が沈み、切っ先を亀裂の粘膜に擦りつかせた。ピンク色の唇から吐息が切なく漏れた。

「いいよ。おいで」

少女の双眸が細まり、唇からは白い歯がのぞいた。腰が落ち、クチュッと花唇が亀頭に当たる。たっぷり滴る愛液が、硬直を狭穴に導いた。

「あんっ」

早紀がかわいらしく泣いた。ペニスが温かな入り口に突き刺さり、埋まっていく。小さな膣口を押し広げる感覚と、狭隘な膣道を突き進む摩擦感が、壮介の腰にまで響いた。

「あ、入る……きた、んっ、お義兄さんのがわたしのなかに……ああん」

蜜肉のなかに陰茎がみっちりと嵌まった。早紀は壮介の肩に抱きつき、身を震わせる。壮介も携帯電話を持っているのとは反対の手で、少女のほっそりとしたウエストを抱いた。密着感が一体感と昂揚を生む。

(早紀ちゃんのなか、きつい……)

壮介は初体験の日を思い出す。行為後、破瓜の血が混じった白濁液が早紀の花芯から漏れ、それを壮介がぬぐい取った。

「気持ちいいね」

少女が情感たっぷりにつぶやく。壮介は首肯した。

一ヶ月前は性愛の悦びをまったく知らなかった少女が、相を悩ましげに歪めて、恍惚のため息を漏らしていた。

それを教えたのは自分だと思うと、男の征服欲が満たされ情欲が荒ぶる。カウパー氏腺液が尿道を通って、膣内にこぼれ出るのを感じた。

「電話中だから、動いちゃだめだよね」

「うん。僕も動きたいの我慢している」

義兄と義妹は見つめ合い、心を通じ合わせるように口づけを交わした。

『もしもしお待たせ。いいわよ』

「ん、もしもし」

妹とのキスを止めて、壮介は返事をする。

『で、壮介はママとも、なにもなしなの？』

「うん。なにもないよ。手すら握っていない」

『そうなの……妻としては喜ぶべきなのでしょうけど』

みちるが考え込むようにつぶやく。

浅子の社長業の忙しさは、まだ続いていた。ヒット商品を出すことは、小さな会社にとって有益なことだけではないらしい。得意先に迷惑を掛けないよう、浅子自身、早朝出勤や残業で対応していた。浅子の代わりに、壮介が家事を担うことも増えた。

『ママ、意識して壮介と距離を置いている気がするわね。いくら仕事が手一杯でも、あなたとの時間を五分十分作れないなんて変だもの』

「そうかも」

壮介にも思い当たる節があった。以前は頻繁にあったいってらっしゃいのキス、お帰りのキスも、すっかりご無沙汰だった。浅子は、義理の母と娘婿という枠からはみ出さないよう、自己を律している気がする。

『本来はママが正しいのよね。夫が複数の女性と関係を持つなんて、あってはならないことだもの。しかも妻の肉親がそのお相手だなんて』

壮介が抱き続けている懸念を、妻が指摘する。

倫理に外れている自覚は壮介にもあった。伴侶であるみちるへの申し訳なさ、相姦関係に巻き込んでしまった浅子と早紀への黒い負の感情は、常に胸に宿っていた。

「お義兄さん、ごめんなさい。腰が勝手に動いちゃうよ」

早紀がニーソックスの足をゆらし、腰を秘めやかに前後させていた。余裕のない粘膜摩擦に、快感が走った。

『社会的立場もあるから。ママの判断を尊重すべきとは思うけど……』

「うん」

殊勝に返事をしながら、壮介は義妹に呼応するように椅子に座ったまま腰をゆすった。

「あんっ、お義兄さん、声が出ちゃう」

早紀が唇を噛み締める。

(みちると電話中に、早紀ちゃんとセックスしちゃってる。やっぱり僕はひどい夫だ)

電話越しに妻の気配を感じながら、義妹の締まった女肉を味わう。背徳感が肌をひりつかせた。

『一回、きちんと話し合わないとね』

「そうだね」

重い雰囲気のなか、腰を浮かせて勃起を深く結合させた。早紀が喉で、んっ、んっと抑えきれずに泣く様子がたまらず欲情をそそった。

『不動産屋さん、待たせているから、切るわね。この後食料品の買い溜めをして帰るから、遅くなるかも』

(遅くなるんだ)

みちるは、夫が早紀と抱き合う時間を与えてくれると言っていた。

「いいの?」

『ええ。あの子がテストでがんばっていたのも知っているし、今日は特別』

みちるがくすりと笑った。

(妻公認で……義妹と相姦セックス)

「お義兄さん、中出ししていいからね。危険日じゃないから」

早紀が携帯電話をあてがうのとは反対の耳に、甘くささやいた。左右から聞こえる姉妹の声が、非現実的な倒錯感をもたらす。熱いモノが、ねじれて噴き上がるのを壮介は感じた。

『後であの子のようすを詳しく聞かせてね。じゃあね』

みちるが電話を切った。壮介は早紀の腰をぎゅっと抱き寄せ、勃起を埋めこんだ。少女が背を反らせて可憐な喘ぎをこぼす。黒髪がざわめき、日射しを浴びてきらめいた。

「そんなされたら……だめっ、イク……お義兄さん、イッちゃうようっ」

「早紀ちゃんっ」

携帯電話を机に戻して、義妹の肢体を下から衝き上げた。少女も抽送に合わせて懸命に腰を振ってくる。胸元では白のニット生地を突っ張らせて、双乳がゆれていた。

「わたしだけじゃなくて、お義兄さんも気持ちよくなって」

けなげな台詞が、壮介の欲望を押し上げる。少女の腰に両手を回し、チェックスカートの内側に潜り込ませた。すべすべの尻肌を撫で、鷲摑みにした。

「あんっ」

尻たぶに食い込む指を感じて、早紀が腰を引き攣らせる。緊縮が上がり、ペニスへの締め付けが高まった。

「ああっ、僕もイクよ」

壮介は呻き、丸い尻肉をゆすり、肉棒摩擦を速めた。

「きてっ、お義兄さんっ、早くっ、あぁッ、もうだめっ、イ、イクうっ」

先に達したのは義妹だった。壮介の肩に置いた細指を強張らせて、肢体を突っ張らせる。ピンク色の唇が開いて戦慄いていた。唾液で光るその口を、壮介は吸った。

「早紀っ」

名を叫び、義妹の口元をぴっちりと塞いで、熱く駆け上がる劣情を解き放った。

(出るッ)

溜め込んだモノを、温かな潤みのなかにぶちまける。身震いのする快感が、腰から背筋へと走った。ドクッドクッと痙攣を起こす勃起を、きつい膣肉がキュッキュッと締め上げてきた。

(女子校生に……妻の妹のなかに、精液を注いでいる)

禁忌感が射精悦を高める。恍惚が満ち、視界は白と黄色のもやが掛かった。少女の手が、壮介の後頭部に回される。鼻腔から漏れる荒い息を感じた。

壮介は両手で握り締めた早紀の尻たぶを、手前に引き寄せて結合感を強めた。勃起の充塞と生殖液の噴出を感じたのか、早紀が細腰を震わせた。

「お義兄さんっ、だめっ、早紀、おかしくなるよっ」

キスの口を離して、少女がよがり泣く。壮介はまた口を寄せて塞ぎ、口中の唾液を送り込んで呑ませた。んく、んく、と早紀が喉を鳴らす音を聞きながら、勃起の痙攣が収まるまで、十代の肢体を強く抱き続けた。

唇と女穴、存分に注ぎ込んだ快楽と満足感で、義妹に対しての所有欲は最高潮に達する。

(僕の早紀ちゃん)

ぴちゃっと音を立てて、少女の口を解放した。早紀はハアハアと余韻の喘ぎをもらして、壮介の肩に額をすりつかせた。離れたくないというように、密着してくれるのがうれしい。

(早紀ちゃん、汗ばんでる)

少女の高い体温を感じた。腰に力を込め、尿道の奥の残液をしっかり吐き出す。すると、蜜肉がきゅっと収縮を起こして応えた。

「あんっ、動いてるよ」

(なかで動くのがわかるんだ。早紀ちゃんの身体、だいぶセックスに慣れてきたみたい)

妹の過敏な喘ぎを聞きながら、肉体が淫らに成長しているのを壮介は実感する。

(射精した後もきつく締め付けられるこの感じ、早紀ちゃんのなかは抜群にすごい。入り口もなかも余裕がなくて、狭い感じで……)

一度射精した後は、余裕が生まれる。若い蜜肉の具合を味わうように、充血の弱まってきたペニスをゆっくりと出し入れした。食いつくという形容がぴったりの粘膜の緊縮感は、一ヶ月前まで未経験だった早紀の肉体が顕著だった。

「んっ、だめ、お義兄さん……まだしないで」

「ごめん。痛いの？」

「ううん……敏感になっているから」

壮介はわずかに身を離して、ニットを盛り上げる膨らみを絞るように掴んだ。早紀が「ああんっ」と可憐に泣いて背肌を引き攣らせた。

（ほんとだ。浅子さんもよくこんな風になるけど、一緒だ）

性交後、裸の浅子がぐったりと伏しているとき、背筋にそって指を這わせると、悲鳴を発してビクビクと肌を震わせた場面を、壮介は思い出した。

「ママがお義兄さんとのエッチに嵌まったの、わかった気がしたよ。今日のイッた感じすごかったもの。以前だって気持ちよかったけど、さっきのは頭のなかがとろける感じで、飛んじゃった。わたしの身体、すっかりお義兄さん向きにされちゃったよ」

（僕向きに……）

昴りをもたらす表現だった。壮介は妹への愛情と尽きぬ劣情に胸を熱くさせながら、ぐったりとする早紀の背中をやさしくさすった。

「ねえ、もうすぐ文化祭なんだよね。お義兄さん、来てくれる？」

少女がささやいた。

「いいの？　もちろん行くよ」

「うちのクラスは喫茶店をやる予定なんだ。メイド衣装で、入り口まで迎えに行ってあげる」

「楽しみだな」

「女子校のなか、入ったことないでしょう。案内してあげるね」

うれしそうに早紀がしゃべると、さらさらの長い黒髪がゆれて、鼻をくすぐった。

「早紀ちゃんの髪、ふわふわのいい匂いだね」

「お義兄さんも、わたしのシャンプーコンディショナー使っていいよ。一緒にふわふわの匂いで、校舎のなかを歩こうぜ」

早紀がかわいらしく言って、笑みをこぼした。黒髪を掻き上げて耳の後ろに流す。汗で光る肩や二の腕が持ち上がり、チラと腋の下が見えた。壮介はドキリとした。

（腋の下……そう言えば早紀ちゃんのこっちの匂いって一度も嗅いだことなかった）

衝動のままに、妹の右腕を摑んだ。袖のないノースリーブニットは、腕を掲げれば腋窩がぱっくりと露わになる。

（早紀ちゃんの腋）

壮介は鼻を近づけて、腋の下の匂いを嗅いだ。

「え？　いきなりなにをしているの。このヘンタイッ、あっ、んっ」

慌てたように、早紀が身をゆすって暴れた。黒のニーソックスをはいた太ももが、ぎゅっと壮介の腰を挟んだ。しかし抵抗はそこまでだった。突き刺さったままのペニスに性感帯を刺激されたらしく、悩ましく呼気を漏らして細首をかくんと折った。

「早紀ちゃんの匂い……味」

壮介はなめらかな腋窩を舐めた。舌には汗の塩気と酸味が広がる。さわやかな髪の匂いや耳もとにふられた香水とは異なる臭気が、確かにあった。

「あんっ、くすぐったい。このヘンタイお義兄さんっ、やめないとぶん殴るよ」

早紀が右手で拳を作って壮介の頭を叩いた。しかしまったく力がこもっていない、じゃれつくようなお仕置きだった。

「美人女子校生の腋の下の汗って、ご褒美っぽいよね」

壮介はしゃべりながら、なおもペロペロと舌を這わせた。やわらかにキスもする。恥ずかしさで悶える肢体を押さえつけて、愛撫をしつこく施した。

「ご褒美って、おかしなこと言わないでっ……ああっ、信じられない。出したばっかりなのに、もう硬くして」

義妹が驚きの悲鳴を発して、身悶えする。狭い膣肉に嵌まった壮介のペニスが、充血を戻しつつあった。

「だって早紀ちゃんのココの匂いと味、僕の股間に響くっていうか、野性を引き出されるっていうか。ねえ早紀ちゃんの腋、やけにツルツルだけどいつ処理したの？」

何気ない質問だった。だが早紀は、パッと顔を背けた。

「……実は、ま、まだ生えてないの」

早紀が小声で告白する。

「ん？」

壮介は見上げた。少女の横顔が赤い。

「変だよね、わたし。お友だちに聞くと、早い子は小学生から生え始めたって言うし。……ねえ、お義兄さん、毛がないとつまらない？」

壮介への問いかけは、いまにも消え入りそうな声だった。横を向いた少女の頬や首筋がさらに朱色を濃くしていた。

（コンプレックス？）

壮介は腋愛撫を止め、少女のやわらかなヒップを両手で掴んだ。そのまま抱えて立ち上がる。

「なっ、なに？」

驚いた早紀が、壮介の首に手を回してしがみついた。

「早紀ちゃんの恥ずかしそうな表情に、燃えた」

壮介はそのまま早紀を壁際のベッドへと運んだ。膝立ちでベッドの上に乗り、中央に寝かせた。仰向けになった早紀の大きく開いた足を掴み、正常位でズンズンと突き上げた。

「やだっ、激しいよっ」

チェックのミニスカートがまくれ上がり、あられもない開脚の姿勢で、少女が喘ぐ。

（下にはちゃんと毛があるのに。早紀ちゃん薄い体質なのかな）

恥丘には繊毛が生えていた。花唇の脇までびっしり茂るような濃さではなく、十代の少女らしい清楚で可憐な草むらだった。

「なにこの人、ガチガチに勃起しているし。だめっ、身体の芯に響くよっ」

早紀が口元を喘がせた乱れ顔で、訴える。

「硬いの、好きでしょう？」

「当たり前じゃない。わたしに興奮してくれている証でしょう」

自分に欲情してもらえるのは、女としてうれしいと言う。壮介の劣情はより高まった。

白のノースリーブニットを、裾から持ち上げてノーブラの胸元を露出させた。かわいらしい盛り上がりとピンク色の乳頭が、抽送に合わせて震えていた。すらりとした足も宙でゆれ、ニーソックスに包まれたつま先がきゅっと折れ曲がる。

「あんっ、当たってるっ」

「この辺、気持ちいいの？」

膣の膀胱側を擦るように、壮介は突き上げた。喉を晒して少女が仰け反る。

「ひっ、あんッ」

泣き声を奏でながら、早紀は露わになった乳房ではなく、乱れ顔の方を手の平で隠した。

「早紀ちゃんって、正常位苦手だよね」

「だ、だって表情が丸見えなんだもの」

恥じらう仕草、困ったようすは、男の本能をより燃え上がらせる。壮介は持ち上げていた足を下ろし、白い乳房を摑んでゆすり立てた。少女の泣き声が情感を深める。

「プリンみたいにゆれてる」

ピンと尖った乳首を指で弾きながら、双乳を揉み絞り、抜き差しを速めた。ペニスを根元まで埋め込み、衝撃を与える。少女の太ももから鼠蹊部に力が入った。

「いやッ、イク……イクうッ」

アクメの叫びがベッドの上に響いた。

壮介は少女の上にぴったり身を被せた。右の乳房に顔を寄せ、むしゃぶりついた。

（ちっちゃい乳首を、ピンピンに尖らせて）

乳頭を吸い、舌で擦って刺激した。

「あんっ、そんな吸って」

左右の乳房を揉み立てながら、壮介は交互にしゃぶり立てた。

硬く屹立した乳首を刺激されて、少女はアクメに浸かった肢体を、ビクッビクッと引き攣らせた。

「お義兄さん、赤ちゃんみたい」

早紀が壮介の髪をくしゃっと掴み、己の乳房に押しつけるように頭を抱え込んだ。十代の張りのある膨らみが、壮介の鼻や頬を温かに包み込んだ。

「早紀ちゃん、ミルク出ないの？」

「出るわけないでしょう。女子校生のおっぱいだよ」

乳房から口を離して尋ねると、早紀が拳で頭を叩いてきた。その手をさっと掴んで頭上に持っていく。反対の手も同じように押さえた。

「やだっ、またっ、この人はっ」

壮介が狙ったのは、再度の腋責めだった。すべすべの腋窩にキスをし、舌を這わせ、時には歯を立てて甘噛みした。

「だめっ、そんな場所、舐めたりしないでっ」

「でも感じるよね。おっぱいも腋の下も」

「知らないっ」

両手を摑まれたまま、少女はぶっきらぼうに告げた。繰り返し絶頂した上、押さえつけられて腋の下を舐められる恥ずかしさ、くすぐったさで美貌は汗まみれで、真っ赤に染まっていた。

「毛があってもなくても早紀ちゃんはかわいいし、絶対に嫌ったりしないし、僕はここをいっぱい舐めて味わうだけだから」

「なによ、そのフォロー。もう最悪だよ、お義兄さんは」

強い言葉で罵りながら、その赤らんだ表情はどこかうれしそうだった。壮介は腋への口愛撫を施しながら、女体に突き入れた。

「いやっ、待って。何回イカせるつもりなの。わたしさっきイッたばかりっ」

「早紀ちゃんも、連続イキのよさを覚えないとね」

ズンと貫けば、少女は可憐に泣く。黒髪を乱して身を捩らせる。朱色に染まった肌が汗で濡れて、艶麗に光っていた。

「連続って……早紀おかしくなるよう」

「エッチな声、聞かせて。もっと感じてイヤらしく泣いて。僕の早紀ちゃんっ」

壮介は、キスマークを付けるように腋窩を強く吸いながら、追い込むように抽送した。

「あううっ、お義兄さん、おっきいのがくるっ」

オルガスムスの予兆を訴え、少女が黒髪を汗で首筋に張り付かせて、喉を晒す。

「出すよ、早紀ちゃん、一緒にイコう」

十代の膣肉は収縮を増して、壮介を締め上げてくる。愛液でたっぷり潤っているにも関わらず、潤みのなかはぴっちりとした絡みつきをさらに増していた。

「早紀ちゃんっ、早紀っ」

声を上ずらせて、壮介は愛しい妹の名を叫んだ。庇い守らねばという保護欲と、滅茶苦茶にしてやりたいという男の欲望が入り混じって脳裏を占め、快楽が極まる瞬間、それらはすべて熱い射精感に押し流された。

「ううっ、出るっ」

陰嚢の裏からこみ上げる、灼けつく感覚が尿道を通り抜けた。壮介は根元まで陰茎を埋め、包み込まれる心地よさを堪能しながら、温かな粘膜のなかに欲望液をドクンドクンと吐き出した。

「あああっ、イクうっ、お義兄さんっ、好き……」

義兄に合わせて絶頂する義妹の唇を、壮介はキスで塞いだ。少女がしがみついてくる。黒のニーソックスを穿いた足も、男の腰をがっちりと挟み込んだ。

（この子を孕ませたら、完全に僕のモノに）

妊娠してしまえばいいのにと、危うい欲求を抱きながら放出に合わせて小刻みに腰をゆすった。

「んうっ。あふん」

少女が喉で啜り泣く。連続アクメをした母浅子と同じように、きゃしゃな肢体がヒクッヒクッと腕のなかで痙攣を起こしていた。唾液まみれになった左右の乳頭と乳房が、胸元でかわいらしくゆれ動いていた。

（僕の早紀ちゃん……精液まみれにしてあげる）

淫らな性を開花させ、二十三歳の欲望を一身に受けとめる少女に、愛おしさを抱く。ほっそりとした首を抱いて、壮介は奥まで注ぎ込もうと腰を繰り込んだ。亀頭が膣底に擦りつく。

「あっ、ああっ、だめえっ」

圧迫を感じて、早紀の太ももがぎゅっと締め付けを強くする。朱唇の奏でる崩れるようなよがり泣きが、射精悦を高めた。

「早紀ちゃん、口を開けて」

壮介が命じると、早紀は涙目を上に向け、震える唇を懸命に開いた。壮介も口を開いて、口内の透明唾液をツーッと落とした。受けとめた少女が、コクッコクッと喉をならす。壮介の胸に痺れが走った。

(支配欲丸出しだ……僕はこの子のことがそれほど好きなんだ)

嵌めっ放しのまま二発目の射精を行い、唾液を呑ませていた。義妹への抑えられない愛情が、所有欲を満たす性愛行為として現れていた。

「早紀っ」

壮介は貪るように、喘ぐピンク色の唇を吸い立てた。

3

早紀がベッドの上に這っていた。

頭を低くし、膝だけを立てて腰を高く掲げていた。真っ白なヒップは激しいセックスの後とあって、汗でしっとり濡れていた。

その足下側には、ジーンズとパンツを脱ぎ、下半身裸になった壮介がいた。手にはデジタルカメラを持っていた。

「ほんとうにお姉さん、そんなことを言ったの？」

早紀が振り返って、不安そうに尋ねる。胸をはだけた状態の白のニットを着たまま、ミニスカートを脱いだ。黒のニーソックスははいているが、下半身は丸見えの状態だった。

「うん。僕と早紀ちゃんとのセックス、どんな風にしているのか知りたいんだって」

（嘘じゃない。詳しく知りたいって言ったのは事実だし。写真を撮れとまでは言っていないけれど）

卑怯かなと思いながら、壮介は構えたデジタルカメラのシャッターを押した。シャッター音を聞き、這った肢体がビクッとする。かわいらしいヒップの中心に焦点を合わせて、恥部を余さず撮影していった。

「うう、なにか参考にしたいのかな。でもこんなの変だよ」

早紀が左手を、下腹の方から股間へと伸ばした。下から差し込まれた左手の人差し指と中指が、女性器の左右に添えられた。

「さ、開いて見せて」

壮介は命じた。セックスレスだったみちるの事情を、早紀はよく知っている。恥部を晒す羞恥心と、協力しなければという親切心の狭間で迷っていることが、股間にあてがわれた指先の震えに現れていた。

「こんなことで、ほんとうにお姉さんの助けになるの？」

疑問を口にしながら、少女の指が動いた。可憐な唇弁を、控えめにくぱっと開帳する。

(早紀ちゃん、僕の言った通りのポーズを)

麗しい美少女が、自ら恥部を露出する姿に、壮介はゴクッと喉を鳴らした。口のなかが渇いていた。意識してつばを飲み込む。

(純真な義妹が、とんでもないエログラビアになってる)

染み一つない尻肌が、窓から差し込む昼の光を浴びてきらめいていた。清楚そのもののかわいらしい排泄の小穴、そして濡れ光る女性器が目を惹きつける。太もも丈のニーソックスをはいたままなのも、淫靡さを醸していた。

「もっと開いて」

昂りを含んだかすれ声で、壮介はさらに命じた。

「ううっ、恥ずかしいよう」

羞恥を漏らして、妹の指がさらに秘部を露わにする。

（うわ、垂れてきた）

薄い唇弁の内側は、性交の粘膜摩擦で赤く色づいていた。そこをどろっと漏れていく白濁液が、エロティックさを際立たせる。

（僕の中出しザーメンが）

膣口から溢れた二回分の粘った生殖液は、クリトリスを濡らして薄い恥毛の方へと流れ落ちていく。本能の奥にある凌辱欲を掻き立てられる画だった。壮介は夢中になってシャッターを切った。股間では二度射精したばかりのペニスが、むくむくと頭をもたげていく。

「お義兄さん、わたしを騙しているんでしょう。もしそうなら大変なことになるよ。そろそろお姉さんが帰ってくる頃なのに。妹のこんな姿をカメラで撮っている場面に、お姉さんが出くわしたら——」

「みちるは、まだ不動産屋さんじゃないかな。その後は買い出しに行くって。当分帰ってこないよ」

義妹の糾弾の言を遮って、壮介は告げた。

「帰ってこないんだ。じゃあしばらくお義兄さんと二人きり……」

少女の独白を聞きながら、壮介はまたカシャッと撮影音を響かせた。ヒップが震え、早紀の細指が蠢いた。滴る白濁液をすくい取るように指先をすべらせ、ピンク色の女粘膜に塗りつける感じに縦に動いた。そしてまた花弁を卑猥に拡げて見せながら、壮介の方に腰を突き出してくる。

(見せつけるように僕の精液を……早紀ちゃん、大胆になった？)

膣口から漏れるザーメン液に、透明な愛液が入り混じっているのがレンズを通して見えていた。

(早紀ちゃんも、エッチなポーズの撮影に興奮しているんだ)

うぶだと思っていた少女の淫らな性質にふれて、壮介の胸がヒリつく。

「早紀ちゃん、ちょっと自分でしてみて」

「自分で？」

早紀が問い返す。

「そう。早紀ちゃんだって、一人でこっそりしているでしょうオナニー」

「なっ、なにを言っているのっ」

少女の部屋に、驚きの声が響いた。

壮介はそれ以上促すことをせず、カメラを手に待った。

「……オナニー、して欲しいの？」

やがて義妹が恥ずかしそうな小声で確認する。

「うん。して」

義妹は顔の前に置いていた右手を、股間におずおずと持っていった。右手の人差し指をクリトリスにあてがい、花弁を開いていた左手は亀裂を撫でるようにさわる。膝と顔で身体を支える姿勢で、クチュクチュと音を立てて、女性器を愛撫していた。

(僕の言いなりになってる)

みちるの名を持ち出さずとも、義妹は従ってくれた。支配欲が刺激され、壮介はぶるっと身震いした。カメラの撮影モードを動画に切り替え、妹のマスターベーションをを撮る。

「お義兄さん、わたしをこれ以上、エッチでヘンタイな娘に変えないでよう」

蚊の鳴くような声で、早紀がつぶやいた。シーツに相貌を伏しているが、顔色を上気させているのが想像できた。十代の少女を弄んでいる感は、牡の情欲を盛り立てた。ペニスから先走り液が垂れた。

「オナニー、よくするの？」

普段なら絶対聞けない破廉恥な質問も、いまなら可能だった。

「お姉さんが出張から帰ってから、わたしもお義兄さんとエッチなこと控えていたでしょう。毎晩寂しくて切なくて、お義兄さんのこと思い浮かべて……したよ」

ニットがまくれ上がり、露出している背肌まで赤く火照らせて、早紀が告白する。それを聞いた壮介は、悦びで身体を熱くさせた。

(僕を思って、毎晩自慰を)

いま二人がのっているベッドのなかで、清廉な印象の妹が声を押し殺しながら恥部を慰めていたのだと思うと、たまらなかった。

「女子校生だって性欲があるんだから……登下校、授業中、休み時間だって、ふとお義兄さんのこと思い出すと、濡れちゃうんだよ。パンティライナー毎日使って、下着が汚れないようにしているの」

早紀の羞恥の告白が続いた。己の言で劣情が高まったらしく、クリトリスを弄る指遣いが激しくなっていた。

(早紀ちゃん、自分のクリトリスをあんな風にいじめるんだ)

くねくねと円を描き、時折ぎゅっと押さえつける。垂れた中出し液が、指先を白くかがやかせているのが淫猥だった。左手が花芯のなかをなぞると、発情の愛蜜が潤沢に垂れこぼれて、少女の盛り上がりを壮介に教える。

（本気のオナニーしてる）

壮介はデジタルカメラを下ろした。撮影モードのまま、少女のヒップにレンズが向くように布団の上に調整して置いた。

「あっ、あんっ、お義兄さん、ママもこんな風に調教したんでしょう」

怨ずるように言いながら、少女の声はしっとりと哀感を帯びていく。白いヒップが汗でかがやき、細指の蠢きに合わせてゆれ動いていた。壮介はシャツを脱ぎ、その下に着ていたTシャツも脱いだ。

「ママだって、きっと寂しくオナニーしているはずだよ。さっきの不動産屋さんの話で、ママが狙われやすいってこと、お義兄さんだって想像がついたでしょう。女しかいない家庭だったもの。ママを落とせばこの家の財産を自由にできるって考えるような悪い人が、これまでいなかったわけじゃないし。だからお義兄さんの存在は、貴重なの。ママに寂しい思いをさせちゃだめだよ」

「浅子さんを僕が……」

全裸になった壮介は、妹の痴態に目を注ぎながら戸惑うようにつぶやいた。

「お義兄さん、ママが浮気をしないように、ちゃんと繋ぎ止めておいてよね。いまさら見知らぬ男性を〝パパ〟なんて呼ぶの、わたしは勘弁だから」

(浮気って……ぼくはみちるの夫なのに)

浅子は義理の母だった。本来壮介と情愛を通じること自体が、倫理に反している。

「お義母さんのこと、どうすればいいかな?」

「義妹に聞かないで。わたしをバックで責めるみたいに、ママの好きなことで惹きつけたら?」

「早紀ちゃん、バック大好きだものね」

壮介は陰茎を握って、笑んだ。丸いヒップに腰を近づけていく。

「うるさいっ……あんっ」

クリトリスを捏ねる指が止まり、腰がヒクッと浮き上がる。剥き出しの肩が繊細に震え、白い太ももが強張っていた。ハアハアという切ない息づかいも聞こえた。

「早紀ちゃん、イキそうなの?」

ヒリつく興奮は最高潮に達していた。股間の勃起はビクッビクッと震え、先走り液が糸を引いてシーツに垂れていた。

「うん、イッちゃいそう……見ないで、お義兄さんっ」

「イッていいよ、早紀ちゃん。イク瞬間の早紀ちゃんのアソコ、僕に見せて」

見ないで欲しいと訴える早紀に、壮介は羞恥を煽るように指示した。

少女の左手の指がまたV字を作り、花弁を卑猥に拡げる。淫らに咲き誇る可憐な一輪の花は、愛液と精液でギラギラと濡れ光り、中心から新鮮な蜜を溢れさせていた。

「こんな姿ばっかり撮って……わたしが他の男の人に目移りしそうになったら、この画像で、脅せばいいね」

「脅すの？」

予期していなかった台詞だった。壮介はなめらかな尻肌を前に、ぴたりと止まった。

「そうだよ。処女を奪って、いやらしい女に変えたのは俺なんだぞって。これを見れば思い出すだろうって、悪者みたいに脅迫するんだよ」

（ああ、そういうことか）

冗談めかした言い方の裏に、隠された想いに気づく。少女は自分に執着して欲しい、束縛して欲しいと願っていた。

(愛情を抑えきれない恋人同士みたいに……)

「わかった。僕の側から離れたら許さないから」

壮介は強く言い切った。

「うん、そうしてお義兄さん。イッちゃうよう……ああ、イクッ」

泣き啜る声に喜びを滲ませて、早紀が絶頂へと駆け上がる。肉芽を指が乱暴に弾き、少女の腰が戦慄いた瞬間、壮介は蜜でかがやく膣口に切っ先をあてがい、ズブリと貫いた。

「んはっ、やだっ、なにっ？　お義兄さんっ、あああんっ」

這った少女が、驚きで頭を振った。

(この最高に締まった嵌め具合っ)

快い挿入感が痺れとなって、壮介の腰から背筋に走った。

「早紀ちゃんの気持ち、うれしいよ」

壮介は奥に埋め込んだペニスを引き、またズンと突き入れた。

「し、信じられない、なんてタイミングで入れて……あっ、ああんっ」

早紀は艶麗なよがり声を響かせて、背筋をヒクつかせていた。ニーソックスの膝がすべって尻が落ちそうになるが、壮介は細く括れたウエストを摑んで許さない。

　グッグッと容赦なく抜き差しした。早紀は悲鳴を発して、抽送を止めようと後ろに手を伸ばして、壮介の腰を摑もうとする。しかし指は汗ですべり、義兄の身体を押し返すことができない。すぐに抵抗を諦めたように、両手を頭の前にやりシーツを握り締めた。

「イクッ……ああ、だめっ、変になるっ」

「まだだよ。もっと狂わしてあげる」

　肉棒を呑み込んだ蜜穴、その上に少女のもう一つの性感帯があった。滴る愛液と精液を少女の股間からすくい取り、清楚な窄まりに塗りたくる。

「あっ、あん、そこいやっ、ヘンタイッ、ヘンタイッ」

　罵りながらも、早紀は尻を高く維持する。初体験の日から性行為に及ぶ度に、早紀の後ろの穴に愛撫を施し、感覚を磨いてきた。

「いやんっ、しないでっ……あふん」

　ヌメリを利用して、固く閉じようとする窄まりの内に、指先をすべり込ませた。恥ずかしがり嫌がるようすは、壮介を燃え立たせる。

「ほら、もっと指を入れてあげるね。早紀ちゃん、好きだよね、お尻を責められるの」

指をぐっと挿入し、同時にペニスも蜜肉を突いた。括約筋を刺激され、緊縮を増した膣肉は、二十三歳のペニスをぎゅうっと食い締める。

「お義兄さんのせいでしょうっ……毎回毎回。あううっ、さっきより、太くしてるしっ」

「早紀ちゃんだって、さっきより濡れて熱くなってる。バック大好きだものね」

指を深く埋めて、二穴姦で責め立てる。真っ白なヒップを鷲摑みにして、抽送を速めた。

「う、うるさい。お義兄さんが、わたしの身体をそういう風にしたんでしょう。ああ、この体位だとすぐイッちゃうよう。気持ちいい場所に当たるのっ」

十代ながら牝のポーズで犯される至福、二穴姦の悦楽を既に知っている身体だった。非難の台詞は、じきにトロリと色っぽく湿った。

「さっきのぐっしょりパンティ、もらっていい？」

「だ、大事にしてよね」

拒んでいた下着のプレゼントも、高まった早紀はあっさり了承してくれる。

壮介は雄々しく猛ったペニスを埋め込み、指で腸管を根深く犯した。ほじくるようになかで指を曲げて擦れば、少女の愛を実感するような激しい緊縮が指とペニスを襲う。

「お義兄さん、射精してっ。一緒にイキたいっ」

「わかった、イクよ」

昂りが伝播する。二度の放精などなかったように壮介も滾った。

(早紀ちゃんは、こんな僕を好きだって言ってくれる)

ならばその愛情に、応えなければと壮介は思う。

(だったらみちるは……浅子さんは……僕はみんなをどうしたい)

汗でヌラヌラと光る尻肌を、左手でがしっと掴んだ。這った女体を引き寄せ、荒々しく腰を遣った。

「ああっ、早紀ちゃん、気持ちいいよっ、早紀っ、イケッ」

「イクうッ、お義兄さん、好きっ、大好きっ……もっと犯してっ、滅茶苦茶にしてっ」

少女のよがり泣きを聞きながら、壮介は欲望を解き放った。精液がドクドクと流れて、腰の戦慄く快感が走る。

「早紀ちゃんのこと、いつまでも手放さないから」

義妹に対する愛欲の想いを隠さず、壮介は叫んだ。

やわらかな尻たぶを握り、己の腰と密着させて、若い女体に忘れ得ぬ快感を植え付けるように、樹液をたっぷりと注ぎ込んだ。

第三章　義母とふたりきりの温泉旅行へ

1

日曜日。

休日出勤の準備を済ませた綾川浅子が、ダイニングルームの前を通り過ぎようとしたときだった。

「おはようございますお義母さん、朝食は？　まだですよね」

壮介の声だった。黒のスカートスーツ姿の浅子は、ダイニングルームをのぞいた。フライパンを手にした壮介がキッチンにいた。青のスウェットの上下を着て、エプロンをつけていた。

「あら壮介さん。お休みなのに、早起きなのね」

　早朝出勤の続いている浅子は、いつも午前七時前に家を出る。最近は朝は家族と顔を合わさないことも多かった。

「トースト、用意しましょうか」

「いえ、いいのよ。今朝は食欲がなくて」

　昨夜は取引先の広告会社の社長と、会食をした。同じ女性経営者で、共通の話題や悩みも多く、毎回杯を重ねて話し込んでしまう相手だった。

（締めのラーメンまで一緒に食べちゃったし）

「そうかなって思って、これ作ったんです。バゲットサンドと、豆乳とバナナのジュース、よろしかったら持っていってください」

　キッチンカウンターにバスケットと小さな水筒が置いてあった。エプロンを外し、キッチンから出てきた壮介が、手早くハンカチで包んで渡してくる。

「ありがとう。会社に着いてしばらくするとお腹がすくのよね。いただくわ。壮介さん、わざわざこの用意のために早起きを？」

　お手製弁当を受け取りながら、浅子は尋ねる。コーヒーの匂いもせず、自分の朝食の用意をしている気配がなかった。

「ええ。お義母さんは、お忙しくてお疲れでしょうから。こんなことしかできませんが」

壮介が控えめな口調で言う。浅子の胸に、甘い感情が湧き上がった。

(ああ、この人のこういうところ……女の落とし方をナチュラルに知っているのよね)

打算や悪意が見え隠れするのなら警戒もするが、まるきりの善意では抵抗のしようがない。

「壮介さんだって、昨夜は遅かったでしょう。眠いんじゃないの?」

昨日は昼から早紀の通う女子校に文化祭を見に行き、残った仕事を片付けにまた会社に戻ったのだという。

「シャワーを浴びずに寝ちゃいました。でも文化祭に行くのは、以前からの約束だったので」

壮介がニコニコと答える。

「早紀とキャッチボールをしたんですってね」

二人で展示物を見て回り、模擬店の焼きそばを食べ、体育館の裏で久しぶりにキャッチボールをしたのだと、夕食の席で早紀がうれしそうに報告していたことを浅子は思い出す。

「すごいんですよ早紀ちゃん、カーブもスライダーもチェンジアップも覚えてて、縦スラの落差なんてこーんな。大昔にカーブの握りなら教えたような気がするけど、あんなキレのいい変化球、どこでマスターしたんだろう」

「ちぇんじ……たてすら？　壮介さん、あなたがなにを言っているのか、さっぱりわからないけど、楽しかったのならよかったわ。今日も文化祭に行くのでしょう」

「はい。今日はみちるも一緒に」

「わたしの代わりに、よろしくお願いします」

本来は母親の自分も赴くべきだった。早紀への申し訳なさを抱きながら、浅子は丁寧に頭を下げた。

「そんな、仕事ですから仕方ないですよ。早紀ちゃんも、わかっています」

「そう言ってもらえると……」

壮介が、スーツ姿の浅子の間近に寄ってくる。手に持っていた弁当の包みを浅子の手から取り、横のダイニングテーブルの上に置いた。息づかいを感じる距離だった。危うい近さに、女の心臓の鼓動が速まる。

「ずっと忙しそうですね」

心配そうな表情で、壮介が告げた。女の胸を疼かせるために、狙ってやっているのではと言いたくなるほど、浅子を捉える目つきはやさしい。

「社長自ら、早朝出勤に残業だもの。利益がぐんぐん上がって大変よ。この前、契約社員は全員正社員になってくれるようお願いしたの。人手の足りないなか、みな頑張ってくれているから、今期のボーナスはいっぱい出さなきゃ」

甘いムードにならないよう、浅子は注意しながらしゃべった。みちるが出張から戻ってから、義理の母と娘婿の関係を逸脱しないよう心がけていた。

(努力が無駄になる。この一ヶ月間、うまくコントロールしてきたのに)

二十三歳の若い男の魅力は、麻薬のようだった。気遣いができ、人当たりもやさしいソフトな普段と、野卑ともいえるタフさを発揮する夜の姿は、四十路の未亡人の求める理想像だった。

(こんな年上の女が、壮介さんに対して本気になってどうするの。社員を抱えている経営者なのよ。おまけにこの人は長女の旦那さま)

壮介に抱き締められて身体を重ねる度に、本来抱いてはならない感情が強くなっていく。じきに自分を抑えられなくなる未来が予期できた。

「利益が出るのはすばらしいことですけど、みちるも早紀ちゃんもたまには休みを作ってゆっくりして欲しいって。明日も祝日で、せっかくの連休なのに休日出勤を続けるんでしょう？」

（あなたもわたしが心配？）

以前の恋人気分で不用意な台詞が喉から出かかるのを、浅子は呑み込んだ。月曜日は祝日だったが、家族には出勤する予定と伝えてあった。

「そうね。部下も休めとは言ってくれるのだけど、いまは業務の拡大中だからどうしても気になって。一段落付いたら、旅行にでも行くわ」

言い訳を口にしながら、浅子は身を離すように半歩後ずさった。しかし壮介が一歩進んで追いかけてくる。さらに二人の距離は狭まった。胸と胸が当たっていた。

「でも部下にはちゃんと休みを取らせているから、その辺は安心して」

浅子は押し返すように壮介の胸に手をふれた。その手首を、壮介が摑んだ。

「最近、僕とお義母さん、あまり話ができていませんよね」

（だって、わたしが避けているもの）

壮介への思いを断つために、忙しく働くことで気を紛らわせていた。誘っているなどと勘違いさせないよう、ミニスカートを穿くことも止めた。今朝も膝をすっぽり隠す丈のペンシルスカートだった。

「早紀ちゃんが不安そうに言うんです。〝ママは押しに弱い人だから〟って。こんな美人で魅力的で、社会的地位もある人が、強引に迫られると抵抗できないってものすごく、まずいですよね。女性をモノとして扱う質の悪い男なんて、どこにだっていますから」

右手が女の髪にふれてくる。浅子は長い髪をべっ甲のバレッタで、ざっくりと束ねていた。

「学生の言うことよ。真に受けてどうするの」

はぐらかすように浅子は告げた。

「誤魔化してもだめです。お義母さんがもてもてなの知ってます。スタイルがよくて、セクシーで、年上なのにかわいらしくて……」

娘婿はさらに褒め言葉を並べて、指で髪をすく。髪を整えるというより、愛しい女の頭をやさしく撫でる手つきだった。昂揚が照れを生む。浅子は横を向いて目を伏せた。

「……こんないい年をした女に寄ってくる男性なんていないわよ」

「僕の目を見て答えてください」

握られたままの左手首に、力がこもった。

（嘘と見抜かれている……なんなの壮介さんのこの強引さ）

浅子が押しに弱いと証明するかのような、積極性だった。髪を撫でていた手が、女の頬を包むようにふれた。

（やさしさと力強さと……）

女の鼓動がさらに高鳴った。伏した双眸を、壮介に向ける。

「この一ヶ月間で、何回くらい口説かれたんですか。デートの誘い、食事の誘い……ゼロとは思えない」

「口説かれたといえるかわからないけれど……たぶん十回くらい？」

仕事絡みとは思いにくい、二人きりでの食事や飲酒の誘いは頻繁にある。事を荒立てぬよう、浅子は過少に申告した。しかし瞬時に壮介が目を丸くする。

「そんなにっ」

女の手を離して、壮介の両腕がスーツの女体を抱き締めた。突然で、避ける術もなかった。

「は、放してっ」

「いやです」

壮介の唇が近づいてくる。キスの合図だった。

（ああ、逃げなきゃ……せっかく、壮介さん断ちをしていたのに。ここでまた流されてしまったら、元の木阿弥）

心は避難を訴えるが、身体は動いてくれない。腕に包み込んだ年上の女に、壮介は躊躇いなく口を重ねてきた。

「だめっ……んふ」

拒否の言葉は、娘婿の唇で消された。許されない相姦のキスが、肌の火照りと温かな情感を女の胸にもたらす。

一分ほどで、男の口が離れた。差し込む朝日を浴びて、壮介の相貌がかがやいて見えた。

（キス一つで見え方まで変わってしまう……）

「みちるが出張から戻ってから、早紀ちゃんを抱きました」

禁忌の関係が続いていることを、壮介が告白する。浅子は曖昧にうなずいた。倫理から外れた行為を止めるべき身ではあるが、浅子も一度は納得ずくで不徳の情愛に浸かった過去がある。咎め立てるには説得力が弱い。

「早紀ちゃんのこと、他の男に渡したくないって思いました。それは当然みちるにも抱く感情で、だからみちるにプロポーズをして結婚をしたわけですけど……」

（なにが言いたいの）

潤んだ瞳は、疑問を伝えるように細くなる。久しぶりのキスの昂揚で、頭が回らなかった。

「同じような独占欲求は、浅子さんに対してもあって、僕だけの女性であって欲しいって思います」

「なっ、なにを仰っているの」

上ずった声を紅唇は漏らした。急に矛先が自分に向かってきたことに驚き、同時に心臓が早打つ。

「あなた、そんなストレートに気持ちをぶつけてくる人じゃなかったでしょう。最後の一線はわきまえていたのに。あなたはみちるの夫なのよ——ん」

壮介に口を塞がれた。二度目は、ディープキスだった。口を開いて応じてしまうのは、一度身体を通じてしまった女の弱さだった。壮介の舌を受け入れて、やわらかに己の舌を擦り合わせる。こぼれてくる温かな唾液を行き来させ、ピチャピチャと音を立てた。

（ああ、勃起が当たってる）

やわらかな生地のスウェットの内で、強張る生々しい感触を下腹にはっきりと感じた。困るわ、と思いながら、熱いモノが身体の奥から立ち昇る。

一ヶ月前まで、さんざん嵌まった逞しさだった。手で包み、唇に含み、身体の中心で味わった記憶を、浅子は思い出してしまう。口中の唾液をコクッと呑んだ。

壮介が口を引く。

「みちるとの夜の生活は問題ないのでしょう。わたしの役目は終わったはずだわ」

浅子は焦りを美貌に浮かばせて、訴えた。妻の母の身体で研鑽を積む日々があった。壮介の性技は秀で、年上の女は何度も泣かされた。

（あんな爛れた日常を、ずっと続けてはいけない）

娘婿のもたらす愉悦は、理性を根こそぎ奪ってしまう。肌を重ねれば「好き」と口走り、高まる官能の果てに妊娠すら望んでしまう自分が恐かった。ブレーキの掛けられるいま、踏みとどまらねばと思う。

「中毒状態の人は、完全に断たないとだめなの。少しずつ量を減らして、コントロールなんてできないの。これ以上嵌まったら、一生、抜け出せなくなるわ

「……」

娘婿と距離を置いた真意を紅唇はささやいた。

「嵌まってしまえばいい」

視線をじっとり絡ませながら、壮介が告げる。スーツの女体を包む腕に、力がこもった。

「で、でも――」

強引さを隠さない娘婿に、女は上ずった声をこぼした。

「他の男の誘いに乗ってないですよね」

「もちろんよ。あなただけって言ったでしょう」

「浅子さんが出張先で、こっそり遊んでいても僕にはわからない」

恋人の浮気を疑うような口ぶりだった。

内心、うれしいと思ってしまう。壮介を見る瞳が、濡れ光っていくのがわかった。他の男に身を捧げること、操を誓うことなどありえないと示すように、浅子の手は強張ったスウェットの股間にふれた。壮介が息を呑んで身を固くした。

「あなた以外の男性と親しくするくらいだったら……あなたにお願いするわ。この身体のいじめ方、一番知っているでしょう」

指先で勃起をマッサージする。いけないと思いながら、未亡人は剝き出しの愛情表現で応えた。

「今日文化祭に寄った後、みちるとドライブがてら温泉に行く予定なんです」

「ええ。みちるから聞いたわ」

水着で利用できるスパリゾートに、夫婦で出かけてくると昨夜聞いた。

「仕事が一段落したら、浅子さんも一緒に僕と温泉に」

(誘ってくれているの。わたしと二人きりで？)

「困った人」

心からそう思う。

二人の娘を持つ女を口説いてどうするつもりなのだろうと文句を言いたい。四十二歳の女を本気にさせて、厄介だと感じないのだろうかと説教をしたい。妻や妻の妹を抱きながら、妻の母とも情愛を楽しむなど、まともではないと諭したい。火遊びや不倫とも異なる次元にさまよいこむ相姦への不安を、抱かないのだろうかと問い詰めたい。

「離して。会社に行かないといけないのよ」

「しゃぶって」

女の煩悶を、壮介は欲望をそそる一言で流してしまう。

「しゃぶるの？」

「呑んでくれたら、会社に行っていいです」

「わたしに呑ませるの？」

恋の駆け引きのように、浅子は繰り返す。棹部分をさすっていた細指はきゅっと握り込んだ。スウェット越しに震えと熱気を感じて、紅唇はハアッと切なく息を漏らした。

「浅子さんにフェラチオ、全然してもらってませんから。この唇がものすごく気持ちいいのに」

女の腰から男の右手が外れて、ぽってりとした上唇に人差し指がふれた。指先が紅の塗られた表面を撫でるだけで、女体は緊張と発情を早める。

（こんなことで濡れてしまうなんて）

キスをされ、ペニスを指で包み込んだ瞬間から、愛蜜が漏れ出していた。既にショーツの股布には、温かな染みが作られている。

「あなた、昨夜はシャワーを浴びずに寝ちゃったのよね」

指を食むように、紅唇を薄く開いてしゃべった。

「はい」

「汚れているんでしょう。それを義理の母親に、おくちでお掃除させるの？」

「きれいにしてください」

きっぱりと壮介は告げた。女の興奮を高める術を知っているようだった。

「ひどいお婿さんね」

浅子は人差し指を含んだ。フェラチオを施すように、舌でチロッと舐めた。壮介を見る瞳は、潤みを増した。壮介が口元からスッと指を引いた。

浅子の手は壮介のスウェットズボンの左右に移動し、腕を伸ばしてずり下げていく。そのまま身を沈ませて、膝まで下ろした。目の前に、男性器が丸わかりのタイトなアンダーウェアが、女を威圧するように存在していた。

（わたしが買ってあげたビキニ）

みちるが出張中に、贈り物として壮介に渡したビキニブリーフだった。

（わざわざわたしの選んだ下着で迫ってくるなんて）

愛用してもらっているうれしさ、周到さに年上の女はくらっときてしまう。

浅子好みのピチッとした下着は、やせ形で筋肉質の壮介にはぴったりだと思う。色は黒だった。その黒の生地に細指を添えて、下から撫で上げた。亀頭はウエスト部分にまで伸び上がっていた。そのまま指を下着の上端に引っ掛けて、引き下げた。

ビンッという音が聞こえたように錯覚するほど、張り詰めた肉刀が跳ねるように現れた。猛々しさを目にした女は長い睫毛を震わせ、吸い寄せられるように美貌を近づけた。

（ああっ、壮介さんの匂い。若い男性の香り）

形の良い鼻梁は、すんすんと鼻を鳴らす。すえた匂い、汗と脂の香、複雑な臭気が鼻孔を通る。

みちるが結婚するまで、女だけ三人の家庭だった。本能にダイレクトに作用する香りの効果は大きい。股の付け根は、湿潤を深めた。

（帰宅が遅くて、シャワーも浴びずに寝た）

つまり鼻腔を満たす濃い臭気は、新妻のみちるを相手に欲望を発散していない証明だった。

（たっぷり溜まっているのよね）

先走り液で亀頭が濡れ光っているのが青年の昂りを教え、同時に女の劣情も高める。ゴクッとつばを飲み込み、浅子は肉茎に細指を巻き付けて擦った。肉茎は脈動して反りを強める。尿道口から新たにカウパー氏腺液がトクッと漏れて、棹裏を伝った。出かける前にメイクをやり直さなければと思いながら、頬ずりをした。

（熱い……わたしを虜にしたモノ）

やわらかな頬に当たるのは、一ヶ月ぶりの感触だった。独占欲がぶり返すのを自覚しながら、浅子は指をしっかりと茎胴に絡めた。

「いいのね？　ここでこんなステキな餌をわたしに与えたら、二度と淑やかで慎ましやかな母親になんか戻ってあげないわよ」

女の瞳は上に向けられ、壮介がうなずくのを見た瞬間、カウパー氏腺液が滴る亀頭の裏にキスをした。そして舌を這わせて、舐め清めていく。

（おいしい）

舌に広がるのは壮介の味だった。唾液が口中に溢れる。紅唇は息を弾ませて、匂いがまとわりつく肉棹に、繰り返し舌を重ねた。汚れているほど奉仕の悦びが大きくなり、舌遣いに熱がこもる。右から左から、雄渾なペニスはやわらかな舌で磨かれ、先走り液の代わりに浅子の唾液でヌメ光っていった。

「ぱりっとしたスーツ姿で……凛々しい女社長なのにうれしそうに舐めて」

上から興奮の声が聞こえた。

黒のスカートスーツは、むちっと張っている。豊乳、括れたウエスト、ゆたかな丸いヒップを包む生地は窮屈そうで、それが壮介を悦ばせるとわかっていた。

(この身体がセクシーだって……見ているだけで興奮するって言ってくれたもの)

見下ろされる視線が心地よい。ひざまずいて壮介を仰ぎ見ると、年の差を忘れて、ご主人様に仕える召使いの気持ちに浸りきれた。

「ほんとうにいただくわよ」

浅子は最後に、念を押した。女の舌で清拭され、牡の匂いが薄まるのに比例して期待感は高まっていく。ここでお預けされたらどうしようと思いつつ、浅子は不安の吐息をペニスの裏に吐きかけた。

股の奥が熱かった。ラメ感のあるナチュラルベージュのパンティストッキングを、浅子は穿いていた。疼きを誤魔化すように、ツヤツヤと光る太ももをタイトスカートの生地のなかで擦り合わせた。

「どうぞ、浅子さん」

「上手にできたら、いつものように、いいこいいこって頭を撫でてね」

甘えるように告げて、女の唇は言葉を捨てた。代わりに肉茎を頬張る。唇に感じるのは、逞しい男性の象徴だった。大きく口を開けて、いっぱいに含んだ。

（おいしい……おいしいっ）

胸では歓喜を連呼する。同時にもうだめだとも思う。理性と常識で抗ってきたが、こうして雄々しいペニスを差し出されれば、飢えた牝に戻ってしまう。

（妻の母親を、淫らなしゃぶり牝に変えて）

指で握りきれない太さ、唇や舌を弾き返す硬い感触を、ずっと忘れられずにいた。右手で根元部分をシコシコ擦ってやれば、透明な体液が切っ先から漏れでてくる。それを啜り呑みながら、唇でも棹腹を擦り立てた。

「ようやく浅子さんがフェラしてくれた。一ヶ月以上ですよ……この唇のやわらかさ、口のなかの温かさ」

（待ち望んでいてくれたの？）

それならばいつも以上に愉しんでもらわねばと思うのが、女心だった。壮介のビキニブリーフは、太ももの途中まで下ろしてあった。ペニスだけでなく、その下に垂れる陰嚢も表に出ていた。左手は、陰嚢をやさしく包み込んだ。

「ああっ、やさしい浅子さんならきっと断らずに、しゃぶってくれるだろうと思ったけれど……やっぱり押しに弱いんですね。浅子さんは」

狙った女を落とした満足感があるのかもしれない。ペニスの膨張が増したように感じた。

(そうよ。その通りよ)

陰嚢をやわらかに揉み込みながら、浅子は認める。勃起を頬張っていた。物理的に声は出せない。

「んふんっ、むふんっ」

凄艶な鼻声を漏らし、唇は湿った音を奏でた。頭を前後に振って深く呑み、根元は人差し指と親指で小刻みに扱いた。感度のいい亀頭の括れ付近、棹裏に舌を押しつけ、隙間をなくして頬の粘膜も擦りつける。

(こんな立派なモノを突きつけられて、拒める女がいると思うの)

「いやらしいフェラ顔。美人社長が夢中になって……。フェラチオが大好きなんですね。気持ちいいです」

要望通り、壮介が頭を撫でてくれる。上手に舐める女の淫らさを、愛しそうに褒めてくれていた。

(ええ、あなたのをしゃぶるのが好きなの。あなたのだけ……)

返事の代わりに、吸茎に熱がこもった。

咥え顔を見られるのは、恥ずかしい。はしたなく大口を開けて、舌を絡める姿は、どれだけ浅ましいかと思う。だがその羞恥も、口唇愛撫の興奮剤だった。

(きっとわたしはこの人から離れられない。いまみたいに咥えろって命じられたら、次も言いなりになる。この人に求められたら、悦んで身体を差し出してしまう)

去来するのは、情愛に染まった女の諦念だった。敗北を認めながら、浅子は紅唇をすぼめて尊い硬さを堪能した。

先走り液の塩気、粘った体液の舌触り、指でまろぶ精巣のやわらかさ、ずっとしゃぶっていたいと思ってしまう。紅が剝がれることも厭わず、むしろ自分の痕跡を残すように、付け根部分を唇できつく締め付けた。

「待って……これじゃすぐ出ちゃう」

壮介が喘いだ。浅子はようやく唇を引いて、逸物を吐き出した。紅唇を唾液でかがやかせたまま、上を見た。

「だめよ我慢しちゃ。わたしが会社に行けないでしょう」

男を追い詰めるサディスティックな悦びを抱きながら、浅子は告げた。

バレッタでまとめていた髪は、頭を振り立てるフェラチオ奉仕でほつれ毛が垂れていた。浅子は頬に垂れた毛を左の指で後ろに流してから、また陰嚢を甘く揉みほぐした。高まった性感を維持してやるため、右手は滴る唾液を絡めて茎胴を扱き続ける。

「だ、だって……浅子さん、いつもはじっくりと責めてくれるのに……あっ、あっ、あっ」

壮介のしゃべりは、ヌルヌルと擦り立てる浅子の淫靡な指遣いで崩れた。娘婿のかわいらしい喘ぎ声は、年上の女の大好物だった。艶美に笑みを浮かべて、浅子はペニスの先端にキスを繰り返した。

(わたしのモノ……わたしの壮介さん)

「浅子さんのイヤらしい口遣い、もっとじっくり味わいたかったのに」

勃起にキスをする妻の母を見つめて、壮介が言う。

(わたしだって)

会社に行かず、ずっと舐めていて欲しいと請われたら、きっと自分は従ってしまうだろうと思う。同時に飲精の欲求も募っていた。

(長いこと、呑ませてもらっていないのよ、あなたのミルク)

若い精液の味を覚えてしまった唇だった。牡の香味を思い出しただけで唾液が溢れる。

「諦めなさい。あなただってこんな場面をみちるに見られたくないでしょう」

悠々と反り返るペニスを、浅子は含んだ。

「むふっ、んふんっ」

やわらかに紅唇を沈めて、絞りながら引き、また沈めた。静かなダイニングルームに、女の鼻息と湿ったしゃぶり音が木霊した。

「そうですね。みちるや早紀ちゃんが起きてこの光景を目にしたら、驚きますよね。上品なママが、朝食代わりにチ×ポを食べているんだから」

壮介が奉仕牝のマゾ心を盛り立てるように言う。

(フェラチオを命じたのはあなたなのに……意地悪)

浅子はしゃぶりながら、視線を上に注いだ。怨ずる眼差しを受けとめるのは、愛しい女を眺めるやさしい眼差しと微笑みだった。手が浅子の頭を撫でる。

(そんな目をして。義理の母を見る目つきじゃないでしょう)

「そのまま……ずっと僕を見たままで。浅子さんの咥え顔を見ながらイキますから」

未亡人は、はいと長い睫毛を震わせてまばたきをする。壮介を仰ぎ見ながら、根元に絡めた指一本分を残して呑み込む。

「ああっ、浅子さんの口のなかに全部入ってる。美人で、フェラ上手の社長だなんて反則だ」

二十三歳の娘婿が、悲鳴じみた声を上げる。陰嚢をほぐす指はあくまでやわらかに、指遣いと紅唇の絞りは強め、女を従わせて勝ち誇っていた壮介に仕返しをするように、浅子はテクニックを駆使して追い込んでいく。

（わたしもイッちゃいそう）

喉へ擦りつく雄々しさと、持て余すような蜜肉の火照りとが結びつく。一ヶ月ぶりの口腔性交だということも大きい。硬さも味も息苦しさも、いつも以上に女の官能に響いた。

（もっと感じて）

かぽっ、くぽっと卑猥な音色を奏でながら狂おしく吸い立てると、壮介が腰をぶるっと震わせて、呻きをこぼした。

「出そう……浅子、出そうだよ」

女の頭を撫でつける手に力が入る。強張った指が、抽送を加速するように頭をゆすった。

「んぶっ、んぐっ」

吐き気を催すことも厭わず、浅子は自ら喉まで呑み込んだ。苦しさは、奉仕の悦びだった。壮介が腰を振る。限界の近さを悟った浅子は、指と唇をきつく締め付け舌をしつこく擦りつけた。口内の勃起が跳ねるように蠢いた。

「出るっ、浅子っ」

切羽詰まった声で、壮介が叫んだ。呼び捨てが、女の喜悦を呼ぶ。

「んふんっ」

次の瞬間、精液が喉に当たった。未亡人の豊腰もビクッと震えた。口に感じる樹液の熱さが、下腹にまで染みる。

「ああっ、浅子っ、吸って」

壮介が顎を反らして呻いていた。歓喜の声が情欲を高め、子宮を滾らせる。浅子は頰をへこませて、吸引した。二度目、三度目の発作が喉を打つ。

(わたしまで、飛んじゃう)

浅子はベージュストッキングに包まれた太ももをめいっぱい閉じ、股間をぎゅっと締めて滾った秘奥を圧迫した。それだけで甘美な電流が生じる。秘奥がドロドロにとろけていた。

(ああん、イクッ……)

ひざまずいた女体は、軽いオルガスムスに達した。

(もっと……もっとちょうだい)

ペンシル型のスカートでなければ己の指で秘肉へ刺激を施して、より大きな快楽を得られたのにと思いながら、痙攣を起こす肉柱を根深く呑み込んだ。自分で慰められないつらさを、飲精への欲求に上乗せし、丸いヒップをもどかしくゆすった。

(わたしの朝食……おいしいミルク)

朝の日射しを浴びながら、ごくん、と喉を鳴らした。濃く量の多い精液、しゃぶり牝にはこれ以上のご褒美はない。鼻を通った空気が、栗の花の香をあざやかにする。

「ああっ、気持ちいいっ、腰が抜けそう。浅子のフェラは……なんでこんなに」

壮介が、嚥下する女の頭を撫でてくれる。

(あなたのための唇ですもの……)

上達したのは、壮介に悦んでもらうためだった。絶頂の余韻に浸りながら、女は目尻を下げる。

吐精の時間、男性が過敏になることも壮介の反応から学んだ。浅子は痛みを感じないよう舌遣いを加減しつつ、根元をゆるゆると擦って射精悦を高めた。精巣もソフトに揉みほぐす。

「汗」

浅子の額に、壮介の手がふれた。熱心なフェラチオ奉仕と、飲精アクメで美貌は桜色に染まり、インナーもブラウスも汗で湿っていた。

「浅子を……他の男に渡したくないんです」

愛欲の台詞を投げかけ、壮介が上から女を見つめていた。吸いつくような眼差しを受けとめながら、股間に美貌を被せた未亡人は、ペニスに舌を絡ませ続ける。何度も喉を鳴らした。

吐精のピクつく発作、滲み出る精液が止まったのを確認してから、ゆっくりと紅唇を引いた。

「これっきりじゃないのよね。あなたのミルク、これからも吞ませてくれるのよね」

艶めく紅唇から漏れるのは、恍惚にとけ落ちたかすれ声だった。

「もちろん。これからも浅子の口にいっぱい射精しますから。僕に可能なものなら、遠慮なくなんでも欲しいって言ってください」

望む返答を与えてくれる娘婿に、女は濡れ光った上目遣いを送る。うれしさを伝えるように、充血を維持する男性自身にキスをした。

(なんでも与えてくれる……義理の母ではなく、経営に頭を悩ます女社長でもなく、恋人のように扱われたいと望んでもいいの?)

ならば、ふつうの男女のようにデートや旅行も許してもらえるかしらと考えた瞬間、ふわっと胸のなかが華やいだ。

「ものじゃないけれど、例えばデートなんかもいいの?」

浅子はこわごわと確認した。壮介は迷うことなく首肯した。

(ああ、どうしましょう)

抑えつけていた分、恋心が跳ね上がる。ペニスを両手で包み込み、浅子はキスを繰り返した。

浅子が娘婿を拉致したのは、その三時間後だった。

2

綾川壮介は駅の階段を駆け上がっていた。ホームがいくつも並ぶターミナル駅だった。

出勤をした義母浅子から、忘れ物をしたので駅まで届けて欲しいと、自宅に電話があった。壮介はすぐさま家を出たが、指定の時間に間に合うかぎりぎりだった。

(浅子さん、出張だったならそう言ってくれればいいのに)

家を出る間際に浅子を呼び止めて、フェラチオ奉仕を強いたのは三時間ほど前だった。

(無理矢理フェラをさせて、ゴックンさせて……僕はなんてタイミングの悪いことを)

自分が余計な時間を取らせたせいで、忘れ物をしたのかもしれない。顔を合わせたらすぐに謝ろうと思いながら、壮介はホームに出た。

特急列車が止まっていた。発車メロディが聞こえる。壮介は焦って前後を見た。近くの乗降口に立って、自分に向かって手を振る女性が目に入った。浅子だった。

と靴の持ち手を差し出した。

「浅子さんっ、お待たせしました」

息を弾ませて言い、頼まれていた忘れ物の靴を差し出した。

「お茶は温かいの？　それとも冷たいのがいい？」

「え……冷たいの？」

意味がわからないまま壮介は答えた。浅子が白い歯をこぼして、靴の持ち手と一緒に壮介の手を取った。

「よかった。冷たいのを買ってあるわ。乗って」

手をクンと引っ張られた。壮介の身体も列車のなかに入る。発車メロディは既に止まっていた。乗降ドアの閉まる音が背後から聞こえた。壮介は振り返って、ドアの窓越しにホームの風景を見る。

「あ、あの、どういうこと……この列車はどこに」

「うふふ、デートよ。切符は買ってあるから。あなた、わたしに休めって言って温泉に誘ってくれたでしょう。温泉旅行よ」

「温泉……旅行？」

「ええ。宿の空きを見つけるの大変だったんですから」

よく見ると、浅子は黒のスーツ姿ではなかった。

(朝は、ぴちっとしたスカートスーツだったのに)

ベージュの長袖カーディガン、内には襟ぐりの開いたシルクブラウスを身につけ、膝上丈の薄ピンクのフレアスカートを穿いていた。足下は踵の高いクロスストラップのレザーパンプスだった。

シンプルに束ねていた髪も編み込みのシニヨンを作り、エレガントなまとめ髪に変わっていた。すっきりしている首元には、ダイヤ付きの黒のベルベットチョーカーを巻いていた。

「スーツじゃ、休暇っぽくないでしょう?」

出で立ちの変化に気づいた壮介に、浅子が優美な笑みで応える。

壮介の手を握ったまま通路を進んでたどり着いたのは、二人席が向かい合わせになった四人掛けの個室だった。中央のテーブルに駅弁らしい包みと、お茶のボトルが置いてある。

「僕、文化祭の約束が」

「無理よね。わたしと温泉だもの」

大きな窓から、流れていく風景が見えた。約束を諦めるしかないと悟った壮介は、ため息をこぼした。

「浅子さん、困った人ですね」

「同感だわ。ほんとうにあなたは困った人よね。わたしの身体にあんな風に火を付けて、甘い台詞を投げかけて……仕事になるはずがないでしょう」

悩ましい視線が、男を見上げた。きゅっと壮介に抱きついてくる。

「……確かに、僕が悪いです」

壮介も浅子の括れた腰に手を回した。みちるとも早紀とも異なる華やかな香水の匂いを嗅ぎながら、ふっくらとした朱唇に口を重ねた。んふん、と艶っぽく漏れる喉声を聞きながら、やわらかな女体をきつく抱き締めた。


綾川みちるは、女子校の校門をくぐったところで、迎えに来た妹と合流した。

「わー、早紀、似合っているわね。お人形さんみたい」

妹のメイド姿を見たみちるは、感嘆の声を上げた。

白の頭飾りをのせ、濃紺の裾の長いドレスに、フリルのついた白いエプロンをつけていた。長いストレートの黒髪は束ねず、そのまま下ろしているのがシックで清麗な印象を強くしていた。

「ようこそお待ちしておりましたわ、お嬢さま」

クラスのみなと練習したのか、妹が口上を述べて、手を重ねて上品に頭を下げる。みちるは携帯電話を取り出して、カメラで撮影をした。

（我が妹ながら、美少女って形容がぴったりね）

横を通り過ぎる文化祭見学の父兄が、かわいい、きれいねーと称賛の声を漏らしているのが聞こえた。

早紀がカメラレンズに向かってニコッと笑み、その場でくるんと回ってみせる。ドレスの裾がふわっと浮き上がり、白いふくらはぎが見えた。不意打ちの色気に、みちるはドキッとする。

「お嬢さまか。初めて呼ばれた」

「お客さんの場合、女性は〝お嬢さま〟で、男性は〝旦那さま〟で統一なんだ。で、お義兄さんは？」

義兄がいないことを、早紀が尋ねる。

「ママが忘れ物をしたみたいで、届けるって。後で合流をする予定だけど」

「ふうん。うちのカフェで、ケーキ食べていってね。手作りだから」

姉の手を引いて、校舎に向かう。その足が途中で止まった。エプロンのポケットに手を入れて、携帯電話を取り出す。

「メール？」

「うん。ママからだ」

姉の問いに答えた妹が、メールの内容をチェックする。

「ママ、なんて？」

「〝仕事の息抜きでちょっとデートするから、壮介さんを借りるわね。ごめんね、早紀〟って。あの人はもうっ」

（あらら壮介、ママに捕まっちゃったのね。娘婿にちょっかいを出す余裕があるのなら、ママもだいじょうぶかな）

早朝出勤、残業を繰り返す母の身を案じていただけに、みちるとしてはほっと安堵の気持ちが湧く。

「あの人って言わないの、ママって呼びなさい。ちょっとデートなら、一時間二時間じゃないの。いいじゃない少しくらい。あなた昨日、壮介とたっぷり遊んだんでしょう」

「そうだけど。まだお義兄さんに、このメイド衣装見せてないのに」

唇を尖らせて、すねる妹はかわいらしい。よしよしと頭を撫でた。

「メイド姿で働いているところ、わたしが写真にいっぱい撮ってあげるから。あとで壮介に見せればいいわよ」

「お姉さんは余裕だね。夫婦水入らずで温泉が待っているものね」

「あなたも一緒に来たらよかったのに」

文化祭の後片付けがある妹には無理とわかっていて、みちるは優雅に笑んだ。スパリゾート用に、若い男性が好みそうな大胆な水着も新調した。夫と二人きりになったときは、思い切りはしゃいで甘えるつもりだった。

「あら、こっちにもママからメールだわ」

みちるの左手に持っていた携帯がバイブレーションを起こし、母からのメールを知らせる。

「お姉さんにもきたたね」

妹がのぞき込んできた。

『ママと壮介さん、今夜は温泉宿に泊まるから。お夕食はいらないからね』

母からの文面を見た瞬間、みちるの身体の血液が逆流する。

「久しぶりの夫婦水入らずの休日デートだったのに、あの女っ」

思わず非難の声が漏れた。

「お、お姉さん、怖い」

メイド姿の妹が、脅えた目でみちるを見ていた。

3

娘たちへのメールを済ませた浅子は、着信の通知機能を切り、携帯電話をテーブルに置いた。

(これでよしと)

「浅子さんの忘れ物ってこれだったんですか？　仕事関係の用品やファイルかなにかだと思ったのに」

隣に座った壮介が、浅子に頼まれて持ってきたバッグのファスナーを開いて、なかをのぞき込んでいた。

「ええ。あなただって買った記憶があるでしょう？」

「はい……」

浅子に問われた壮介が、照れたようにうなずく。

バッグには電動のローターや男性器を模したバイブレーター、肛穴を責めるための細い専用ディルドゥ、おもちゃの手錠、様々なアダルトグッズが入っていた。

みちるが海外から帰国する前、二人でパソコンの前に座り、通販画面を眺めながら相談をして注文をした。セックスに恐怖を抱くみちるにも、こういった道具が有効かもしれないと考え、まずは浅子の身体で試すことになった。

（欲張って色んな種類を買ったのが、いけなかったのよね。荷物の発送までに時間が掛かって、これが届く頃にはみちるの出張も終わりを迎えて……）

結局使う機会のなかった道具類だった。

「これ今日……いいんですか？」

壮介が緊張した表情で、使用してもいいのかと訊く。

「そのために注文をして、買ったのでしょう。今夜はわたしの身体、おもちゃにしていいからね」

年上の女は悠然と笑みを浮かべ、若い男の耳もとで甘くささやいた。淫具で責め抜かれる覚悟を決めたからこそ、持ってくるように頼んだ。迷いはない。

するとと壮介は己の股間を両手で押さえて、うつむいた。

「どうしたの？」

壮介の横顔が赤らんでいた。重なった手の上に、浅子は左手を置いて尋ねる。

「ガチガチになっちゃって……」

個室に入ってから壮介はジャケットを脱ぎ、長袖のシャツに綿のパンツ姿だった。指の形で綿パンツの下の男性器が、派手に盛り上がっているのがうかがえた。

(なんなのかしら……今朝はあれほど強引にわたしを落としにきたのに)

朝のダイニングルームで口淫を命じてきたときとは一転、童貞のようなうぶな反応が、微笑みを誘う。

通路側の扉についている窓は、カーテンで覆い隠せるようになっていた。

浅子は手を伸ばして、シャッとカーテンを引く。音に気づいた壮介が浅子を見た。外部からの視界は遮られ、密室のなかで男女は見つめ合う。浅子は右手を伸ばして、股間を覆う壮介の手をずらした。

「あっ、あの、こんな場所で……誰かに見られたら」

危ういのではと壮介が言う。

「大変なことになるでしょうね。ドアに鍵は掛からないのだから、静かにね」

浅子は口の前に指を立てて、「しっ」と注意した。右手は強張った股間をひと撫でし、綿パンツのファスナーを摘まんで引き下ろす。

(こうしてわたしが攻めに回ると、途端におとなしくなるのよね)

ファスナーの隙間に、指をすべり込ませた。下着をずらして陰茎を引き出すと、それはピンとそそり立つ。窓から差す昼の陽光を浴びて、雄渾なペニスは卑猥にきらめいていた。

「もうヌルヌルじゃないの。我慢のお汁をたっぷり漏らしちゃって。あなたは、どこだろうと関係なく勃っちゃう子なのね」

「ああ、ごめんなさい」

シコシコと擦りながら責めるように言えば、壮介は申し訳なさそうに瞳をゆらす。浅子が手淫を強めると、「あっ、あっ」と少女のようにかわいらしく泣き声をこぼした。男を責め立てるサディスティックな性質も満たしてくれる壮介が、愛しくてたまらなかった。

年かさの女が、若い男性を愛人として飼うのは、こんな心境なのだろうかと思いながら手扱きをゆるめた。

「わたしね。恋人ができたらしたいことがずっとあったの」

「したいこと？」

壮介が疑問の目をする。

「そう。二人で温泉旅行。ずっと夢だったの。娘と一緒の家族旅行とはやっぱり違うでしょう。夫とは行く機会がないまま、病気で倒れちゃったし。この年になってくると、恋人を作るのだって大変でしょう。もう無理かなって諦めていたけれど」

壮介がハッとしたような表情をした。そして大きくうなずく。

「だったら楽しい旅行にしなきゃ、ですね。僕にできることなら、なんでも言ってください。浅子さんは楽しむ資格があると思います」

ねぎらいの言葉を添えてくれる壮介に、胸が疼いた。

「ありがとう」

浅子はしあわせそうに瞳を細め、頬をゆるめた。子育て、会社経営、願望や欲求を抑えてがんばってきたことを、娘婿が理解してくれた気がした。

（わたしの望みを叶えてくれる旅行）

「じゃあこれ、一口食べていい？」

引き締まった肉柱をシコシコと擦りながら、浅子は請う。返事を聞く前に立ち上がって、シートに座る壮介の開いた足の間に立った。

「フェラじゃなくて？」

カーディガンにシルクブラウス姿の義母を、娘婿が見上げる。

壮介は朝射精を果たしたが、浅子は挿入を受けていない。蜜肉は硬いモノを欲しがって、潤みっ放しだった。

浅子は、薄ピンク色のフレアスカートを持ち上げた。壮介の視線が落ちる。

「あっ」

隠されていた下着がのぞき見えたところで、壮介が声を上げた。

「どうしたの？」

「スカートのなかが、色っぽいから」

娘婿はかすれ声で言い、股間の辺りを注視する。

「どうぞ。もっと近くで見てもいいのよ」

浅子が身につけるのは、黒エナメルのマイクロビキニで、サイドもバックラインも細い紐になったTバックだった。フロントを隠す布は、限りなく小さい面積の逆三角形だった。きわどく食い込むことが前提になったデザインで、浅子はサイドの紐を引っ張り上げて穿いていた。

足は透明タイプのセパレートストッキングで包み、黒のガーターベルトで吊っていた。むっちりとした腰つきと白い太もも、その下のツヤめくストッキングの繊維、異なるかがやきが牡の欲望を盛り上げる。

「こんなエロパンティ、女社長が穿いていいんですか。ガーターベルトに、ツヤツヤのストッキング……」

壮介の手がスカートに伸びて、さらにたくし上げる。匂いを嗅ぎ取られそうな近さにまで、顔を寄せてきた。

(スーツと一緒に、下着もセクシーなものに替えたのよ)

股間で垂直に立つ壮介の勃起が、ピクピクと跳ねゆれるようすを見て浅子は満足げに笑みを漏らした。

四十二歳の女が身につけるデザインではないと思うが、こうして愛しい男性が目をかがやかせて昂ってくれるなら別だった。

鼠蹊部の辺りに付けた香水を感じたのか、壮介が鼻をクンクンと鳴らす。

「こら、嗅ぐのは恥ずかしいから、よしなさい」

浅子は焦って腰を引いた。

「あの、ここの毛はまだ?」

壮介が上を見て尋ねる。浅子の穿く極小のビキニパンティから、陰毛は一切はみ出ていない。説明しようと口を開きかけて、代わりにパンティの左右の端に指を引っ掛け、スッと引き下ろした。

「ツルツルだ……」

少女のような一本の毛も生えていない恥丘を見て、壮介がつぶやく。浅子はまたビキニパンティを引き上げてから、片膝ずつ座面にのせ、シートに座る壮介の腰に跨がっていった。右手を股間にやり、細い股布を指に引っ掛けて、横にずらした。

「ずっと無毛よ。あなたの言いつけだもの。伸ばしてもいいって、許しをもらってないから……あんっ」

尻を落とせば、切っ先が敏感な秘部に擦りつく。

「ぐっしょりだ」

壮介が感嘆の声を漏らした。発情を指摘されて、浅子は頬を赤らめる。

「さっきも言ったけれど、朝、いきなりフェラゴックンさせてわたしの身体に火を付けたのは誰？」

「僕です」

壮介は、殊勝に認める。

浅子は前後に腰を振り、切っ先を己の秘処に擦りつけた。自分の匂いを付けるように、亀頭に溢れる女蜜を絡める。

「わたしを淫らな女に変えたのは、あなたですからね。わたしだけの責任みたいに言うのはよしてちょうだい……いただくわよ」

「どうぞ。旅行中は浅子さん専用ですから」

壮介が勃起に手を添え、逸れないようにしてくれる。

(わたし専用……)

女一人で生活を支えてきた。いままでの努力の報酬をもらえるような気分で、浅子は丸いヒップを沈めていく。亀頭が花弁を割り、膣口に圧迫を感じた。逞しい挿入感を味わうために、一気に落とし込んだ。

(気持ちいいっ……あ、ああっ、イクッ)

野太い肉塊が、擦れて埋まる。粘膜を押し広げられて意識がふわっと浮き、隙間をみっちり塞がれる愉悦の奔流が、駆け上がった。頭のなかはピンク色に染まり、薄く開いた口元からは、悩ましい喘ぎが漏れた。

「ああん、はんっ、これすごいっ」

透明ストッキングの太ももは、男の腰を挟み込んだ。首に腕を回して、身を震わせる。

(このおちん×ん……大好き)

壮介は娘の夫で、自分は義理の母だった。女性経営者としての立場もある。それら障害の重さを、呑み込んだ男性器は容赦なく吹き飛ばしてしまう。四十二歳の肢体を覆うのは、圧倒的で暴力的な快感だった。

「イキました？」

壮介が背中を撫でながら、尋ねる。

「イッたわ。ごめんなさい」

淫らさ、呆気なさが恥ずかしい。紅潮した美貌は、恥じらいを湛えてうなずいた。壮介が微笑んで、女の顔をのぞき込んでくる。

「謝らないでください。浅子さんが感じてくれる方がうれしいんですから。あれ？　浅子さん付け睫毛ですか。目元がいつもよりぱっちりしてて」

壮介が、化粧の違いに気づいた。光沢のあるリップスティックに、長めの付け睫毛、出勤時よりもメイクを派手めにしてあった。

「そうよ。二人きりで旅行なんですもの。隣にいる彼女の見栄えが悪いと、彼に申し訳ないでしょう」

「僕のために化粧も変えて、胸の谷間を見せる服を着て……チョーカーも」

ペディキュアもマニキュアも怠っていない。豊乳が作る胸の谷間もくっきりのぞくよう、襟元がオープンになったブラウスを着ていた。さらに普段はつけないベルベットチョーカーもしている。

(年齢の離れた女ですもの。一緒に歩くあなたに、恥ずかしいなんて思って欲しくないから)

「こうして抱き合うまで、わたしの変化に気づかないなんてひどいと思わない?」

年上の引け目は押し隠して、浅子は壮介を責めるように言う。壮介の肩を押して上体を離し、ベージュのカーディガンを脱いだ。

「ノーブラだったんですか」

壮介が驚きの声を漏らす。白いブラウスの胸元は、乳房の丸み、赤い乳頭がうっすらと透けていた。

「つけているわ。でもカップ部分がくり抜かれているのよ。オープンブラっていうんですって。胸の重みを支えたり形を整えることのできない、まったく意味のない下着。カーディガンで隠していれば、こんなはしたない下着だってわからないでしょう? ……あんっ」

説明の途中で、壮介の手が胸を掴んでいた。たっぷりとした量感を噛み締めるように、ゆっくりと揉み上げる。

「凜々しくて上品な浅子さんの普段を僕は知っているから、余計に燃えます」

（あんっ、太くなった）

体重をのせて、根深く繫がっている。陰茎の膨張が増しているのを感じた。

（この子、おっぱいをさわるのも上手になって）

ブラウス越しに膨らみを握る指遣いに煽られ、浅子も腰を振った。アクメしたばかりの膣肉に生じるのは、ジンジンとしたとろける性感だった。

「電車のなかなのに、セックスしちゃってますね」

壮介が車窓の方をチラと見てつぶやいた。浅子も視線を送る。流れていく風景が見えた。

（公共の乗り物のなかで、男性の上に跨がり乗るような女じゃなかったのに）

視線を戻して、常識を失わせて淫蕩な牝へと変えてしまった若い男を眺めた。目が合うと壮介は、乳頭を摘まんで笑みを作る。

「個室で良かった。ふつうの座席だったら、興奮を抑えきれずにきっと浅子さんをトイレに連れ込んでヤッてました」

「わたし、トイレでヤラれちゃってたの……」

列車内の狭いトイレに二人でこもり、スカートをまくられてバックから犯される画が思い浮かんだ。

（トイレに押し込まれても、きっとわたし逆らえない）

白いヒップを強く摑まれ、パンパンと男の腰が跳ね当たる衝撃の音さえ生々しく再生された。

淫らな想像が、劣情を加速する。浅子は腰を振り立てた。感度の増した膣ヒダで、肉刀を扱いた。肥大した硬いエラがたまらなかった。立ち昇る性感に、ふっくらとした紅唇は悩ましく泣いた。

「いいのっ。壮介さんの、たまらない……あんっ」

（わたしが考え違いをしていた。こんな気持ちいいものから離れようとしていたなんて、愚かだった……）

初めから勝てるはずのない、試みだった。倫理も道徳も易々と打ち砕いてしまう逞しさの前に、女はひれ伏して降伏するしかない。

「壮介さん、またわたし……イクッ、イクうッ」

二度目のオルガスムスだった。視界が朱色に染まる。壮介が乳首を乱暴に躙り、胸肉を絞ってきた。汗でブラウスは肌に貼り付き、透け感が増していた。露わになった肉感的な肢体は、仰け反ってヒクッヒクッと戦慄いた。

浅子が絶頂に到達したのを確認して、壮介が乳房から手を離して女体を抱き締める。未亡人は目を閉じて、頰を壮介の肩にのせた。

「何度もイクと、身体がぐにゃぐにゃになりますね」

(だって、力が入らないから……)

壮介の腕のなかは、愛情と安心感に包まれるようだった。いま自分を貫いている逞しいモノさえあれば、他にはなにも要らないとさえ思ってしまう。

「いい匂い」

壮介がうっとりと言う。肌が火照り、香水の匂いがあざやかになっていた。閉じた空間には熱れた空気が漂う。いま個室内に誰か入ってきたら、なにが行われていたか丸わかりだろうと思いながら、浅子は壮介の首に腕を回して密着した。一体感に浸る。

「早紀ちゃんと、同じですね」

女の背をさすりながら、壮介がつぶやいた。

「なにが？」

「自分から跨がってきて、僕が一回果てる間に何度も昇り詰めて……こんな風にしがみついて無防備な感じに身を委ねてくれるのがそっくりで。なんていうか信用と愛情を感じます」

壮介がうれしそうに言う。

（壮介さんは娘と……早紀ともこんな風にエッチしたのね）

愛娘と壮介の性愛の詳しい部分を、浅子は知らない。

早紀と一緒に壮介に抱かれた後も、あくまで母娘の形は崩さなかった。以前通りに振る舞い、色恋に関したことは一切会話には出さなかった。

みちるが出張から帰った後もそれは同じで、三人で示し合わせたように、寝室での行為を日常では口にしない不文律があった。

（表面上は、前と同じ仲の良い家族だった。でももう崩れてしまう。わたしは母親でいることよりも、壮介さんへの想いを選んでしまったから）

「あなた、比べているでしょう抱き具合」

「はい」

浅子の問いに、壮介はあっさりと認める。

（そこは嘘でもいいえって否定をしてくれないと。ああ、困った人）

嫉妬心が、胸の奥から湧き上がる。十代の少女と比べて、すぐれているのか劣っているのか、自分では判断が付かない。ただテクニックで負けてはならないと思う。

「我慢しちゃだめよ。早く出してね」

余韻に浸ることを止め、浅子は肩にのせていた頭を起こした。太ももに力を込めて、丸い尻をゆすった。オープンブラから突き出る丸い双乳を、ブラウスの生地ごとゆらして、クイックイッと強弱を加えながら硬い肉柱に挑んでいく。

「早紀ちゃん、こっちを弄るとすごく悦ぶんですよ」

女の背に回していた手を、壮介が下へと移動させた。スカートをまくり、むっちりと張った尻たぶを撫でたかと思うと、その狭間に指を沈めてきた。

（そこはっ——）

指先が窄まりに到達し、躊躇いなく皺状の小穴を揉んできた。女の腰遣いがゆるまる。

「そうなの……ほんとうにわたしと同じなのね。んっ」

こぼれそうになる喘ぎを押し殺して、浅子は排泄の小口を撫でる指遣いを耐えた。

胸に生じるのは、うぶだと思っていた娘が、後ろの穴を開発されているという驚きだった。

加えて、娘と同じように肉体を調教されているという居心地の悪い恥ずかしさ、後ろの穴を捧げているのは己だけではないという競争心も芽生えて、どう反応していいかわからない。

くすぐるように動いていた指先が、潜り込んでくる。大量に漏れた浅子の愛蜜が、潤滑液だった。侵入する壮介を受け入れようと、未亡人ははあっと息を吐いて力を抜いた。

「ねえ、約束覚えている?」

異物感を呑み込みながら、浅子は壮介にささやきかけた。

「約束?」

指をさらに沈めて、壮介が問い返す。

「あなた、お尻でしたいって言ったでしょう……今夜、そのつもりでいたのだけれど」

「いいんですか」

顔に喜色を浮かべて、壮介が声を張る。排泄口を弄くられる女は、紅潮する美貌を縦にゆらした。

「ええ」

（ずっと一人で、準備はしていたのだもの）

入浴の度に、恥丘に生えた繊毛をきれいに剃り落とし、湯船のなかで肛穴を揉みほぐすことを欠かさなかった。理性の力で別れを受け入れようとしながら、壮介への未練をいつまでも絶てずにいた。

「うれしいです」

壮介が結合を深めるように、下から腰を浮かせた。張り詰めた肉茎が膣肉を拡げて、子宮をぐっと圧迫する。紅唇は艶めかしく息を漏らした。

（うれしいのはわたしも同じ）

みちるや早紀よりも先に、肛穴の処女を捧げられるのは悦びだった。と同時にこんな母を娘たちは、どう思うのだろうと不安に苛まれる。

（この人を駆け落ち旅行みたいに、衝動のまま連れ出してしまったし）

「壮介さんは、みちると早紀にフォローを入れなくていいの。約束を破らせる形になってしまったけれど」

愛娘たちの険相を思い浮かべながら、浅子は尋ねた。

「後でちゃんとします。浅子さんの会社の方は、だいじょうぶなんですか？」

急に旅行に出かけて問題ないのかと、壮介が逆に心配そうに問う。

「平気。部下も快く送り出してくれたわ。オーバーワークだから休んだ方がいいってみんなも思っていたみたい。そうだ、今朝のあなたのお弁当、会社で好評だったのよ。アボカドモッツァレラと、アプリコットジャムと生ハムのサンドイッチ」

「会社のみなさんで？」

「ええ。バスケットのなかをのぞいてきて、料理上手でステキなお婿さまですねーって。あなたが褒められたのうれしくて、いっぱいお裾分けしちゃった」

「よかった」

壮介が笑みを浮かべて、抜き差しをする。臀部に回された手は、やわらかな尻たぶを揉みながら、排泄の穴にさした指を出し入れしてきた。切ない官能が、肉交愉悦と入り混じる。女は細首をゆらして、呻いた。

（お尻……感じちゃう。だめっ、またイキそう）

「みんなに分けたのなら、浅子さんお腹すいているんじゃ」

「あなたがイッたら、お弁当を食べましょうね。そこに置いてある駅弁を買っておいたの。どっちにする？　お肉のと海鮮の……あんっ、ひんっ」

久しぶりの二穴姦だった。蠢く指を括約筋で締め付けると膣肉も収縮を起こし、肉茎の太さをまざまざと感じる羽目になる。

（とろける……とろけちゃう）

言葉を紡ぐ余裕は失われ、紅唇は忙しなく息を吐いた。腰から生じる重奏の刺激が全身に巡り、肌が震えた。

「荷物のなかにリモコンローター、ありましたよね。お弁当の前に使っていいですか」

壮介の瞳が、かがやいていた。

「……わたしのなかに入れるの？」

壮介が笑みで肯定を示す。

（わたしをいじめるときは、この人生き生きとしているのよね）

「お弁当を食べている最中、スイッチを入れたり切ったりして楽しむんでしょう」

「もちろん。宿に着くまで、入れっ放しにしてくださいね」

壮介が昂りの声で命じる。淫具の使用許可で劣情が盛り上がったらしく、互いの股間を擦り合わせるように衝き上げてきた。

「わかったわ……あんっ、激しい」

陰毛がないせいか、クリトリスを揉み潰すような腰遣いは、下半身の痺れる官能を生む。三度目のオルガスムスが、すぐそこまで押し寄せてきた。快感に侵食されて、浅子の思考能力は失われていく。

(娘も会社も、どうでもよくなっていく……いまのわたしの望みは、この人に気持ちよく射精してもらうだけ)

煽られるように、円を描いて淫猥に丸い尻を振った。濡れた瞳で男を見つめながら差し込まれた勃起と指を食い締めると、繰り返しの絶頂で飽和する頭に残るのは、壮介への愛欲だけとなる。

「壮介さん、感じてくれてる?」

「うん。出そうだよ、浅子」

「どうぞ。わたしの身体ですっきりして。壮介さんっ……ああんっ」

肉棒が奥の性感帯に擦りつく。先に浅子が達した。口元を戦慄かせて、背筋を引き攣らせた。肉茎と肛穴に刺さった指をきゅっと咥え込み、むっちり張ったヒップを震わせた。

「すごいわっ、両方で擦られてる。……イクッ、イクうッ」

「浅子っ、出るよっ……出るッ」

二穴で気を遣る浅子の破廉恥なアクメ姿を見て、壮介も欲望を解き放った。両手で摑んだ女の尻肉に指を食い込ませ、さらに腸管に埋めた指を深く沈め込んだ。

「ひっ。あんっ、いやっ、お腹のなか、いっぱいに刺さって……ひんッ」

浅子は悶え泣き、緊縮を上昇させた。

「いいっ、浅子っ。ああっ、もっと締めて」

ペニスを括られた壮介が、快感の唸りをこぼした。根元まで嵌まった勃起の、ドクッドクッという脈動まで大きくなる。

(注がれている。壮介さんのミルク……)

灼けつく熱さを感じて、脳裏は白に染まる。引き締まった腕に包まれ、体温、力強さを感じながら浴びる生殖液は、未亡人への一番の贈り物だった。絶頂感が再度、押し寄せる。

「わたし、またイクわッ、壮介さんっ」

牝泣きをこぼした女は、男の胸板に乳房を押しつけるようにして、戦慄く身をすりつかせた。

第四章　「新婚気分」で混浴づくし

1

綾川浅子は、洗い椅子に腰掛けた綾川壮介の前にひざまずいていた。二人とも裸だった。浅子は髪が濡れないよう、頭の後ろで束ねていた。

宿に着いて、早速部屋付きの露天風呂に入ったところだった。見晴らしは良く、山の緑と青空が見え、下を流れる渓流の音も聞こえた。

（わたしのこと、妻って言った……）

浅子はソープを手で泡立て、男性器を指で洗う。丹念に慈しむように、指をすべらせていくと、陰茎はみるみる充血を増してそそり立った。

（この人、四十二歳の女を躊躇いなく、妻の浅子って……）

指を這わせながら、浅子は悩ましい視線を壮介に送る。

温泉旅館に到着し、フロントでチェックインの手続きをしたときだった。

「ご予約いただいた、綾川浅子さまでございますね」

浅子の蜜肉には小さな楕円体の淫具、電動ローターが入っていた。

リモートコントロールで振動のオンオフ、強弱が変えられ、そのリモコンは壮介が手にしていた。列車に乗っているときから駅構内、宿までのタクシーのなかでと、壮介はリモコンを操作して、浅子が身悶えるようすを愉しんでいた。

「綾川さま？」

フロント係の女性が、戸惑ったように浅子を見る。官能に浸る浅子は下唇を噛んで、とろんとした瞳を向けるだけだった。

「はい。綾川です。予約は妻の浅子が」

代わりに壮介が対応して、記帳も済ませた。

「新婚なんです。久しぶりに揃って休みが取れたから、温泉旅行に行きたいねって。ね、浅子」

笑顔で言う壮介に、浅子は赤い相で「ええ」と相づちを打つことしかできなかった。

（新婚だって）

壮介の台詞を思い出すと、胸が熱くなる。柔肌も火照って、汗が噴き出た。

（突然、夫婦気分を味わわせてくれるんだもの。女心を鷲掴みにするのが上手なんだから）

きゅっとペニスを握った。滾る熱を感じた。左手は陰嚢に添えて、揉みほぐした。せり出す亀頭のエラの部分、女にとっては至福を生む段差の箇所を、指先でやさしく洗う。

「あの浅子さん、そんな丁寧にされると……」

「困るの？」

弾む声音を抑えて、浅子は訊く。ゆるゆると細指で扱いた。一回や二回の吐精では、硬さを損なわない逞しさがすばらしいと思う。

（さっきあれだけ出したのに、カチカチ）

リモコンローターを秘園から抜くと、ドロドロの精液にまみれていた。女性器に当たるビキニパンティの布地も、淫液を吸ってぐっしょりと重く湿っていた。小さなパンティでは漏れを防げず、内ももにまで壮介の体液が垂れていた。

「むらむらして、我慢できなくなりますから。僕も浅子さんの身体を洗わせてください」

「旦那さまはじっとしていればいいの。みちるにもこんな風に洗ってもらうんでしょう?」

「はい。お風呂に一緒に入ったときは、いつも……」

言いづらそうに壮介が答える。

年上の妻として、みちるがかいがいしく壮介の背中や股間をやさしく洗ってあげているようすが、目に浮かんだ。

「でもあなたたち、いつもお風呂は別々よね」

恥ずかしいのか、家族の手前遠慮をしているのか、おそらく両方だろう、同居を始めてから、壮介とみちるが一緒に浴室に入る場面を見たことがなかった。

「やっぱり抵抗がありますから。早紀ちゃんは年頃ですし、みちるも赤い顔でむりむりって。早紀ちゃんと浅子さんが先にお休みになってるときなんかに、二人でこっそり……普段使わない一階のバスルームに行って。たまにですけど」

新築の自宅には、バスルームが二つあった。隠れていちゃつく娘夫婦が微笑ましい。

「そうだったの」

頰をゆるめた浅子は、身を前に進めて乳房を壮介の胸にぴたりと押しつけた。胸肌にはソープを塗ってある。腕を回して抱きつきながら、身体を上下にすべらせ、互いの肌を擦り合わせた。

「あっ……ああっ、ふわふわで気持ちいい」

心地よさそうに、壮介が吐息を漏らす。乳房の丸みがぎゅっと押し潰され、やわらかに男の皮膚を撫でていた。

「わたしも。あなたの温もりが伝わってくるわ」

興奮と刺激で硬くなった乳頭を、壮介の乳首を狙って擦り合わせる。ツンと当たると甘い痺れが生じ、浅子も息を喘がせた。

まんべんなく泡をまぶしたところで身を低くして、双乳の狭間にペニスを挟み込んだ。ソープのすべりを利用して、摩擦刺激を加える。

「パイズリ上手の女社長ってすごいですよね」

己の乳房を手で持ち、きゅっきゅっと肉柱を巧みに扱く浅子を見て、壮介が感嘆の声を漏らす。豊乳に包み込まれたペニスが脈動し、先端から興奮の透明液が漏れてくるのを感じた。

「ふふ、風俗店で働けそう？」

「人気ナンバーワン間違いなしですけど、絶対にだめですからね。浅子は僕のモノなんだから」

壮介は語調を鋭くし、独占欲を隠さない。年上の女は悦びに包まれた。

(ここぞというときは、呼び捨てになるんだもの。ほんとうに女心をくすぐるのがうまいのよね)

照れる顔を見られるのが恥ずかしい。浅子はパイズリ奉仕を止めて、立ち上がった。振り返ってシャワーノズルを手に取り、壮介の身体の泡をザッと流す。

「お風呂当番を決めるのはどうかしら。持ち回りの当番制なら、恥ずかしくても従うしかないって、みちるも自分に言い訳ができるじゃない」

提案してから、なかなか良い案ではないかと思う。新婚夫婦のように、一緒に入浴するというのは浅子にとっても魅力だった。

「浅子さん、みちる、早紀ちゃんと毎日一人ずつ、お風呂に?」

「だめかしら」

浅子はシャワーを止めて、壮介の背中側に回った。

「早紀ちゃんも、こういう風に洗ってくれますかね」

「こういう風って、こんな感じ?」

壮介の背肌に新たなソープをまぶし、浅子は身を被せていった。身体の前を洗ったときと同じように、乳房を押しつけて肌を擦り合わせる。手は脇から回して壮介の胸肌を撫でた。

洗い場の前、露天風呂を囲う壁には大きな鏡があった。鏡のなかには、裸の若い男性の背中にぴったり肌を重ねる女の姿が映っていた。首筋や肩、泡まみれの素肌は、昼の光を浴びて艶美にかがやき、女の表情は奉仕の悦びでしあわせそうにほころんでいた。

(わたし、うれしそうに壮介さんに抱きついちゃって……きっと早紀も同じね)

義兄への好意に満ちている早紀は、お願いされたら自分のようにソープ嬢の真似事も断らないだろうと思う。

(女子校生がソープ嬢なんて、やっちゃだめだとは思うけれど)

壮介の開いた足の間にひざまずき、猛々しいペニスに指を絡めて、十代の娘が男性器を洗う姿を思い浮かべると、ズキッと胸が疼いた。少女がするには、画があまりにも生々しい。

(でも言いなりになってしまうのよね。母娘三人、この人の虜になって歯止めが利かなくなってるのだもの……)

浅子は胸を撫でていた手をすべり落として、肉茎を握った。根元から先端まで、ピンと屹立する硬さは、女の本能を妖しく惹きつける。

「かゆいところない？　わたしがお風呂当番の日は、今日みたいに全身を洗ってあげるわね」

「大変じゃないですか。仕事で疲れて帰ってきてこんなことをするの……あ、あんっ」

乳房で背中を洗いながら、指遣いに強弱をつけて硬直を擦り立てると、壮介が切なく喘いだ。

「わたしは平気。専用の椅子も買わなきゃね。くぐり椅子だったかしら。アレもあったら便利だと思うの」

通販サイトで見たアダルト商品のなかには、風俗店で使う洗い椅子も売っていた。股間へのタッチがやりやすいよう、椅子の下が空洞になっていた。女性が仰向けになって椅子のなかに頭をくぐらせ、男性の陰囊や会陰、排泄の穴を舐めたりする用途にも使えるらしい。

「くぐり椅子……そこまでするんですか？」

「ええ、落ち込んでいるあなたの気分がわたしのフェラチオで上向くなら、悦んで舐めてあげるし、わたしを抱いてすっきりしたいっていうのなら、満足するまでこの身体に射精をして欲しい。あなたに悦んでもらいたいから」

本心だった。年を忘れたような恋のときめき、身の消し飛ぶような陶酔、自分の得ている幸福感以上のものを、壮介に返してあげられているのか自信がない。

「僕だって、浅子さんに悦んでもらいたいです」

壮介が負けじと言う。浅子はくすっと笑った。

(交際を始めたばかりの恋人みたいな会話をして……)

そう考えてから、自分がこの旅行でしたかったのは、こういうことではないかと思う。

(肉体の結びつきが先にあった壮介さんと、心も通い合わせたかったのかも)

「浅子さん、泡を流してください」

壮介が命じる。浅子は言われた通りに、前へと回ってシャワーノズルを手に取った。洗い椅子に座る壮介の身体のソープを、洗い流す。股間では男性器が、雄渾にそそり立っていた。

女は己の肌に付いた泡も湯で流し、シャワーノズルをフックに戻そうと壮介に背を向けた。ノズルから手を離した瞬間、腰を両手で摑まれて、後ろへと引っ張られた。

「きゃっ」

膝が曲がって丸い尻が落ちる。ズムッと突き刺さる感触が、総身を貫いた。

「ああっ、なんてことをするの……うふん」

男の膝に座った浅子の抗議は、甘く湿っていた。突き立つペニスが、膣肉にしっかりと嵌まり込んでいた。壮介が浅子の太ももの裏に手を入れて、腰の位置をずらす。するとさらに肉柱が埋まり、女は身を反らせて呻いた。

「あんっ、奥まで……」

「入りましたね」

壮介が言い、そのまま女の膝裏を抱えて立ち上がった。

「な、なに?」

浅子は焦りの声をこぼした。

男性器を差し込んだ女体を抱えた壮介は、ほのかに湯気の立つ露天風呂のなかに入っていく。男女の肢体が温かな湯のなかに沈み、浮遊感が押し寄せた。湯船のなかで壮介はあぐらを掻き、その上に浅子が座る形だった。

「突然、なにをするの……バカ」

男の胸板に背肌を擦りつけて、浅子は甘えるように言った。壮介の手が脇から前に回って、大ぶりの乳房を摑む。

「ドキドキしました？」

「したわ。当たり前でしょう」

「よかった。せっかくの温泉旅行ですから、もっと楽しみましょうね」

指が乳頭を摘まむ。愉悦に染まった美貌は首肯した。引き締まった男性の腕に包まれ、温かな湯に浸かっていた。天国だと思う。

「いい湯ね」

「はい、景色もよくて」

風景を楽しめるよう、奥の方の囲いは低くなっていた。官能でかすむ女の瞳に、緑の山間を飛んでいく小鳥が目に入った。その上には澄んだ空と、ゆっくり流れていく白い雲が見えた。

(昼間から温泉に浸かって……しかも繫がってる)

壮介が摑んだ豊乳を持ち上げて、女体を縦にゆらし始めた。激しい動きではない。数センチ、水の浮力もあって、ゆらゆらと水面を漂うように交わっていた。

「僕も楽しいです。義理のお義母さんだった人なのに。出会った頃は女社長だって聞いていたから、お堅いイメージだってあったけれど、いまは――」

「言わなくていいから」

浅子は振り返りながら、壮介の口の辺りを手で押さえた。逞しさに屈して乱れる己を、嫌というほど自覚している。

指を離すと、壮介が女の紅唇に口を重ねてきた。唇をふれ合わせるやさしいキスから、徐々に薄く口を開けて、舌を絡ませるディープキスに変化した。

後ろ向きのキスでは、どうしても互いの口に隙間が生まれる。唾液が漏れ、ピチャ、ヌチャと淫猥な音も響いた。

壮介の右手が乳房から離れて、下へと潜ってきた。男のために無毛になった恥丘を愛しげに撫でた後、さらにその奥へと這い進んだ。クリトリスをさわる。

「あんっ」

愛撫の指に身を震わせて、浅子はキスの口を離した。

「尖ってます」

小さな感覚器をさわって、壮介がつぶやく。

野太い肉棒が入り込み、女性器の周辺は伸び拡がって突っ張ったようになっている。クリトリスへの指刺激が染みた。

「当たり前でしょう」

浅子は前を向いて、恥じらう相を隠した。

「右手を持ち上げて」

「え？」

意味がわからないまま、浅子は右肘を湯のなかから浮かす。

「もっと高く」

壮介の指示に従って、右腕を頭上に掲げた。腋に息づかいを感じた瞬間、ようやく意図が理解できた。

「こっちもきれいに処理してある。さすが有能な女社長ですね。身だしなみに隙がない」

ペロペロと腋窩を舐められていた。

「それ、褒めているの？」

くすぐったさで身を捩ると、丸い尻も男の膝の上で蠢く。膣内に埋まった太いペニスが回転する感覚だった。ああっ、と紅唇は甘く喘いだ。

（あなたがこんな風に愛撫してくるって、わかっているもの……）

腋の下だけではない。足指をしゃぶられたこともある。排泄の穴も舐められた。

汚れているという概念がないかのように、壮介は年上の女の肌に躊躇いなく舌を這わせてきた。恥ずかしさと同時に、うれしいという感情は隠せない。

「恋人と温泉旅行……最高ですね」

壮介が腋の下を舐め上げながらささやき、陰核を擦る指遣いを強くする。包皮を剥いて、敏感な内側を擦られると、女の腰がビクビクと動いた。

「壮介さん、強いわ」

紅唇はハアッと恍惚の息を漏らして、訴えた。浅子の腋の下を舐めて、勃起の充血も増していた。

(壮介さんも、楽しんでくれている)

「他に浅子さんのしたいことはありますか」

壮介が胡座座りの腰をゆらして、抱えた女体への突き込みを大きくしながら、やさしい声で尋ねる。きれいに処理された腋窩に、チュッチュッとキスをしていた。

浅子は快感で混濁する頭で考えた。

「わたし、カラオケ屋さんに行ったことがないわ。個室の部屋がいっぱい並んでるタイプの……会社の人間は連れ立ってよく行くらしいのだけど、社長がお邪魔をしたら空気が悪くなる気がして、参加したことがないのよ」

「カラオケボックスですか。わかりました。右腕は下ろしていいですよ。今度は左の腕を上げて……他には？」

浅子は右腕を下げ、左腕を掲げた。壮介の吐息が左の腋窩に掛かり、舌が這った。

「遊園地のお化け屋敷。本気で怖いやつってあるでしょう。娘たちはいやがって入ってくれないの。娘たちを置いて、母親のわたしが一人で入るわけにもいかないし」

「浅子さんは、怖くないんですか」

「怖いけれど、それを楽しむ場所じゃない」

左の腋窩に這うやわらかな舌を感じながら、言う。壮介の責めと一緒だった。心では抵抗しながら、身体は羞恥にまみれて一層燃え立つ。

「なるほど。他には？」

「ラブホテルに入ったことがないから、行ってみたいわ。大きな鏡が壁一面に貼ってあって、色んな衣装も貸してくれるのでしょう。ゲームが置いてあったり、お風呂も広くてステキだって」

「行きましょうね。全部、二人で叶えましょうね」

壮介が腋愛撫を止め、湯にさざ波を立てて、腰を衝き上げてくる。股間の指は肥大したクリトリスを摘まんだ。

「あ、あんっ、そんなにされたらっ」

浅子は手を伸ばして、湯のなかで壮介の左右の膝を摑んだ。

深い位置に届くペニスがひたひたと官能を盛り上げ、クリトリスをなぶる指が華やぐ色を添える。左の乳房を摑んで絞る手は、野卑な男性を感じさせ、女の陶酔を深めた。

「あっ、あんっ、壮介さんの、上まで届いてる」

膝を摑んだ手でバランスを取り、未亡人は自らも尻を淫らに振った。

温泉のなかでの性交は初めてだった。火照った肌に汗が浮き、細い首筋には汗粒がいくつも流れた。

「ねえっ、いいの？　こんな風に母親のわたしが我が儘言って、恋人っぽく振る舞っても、みちるは許してくれるかしら？」

気掛かりを尋ねた。壮介への愛情を捨てたくはないが、夫婦の亀裂を生むことは望んでいない。

「だいじょうぶです、みちるも浅子さんの選択を尊重すると言ってくれましたし、もし不満だって言うのなら、僕が説得します」

壮介の声には迷いがない。

(この人も変わった)

覚悟は女にも伝わってくる。

「壮介さん、イキそう。もっとしてっ……あんっ」

「どうぞ、浅子さんッ、大きな声で泣いてっ」

勃起が下から刺さる。湯のなかで女体が跳ねるように動いた。湯船の外に、湯があふれてこぼれる。響く水音は祝祭音楽のようだった。

「イクッ、浅子イキますっ」

浅子は叫んだ。赤い色が視界を横切り、上体がふらりとゆれた。女体は前に倒れ込み、両手を伸ばして指先で湯船の縁を摑んだ。

そのまま、ヒクッヒクッと背肌を痙攣させた。壮介が浅子の尻を押すようにして、前に進んだ。

湯船から上がるのかと思い、浅子はハアハアと喘ぎながら身を前に進め、肘を湯船の縁にのせたところで、下半身が浮き上がった。立ち上がった壮介が、浅子の腰を掴んでいた。

（また犯される）

男性器は女陰に突き刺さったままだった。湯船の縁から顔を出し、尻は壮介に捧げる格好だった。案の定、壮介が硬いペニスを繰り込んできた。差し出した臀丘に、男の腰が当たる。

「浅子のおっきなエロ尻が、ゆれてる。ほら、尻たぶがたぷんって」

荒々しい肉交が始まり、湯が波を立てた。

「あんっ、休ませてっ」

膝を曲げて湯のなかにしゃがみこもうとするが、ウエストを掴んだ男の手が許さない。前かがみの立ちバックで、犯されていた。

（連続イキ――）

壮介との性愛で初めて経験した、激しい抱き方だった。快楽の渦に女体をどっぷりと沈め、牝として男に征服される悦びを、壮介が教えてくれた。

「イクッ……イキッ放しになります。許してっ、しないで」

苦しさを訴えるように喘ぎながら、重厚な抜き差しを請うように、浅子は大きなヒップを高く掲げた。

「まだだよ。感じて浅子っ」

壮介が叫び、腰遣いを速めた。垂れた乳房も反動でゆれる。丸みの先が湯に当たって、パチャパチャと音を立てた。浅子のよがり泣きは、一層情感を帯びた。

「浅子の乱れた牝の声、好きだよ」

凄艶な泣き声を奏でる女を褒めるように、壮介が尻肌を平手打ちしてきた。

(お尻をぶたれているっ)

苛烈な責めは、尊い贈り物でもあった。妻の母、許されない身である不安を取り除き、年の離れた女に愛されている実感を与えてくれる。

「ああんっ、壮介さんっ」

浅子は丸い臀丘を振り立てた。そして太ももに力を込め、左右の膝を擦り合わせるようにして、腰に力を入れる。

「締まってるっ。いいよ浅子。浅子のなかに出すよ」

「ください。いっぱい……いっぱいわたしを満たしてっ、ああんっ」

むちむちの尻たぶを両手で摑み、壮介がペニスを根元まで埋め込んだ。ぴっちり嵌まった硬い感触が、女の意識を吹き飛ばした。

「イクう……だめえっ」

赤色が脳裏を乱舞する。湯船の縁にしがみつき、浅子は背筋をクンと引き攣らせた。まとめ髪はすっかり崩れて、湯のなかに毛先が浸かっていた。

「こっちも……ああっ、浅子っ」

壮介が吠え、大きくパチンと尻肌を叩いて、吐精の発作が始まった。膨張した勃起が、蜜肉のなかで跳ねる。

「きたっ、あううっ」

流れ込む精液を感じて、浅子は這った姿勢で泣き啜った。壮介は小刻みに腰をゆすって、射精快楽を味わう。

「うう、ヌルヌル絡んでる。浅子のなか、気持ちいいっ」

(奥を小突かれている)

熱い樹液が柔ヒダに染みこむイメージと共に、震える勃起が膣底を捏ねるように突き刺さってくる。

浅子は無意識に膝を伸ばして、掲げたヒップを壮介に向かって突き出した。赤い唇からは涎が漏れた。失神寸前だった。

「浅子も僕の恋人で……妻だから。絶対に離さない」

壮介が浅子のヒップを引きつけ、結合を深めて告げた。女を孕ませる液が、一滴も漏らさず注がれていく。

「は、はい」

未亡人は息を乱しながら、応える。濡れた丸いヒップの表面に、壮介の顎から汗が落ち、浅子の汗と混じって尻肌の表面をツーと流れた。

2

湯上がりの浅子は、客室にある座卓に尻をのせていた。

グラマラスな肢体を、藍色の地に百合の柄の浴衣で包み、座椅子に座った壮介に向かって、大きく脚を開いていた。ブラジャーとパンティーはつけていなかった。畳に下ろした足の指先で、畳をもじもじと擦る。

（イキそう……）

浅子は下を見た。壮介は頭をゆらして、舐め愛撫を行っている真っ最中だった。

壮介は格子柄の浴衣の上に、羽織姿だった。

「ねえ、夕食までお酒を飲んでゆっくりするんじゃなかったの？」

浅子は壮介に言う。座卓についた右手の先には、先ほど注文して運ばれてきたグラスワインが置いてあった。

返事の代わりに、やわらかな舌が女裂を舐めあげた。未亡人は細顎を持ち上げて喘いだ。

「あ、あんっ」

(押し切られてしまうわたしも悪いのだけど。テーブルに座るなんて、行儀の悪い……)

どうか朝のフェラチオのお返しをさせてくださいと、丁寧な口調で言われて拒めなかった。

露天風呂での激しい交わりで、女の肉体は熱く潤んでいる。無毛の女性器を舌で擦られると、甘い性感が走った。漏れ出る愛液を、壮介が清拭するように吸い取る。

(チュルッて音を立てて吸ってる……)

「ね、もう終わりでいいでしょう。お返しなら、いいから」

恥ずかしさで美貌を赤らめながら、浅子は訴えた。壮介が剥き出しの女の股間から、上を見る。

「でも僕が浅子さんを舐めるの一ヶ月以上ぶりですよ。たっぷり味わわせてください」

（わたしへのクンニを、そんな満面の笑みで……）

浅子を見上げる瞳が、うれしそうにかがやいていた。女の胸はキュンとする。

「浅子さんだって、クンニリングス、好きでしょう？」

「き、嫌いじゃないけれど……あなたって延々続けるから、申し訳なくて」

やさしい口愛撫は、硬い勃起で貫かれるセックスとは異なる快感がある。一方的に奉仕をしてもらう、精神的な悦びもあった。

「クンニを長めにって僕に指導をしたの、浅子さんですよ」

「そうだけれど……」

セックスレスだったたみちるを想定してのアドバイスだった。自分にたっぷり施して欲しいという意味ではない。

「浅子さん、毛がなくて舐めやすいから好きです。トロトロオマ×コが悦んでいるの、丸わかりだから。浅子さんを一番舐め回した男になりたいです。過去の男性……旦那さまよりも」

「な、なにを言っているの」

亡くなった夫を競争相手のように持ち出してくる壮介に、浅子は動揺する。

（この人、わたしへの独占欲を露わにして）

壮介の澄んだ眼差しから、年上の自分を憧憬してくれているのが伝わってくる。一方的な性欲処理の相手でも仕方ないと思える年齢差があるにもかかわらず、壮介はひたむきな愛情を傾けてくれていた。

「こんなおばさんの一番になりたいの？」

卑下の台詞は逆効果だった。娘婿を燃え立たせたのが、真剣みの感じられる眼差しから伝わった。

「浅子さんを、僕から離れられない身体にします」

壮介がささやき、舌がヌプリと差し込まれた。裾の割れた浴衣から伸び出た女の足が、持ち上がる。

「んふっ」

伸ばした舌が深く潜り込んでいた。遠慮のない舌遣いだった。潤んだ膣粘膜のなかを延々と舐めほぐしてくる。

「そんな奥までっ、あんっ」

浅子は口元を手で押さえて、嗚咽を隠した。

（アソコをきれいにしておいてよかった）

露天風呂から上がった後、中出しの精液を残さないよう、ビデでよくなかを洗った。漏れ出る体液で浴衣を汚さないためだったが、壮介に自分の生殖液を舐めさせるような羽目にならずに済んでよかったと思う。

舌が這う度に、浅子は胸元を大きく喘がせた。浴衣の襟元もゆるんで、胸の谷間がのぞき見えていた。首筋を流れた汗が、そこを通る。

（熱い）

口を押さえていた手を外して、浅子は横にあるグラスを手に取った。冷えた白ワインを一気に呑んで、喉の渇きを癒やす。グラスをコトンと戻した。

ぴったり口を寄せた壮介の温かな鼻息が、股間をくすぐるように漏れていた。鼻先がクリトリスに当たって擦れる。

陶酔の赤い色が視界にちらついたところで、壮介が舌を硬くして、ヌプヌプと肉棒抽送のように出し入れをした。指も添えてクリトリスを撫で始める。我慢できずに座卓にのった大きなヒップが、もぞもぞと動いた。

「いいっ。壮介さん……」

増していく刺激に、官能の波が盛り上がる。紅唇は艶めかしく息を吐いた。陰核を擦る指がきゅっと強めに躙った。舌が根元まで埋め込まれ、膣肉に圧迫を与えた。

「イ、イクッ」

浅子はオルガスムスの音色を紅唇で奏でた。内ももを引き攣らせ、ペディキュアの塗られた足指が、畳の上を引っ掻いた。ピンク色の昂揚が、肢体のなかを甘やかに流れる。

(イッちゃった……)

ハアハアと喘いで、浅子は股間を見た。余韻の時間を心得ている壮介は、ちゃんと舌遣いをゆるめてくれていた。

(この人、どんどんテクニックが磨かれて……)

ふうっと浅子はため息をついた。髪が乱れていないか、うなじの辺りを手でさわった。風呂上がりにメイクをやり直し、髪もシニヨンを作ってきれいにまとめたばかりだった。

自分だけではなく、娘二人にも当然クンニリングスの奉仕を壮介は行っているだろう。性感帯、感度の異なる女体を相手に経験を積んでいるのであれば、上達もうなずけた。

「よかったですか?」

口を引いた壮介が、浅子を仰ぎ見てどこか不安そうに尋ねた。妻のみちるを悦ばせることができずに、悩んでいた過去がある。簡単に自信がつくほど、単純なものでもないのだろうと考えながら、浅子は笑みを作った。

「ええ。とってもよかったわ。ありがとう」

素直に感謝を述べた。

「僕とのセックスと、どっちがいいですか？」

「え？」

浅子はとっさに答えに詰まった。セックスと言えば、壮介の口愛撫が下手だと告げる気がし、クンニリングスがいいと言えば失神寸前にまでなる絶頂姿は演技だったのかと、疑念を抱かれそうだった。

「セックスと口での愛撫は違うものだから。男性のあなたには、説明がしづらいのだけど」

浅子は判定を避けるように言った。

硬く尖らせていても、あくまで舌だった。唾液にくるまれたソフトな摩擦感は、とろけるようにやさしい。オルガスムスも壮介の勃起に貫かれたときのような荒々しさはなく、達しても意識が混濁することはない。だがそれを劣ると言うのは、違う気がする。

「誤解しないでね。あなたが下手って意味じゃないのよ。種類が違うのよ」

「そういえば早紀ちゃんが、クンニリングスは、マスターベーションと似てるって言ってました」

「ああ、そうね。そうかも」

浅子は相づちを打った。そして好奇が頭をもたげる。

「早紀にもクンニ……よくしてあげるの？」

訊くべきではないと思いながら、浅子は尋ねた。

母としての興味もあるが、娘がどこまでこの青年の心に食い込んでいるのだろうという、恋敵の内情を探るような気持ちがあった。

（壮介さん、この前は早紀のシャンプーを使っていたようだし）

数日前、壮介の髪から娘と同じ匂いがして、怪訝に感じたことを思い出しながら、浅子は手を伸ばして壮介の分のワイングラスを手に取った。喉が渇いて仕方がない。

「これ、もらっていいかしら」

「遠慮なくどうぞ。僕はもっとこっちを味わいますから」

浅子のふっくらとした恥丘に、壮介がキスをした。

「まだするの？　もうすぐお夕食でしょう。仲居さんが来ちゃうわよ。ワインいただくわね。ありがとう」

ワインの礼を付け足して、浅子は一口呑んだ。

「もっとみちるに悦んでもらえるように、うまくならなきゃって。やっぱり浅子さんや、早紀ちゃんに比べると反応が乏しい気がして……。早紀ちゃんにも練習につきあってもらってます。危険日に挿入するわけにいきませんから、そういうときには浅子さんに教えられた通りにじっくり」

壮介が浅子の質問に答える。

「じっくりって、どのくらい？」

「この前は二時間くらいかな。最後には早紀ちゃん、失禁しちゃって……」

「失禁？　おしっこを漏らしたの？」

浅子は驚きの目をする。二時間という長さも信じられないが、娘の醜態も予想外だった。

「おそらく。潮吹きのときと、おしっこのときがあるみたいで、僕には区別がつかなくてよくわからないんです。女性が極度に高まると、潮を吹くといいますけど……早紀ちゃんは漏らした後、ものすごく喉が渇くって言ってました」

「潮吹き……」

浅子は小さくつぶやいた。単語はどこかで聞いたことがあるものの、浅子には現象自体がよくわからない。

「そうだ、浅子さん実演してもらえます？」

妙案を思いついたかのように、股間の壮介が双眸をきらっと光らせた。

「む、無理なことをお願いしないで」

浅子は焦りの声で断った。これ以上風向きがおかしくなる前にと、浅子は左手で壮介の髪を摑んで、己の秘部に押しつけた。

「さ、続けるんでしょう」

「僕が上手に舐められたら、頭を撫でてくださいね」

フェラチオ奉仕を褒めるときと同じようにしろと、壮介が冗談ぽく言ってから、陰唇の左右に指を添えて、クンニリングスを再開した。

「バカ……あんっ」

くぱっと花弁が拡げられ、垂れる愛液を舐め上げてから、また壮介の舌が膣口に差し込まれた。やわらかな挿入感に、百合柄の浴衣をまとった未亡人は、豊腰を震わせた。

（こんな感じに、早紀は延々愛撫を受けているのよね。だいじょうぶなのかしら。まだ十代の少女なのに……）

壮介との性愛に嵌まっている危うさを感じるが、一方、娘の学業の方は優秀そのもので、むしろ最近の成績は上昇していた。部活にも真面目に励んでいる。母親として、小言を口にするような瑕疵があるわけでもないだけに、どう対処をしていいのかわからない。

浅子はまたグラスを口元に運んで、ワインをゴクッと呑んだ。先ほど一気飲みをしたせいか、酔いが回ってきた気がする。

舌がクンと曲がって、膣粘膜の膀胱側を擦った。ツボを刺激する舌遣いに、浅子は壮介の頭をやさしく撫でて「そこよ」と性感帯を教えた。

指がまたクリトリスにあてがわれ、揉み込んでくる。上にぎゅっと押し潰すようにして圧迫しながら、膣内の舌をゆっくりと蠢かす。ひたひたと盛り上げる技巧に、女は壮介の髪を摑んで嗚咽した。

（一生懸命なんだもの）

夢中になって舌を遣う壮介を、女社長は見つめた。

会社の部下がそうであるように、努力を惜しまないひたむきな姿勢には好感を抱く。愛しく思う気持ちが抑えられなかった。

髪を撫で、「いい子ね」と壮介に聞こえない声でつぶやいた。下腹が滾り、妖しく情感が立ち昇った。またワインを一口呑む。

(お酒を飲みながら、年下の恋人にクンニリングスをさせているなんて……)

自分が支配者になったようなシチュエーションだった。頭がぼうっとし、肌は火照った。浴衣の生地に、肌から滲んだ汗が染みた。

そのとき、電話のコール音が鳴った。テーブルに置いてあった浅子の携帯電話だった。手に取る。みちるの名前が、画面に表示されていた。

「ねえ、娘から……みちるから電話よ」

壮介に告げた。自分で判断しろということなのか、クンニリングスを続ける壮介は、上をチラと見ただけだった。座卓に座った義母への口愛撫を、熱心に続ける。

(ずっと無視もできないわよね)

度胸をつけるようにワインをまた一口呑んでから、グラスを置いた。携帯電話を通話モードにする。

「もしもし、ママ？」

聞こえたのはみちるの声だった。

「もしもし、みちる、怒ってる？」

浅子はこわごわと尋ねた。

「どうかしら。少し考えれば、駆け落ちみたいに夫を連れて行かれて、取り残された妻の気持ちはわかりそうなものだけれど。メールを一方的に寄越した後は、携帯の電源を切っていたようだし」

涼やかな娘の声音が、怒りを感じる言い回しに迫力を生んだ。

「ごめ――」

「都合が悪くなったら、突然電話を切ったりしないでくれるとうれしいわ。早紀もママに言いたいことがあるみたいだから。じゃあ替わるわね」

みちるは、母にごめんなさいの台詞を最後まで言わせず、一方的に告げると妹に替わった。すぐに早紀の声が電話から聞こえた。

「もしもしママ、文化祭無事に終わったよー。でね、わたしたちのクラス、お客さんの投票で決まる優秀賞をもらっちゃった。衣装がとってもかわいかったってアンケートに書いてあったよ。ケーキも完売だったんだあ」

朗らかなはしゃいだ声で、早紀が報告をする。

「よかったわね。おめでとう」

母性本能を刺激されて、浅子の胸はグッと疼いた。文化祭の見学もせずに、延々と男に抱かれている罪悪感が、四肢に絡みつく。

「ありがとうママ。それで温泉旅行はどう。どこか見物に行った？　お義兄さん、いまなにをしているの？」

早紀は明るい声で尋ねてきた。みちるとは異なり、腹を立てたりはしていないようだった。

（こんな無邪気でやさしい娘が、潮を吹いて）

早紀の生々しい話を、壮介から聞いたばかりだった。心臓の鼓動が不穏に高鳴る。

「ええと……んっ」

腰からこみ上げる甘い電流に、返事を考える思考が乱れた。チラと下を見た浅子は、そういえば自分が口愛撫を受けている真っ最中だったことを、思い出す。

（なぜわたし、通話の前に壮介さんに止めるよう言わないの。ああ、もうぐちゃぐちゃだわ）

「こら電話中なのよ。自制なさい」

送話口を手で押さえて、浅子は股間に向かってささやいた。だが逆に壮介の舌遣いは激しくなる。恥ずかしい姿を晒させようという意図が感じられた。

(そうだ。壮介さんは、こういういたずらっ子だった)

女の理性をゆさぶってくる才能には、長けた青年だった。自ら悪戯を誘ってしまったことに気づいた浅子は、形の良い眉をたわめた。

「ママ？　もしもし、電話切っちゃった？」

早紀が不安そうに問いかける。

「いいえ。切っていないわよ。いまは宿にいるのだけど……」

一瞬、当たり障りのない出来事を捏造しようかと思うが、後で壮介が真相を告げる可能性が高かった。浅子は諦めの吐息を漏らすと、口を開いた。

「観光地を巡ったりはしなかったの。すぐに旅館に向かって……温泉はいい湯だったわ。壮介さんがわたしを抱きかかえて、露天風呂まで運んでくれて湯に浸かりながら……」

「したの？」

ストレートに娘が訊く。母は赤面して認めた。

「え、ええ。いまはワインをいただきながら……壮介さんにアソコを舐めてもらっているところ」

列車での性交、大人の玩具の使用、温泉でのボディー洗いは意識して隠した。それでも口にしながら、娘に言う内容ではないと破廉恥さに呆れる。

(ああ、どうしようもない浅ましい母親だわ)

居たたまれなさに、舐め愛撫の官能と急速に回っていく酩酊感が合わさって、頭がくらっとした。

「いま……最中なんだ。抱いてお風呂って、お義兄さんがママをお姫さまだっこ？　ワイン飲みながら舐めさせるって、もしかしてママって女王さまなの？　お義兄さんは、ママの下僕？」

早紀が驚きを滲ませて問いを重ねる。

「下僕……ち、ちがっ」

浅子は慌てて否定した。

「わたしの想像なんだけど、お義兄さんが上手に舐めると、ママは頭を撫でて褒めてあげるんでしょう？」

早紀がいまの状況を言い当てる。

「え、そ、そうだけれど……」

「やっぱり。ママってお義兄さんと二人きりだと、Ｓのご主人さまになるんだ……仕事のストレス？　それがだめってわけじゃないからね。わたしは別に気にしてないから」

サディストの頭文字、〝Ｓ〟を口にし、早紀は母が男性をいじめるのを好む女だと、思い込んだようだった。気にしてないという娘の気遣いの言葉が、浅子を余計に混乱させる。

「勘違いよ早紀、わたし、仕事の鬱憤を壮介さんで晴らしたりしていないからっ。ほんとうよ……あんっ、んふ」

浅子の必死の弁明は、甘く崩れた。頃合いを見計らったかのように、壮介が膣肉に潜り込ませた舌愛撫を強くする。クリトリスも包皮を剥いて、容赦のない指遣いで責め立ててきた。

（イキそう……この人、電話の繋がった状況で、わたしを押し上げるつもりだわ）

いっそ電話を切ってしまおうかと思ったが、ハッとして浅子は止まった。

（さっきみちるに勝手に電話を切るなって、釘を刺されたばかり……）

進退窮まった美母は、ヌルヌルとした舌遣いを邪魔しようと、太ももをぎゅっと閉じた。だがもっと責めて欲しいのサインと思ったのか、頭を挟み込まれた壮介は、秘部にぴっちり唇を被せて吸い付きを強めた。

「あっ、あんっ、吸っちゃだめ」

隙間のない密着感が、とろける性感を生む。思わず色めいた喘ぎがこぼれた。

「ママ、気持ちいいの？」

電話の向こうの早紀が、尋ねる。娘によがり声を聞かせたことに気づいて、浅子は美貌を真っ赤に染めた。

「え、ええ」

浅子は震え声で認めた。太ももをゆらして、豊腰を震わせた。肌は火照り、汗がひっきりなしに流れた。秘部からは愛液が溢れるのが自覚できた。それを壮介が吸う。

「ママ、イキそうなの？」

「え、ええ……もう電話を切っていい？」

「わかった。済んだら切っていいよ」

「済んだらって……ああん」

会話が途絶えた。娘が聞き耳を立てているのがわかった。なぜこんなことにと思いながらも、四十二歳の女体はうねりを起こす官能に抗えない。

指が蠢いているのか、舌が這っているのか、唇が擦れているのか、それもわからなかった。ただ股の付け根が、灼けるように熱かった。子宮も滾る。ぬちゅっくちゅっと音を響かせて、やわらかな感触が身体の中心を出入りしていた。

(もうだめっ。意識が飛んじゃいそう)

「イクッ……ママ、イクわっ」

呼吸は速くなり、混濁した頭はピンク色に飽和した。浅子の右手は携帯電話を握り締め、左手は壮介の髪を引っ張るように握り込んだ。座卓にのった下半身が、きゅっと強張った。

「ああ、早紀ッ、みちる、壮介さんッ……イクうッ」

紅唇は家族の名を歌うように口にし、背を突っ張らせた。つま先立ちになり、ふくらはぎと太ももが引き攣った。ペディキュアを塗った爪が畳を擦る。

深く鋭い絶頂感に総身が戦慄いた。胸を喘がせて、情感に染まったよがり泣きをしばらく奏でた。

「ママの声って、相変わらず色っぽいね。興奮しちゃった」

早紀の感心したような声が聞こえた。女の羞恥は極まる。

(恥をさらして……)

「イキました。早紀、もういい?」

悲嘆を湛えて、浅子は娘に言う。

「うん。じゃあねママ」

早紀が通話を切った。浅子は携帯電話をテーブルに置くと、壮介の髪からも手を離した。頭を挟み込んでいた足を開く。

壮介が股間から顔を離した。上を見る。浅子も潤んだ視線を返した。

座椅子に座る壮介も、浴衣の裾が大きくはだけていた。濃紺のビキニブリーフの股間がのぞき見えた。男性器の箇所が盛り上がっていた。

(勃っている)

女の瞳は潤みを増し、紅唇は悩ましく息を漏らした。

3

座卓に座る未亡人を見つめたまま、壮介がゆっくりとビキニブリーフを下げた。

ピンと跳ねゆれて、硬直が現れる。先端は濡れ光っていた。

(女を誘うみたいに、かがやかせて……)

浅子の濡れ切った双眸は逞しくそそり立つ男性器に注がれ、ちらとうかがうように男の表情を見ると、壮介は大きくうなずいてみせた。

浅子は腰を浮かせて座卓から降り、男の上に跨がっていく。畳の上に膝をつき、自らペニスの先端に指を添えた。

会話がなくとも、問題なかった。突き立つペニスを秘唇で咥え、丸い尻を落としてみっちりと呑み込んだ。

「あああぁっ……」

湿った歓喜の音色を紅唇は奏でた。壮介の頭を抱えて、ぎゅっと抱きついた。

「また繋がっちゃった」

浅子はつぶやく。充塞を満たす結合感は、女に安堵と至福を生む。壮介に文句を言うつもりだったが、湧き上がる快感が忘却させた。

「僕たち、新婚だから仕方ないですよ」

壮介がチェックインのときのように、浅子を妻扱いする。軽口とわかっていても、昂揚を抑えられない。

（女心を弄んで、酷い人）

「僕のかわいい奥さんは、ちゃんと温泉の後でも化粧をし直すんですね」

ツヤめく口元を指で撫でて、壮介が言う。浅子は湯上がりに髪を整えて、メイクもやり直した。

「恋人との旅行なら当たり前なのよ。それにきれいな女の方が、いじめ甲斐があるでしょう」

「はい。メイクが崩れるほど、泣かせたいって思います。だから……」

（娘の前で、追い込んだの？）

「存分にいじめればいいわ。そのうち後悔させてやるんだから」

浅子は怨嗟するように言い、キスをした。甘えるような鼻声を漏らして唇を擦りつけ、舌を差し込んだ。

舌をねっとり絡め合いながら、鬱憤を晴らすように唾液を呑ませる。従順さを感じさせる嚥下の音色が、快かった。

壮介の手が腰へと下りて、浴衣の内に入った。やわらかな尻肉を掴まれ、指が排泄の小口をくすぐり、潜ってくる。

（お尻の穴を……）

不快感と切なさ、そして芽生えて久しいアナル愉悦が、女の腰に広がる。浅子は指をきゅっきゅっと締め込み、自らヒップをゆすった。雄々しい勃起が女肉を衝き上げ、子宮に圧迫を与える。息が続かなかった。浅子はキスの口を離した。

「ワインの味がしますね」

壮介が唾液で濡れた口でささやいた。

「お酒じゃないわ……あなたに酔っておかしくなったのよ」

浅子は眉間に皺を浮かべて告げた。男の指が、後ろの穴を執拗に狙ってくる。

くふん、んふん、と喉を震わせた。

「お尻を弄ると、浅子さんのなかがうれしそうに締まって。イヤらしいですよね。舐めているときも、ヌルヌル蠢いてました。僕の舌が引き込まれて……」

女性器の反応を口にする壮介に、浅子は紅潮した美貌を横に振った。

「黙りなさい。なかに出させてあげないわよ」

「そんな、困ります。なかに出したいです」

壮介が素直に請う。浅子は艶然とうなずいてみせた。

「だったら、一緒にイキなさい」

「はい」

壮介が妻の母を見つめた。浅子も愛しい恋人を見つめた。視線を合わせて、相手の息づかい、身体の反応と熱に意識を傾ける。女は腰を振り、男は摑んだ尻をゆさぶった。

「わたし、イクわ……あなたも、あんっ」

波が盛り上がる。喘ぐ紅唇は、迫り来る陶酔を訴えた。

「僕も出るよ、浅子っ」

「はい」

浅子は同時に達しようと、後口の指を思い切り締め上げた。意識が白む。そして赤い花びらが舞い上がるように、あざやかな紅色が割り込んで、視界を染めた。

「イクッ、壮介さん、イキますッ」

未亡人はアクメ声を、高級旅館の客室に響き渡らせた。

跨がった太ももを開いて浴衣の背をクッと反らし、男性器を根元まで呑み込んだ。子宮口にペニスの先端が擦れるのを感じた瞬間、壮介が「浅子っ」と叫ぶ。突き刺さった勃起が爆ぜ、精液が吐き出された。

「ひっ、ひうっ」

粘った生殖液が、膣奥にまき散らされる。膣内射精で、女の絶頂感がさらに噴き上がった。

「気持ちいいっ、壮介さん……わたしっ、こんなのっ」

経験したことのないオルガスムスが女を包む。汗ばんだ肌は香水の匂いを華やかにして、痙攣を起こした。

壮介に精液を流し込まれて、エクスタシーを迎える度、女体の味わう官能は深くなる。紅唇はだらしなく広がって、艶めかしく泣いた。

「いっぱい出る。何度も出したのに、このイヤらしい身体に吸い取られるっ……浅子、いいよっ」

壮介も歓喜に呻いていた。四度目の放出だが、若い肉体の精力は衰えない。子宮を満たすように重い液が注がれていた。

ぐりぐりとなぶるように動く肛穴の指が、たまらなかった。直腸刺激を受けて緊縮を強制され、ゆたかなヒップは戦慄く。その震える尻たぶに指を食い込ませて、壮介は女体を上下動した。

「あんっ、いや、イクッ……イクうッ」

アクメの波が途切れない。女は泣き啜り、壮介の肩に爪を立てた。男に操られて、浴衣の肢体は連続絶頂へと昇り詰めた。

（この人、わたしの身体の責め方をわかってる）

勃起の発作が収まるまで、浅子は豊乳を押しつけて、座椅子に座る壮介にしがみついた。

（……このままずっと壮介さんに犯されていたい）

観光地も巡らず、ひたすら性愛に耽っていた。爛れていると思うが、娘もいない環境でせっかく二人きりでいるのなら、肌の温もりを感じてぴったりふれ合っていたいと女は望む。

（淫蕩な女と思われてもいい……）

唇を壮介の口元に持っていく。

「浅子」

「あなた」

〝壮介さん〟ではなく、夫を呼ぶように女は応えた。また一段、自分の心が青年に絡め取られたのを感じながら、浅子は目を閉じた。年の離れた男女は、愛情を伝え合うようにキスを交わした。

コンコンとノックの音が聞こえた。

「失礼いたします。お夕食をお持ちいたしました」

部屋付きの仲居の声だった。浅子はまぶたを開けて、口を引いた。

「下ろして」

小声で壮介に訴えた。だが壮介は、浅子の臀丘をしっかりと摑んで離さない。

「どうぞ」

浅子に吸いつくような眼差しを注いだまま、壮介が入室を促した。浅子は振り返った。着物姿の仲居が、ふすまを開けて跪座で入ってきた。

「失礼いたします。お料理をお運びする前に、本日のコースのご説明を……っ」

仲居が息を吞む気配があった。客室の中央に置かれた座卓の向こう、座椅子の上で二人は抱き合っていた。

「すみません。妻が酔ったみたいで介抱中なんです」

壮介が平然と説明をする。

(酔っているのは、事実だけれど)

浅子の相貌、首筋は酩酊を示すように、赤く色づいていた。しかし部屋にこもる艶めかしい匂い、肌をかがやかせるおびただしい汗は、別の気配を醸している。

浅子は壮介の肩に額を押しつけて、身を縮こまらせた。

「妻は酔うと甘えっ子になって……お恥ずかしい」

壮介はしっかとしがみつく浅子を、子供のように言う。股を開いて跨がっていた。浴衣の裾が割れて、太ももが露出していた。浅子は手を伸ばして浴衣の生地を引っ張り、足を少しでも隠そうとした。

「ほほ、新婚さんですものねえ。よろしかったら、お夕食のお時間ずらしましょうか？」

年配の仲居は何事もないように応じる。

「いいえ。お腹がすいたので、運んでください」

「かしこまりました」

「あ、そうだ。この辺りの地酒で、なにかお勧めはありますか？」

(早く部屋から出て行って欲しいのに、なぜ話題を振るの……太くしたまま、平然と会話をして)

肉茎は萎えることなく、浅子の股の付け根に埋まっていた。

「ひっ」

後口に刺さった指が動き始め、浅子の紅唇から嗚咽が漏れた。

(信じられない。仲居さんの前なのに)

壮介は関節を曲げて、ゆっくりと腸粘膜を擦る。

浅子の耳に、もう二人の会話は入ってこない。声が漏れないようにするので必死だった。目を閉じ、勃起の硬さと窄まりを弄る指から、なんとか意識を逸らそうと試みる。

（だめっ……無視なんてできない）

括約筋は反応を抑えられず、緊縮を起こした。その瞬間を狙って、壮介がスライドさせるように腰を繰ってきた。硬さを維持した肉茎が、膣ヒダと甘く擦れ合う。接合部でクリトリスも押し潰されていた。紅唇から嗚咽がこぼれそうになり、浅子は唇を噛んで耐えた。

（またイッちゃいそう……イクッ）

アクメしたばかりの女体に、鮮烈なオルガスムスの波が広がる。浅子はキリキリと唇を噛み締めて、漏れそうになる牝泣きを押し殺した。しかし浴衣をまとった肢体は、ビクッビクッと震えを起こす。

「浅子さん、イッた？　仲居さん、出て行きましたよ」

まぶたを下ろし、唇を噛んでいた浅子は、そっと目を開いた。やさしい笑みが女を見ていた。

「置いていったコースのお品書き見ます？」

「仲居さんに、絶対にばれていたわよ……」

浅子は壮介を睨んだ。心を搔き乱されても、昇り詰めてしまう己が情けない。目尻から涙がこぼれた。

「でも僕の胸に顔を埋めて、恥ずかしそうにする浅子さんがかわいかったから。浅子さんのアソコ、きゅって締まって悦んでましたね」

「バ、バカッ」

「食前酒、梅酒にしときましたよ。地元の酒造会社の限定品だって。浅子さん、仲居さんの話、聞いてなかったでしょう」

「当たり前じゃない。そんな余裕、まったくない──あんっ」

また肛穴の指が、ねっとりと粘膜を擦り始めた。恍惚の波に浸かった女体は、美貌を繊細に震わせる。

「浅子さんは、リモコンローターを入れながら、夕ご飯を食べましょうか」

「許して」

「だめです。夫の言うことを聞いてくださいね」

甘い笑顔が、女に強いる。抵抗はそこまでだった。

壮介がキスをする。浅子は要求を受け入れるように、唇をふれ合わせ、口を開けた。潜り込む舌に、己の舌を擦り合わせた。
浅子は淫具の振動に悶えながら、夕食の時間を過ごすことになった。

第五章　後ろの穴まで捧げて……

1

夕食後、綾川浅子はベッドに伏していた。客室の隣にある、寝室のツインベッドの片方だった。

正座から上体を前に倒した姿勢で、女の剝き出しのヒップの狭間、排泄の小穴にはアナルスティックが差し込まれていた。

「あっ、うんっ、あっ、んふっ」

浅子は頭を振って、切なげに喘ぎを奏でる。まとめ髪はほどいてあった。枕に垂れた髪が、不安定にゆれる。

「このヌルヌルのお尻の穴……気持ちよさそうにほぐれてますよ」

細長い棒状の肛門責め具、アナルスティックを操るのは、浅子の後ろに位置取る裸の壮介だった。数珠状に球体を繋げたような先端部が、浅子の窄まりに出入りしていた。

スティックと浅子の肛口には、ローションがたっぷり塗られていた。粘液でくるまれた軟性素材でできた球体が、肛門の入り口をぷるんぷるんと弾く感覚は、甘美だった。

(最初は、お尻の穴を弄られると嫌悪感があったのに)

いまでは快感が勝り、そこが立派な性感帯だと認めざるを得ない。

「縄、食い込んだりして痛くありませんか?」

身動きのできない浅子に、壮介が気遣うように訊く。

「だいじょうぶよ。あなたがうまく加減してくれたから」

浅子も裸だが、足には太もも丈の黒のセパレートストッキングをはき、黒のガーターベルトをしていた。

そして上半身を拘束するように、緊縛を受けていた。腰で手首を重ねる後ろ手縛りを受け、豊乳を絞り出すように胸元の上下に幾重にも縄を通されていた。丸い乳房は縄で押し潰されて卑猥に飛び出し、ストッキングの膝に当たっていた。

(元々、縛られるつもりで買ったのだから、文句はないのだけど)

通販で購入した性的な道具を入れたバッグのなかには、綿ロープも入っていた。自由を奪われて排泄器官を責められていると、自分の身体が玩具にでもなったような情けなさがある。同時に虜囚や奴隷に堕ちたような被虐感が、ヒリヒリとした昂りをも生んでいた。

(壮介さんに縛りたいって言われたとき、断ろうとしたけれど……こういう効能があるなんて)

倒錯の劣情が女の呼吸を速くし、肛門愉悦を高めた。さわられてもいない女性器までもが熱く潤み、愛液がたらたら漏れていくのが自覚できた。

「浅子さん、気持ちいいんですね。アソコから蜜が滲んでますよ」

「だ、だって……」

「痛み、あります?」

「ないわ。でも漏れちゃいそうな感覚は消えないの……」

「トイレに行きますか」

浅子はかぶりを振った。アナル責めが始まる前に、トイレにこもって自ら浣腸を繰り返し、腸内を念入りに洗浄した。排泄感が生じるだけで、漏出の恐れはない。

「お尻で感じてくれるイヤらしい浅子さんが、好きです。だいじょうぶ、下にはタオルを重ねてありますから、早紀ちゃんみたいに失禁しても平気ですよ」

スティックを埋め込みながら、壮介が女の尻肌にキスした。布団を汚さないよう、浅子の下にはバスタオルを敷いてあった。

「わたしは失禁なんてしないから」

浅子は強がるように言い返すが、自信はなかった。

(この先どうなるのか……)

乱れてしまう予感があった。

アナルスティックを使う前には、アニリングスも受けた。壮介の舌が腸内に潜り込み、執拗に舐めほぐされた。その間、軽い絶頂感は何度も肢体を襲ってきた。

「もういいから」と泣き声で懇願し、壮介はようやく次の段階に進んでくれた。

小指くらいの細い径のアナルスティックから挿入を始めて、いまは三本目、親指くらいの太さになっていた。

(いい加減、入れてもいいのに)

充分にゆるんでいるのが自分でもわかる。壮介の野太いペニスでも、受け入れられそうな気がした。

しかし壮介は、無茶をしてきれいな形の肛口が崩れてはいけないと、時間を掛けて拡張をしていた。大事にされているのはわかるが、熟れた肉体は逞しい結合を欲してしまう。

「きれいなお尻の穴……美人で、スタイルも抜群で、こっちの形もステキだなんて」

壮介が興奮を滲ませて言い、スティックをじわじわと押し込む。刺激に耐えかねて浅子がきゅっと絞った瞬間、スティックを素速く引き出した。

「ああっ、あふんっ」

牝声がベッドの上に響いた。球体が関門を軽やかに弾いて、連続で抜け落ちる感覚がたまらなかった。

浅子は伏した身をゆすり、後ろ手縛りの指を握り締めた。

(なんなのこの人、なんでこんなに上手なの)

窄まりが勝手にヒクヒクと蠢いた。またスティックが差し込まれる。奥まで埋め込まれるものと思っていた。しかし中程でピタッと止まる。

「え？　あんっ、いやっ」

前後に小刻みに動き出した。素速く出し入れされ、ゆっくりになり、また振動するように細かに動いた。

「あんっ、いや、クンクンってしないで」

翻弄されていた。括約筋をいくら締めても、ローションの粘性のおかげでなめらかにすべり、関門と腸粘膜を擦られた。我慢しようと思っても湿った喘ぎ声が漏れ、肢体は愉悦に戦慄いてしまう。

「浅子さんの感じる声を聞いているだけで、エロい気分になりますね」

壮介が荒い息づかいで告げる。

（だったらもう犯してくれても……）

浅子は首をねじって、背後に視線を注いだ。壮介がデジタルカメラを構えているのが目に入った。

「写真を撮っているの？」

「はい。浅子さんのアナルバージンをもらう記念に。カメラを持ってきてよかった」

壮介がシャッターを切る。

元々壮介は文化祭に赴く予定だった。喫茶店用のメイド衣装を着た早紀を撮るために、所持していたデジタルカメラだった。

「汗の浮いた白いヒップ、ツヤツヤに光ってるお尻の穴……とってもイヤらしいです」

浅子は首を前に戻した。居心地悪そうに丸い臀丘をゆすり、その下のストッキングをはいたつま先をもじもじと折る。

緊縛を受けた裸身を撮影されるだけでも、恥ずかしかった。その上、開発されていく排泄器官のようすを詳細に記録されているとわかると、羞恥は跳ね上がる。

（顔から火が出そう……）

スティックを挿入した状態で写真を撮った後に、壮介はスティックを抜いてまたシャッター音を響かせた。シャッター音が聞こえる度に、花唇が熱く潤んでしまうのが居たたまれなかった。

（垂れちゃう）

恥ずかしさが調教された女体に昂りを生み、愛液の分泌を促す。浅子は唇を噛んだ。

「浅子さんのここ、ふっくらとしてる」

壮介の指が、ローションで濡れた窄まりにふれた。ピクッと女は腰を震わせた。

「かなりやわらかくなってますね」

表面を揉み込みながら壮介が言う。

「ええ」

筋肉がゆるんだだけではない。感度を磨かれて、軽いタッチで電流が走った。朱唇から、よがり泣きがこぼれてしまいそうだった。

(どうしようみちる、早紀……ママ、お尻の穴で感じちゃってるわ)

浅子はベッド横のサイドテーブルに置いてある携帯電話を見た。

『さっきのお姉さんの電話の態度は、ドッキリです。わたしたち、まったく怒ってないからね。ママが無茶なことするのって、一緒に暮らしていてこれが初めてでしょう。我が儘言って、家族に甘えてくれる方がうれしいよ。温泉旅行、羽を伸ばして楽しんでね。みちる　早紀』

夕食が終わった頃に届いたのは、娘二人の連名のメールだった。

「やさしい娘さんに育っていますよね」

横を見る浅子の視線に気づいたのか、壮介が言う。メールは壮介も確認した。

「ええ。そうね」

浅子はしみじみと同意した。

「みちるも早紀ちゃんも、浅子さんのこと大切に思っていますから」

それは母である浅子にも、しっかり伝わってくる。

「そうね。わたしも娘たちが大事よ」

「二人へのお礼に、この浅子さんの初体験アナル動画、見せてあげましょうか」

壮介が明るい声で、とんでもないことを言い出した。

「なにを言っているの。だめっ、だめよ」

美母は焦りの声をこぼした。壮介が「そうだ」とつぶやいて、いきなりベッドを下りた。

寝室の一角にテレビがあった。その前で背を向けてしゃがみこんだ壮介が、ごそごそとなにか作業をする。電源が入り、パッとテレビが映った。

女性の這った姿、膝立ちになって腰を高く掲げたポーズがテレビのなかにあった。下着を穿いておらず、すらりとした白い足に、黒のニーソックスをはいていた。恥部は露わになり、お尻の穴も晒していた。

「なにこれ？」

同じような丸見えのポーズで這う浅子は、惑いの声を漏らす。ほっそりとした体つき、ベッドの形、部屋の壁の色で、それが娘の早紀だと浅子は勘づいた。

(早紀が、自慰をしている)

娘の手は股間に伸び、清楚な淫裂を指先で撫でていた。

『お義兄さん、わたしをこれ以上、エッチでヘンタイな娘に変えないでよう』

早紀のか細い声が、テレビから漏れた。指でくりくりとクリトリスをさわっていた。控えめに蠢く指先が、少女の躊躇いと緊張を伝える。

「壮介さんが撮ったのよね」

デジタルカメラが、接続ケーブルでテレビと繋げてあった。撮影してあった動画を、再生しているのだとわかった。

「はい。早紀ちゃんにオナニーを見せてって頼んだら、オーケーをもらえて撮影もいいって。浅子さんそっくりですね。お願いを断れない性格」

壮介がベッドに戻ってきた。また縛られて這う浅子の背後へと移動した。

「だって早紀は、あなたに心底――」

浅子は途中で、口を閉じた。要望を断れないもう一人の女のヒップを、壮介が愛しそうに撫でていた。

(惚れているんだもの。わたしと同じ、なにをされようと受け入れてしまう)

『オナニー、よくするの？』

『お姉さんが出張から帰ってから、わたしもお義兄さんとエッチなこと控えていたでしょう。毎晩寂しくて切なくて、お義兄さんのこと思い浮かべて……したよ』

壮介と早紀の会話がテレビのスピーカーから聞こえた。見てはいけないと思いつつ、浅子の瞳はテレビ画面に向かう。

(中出しセックスの後なんだわ)

少女の可憐な秘園から、白濁液が漏れていた。ピンク色の花弁を濡らす白い樹液の様相は生々しい。垂れた精子が細指を濡らし、ローションのようにその粘液をまぶしながら早紀は陰核を捏ねて「あんっ、あんっ」とかわいらしく泣いていた。

(縄で縛られながら、娘の自慰姿を見る羽目になるなんて……)

壮介の指が、肛穴に差し込まれた。しかし負荷が先ほどは桁違いだった。

「指、二本入っています」

「あんっ、んむ……わかるわ。拡がっている」

浅子は啜り泣くように言い、頭をゆすった。髪も苦しげにゆれる。ローションを新たに足したらしく、二本指が動くとくちゅっ、みちゅっと卑猥な音色が臀丘から漏れた。

「浅子さん、コレ入れましょうか」

ハアハアと呼気を速めて壮介が訊く。女の尻肌に硬い感触が当たっていた。温かで粘った液が尻肌に垂れてこびりつく。ペニスは興奮の先走り液を漏らしていた。

娘の自慰動画を流しながら、その母の肛穴を責めるシチュエーションに、壮介も昂っていた。

「どうぞ、入れて」

浅子は即座に答えた。壮介が指を抜いた。

胸が焦げるように熱かった。女性器が火照り、刺激を受け続けた肛穴がムズムズと疼いた。

「お尻、浮かせて」

壮介が命じる。浅子は画面のなかの早紀のように、黒ストッキングの足で膝立ちになり、ヒップを高くした。腕は縛られている。顔と肩で、上体を支える格好だった。

「無理と思ったら、すぐに言ってくださいね」

壮介のペニスが、窄まりにあてがわれた。

「だいじょうぶよ。わたしの身体、すっかり力が入らないもの」

浅子は身体を弛緩させようと、息を吐いた。

今日、何度昇り詰めたかわからなかった。気怠い疲労を覚えるほど絶頂を繰り返し、恍惚の世界をどっぷりと味わった。

(わたしの身体は、全部この人のものだから)

肛穴の処女を捧げて、完全に壮介の女になろうと望む裸体に、妖しい昂揚感、達成感が取り憑いていた。

2

ペニスの先端が潜ってきた。

「拡がっています」

男性器にもローションが塗ってあった。じりじりとした埋没に、浅子は縛られた手を握った。そして身を強張らせてはいけないと気づき、指を開いてハアッと口から息を吐いた。

「浅子さんも、早紀ちゃんみたいに、僕を思ってマスターベーションしてくれたんですか？」

ジリジリと勃起を埋め込みながら、壮介が問う。

「なにもこんなときに聞かなくても……ああっ」

亀頭が窄まりをこじ開けてくる。アナルスティックや指とは比較にならない異物感だった。

「したわ。思い浮かべるのは、ずっとあなただけよ。景色のいい海辺のホテルでやさしく抱いてもらったり、あなたが会社の部下になってボーナスの代わりにわたしの身体をご褒美であげたり、いやがるわたしをあなたに押さえつけられて、レイプっぽく犯されたりしたわ」

夜ごと独り寝のベッドでこっそりと愉しんだ妄想を、浅子は開陳した。羞恥と興奮で脳裏に赤が舞う。理性が飛びそうだった。

「僕、浅子さんをレイプっぽくヤッたんですか。ひどいですね」

「ひどいのよ。わたしが危険日だから外にって懇願すると、必ず中出ししてくるの」

「妊娠させようとするんだ」

「ええ。四十二歳の女なのに、わたしに赤ちゃんを生ませようとするの……あんむっ」

一番太い亀頭が、関門に嵌まろうとしていた。排泄の小穴が伸び拡がって、ピンと張り詰めていた。

「浅子さんを孕ませたいのは、間違ってないです」

「え？」

浅子は惑いの声を漏らした。真意を問おうとする前に勃起の侵入が深まり、紅唇は唸りをこぼす。

「うあああっ」

「あと少し」

亀頭のエラの部分が擦れていた。危うさまで抱く拡張感に、女は喘いだ。太いとわかっていても、己の身体が耐えられるかは別だった。腰で括られた両手は、指を握り、開くことを繰り返した。

「入りますよ。入る……入った」

先端部が抜けて、わずかに緊張が薄れる。浅子は安堵の息を吐いた。

「全部入れますね」

「はい」

ローション液で摩擦感は薄れる。それでも野太い肉茎が埋まる心地は、指やアナルスティックの比ではなかった。

(すごい……壮介さんが、お腹のなかまで入ってる)

「苦しかったらすぐに言ってください」

壮介が言い、なおもペニスが沈んでくる。余計な力を入れないよう、浅子は紅唇を開いて肺のなかの空気を絞り出した。充塞感が満ちる。

「ぜ、全部、入った?」

あえかな声で尋ねた。呼吸をするのも難儀だった。

「入ったよ浅子。こっち向いて」

「はい」

夫が妻を呼ぶ。応えるしかなかった。首を大きく回して、朱唇を差し出した。這った女体に覆い被さった壮介が、口をやさしく吸ってくれる。

身体の中心に、太い杭を打ち込まれていた。身動きができないよう、縄で縛られている。肌には脂汗が浮かんだ。白い臀丘は引き攣り、セパレートストッキングの太ももも、ぷるぷると震えた。

「どんな感じ？」

口を引いて壮介がささやく。

「全然違うわ。お尻の方が、皮膚感覚が近いっていうのか……あなたの形がはっきりわかるもの」

膣よりも、触覚的な結合感がはっきりとしていた。試しに浅子はクッと腰に力を込めてみる。

（硬いっ）

紅唇はヒッと息を呑んで、髪を乱した。引き締まった硬度を伴った野太さが、臀丘の奥に鎮座していた。ジーンとした痺れが背筋に走り、女は苦しげに肩をゆらした。

「馴染むまで、このままでいようね」

女の髪を撫でて、壮介が告げる。浅子は下に敷いたバスタオルに頰を擦りつけながら、うなずいた。喘ぎをこぼし、前を見る。視界にテレビ画面が入った。

動画は、先ほどの早紀の自慰場面から変わっていた。

「これは……いつの？」

浅子は尋ねた。

テレビには、みちると早紀、姉妹のフェラチオシーンが映っていた。仰向けになった裸の男の下半身が中央にあり、勃起が雄々しく突き立っていた。みちるは右から首を懸命に伸ばして、早紀は左から長い髪を掻き上げながら指で根元を擦りつつ、二人で一本のペニスを舐めていた。

「みちるが海外出張から戻って、一週間経ったくらいです。みちるの濡れ具合が足らないように思えて、確認のために早紀ちゃんに協力してもらった日です」

二人が舌を這わせているのは、いま自分のなかに入っている逞しいペニスだった。

(壮介さんとの、セックスの後なんだわ)

陰茎は白濁液にまみれていた。精液に混じり合う透明なかがやきは、みちるか早紀、もしくは姉妹両方の愛液に違いなかった。

「三人でしたの。みちる、まだつらいのかしら」

浅子は懸念を口にする。

一ヶ月以上前、みちるが出張から帰って来た日だった。ショック療法のように、早紀が加わって夫婦の交わりを手助けしたことがあった。

(あの日はみちるの身体も、女の悦びに浸ってくれたようだけれど)

しかしセックスをしようとすると身体が強張るという長年の症状は、簡単には解消しないのだろう。軽度の痛みくらいならば、夫の壮介に心配を掛けまいと、みちるなら黙って耐える気がした。

「早紀ちゃんが加わってくれたこの日は、反応もよくてアソコもたっぷり潤ったんです。自覚があるのかわかりませんけど、どうやらみちるは複数で責められるのが好きみたいで……だから今度浅子さんも、みちるを襲うの手伝ってくださいね」

「襲う？　わたしをみちると絡ませるの。母親と娘なのに」

忌避するように言いながら、嫌とは断れなかった。妹の早紀が協力している場面も、テレビ画面のなかにあった。

（薄情な母よりはマシよね。みちるのためですもの）

姉妹が精液付きのペニスを舐めしゃぶるようすは、角度を変えて撮影されていた。とろんとした瞳、震える睫毛、濡れ光る口元、姉妹の火照った表情からは、うっとりとした風情が伝わってくる。

（みちるも、早紀も、おいしそうに舐めて）

表面にまつわりついていた精液は、既に残っていなかった。姉妹の新鮮な唾液にくるまれた男性器は、妖しいかがやきに包まれていた。

『ねえ、互いの舌が当たっているけど平気？』

テレビから聞こえたのは、姉妹の口唇愛撫を撮影している壮介が尋ねる声だった。

『平気じゃないけれど、壮介がして欲しいって言うから、仕方なくしているんでしょう』

カメラの方を睨んだみちるが、恥じらいを湛えて言う。

『わたしは恥ずかしいけれど、我慢できるよ。お姉さんの舌も唾液もとっても甘いから』

突然、早紀が姉の頬を両手で挟んで、みちるに口づけをした。

(相姦キス……)

浅子は息を呑む。

『んっ、うっ』

いやがるような姉の嗚咽が聞こえた。しかし妹のリードに対し、みちるの肉体的抵抗は弱い。よく見るといまの自分のように、みちるは後ろ手で縛られているようだった。肩をゆするが、手を使って妹を押しのけたりはしない。

やがて諦めたのか、みちるは鼻から色っぽく息を漏らした。

『ん、んふうっ』

姉妹の口元から、ヌルヌルと唾液で光る舌の蠢きがのぞき見えた。みちるも早紀も唇を開けて、互いの舌を食むように顎を動かしていた。

（イヤらしい舌遣いをして……わたしもいずれ娘とあんな風に？）

そう考えた浅子の口に、唾液が溢れる。

躊躇いを覚えても、結局は自分も壮介の願いを聞きいれて、娘と肌を重ねてキスを交わし、しつこく愛撫も施すだろうと思う。

「あなた、あの子たちのキスを見て興奮したのね」

浅子はつぶやいた。相姦の口づけの下で、唾液で濡れたペニスがピクピクと震えているのに気づいた。

「はい。突然なのにはびっくりしましたけど、本気のキスだったので……」

みちると早紀は舌を絡めながら、唾液も呑ませ合っていた。喉が小さく動くのが見えた。

やがて姉妹の唇が離れた。二人とも瞳が濡れ切っていた。長い睫毛を震わせてカメラの方をちらっと見てから、再び壮介の勃起に唇を寄せた。尿道口に漏れ出たカウパー氏腺液を、舌を重ねて舐め取る。

『んふうっ』

みちるが唇を大きく開いて、先端から咥えた。

(呑み込んでいる)

ペニスの中程まで口唇を沈めて、引き上げ、また呑む。盛り上がった劣情をぶつけるように、頭を振っていた。

(舌も遣っている)

単調に唇で扱いているわけではない。口腔摩擦を行いながら、下唇とペニスの隙間から、唾液のかがやきを帯びたピンク色の舌がチロチロと伸び出て、絡みついていた。口内で複雑な舌遣いを駆使しているのがわかった。

早紀は上から垂れる姉の唾液と一緒に、根元の方を舐めていた。同時に陰嚢へのマッサージを行っているらしく、股間に差し込まれた左手が動いているのが見えた。

『あっ、すごい……あんっ、あうっ』

少女のように悶え泣く壮介の声が聞こえる。裸の下半身も震えていた。

(気持ちよさそう)

女の身でありながら、一瞬フェラチオ奉仕を受けている壮介に感情移入し、浅子ははあっと吐息を漏らした。

「浅子さん、子育てがんばってきてよかったですね。二人とも立派なフェラ美人に育ちましたよ」

義理の母の臀丘にペニスを差し込んだ壮介が、腰をゆっくりと遣ってくる。

「わたし、そんな風に育てたかったわけでは……あんんっ」

浅子は細顎を持ち上げて呻いた。雄渾な肉柱が、腸管を出入りする。アナルセックスだった。

（直接、捕まえている感がすごい）

刺激に耐えきれず、括約筋できゅっと絞り込むと、ダイレクトにペニスを感じた。

（ああっ、身体がばらばらになりそう）

無理矢理押し広げられる感覚に、女の呻きは情感を深める。

「浅子さんに似て、二人ともフェラ好きなんですよ」

「だって、わたしの血を分けた娘だもの」

画面のなかの二人は、交替で陰茎を咥えていた。熱っぽい息づかいと、湿ったしゃぶり音が響く。

(姉妹で一人の男性の勃起に奉仕をするなんて、ふつうじゃないのに)

そのふつうではないことを受け入れてしまうほど、娘二人も恋に惑ってしまったのだと考えたとき、浅子の胸にふわっとした感情が舞い降りた。

「……安心したわ」

「なにがです?」

肛穴への抽送を続けながら、壮介が訊く。

「このビデオを見せてもらってよかった。あなたがみちるや早紀にもたっぷり愛を与えてるんだってわかったもの。朝からあなたを独り占めしていたのが、心苦しかったけれど、楽になったわ」

娘二人も、身体のとけ落ちるようなひたむきな愛情を、壮介から注がれているのだと理解できた。でなければ理性を逸したような性愛には、踏み切れないだろう。

(あんなに夢中になって、しあわせそうに、しゃぶっているんだもの)

「浅子さん、ダブルフェラ、抵抗ありますか」

後ろから伸びてきた壮介の手が、年上の女の頬を撫でた。

「抵抗はあるでしょうけれど、結局は我を忘れて舐めちゃうと思うわ」

浅子は横を向いて壮介の指にキスをし、画面のなかの娘たちのように、唾液を絡めて吸い、しゃぶった。壮介がくすぐったそうに喉を震わせ、女の口から指を引いた。

「あなたとケンカをしても、目の前に硬くなったのを差し出されたら、怒りを呑み込んで、咥えちゃうでしょうね。ステキな味だって知っているもの。そんな女なのよ」

そういう女に変えたのは壮介なのだと匂わせながら、浅子は這った姿勢のまま首を大きく回した。背後の壮介を流し目で見つめ、潤んだ瞳を細めた。

「ほんとうですか。いいこと聞きました。今度ケンカをしたときにそうします」

壮介は浅子と視線を合わせたまま、腰を打ち付ける。徐々に抽送の速度が増していた。

「あんっ、でもあなたとわたし、ケンカをしないでしょう」

「僕が会社の同僚の女性社員と浮気をしたら?」

壮介が白い歯をこぼして、具体例を挙げる。

「怒るわよ。許しませんから」

浅子は美貌に険を浮かべた。それを見た壮介が抜き差しに力を込めた。男の腰が尻肌に当たる。女性器へのバック姦のときと変わらぬスムーズさで、ペニスが粘膜のなかをすべっていた。

「あんっ、お尻のなかで擦れてる……どうにかなっちゃいそう」

女は前へと首を戻した。

動画の再生は終わり、画面は黒に戻っていた。

抽送を受けて、縛られた女体は前後にゆれる。括り出された乳房も、バスタオルと擦れて形を変えた。

「僕だって浅子さんが浮気したら、許しません。お金持ちで頼り甲斐のある男性に迫られて、浅子さんが断り切れずに交際を受け入れるなんて、だめですから」

「浮気をしたら、嫉妬して怒ってくれる?」

浅子は媚びを滲ませて問いかけた。

(すごい……いけないことをしているって、身体が訴えてる)

ノーマルセックスとは異なり、生じるのは快感だけではない。苦しさ、つらさも伴っていた。背肌には汗が滲んだ。

ストッキングを穿いた太ももが震え、痺れるような摩擦感で大きな臀丘も、ピクピクと引き攣った。

「今日みたいに浅子さんを動けないように縛って、連続イキで犯し続けます」

「それじゃ、ご褒美じゃないっ、あんっ」

クッと嵌まり込むと、子宮にまで響いてとろける快美が走る。それとは別に、腸粘膜を擦られると生じるもどかしい愉悦もあった。

（入り口と奥の方に性感帯があるみたい……ああ、抜き取られるときが、気持ちいいっ）

ペニスが下がっていくとき、排泄時に似た快楽が走った。

「はう。ふううっ」

艶めかしい声が勝手にもれた。全身の力が抜けるような排泄愉悦は、勃起が引き抜かれる度に、連続で押し寄せる。赤い唇から涎が垂れた。

（女性器への挿入は、女の本能って感じの快感が迸るけれど……アナルセックスはどうにでもしてって許しを請いたくなる）

ノーマルなセックスは理性をとかすが、肛門性交は身を打ち砕かれて、征服される感覚だった。尻肌に滲む脂汗は、ギラつきを増した。

「浅子さんっ」

女の名を呼び、壮介が鋭く突き入れてきた。

「ひ、うくんっ」

呻きの音色が変調し、壮介がピタッと腰遣いを止めた。

「痛いですか?」

「いいえ。変な声を出して、ごめんなさい。平気よ。好きに動いて気持ちよくなって」

「ほんとうに? ローションを足しましょうか。つらいの我慢しているんでしょう」

壮介が試すように一回だけ、強めに抜き差しをした。

「んふっ、んく、だいじょうぶ」

奥まで詰まる感覚に、我慢しようと思っても、紅唇から唸りのような声が漏れてしまう。

「ほら、声が苦しそうですよ」

「そういうものだから気にしないで。それに少しくらいつらくても、あなたのために耐えるのなら、うれしいから。わたし、あなたの妻なんでしょう? 悦びも苦しさも、全部あなたのために受けとめたいの。あなたの女だって実感させて」

「浅子さんは、美人社長なのに……」

壮介がかすれ声で言う。

「魅力的でスタイルも抜群で、お金持ちで土地も持ってて、男だって選び放題なのに……でも浅子さんは、僕のためにお尻でチ×ポを咥えてくれる」

そこで雄々しい抽送が始まった。括れたウエストを摑む。ペニスが容赦なく繰り込まれた。

「浅子に恋人が出来たって、手放さないから。ずっと僕の女でいるんだよ」

「うう……ええ。あなたの女でいさせてっ、んふっ」

遠慮のない責めから、壮介の昂りが伝わってくる。身体ごと深い沼地に沈むような充足感に、女は髪をざわめかして頭を振った。

「ゆれてる。イヤらしいヒップして」

ゆたかなヒップを突けば、熟れた臀丘はゆさっと波打つ。それは牡の欲望を喚起する、艶美な光景だった。

「ああんっ、もっとしてっ」

煽るように浅子は叫んだ。

壮介は派手に泣けというように、腰を鋭くした。暴力的な粘膜摩擦に、女の豊腰が震える。抽送が続くと、麻痺したように苦悶は薄れた。

「うう、気持ちいいよっ、浅子ッ」

乱暴ともいえる抜き差しこそ、浅子の望んだ抱き方だった。縛られ、犯され、苛烈な責めを受けとめてこそ、壮介の求める牝になれたと実感できた。腰と尻肉が当たり、パンパンと交接音が鳴る。

「わたしも気持ちいいわっ、壮介さんっ」

浅子はよがり泣いた。

窄まりは熱く火照り、ジンジンとした。疼きを鎮めようと、出し入れに合わせて浅子は息んで絞り込んだ。

「なんてお尻だ。こんなやわらかでむちむちしてるのに、千切れそうにきつく食い絞ってきて」

壮介が尻肌を撫でて、かすれ声を発した。

「あなたのためのお尻よ。気持ちよく射精して」

「僕のための……」

「そうよ。大きく育って、あなたが貫いてくれるのを待っていたの」

「ああっ、浅子っ、結婚しよう」

昴りの声で、壮介が吠えた。

「な、なにを言ってるのっ。重婚、重婚でしょうっ……ああっ、あんっ」

「そんな世間の決まりなんてっ」

壮介が平手打ちで尻肉を叩いた。快感を貪るようにズンと差し入れ、引き抜く。

「ひっ、あううっ……いいっ」

興奮した壮介に、女体も引きずられる。浅子は肛口をめいっぱい締め付けた。しかし括約筋を絞っても、硬さの前にあえなく弾き返される。女がひれ伏す逞しさが、深々と嵌まっていた。

「わたしのお尻、どうにかなっちゃいそうっ、あぐうっ」

倒錯の魔悦に、紅唇は泣き啜った。

「僕の浅子……もっと乱れてっ」

やさしい義母の顔、凛々しい女社長の顔、落ち着いた上品な女の顔を剝がして、浅ましい牝に堕とそうと、壮介が荒々しく肛門を穿つ。

女は細いウエストをくねらせて、臀丘を振り、身悶えた。裸身を縛る綿の縄は、汗を吸ってますますきつく食い込んだ。

「ああ、いいっ……イクッ、浅子、お尻でイキますっ」

奥底からこみ上げる重苦しい官能が、女体を包み込んだ。肉交の衝撃が、オルガスムスへと変わる。意識が白んだ。

「出るッ、浅子、締めてッ、ううっ」

壮介が叫んだ。浅子は絶頂感のなか、残った力を振り絞って必死に締め上げた。

「はいっ、壮介さんッ」

勃起が腸管にみっちりと埋め込まれて、痙攣を起こす。

(ああっ、ミルクが出てるッ)

ペニスが樹液を吐き出す。腹部に流れ込む熱さを、浅子ははっきりと感じた。

「もっと……全部注いでッ」

初めての肛門射精に、むっちり張った臀丘は打ち震えた。

肢体は柔肌に縄を食い込ませて戦慄く。滝のような汗が裸身を流れて、縄に染み、ベッドの上に垂れた。

3

ベッドのなかだった。背後で壮介がもぞもぞと動くのを感じて、浅子はふっと覚醒した。

　上向きの間接照明が、ベッドの上の壁にあった。寝室のなかはぼんやりとした明るさがあった。

「壮介さん、寝られる？」

　横向きに寝る浅子は、小声で尋ねた。背中の方で寝ている壮介も浅子と同じ横向きだった。

「さっきうとうとしました」

　壮介が答える。剝き出しの肩に、壮介の息づかいを感じた。壮介が布団を直し、二人の顎が隠れるまで引っ張りあげる。

　掛け布団の下は、浅子も壮介も裸だった。浅子は上半身に緊縛を受けたまま、壮介に勃起を肛穴に差し込まれていた。

（女を縛って、繋がったまま眠るなんて可能とは思えなかったけれど……）

　縄で括って自由を奪った女性の肛門に、男が勃起を挿入したまま眠るシーンを、アダルトビデオかなにかで、壮介が見たらしい。同じことをしたいと言ってきた。

「案外、寝られるものですね」

「ええ。わたしも少し眠ったわ。あなたのずっと充血したままなんだもの。驚いたわ」

途中で萎えて、抜け落ちるものと思っていた。しかし壮介の陰茎は、挿入してからずっと、硬さを維持し続けていた。

「浅子さんに締め付けられるから、萎えないんですよ」

壮介が布団のなかで、女の丸い尻を自分の側に引き寄せて、グッとペニスを刺し直した。

「ああんっ」

深い挿入感に、女はため息を漏らした。

(こんなこと、みちるや早紀の前では無理よね)

自宅に戻ってからは、実現不可能な破廉恥な行為だった。ずっと忘れられない旅行の思い出になるのは確実だと思いながら、浅子はピクつく反応を愉しむようにペニスを締め込んだ。

「わたしの身体で、みちるを縛るときの練習になった?」

拘束セックスに反応を示すみちるのために、壮介が緊縛を学ぼうとしていることはわかっている。先ほど見た撮影動画でも、後ろ手縛りにされたみちるを見た。

「はい。浅子さんの身体、縄化粧がものすごく似合うんで驚きました」

壮介の手が前に回った。縄で絞られた乳房を両手で掴む。

「あん……悦んでいいのかしら。でも、ありがとう」

言葉だけの称賛ではないことは、身を以てわかっている。壮介は縛られた裸身に反応して、雄々しく犯し、精液もたっぷりと注いでくれた。

「ああっ、浅子さんに、ぎゅって締め付けられてる。浅子さんのアナルバージン、もらえてうれしいです」

「わたしもうれしいわ。後ろでするのも気持ちいいけれど、それだけじゃなくて、お互い未知の体験だから、手探りで確かめ合うように繋がる感覚が楽しいっていうか」

「わかります。夫婦の共同作業ですね」

「バカ……すぐにわたしを妻扱いして」

「浅子」

壮介が名を呼ぶ。浅子は枕の上の頭を回した。壮介が唇に口を重ねてくる。

「あなた……」

夫を呼ぶように応じ、口づけを交わした。

壮介の腰が小さく動いていた。浅子も密着と抽送を請うように、きゅっとヒップを突き出した。腸粘膜のなかで、壮介のペニスが擦れる。

「あんっ、動いてもいいけれど、射精をしちゃだめよ。お腹が痛くなるから」

口が離れると、浅子は壮介に注意をした。

初アナルセックスの後、中出し液を注がれたままでいると、きりきりとした腹痛が起こり、慌ててトイレへと駆け込んだ。

（溜めっぱなしでも平気な膣とは違うなんて知らなかった）

腸内に溜まった精液を洗い流さなければ、お腹が下る。

「僕がトイレにちゃんと連れて行きますよ」

「いやよ。あなたトイレのなかから出て行ってくれないんだもの。漏れる音を聞いて、うれしそうな顔をするし」

縛られている浅子は一人ではトイレに入れず、壮介の手を借りねばならなかった。一緒にトイレのなかに入った壮介に、ドアの外に行って欲しい、恥ずかしい排泄音を聞かないで欲しいと懇願しても、聞きいれてくれなかった。

「だって恥じらう浅子さんも、全部見たいから」

乳首を指で摘まんで、壮介が言う。硬くなった乳頭を指先で弄びながら、ゆったりとした腰遣いを続けてきた。

（結局またするの）

交わり続けた肉体には、重い疲労感があった。それは快感を味わい尽くして、身も心もすべてを捧げた達成感でもあった。

「あんなにしたのに。あんっ、壮介さんが、こんなにしつこい人だとは思わなかったわ。もっとあっさりとした性格かと思ったのに」

「自分でも、こんなに執着心と独占欲のある人間だとは思いませんでした。でも好きになってしまったから。浅子さんも、みちるも早紀ちゃんも、みんなをしあわせにしたい」

壮介が括られた乳房を強く摑んで、緊縛裸身をぎゅっと抱き締めた。

「しあわせに？」

「はい」

「ありがとう壮介さん。いっぱいしあわせにしてね」

礼を言う以外になにがあるだろう。心を奪われてしまった男性だった。

浅子は愛しい年下の恋人を、思いを込めて締め上げた。緊縮に応えるように、壮介の勃起が硬さを返す。

「浅子さん、朝になったら露天風呂にまた入りましょうね」

「ええ」

もう朝かもしれないと思いながら浅子はうなずく。寝室のガラス窓の外に、露天風呂があった。

アナルセックスの後、縄をいったんほどいてもらって一緒に温泉に入った。くたくただったが、抱き合って湯に浸かっている時間は、安らぎそのものだった。

「温泉も気持ちいいし、お酒もおいしかったわ」

燗した日本酒を持ち込んだ壮介に、口移しで呑ませてもらった。

「夕食もおいしかったですね。さすが高い宿だけあって」

「夕ご飯を食べたの、ずいぶん昔に思うわ。もしかして朝食のときも、リモコンローターを入れるの？」

尋ねてから、浅子はしまったと思う。頭の後ろから壮介の笑いが聞こえた。

「はい。入れましょうね」

「ああ、余計なことを言ったわ」

「前と後ろ、二つ入れましょうね」

「朝から、二穴責めなの？」

「浅子さんは、僕の奴隷だから」

横向きの抽送が、徐々に速くなっていく。勃起は雄々しさをすっかり取り戻していた。布団のなかは、汗で湿った熱がこもっていた。

「そうね。奴隷ね」

身動きをとれないよう縄で自由を奪われて、トイレ姿も見られた。これ以上ふさわしい形容はないと思う。

壮介の右手が乳房から離れた。下腹を撫でて、股間へと潜る。指がクリトリスをさわってきた。女の腰に快感が走る。

「ここ弄ると、ぎゅってお尻の穴が締まりますね」

「あん、だ、だって、気持ちいいから」

尖った感覚器を捏ねられて、火照った肌は震える。女性器からは愛液がじっとり漏れて、内ももを濡らしていた。

「家にいるあの子たちは、夕食になにを食べたのかしら」

「みちるの運転で、回転寿司を食べに行ったたって。メールが来てました」

「そう。きっと早紀のリクエストね」

「早紀ちゃん、回転寿司のケーキやプリンのデザートが好きなんですよね。ポテトや空揚げも。味覚が子供だって言うと、キッて睨んできて」

「ええ。子供の喜ぶお土産を、いっぱい買って帰らなきゃね。お菓子がいいかしら」

娘の顔を思い浮かべながら、浅子は告げた。

クリトリスをなぶっていた壮介の指が、さらに奥に進んだ。花唇を割って膣口のなかに入ろうとする。

「この辺、ヌレヌレですね」

愛蜜で潤う秘部に驚いたのか、指が入り口で止まった。濡れ具合を確かめるように、這い回る。

「ぐっしょりだ。浅子さんも、拘束セックスが好き?」

壮介の指摘に、浅子の鼓動は速まった。

「……察して」

頬を赤くして一言告げるのが、やっとだった。肌には恥じらいの汗が噴き出る。

ヌルッという感触が、膣口を通った。指が花芯のなかで蠢く。それに合わせて、肛穴を貫くペニスもリズムよく嵌まってきた。

「両方を責めないでっ……おかしくなっちゃうから」

女性器の甘い性感と、排泄器官の切ない摩擦感が混じり合う。肢体は震えを起こし、クックッと背を反らした。腰で縛られた手を握り込み、浅子は喘いだ。

「びっしょり汗ばんだときの浅子さんの肌は、熟れた桃の味がします。甘くてとろけるようにやわらかで」

首筋を壮介が舐めてきた。刺激に驚いて、女体が強張る。二穴に刺さった指と勃起を反射的に締め上げた豊腰に、染みるような官能が迸った。

「あんっ、そ、そんなわけ」

「早紀ちゃんはさくらんぼの味」

「……みちるは？」

「高級な大粒のマスカット」

「みんなおいしいの？」

「はい」

「よかった。おいしくいただいているのなら、いいことよ」

「おいしい桃、また食べていいですか？」

一呼吸置いて、女はうなずいた。

壮介が一度結合をとき、身を起こした。女体の向きを変える。仰向けにされ、壮介は足下の方に行き、足を持ち上げられた。腰が浮き、腰の下にある重ねて縛られた手の分、高く持ち上がる。アナル姦がしやすい体勢だった。

「ずいぶんゆるみましたね」

壮介の指が肛口をまさぐった。

「ずっと入れっ放しだったもの」

野太い勃起を差し込まれ続けた排泄の窄まりは、口が開いている状態だった。

「入れますね」

壮介の声に、浅子はうなずいた。肛穴に陰茎の先端をあてがい、沈めてくる。

「あんっ……」

初めての結合のときとは、比べものにならないスムーズさだった。すんなり嵌まるだけでなく、ローションですべり込む摩擦感は愉悦が走る。

「どうしましょう。わたしもう、アナルセックスに慣れちゃったみたい」

「上品そのものの美人社長なのに、浅子さんの身体は淫乱そのものですよね」

「だ、だって……ローターも使うの？」

壮介が淫具を手にしていた。細かな振動を起こす楕円体のローターだった。愛液がかがやく蜜穴に、押し当てる。ローターもすんなりと蜜穴に入った。

「入れていいか、尋ねないのね」

勃起も淫具も容易く呑み込む我が身に、浅子は赤い相貌で恥じらう。

壮介がローター部を操作するコントローラーを手に持って、浅子に見せる。ローターはコントローラーとコードで繋がった有線式だった。

「じゃあ操作は、浅子さんにお任せしますね。このスイッチ部分で起動して、押す度に振動は強くなります。五回押すと最強になって、六回目で止まりますから」

壮介がコントローラーを浅子の腰の下に差し入れて、縛られた手に握らせる。指先に、スイッチ部分が引っ掛かった。

「最強は五回ですからね」

壮介が念を押すように言って、肛穴に嵌めたペニスの抽送を始めた。持ち上げられた両足が、壮介の肩に押されてゆれていた。ストッキングは穿いていない。薄暗い明かりのなかで、爪に塗られたペディキュアが光っていた。

「ああっ、そんな言い方卑怯よ。わたしに五回押せって意味じゃないの」

浅子は湿った声で言い、頭上の壮介を濡れた瞳で見た。壮介が頬をゆるめてうなずいた。

躊躇いを呑み込み、浅子はスイッチを入れる。膣内で振動が始まった。

「ああっ、やだっ……お腹のなかで暴れている」

「僕の方にも感じます。前後の穴って、すごく近いんですね。くすぐったい振動が来る」

興奮の声だった。壮介の抜き差しが速くなった。

「あっ、あんっ、だめっ……待って、イッちゃうから。ねえ」

身悶えして浅子は訴えた。上体を緊縛する縄が、肌に食い込む。胸元では乳房が縦にゆれた。壮介が手を伸ばして、その双乳を摑んだ。揉み立てる。女体を襲う官能が増し、紅唇はさらに開いて喘ぎ声を大きくした。

「乱れ顔、かわいいです……浅子さん、もっと感じて」

二穴責めによがり泣く女を、壮介が上から吸いつくような目で見ていた。浅子はくふんと鼻を鳴らし、手に握ったコントローラーのスイッチを押した。

「あんっ、だめっ……いいっ、おかしくなる」

振動はさらに強くなり、浅子は顔を左右に振り立て、首筋を引き攣らせた。

「浅子っ、ああっ、気持ちいいっ」

壮介の悦びが、女を追い立てる。アクメの赤い色が寸前まで迫るなか、浅子はあと三回、スイッチを押した。ビーンという下腹の音が、脳内まで響いて聞こえた。一気に、陶酔は振り切れる。

「ひっ、あぐ、イク……壮介さんっ、あああッ」

紅唇から漏れる声は崩れ、絶頂の牝泣きに変わった。壮介も肛門への抜き差しを速めた。

「出るっ、浅子……うぅっ」

壮介が乳房を握り締め、唸りをこぼして突き立てる。腸管に根深く差し入れて、吐精が始まった。

「ひっ、あっ、あむんっ」

浅子は呻き、淫具の振動になおも追い詰められながら身を捩り、肛穴を締めた。汗の浮かぶ肌は、震えが止まらない。

壮介が上に覆い被さってくる。己の足が頭の横にあった。二つ折りにされた女体はヒクヒクと戦慄き、焦点の失った瞳を壮介に向けた。

「浅子……僕の浅子」

唇を吸われた。女も顎を持ち上げて、朱唇を差し出す。壮介が捏ねるように勃起を突き入れてくるのが、たまらなかった。精液の熱さと、ヌチャクチャというローション摩擦のぬかるんだ感覚が、退廃感を生む。蜜穴のなかから拡がる振動は止まらず、甘い波が肢体を押し上げ続けた。

「んふっ、あふっ」

女体は喉で凄艶に呻いた。浅子の意識が途切れたのは、そのすぐ後だった。

4

二人は露天風呂のなかにいた。

夜が明けきっていない。山の方には白い霧がかかっているのが見えた。

「いま、何時かしら」

浅子はもたれかかった壮介に訊く。縄はほどいてもらった。髪は束ねてアップにしてある。

「午前五時くらいかな」

壮介の指先が、腕のなかに包み込んだ浅子の乳房を、いたずらするようにさわる。乳首をくすぐられ、浅子は澄んだ空気のなかに、あんっと色っぽい喘ぎを響かせた。

「敏感になっているから、おいたをしないの」

たしなめるように言うと、壮介の手は胸から離れ、腹部の方に行った。また股

間をさわって弄ぶものと思い、浅子は身構えた。それでも指を遣いやすいように
と、湯船に伸ばしている足をわずかに開く。

しかし壮介の手は予想したところへは行かず、やわらかな下腹にあてがわれた。女らしい丸みのすべらかな肌を、やさしく撫でてきた。

「浅子さんを孕ませてもいいですか」

壮介が静かな声で告げた。

「四十二歳の女を妊娠させるの？」

最後の一線を越えてきた娘婿に、浅子の声は震えた。愛しそうに下腹を撫でる手つきの意味がわかってしまう。

「はい。僕の赤ちゃん、生んで欲しいです」

迷いなく壮介は同意をする。

浅子は尻を浮かせて、身体の向きを変えた。壮介と向き合う。

「本気よね」

真剣な相で壮介がうなずく。浅子はまばたきを忘れて、二十三歳の青年を見つめた。壮介は目を逸らさない。浅子はふっと笑んだ。

「わたし孕みやすいみたいで、初めて夫とした日に、一発で種付けされちゃった

の。二人目を作ろうって夫婦で話し合ったときも、たぶんその当日に早紀を身ごもったわ。いままではみちるの旦那さまと関係を持つなんていけないことだって、理性で抵抗をしていたけれど……いまのわたしはあなたへの愛情でいっぱいだから、簡単に孕んじゃうわよ」

壮介が笑む。湯のなかで女の手に硬いモノを握らせた。

（勃っている）

充血したペニスを摑んだまま、浅子は足を開いた。両足を伸ばす壮介の腰に跨がっていく。握った勃起の切っ先を秘唇にあてがい、尻を落として呑み込んだ。

「あんっ」

「今日から、本気の子作りしましょうね」

壮介が女の耳もとでささやき、尻たぶを摑んで裸身をゆする。波を立てながら、湯のなかで未亡人の肢体がゆれた。

「わかったわ。あなたの赤ちゃん生みます……ああんっ」

浅子は首に手を回して、年下の恋人に抱きついた。

いままでにない幸福感が身体に満ちるのを感じながら、浅子は逞しい男性器のもたらす愉悦に熟れた肢体を委ねた。

ロングエピソード　三人の「妻」

綾川家の四人は一階のバスルームにいた。

ジェットバス機能のついた広い円形の浴槽に、四人で浸かっている。

（〝妻〟同士の話し合いだから、僕はこの場にいるだけでいいって、みちるに言われたけれど）

壮介は、向かいで湯に浸かっている妻のみちるを見た。右には長い髪を団子にした早紀が、左には胸の谷間をくっきりのぞかせた浅子がいた。風呂場なので、当然四人とも裸だった。

浅子との略奪温泉旅行から、一週間が経っていた。

旅行から帰ると、すぐに一階の浴室の改装が始まり、工事が完了し引き渡しになったのが今日の午前中だった。

(それにしても四人がゆったり入れるお風呂なんてすごいな。洗い場も広々としてるし)

壮介は壁に立てかけてある大きなウレタンマットに目を向けた。

(あれって……風俗店で使うやつだよね)

男性客をウレタンマットに寝かせて、ソープ嬢がローションプレイをするアダルトビデオを見たことがあった。そのマットと同じだった。

落ち着きなくきょろきょろと浴室内を見回していると、みちるが話し始めた。

「で、今後のことなんだけれど」

切り出したみちるに、残り三人の視線が向けられる。

「一度きちんと話し合うべきって、壮介とわたしの意見は一致していたから、裸になって本音を楽に口にできそうなこういう場を設けてみました。ね、壮介」

電話でみちるが言っていたことを思い出して、壮介はうんうんとうなずいた。

空気を改めるように、みちるがゴホンと咳払いを一つした。

「最初にわたしね。実はね、壮介と一対一のときは、まだ痛いことがあるの。でも早紀やママを交えたときは、気持ちいいだけで不安感も怖さもなかった。だから、壮介をみんなで愛し合ういまの状況は、わたしにしてみれば好都合で……」

そこでみちるはいったん口を閉じ、反応を見るように母と妹、そして夫を見た。三人が先を促すようにうなずく。

「すっごく言いづらいのだけど、壮介とのセックスに、ママや早紀も加わってくれると、助かります」

みちるはぺこりと頭を下げた。

「いいよ。お姉さんが複数から責められるのが好きなのは、気づいていたし」

「わたしは壮介さんに教えられて。わたしも壮介さん経由で了承済みよ」

早紀と浅子がにこやかに応じる。みちるは真っ赤になって、視線を合わせないようにうつむく。

「な、なによ……みんな知ってたの」

「じゃあ、わたしの番かな」

次に話し始めたのは早紀だった。唇を舐めて、ちらりと壮介を見る。壮介が視線を返すと、パッと逸らした。

「……わたし、オナニーのときに思い浮かべるのは、その人なんだよね」

顔を背けたまま、早紀は湯のなかから出した左手で、壮介を指さした。

「世間でかっこいいって言われている俳優、スポーツ選手、アイドル、他の男の人を想像してもまったくだめなの。でもこの虫も殺さないような、ほわんとした顔を思い浮かべると、あっという間にイッちゃうの。こういうのヌケるって言うんでしょう?」

可憐な美少女は、羞恥の告白に真っ赤になっていた。

「ヌケるって、壮介だけ?」

みちるの質問に早紀がうなずく。

「うん。この人だと、めっちゃ気持ちいいの。小学校でマスターベーションは覚えたんだけど、それからずっとこの人だけ……」

壮介を差す手が、恥ずかしそうに震えていた。

「わたしは、たぶんお義兄さん以外の男性とは結婚しない。というかできない。だって他の男性には、なにも感じないんだもの。大学はこの家から通おうと思っていたし、就職もそのつもり。ママが好きだし、お姉さんも好きだし、お義兄さんも……だからずっとこの家にいたい。それがわたしの希望」

最後にまた早紀は、壮介をちらっと見た。壮介と目が合うと、恥ずかしそうに微笑を浮かべた。そして視線を落とし、正面の浅子に抱きついていった。よしよし娘の肩を、浅子が広げた腕で包み込む。

「わたしはなにも問題ないわよ。この家を建てたのは、早紀のためでもあるのだし、娘と一緒に暮らせるのは喜びでもあるんだもの」

浅子が早紀を抱いたまま、やさしい声で言う。

「わたしだって、進学や就職が決まったから、早紀にこの家から出て行けなんて、横暴なこと言わないわよ。この家はみんなの家で、早紀はかわいい妹だって思っているわ」

みちるも手を伸ばして、妹の頭を撫でる。

自分も早紀の慰撫に加わろうかと壮介が迷っていると、浅子がしゃべり始めた。

「最後はわたしよね。ママは壮介さんの赤ちゃんを生みたいのだけど、いいかしら」

「赤ちゃんっ？　お姉さんいいの」

驚きの叫びを上げたのは、母に抱かれる早紀だった。浅子とみちるを交互に見る。

みちるが手を上げて、妹を止めた。

「ママ、だけど会社に影響があるんじゃない？　パートナーのいない経営トップが身ごもったりしたら」

「それなのだけどみちる、うちの会社に入らない？　せっかく他社で揉まれて修行中なのに、悪いのだけれど」

浅子がうかがうようにみちるを見る。

「そっか。わたしを表向きの後継にして、会長にでも退いたママが、実権を握っていればいいのか」

みちるが己の顎に手を置いて思案する。

「みちるが実質的な経営トップになってもいいのよ。あなたなら、やれるでしょう？」

「待ってよ。赤ちゃんは、さすがにママらしくないというか」

早紀が割って入った。

「壮介さんね、わたしが他の男にヤラれちゃいそうで、不安みたい。さすがに壮介さんの子を身ごもったら、そんな不安も飛んじゃうでしょう」

流し目で壮介の方を見ながら、浅子が言う。

「あー」

母の言を聞くと、みちると早紀が声を揃えてうなずいた。

「な、なによ。あなたたち急に納得して。半分冗談よ。ママが浮気なんかするはずがないでしょう」

「いいえ、ママは自分がわかってないわ」

「うん、わかってない」

みちるが嘆くように言い、早紀が同意した。

「押しに弱いし」

「いやって言えないし」

「電車に乗れば、痴漢がほいほい寄ってくるイヤらしい体つきなのに」

「ママは、お酒にだって弱いよね」

「そう。警戒心が足りないと思うわ。飲み過ぎなければ平気だって思っているみたいだけど、お酒に変な薬を入れて乱暴をする男性だっているのに」

「まあ、よってたかってひどい娘たちね」

浅子は演技っぽく嘆くと、抱いていた早紀から身を離し、壮介の方に身を投げ出してきた。

「あっ、っと」

壮介が裸身を抱き留めると、浅子はひしとしがみついてきた。男の胸に、ゆたかな乳房がやわらかに当たる。

「でもお姉さん、赤ちゃんなんていいの？」

「早紀、よく考えなさいね。ここでママを止めたら、将来あなたが壮介の赤ちゃんを欲しくなったとき、わたしはあなたも止めないといけないのよ」

「あっ……うん、いいと思う。賛成」

合点したという早紀の賛成の声を機に、女三人の目が壮介を向いた。

「ということになりました。わたしたち三人を、公平に妻として愛すること。できるわよね？」

みちるが壮介を見つめて、優美な微笑を浮かべる。

厳しい生徒指導の女教師みたいだと思いながら、壮介は相貌を引き締めて、返事をした。

「はいっ」

「よろしい。そういえば、お風呂当番を決めるんだったわね。どう？」

みちるが妹と母に尋ねる。

「わたし、水曜日と日曜日がいいな。部活のない日」

「じゃあわたしは月曜日と木曜かしら」

「ママは火曜日と金曜日……」

壮介の腕のなかの浅子がつぶやき、ぱっと表情を明るくした。上を向いて、目を細める。

「今日は金曜日よね。わたしのお風呂当番だわ。壮介さん、静かにね」

浅子はひそひそ声で言い、手を壮介の股間に伸ばしてきた。硬くなっていることに気づくと、浅子はうれしそうに白い歯をのぞかせた。ペニスを上向きにしながら、尻を浮かせてくる。やわらかな潤みが、亀頭に擦りついた。

「浅子さん、んっ」

「あんっ」

壮介が呻き、浅子が喘ぐ。ペニスはヌルンと、浅子の蜜肉のなかに呑み込まれていった。

「ああ、ステキ……」

浅子が嘆声をこぼすと、壮介の首筋にこもった息を吐きかけた。両手を壮介の肩に置く。

「土曜日は、お風呂四人一緒ね」

「この広いお風呂なら余裕だねー。こんなプールみたいなお風呂、友だちに見せたら驚くだろうなあ」

「ふふ、土曜日は、三人ソープ嬢よ。くぐり椅子も注文したから。母娘で全身隅々まで洗ってあげるわね」

浅子が声を抑えて言い、壮介の上で秘めやかに腰をゆすり始めた。充血した勃起が、熱い膣ヒダに擦られる。壮介は湯のなかで浅子の丸いヒップを摑んだ。

「壮介とのデートも交替ね」

「みんなでキャンプに行きたいなー。女だけだと夜が怖いけれど、お義兄さんがいれば、テント泊も平気でしょ？」

「あ、面白そう。たき火でお料理」

横で話し合っている姉妹は、二人の交合に気づいていない。

「壮介さん、好き……好きよ」

浅子は耳もとで愛を告げ、きゅっきゅっと肉柱を締め付けてきた。よく練れた膣肉の収縮に、壮介はハアハアと喘いだ。尿道を通ったカウパー氏腺液が、浅子の身体のなかに吐き出される。

「そういえばお義兄さん、悪い上司からのいじめは終わったの？」

早紀が振り返って壮介を見た。湯のなかを進んで隣に来る。

「べ、別にいじめられてないよ。たまたま連絡ミスが、僕の方に回ってきただけで」

「そうだママ。変な上司のいる会社は辞めさせて、壮介を引っ張ってきてもいいんじゃないの？　うちの旦那さまは、こう見えて有能よ」

「それなんだけど、壮介さんは……わたしの専属秘書にしたいなって」

浅子は平穏を装って告げるが、声は震えていた。美貌は汗ばみ、紅潮していた。湯のなかの腰遣いも速くなる。

「秘書……それも、いいかも」

「お姉さんとママ、お義兄さんを秘書にして、会社でいちゃいちゃするつもりでしょう。だったらわたしがお小遣いで、専用家庭教師として雇ってもいいんだよね」

「ま、待って。僕、会社を辞める気は」

壮介は声を上げて、腰を浮かせた。勃起が女壺のなかにズブッと刺さり、浅子が首を大きく後ろに倒した。

「あんっ、くふんっ……壮介さん、イクうッ」

艶麗なよがり泣きが、広いバスルームに響き渡った。丸いヒップがクイクイと前後し、絶頂した蜜ヒダが精子を欲しがるようにペニスに絡みつく。

「あっ、この人、お義兄さんとヤッてる」

「早紀、この人って言わないの。ママッ、話し合いの最中でしょう」

「……だ、だって」

ハアハアと喘ぎながら浅子が腰を持ち上げて、交接をといた。

入れ替わりに跨がってきたのは、妻のみちるだった。母のなかに入っていたばかりの男性器を、自ら花芯に押し当てて腰を落としてきた。新婚当時からきつさを失わない膣道に、壮介のペニスが擦れながら潜り込む。

「ん、どうだ。自分で咥え込むまでになったぞ」

みっちり尻を落として結合を果たすと、愉悦と照れを美貌に滲ませて、妻が誇るように言った。

「偉いよ、みちる」

壮介が頬を撫でて褒めると、一歳年上の妻はふっと笑んだ。

「ごめんね。我が家の女三人を、壮介に押しつける形になって」

「あ、謝らないで。僕も望んだことだから」

やさしく気遣う妻の言葉に、壮介の胸は締め付けられる。細いウエストに手を回して、強く抱き締めた。

「こら、苦しいよ。四人で寝られるキングサイズベッド、明日か明後日には届くからね。そのときの気分で、ママとわたし、早紀を好きに抱いていいから」

夫を見つめてみちるは言い、下半身をゆらしてきた。壮介は妻の腰を抱く手をゆるめた。みちるは上下にゆする動きから、浅子のように円を描いて、粘り着くような腰遣いを見せる。

「どう？　ママに習ったの」

「いいよ。気持ちいい」

「ママより先に、わたしを孕ませてもちっとも構わないのよ……あんっ」

妻の喘ぎ声が跳ね上がった。みちるの背後に回った浅子が、みちるの乳房を揉み込んでいた。右隣からは、早紀が姉の耳を舐めていた。耳たぶを噛み、舌を耳の縁に這わせる。

「あん、耳、くすぐったい」

「じゃあお姉さん、こっちは」

早紀が瞳をかがやかせて、姉の耳に息を吹きかけてしゃべる。

「ん、お尻……あん、お尻はもっとだめよ、早紀っ」

みちるが喘ぐと同時に、きゅっと膣の締まりが跳ね上がった。

「みちる、どうしたの?」

壮介は妻に尋ねる。

「指が……奥まで、あんっ、入って」

早紀が湯のなかで姉の肛穴をいじめているのだと気づいた。壮介の興奮も一気に高まる。吐精感がこみ上げた。壮介も湯に波を立てて、腰を衝き上げた。みちるの泣き声が、大きくなる。

「あ、あん……だめ、壮介、イ、イクぅッ」

ピンと背筋を突っ張らせて、上体が反った。浅子の手が乳房を揉み上げ、指先で乳頭を摘まんでいた。その指遣いに合わせて、みちるはヒクッヒクッと肩を震わせる。

みちるの膣肉も、余韻を欲しがるようにペニスを絞る。壮介は射精感を耐えながら、汗に濡れた妻の艶美なアクメ姿を眺めた。

「壮介、気持ちよかった……。交替ね」

みちるがかすれ声で言い、ゆっくりを尻を浮かせる。

最後に跨がってきたのは、早紀だった。

「お義兄さんのこと、これからなんて呼べばいいかなあ」

ペニスに指を添え、野太い先端を狭い入り口に押し当てながら、早紀が訊く。

「わたしも〝妻〟にしてもらえるんでしょう。お義兄さんじゃ変だよね。旦那さま？　……あん、入った」

亀頭が潜り込み、少女は体重を掛けて腰を沈めてくる。湯のなかで少女と義兄は抱き合った。

「早紀ちゃん、僕の妻でいいの？」

ほっそりとしたウエストに手を掛けて、壮介は訊く。

「なんだろう。ママやお姉さんとキスしたり、裸を見られてよがり声を聞かれるのはふつうじゃないし、色んな抵抗感はあるんだけど……最初、ママと一緒に抱かれたでしょう。あのとき、ものすごく興奮しちゃったのね。隣で喘いでいる声が聞こえて、わたしの知っているママの声じゃないって。ああ、隣でヤラれてるんだって思ったら、わたしも身体が熱くなって……ヘンタイかなわたし」

小首を傾げて、コケティッシュに笑う義妹は、かわいらしい。壮介は我慢できずに、腰を衝き上げた。少女の腰を摑んでゆすり立て、摩擦を高める。

「あんっ、お義兄さんならなにをされてもいいし、恥ずかしいけれどお義兄さんに悦んでもらえる方がうれしいよ。だから好きなようにママとお姉さんとわたし、一緒に犯して」

細首をゆらして快感に喘ぐ少女は、征服欲を誘う。壮介の呼吸は速まり、陰茎は膨張を増した。

「うん。いっぱい早紀ちゃんを抱くよ」

早紀が壮介の手を摑んだ。自分の胸元に引っ張っていく。

「あと、毎日わたしのおっぱい揉んで、早くママやお姉さんみたいに大きくしてね」

少女の懇願に、壮介は笑んだ。指でぴったり包める大きさの双乳を揉み立てた。乳頭は強めに弾く。胸を責められ、裸身は過敏に震え、ペニスを呑んだ膣肉も締め付けを強めた。

「ああ……あん、だめ、イクッ」

十代の少女が可憐に泣き、恍惚の世界へと昇り詰めた。

壮介は腰遣いを止めて、アクメで震える早紀の頰を撫でた。

「まだよね、壮介さん」

浅子が言う。三人の女体を味わったが、壮介は射精を果たしていない。浅子が立ち上がって壮介に背を向け、円形浴槽の縁に両手をついた。それを見たみちるも、母の隣に前かがみになって、同じポーズを取る。早紀も壮介の上から離れ、みちるの隣に並んで、きゅっとかわいらしいヒップを差し出した。

（お尻が三つ……）

右から浅子、真ん中にみちる、左に早紀の白い臀丘があった。三人とも昂っているのがわかった。花弁は色づき、湯とは異なる愛液のギラつきが見えた。

「どうぞ。好きなのを使って」

みちるが夫を振り返って告げた。

壮介は一番むっちりと張った、浅子のヒップを掴んだ。差し込むと同時に、浅子好みの激しい抽送で追い立てた。

「あっ、そんな……乱暴にっ」

指で肛穴をまさぐってやることも忘れない。捏ねくるように指を動かせば、膣穴の緊縮がきゅっと増す。壮介は熟れた肉の感触を堪能しながら、徐々に抽送を深くし、子宮を圧迫するように奥を責め立てた。

「だめっ、そこだめっ、あんっ……イクっ、壮介さん、浅子、イキますっ」

浅子の性感帯を、壮介は知り尽くしている。未亡人は凄艶に泣いて、丸いヒップを引き攣らせた。浴槽の縁に手をついた姿勢で、ハアハアと喘ぐ。

壮介は勃起を抜き取ると、次に早紀を刺し貫いた。

「あん、お義兄さんっ」

「お義兄さんじゃなくて、旦那さまじゃなかったの？　早紀ちゃんもこっちが大好きだよね」

浅子と同様、指でのアナル責めを加えた。

「うそ……好きじゃないから」

口では否定するように言いながら、かわいらしい肛口はクンクンと指を食い締めてくる。十代の膣肉は、千切れんばかりにペニスを絞り込んできた。放出欲を耐えながら二穴を突き犯し、早紀のよがり泣きを浴室に響かせた。ペニスを抜くと、少女はぐったりと腰を落とした。

最後に壮介が貫いたのは、妻のみちるだった。

「壮介……太いっ」

腰を跳ね当てるペニスの抜き差しで、二十四歳のみずみずしいヒップがゆれる。

「興奮してるから。みちるのなかに出していい？」

壮介は妻のパチンと尻肌を叩いた。

「あんっ、ええ。出して、あふんっ」

鋭く突き入れれば、堪えきれないように太ももを震わせて、喘ぎをこぼす。牡に犯される悦びが、みちるの声に滲んでいた。

「もっともっと、エッチな身体にしてあげるからね。こっちでもチ×ポを咥えて、よがり泣くくらいに」

抽送に合わせてきゅっと収縮を起こす窄まりを、壮介は指で撫でた。

「して……壮介の好きに調教して、好き、好きよ……イクッ、また……ああっ、壮介っ」

みちるがオルガスムスへと達した。うねる膣肉の絡みつきに、壮介も限界を迎える。溜めていた欲望液を、膣奥深くに注ぎ込んだ。

「ああっ、出るっ、気持ちいいっ、孕めっ、みちるっ」

温かな潤みのなかに放出する快楽に酔いながら、壮介は叫んだ。

吐精の発作が収まるのを待って、引き抜く。濡れ光ったペニスは萎えていない。

壮介の方を向いた女三人が、腰を湯に沈めて、ペニスに顔を寄せてきた。

白濁液と愛液にまみれた表面を、舌を伸ばして舐め清める。

(三人の舌が)

ペニスの舐め掃除をする女たちを、壮介は胸を喘がせて見つめた。

「あなた、これからよろしくお願いしますね。女ばかりで大変だと思うけれど」

年上の妻、浅子がじっと見上げて棹裏を舐めあげた。

「よろしくね、あなた」

新妻みちるもにっこり笑んで、棹腹にキスをした。

「よろしくお願いします。お義兄さ——旦那さま」

年下の妻、早紀が照れたように呼び方を変えて続いた。尿道口に滲んだ精液を、かわいらしい唇で吸い取る。

女三人で暮らしていた家庭に、壮介が加わり、三人妻の新たな家族の生活が始まろうとしていた。


（了）

本作は『義母温泉』『義母と温泉旅行【ふたりきり】』（フランス書院文庫）を再構成し、刊行した。

フランス書院文庫X

義《ぎ》母《ぼ》温泉《おんせん》【禁《きん》忌《き》】

著　者　神瀬知巳（かみせ・ともみ）
発行所　株式会社フランス書院
〒102-0072　東京都千代田区飯田橋3-3-1
https://www.france.jp
印　刷　誠宏印刷
製　本　若林製本工場

ISBN978-4-8296-7942-5 C0193

本書へのご意見やご感想、お問い合わせは、QR コード、
または下記 URL より弊社公式ウェブサイトまでお寄せください。
https://www.france.jp/inquiry

フランス書院文庫X　偶数月10日頃発売

拷問室【美臀夫人・静江と佐和子】
御堂　乱
「佐和子さんの代わりにどうか私のお尻を…」苦悶に顔を歪めながら、初めての肛姦の痛みに耐える静江。22歳と27歳、密室は人妻狩りの格好の檻！

制服奴隷市場【十匹の餌食】
夏月　燐
「ゆるしてっ。他のお客様に気づかれるわ」フライト中の機内、制服姿で貫かれる涼子。看護師、カフェ店員、秘書、女医、銀行員…牝狩りの宴！

隣人妻と外道【壊された私生活】
御前零士
公営団地へ引っ越してきた25歳の新妻が堕ちた罠。メタボ自治会長から受ける、おぞましき性調教。訪問売春を強要され、住人たちの性処理奴隷に！

【完全版】姦禁教室【性裁】
夢野乱月
熟母は娘の前で貫かれ、牝豹教師は生徒の身代わりに。アクメ地獄、初アナル洗礼、隷奴への覚醒。その教室にいる牝は、全員が青狼の餌食になる！

青と白の獣愛
綺羅　光
キャンパス中の男を惹きつける高嶺の花に迫る魔罠。拘束セックス、学内の奴隷売春、露出調教…20歳＆21歳、清純女子大生達が堕ちる黒い青春！

肛虐の聖宴【九匹の奴隷妻】
結城彩雨
ハイジャックされた機内、乗客の前で嬲られる真由。夫の教え子に肛交の味を覚え込まされる里帆。新妻、若妻、熟夫人…九人の人妻を襲う鬼畜の宴。

人妻・監禁籠城事件
御堂　乱
「お願い、家から出ていって。もう充分でしょう」二人組の淫獣に占拠されたリビングで続く悪夢。家政婦は婚約前の体を穢され、愛娘の操までが…。

フランス書院文庫X　偶数月10日頃発売

【蘭光生傑作選】
拉致監禁【七つの肉檻】
蘭　光生
街で見かけたイイ女を連れ去り、肉棒をねじ込む。一人ではできない行為も三人集まれば最高の宴に。標的に選ばれたのは清純女子大生・三鈴と江里奈。

社内交尾
【奴隷秘書と人妻課長】
御前零士
（会社で上司に口で奉仕してるなんて…）跪いて専務の男根を咥える由依香。会議室、自宅、取引先で受ける奴隷調教。淫獣の牙は才媛美人課長へ。

華と贄【供物編】
夢野乱月
「熱く蕩けた肉が儂の魔羅を食い締めておるわい」令夫人、美人キャスター、秘書が次々に生贄に。夢野乱月の最高傑作、完全版となって堂々刊行！

華と贄【冥府編】
夢野乱月
男という名の異教徒と戦う女の聖戦。新党を立ち上げたインテリ女性たちが堕ちた罠。鬼屋敷に囚われた牝の群れを待つ、終わりなき淫獄の饗宴！

女教師いいなり奴隷
【完全版】
御堂　乱
（どうして淫らな命令に逆らえないの？…）学園のマドンナが教え子の肉棒を埋められ、校内で晒す痴態。悪魔の催眠暗示が暴く女教師達の牝性！

全穴拷問
【継母と義妹】
麻実克人
（太いのが根元まで…だめ、娘も見てるのに）義母が悪魔息子に強いられる肉交、開発される三穴。傍に控える幼い奴隷は母の乱れる姿に触発され…。

絶望【十匹の肛虐妻】
結城彩雨
満員電車、熟尻をまさぐられる清楚妻。夫の同僚に襲われる若妻。密室で嬲りものにされる美妻。人妻達に肛姦の魔味を覚え込ませる絶望の肉檻！